稲葉京子全歌集

短歌研究社

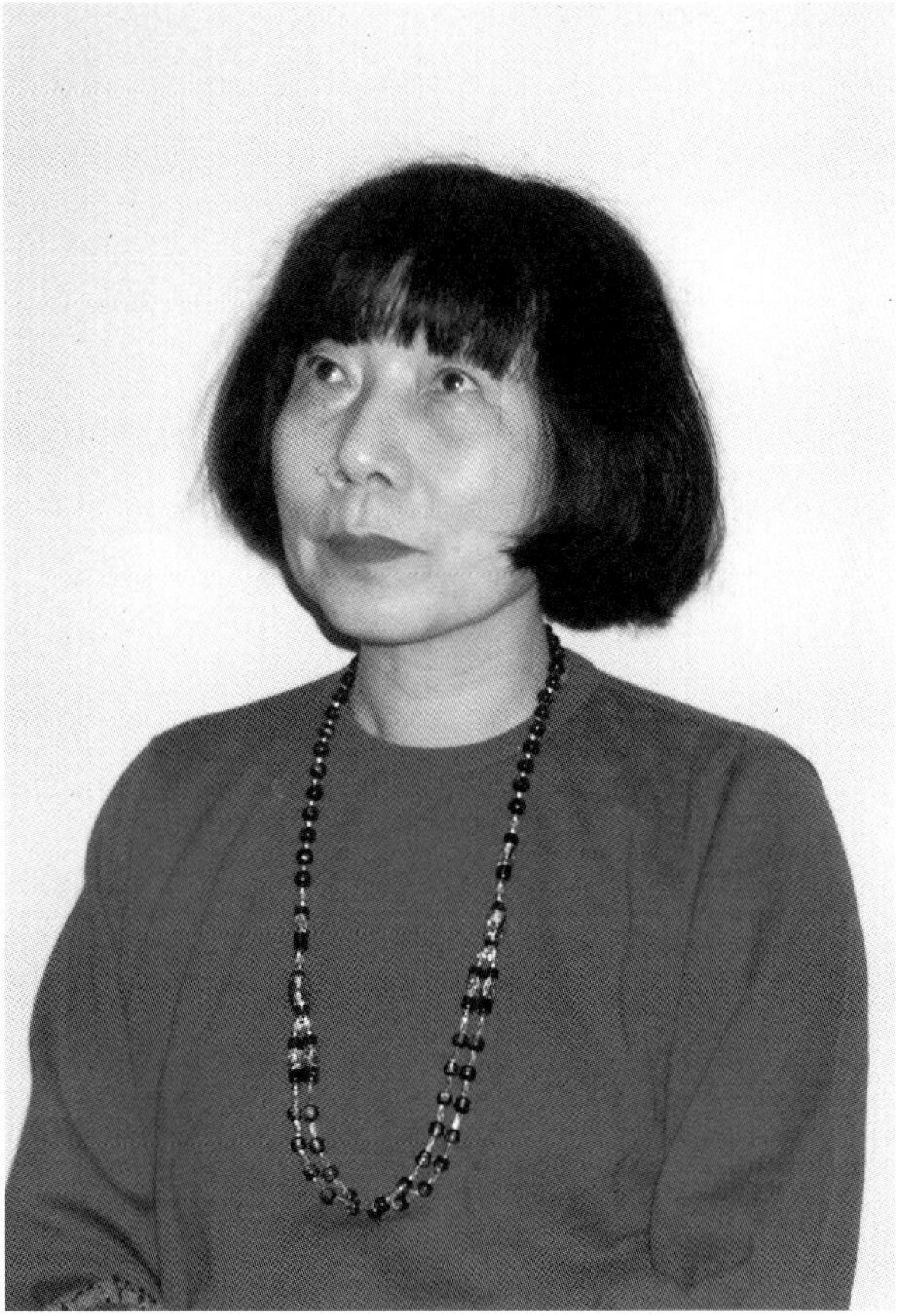

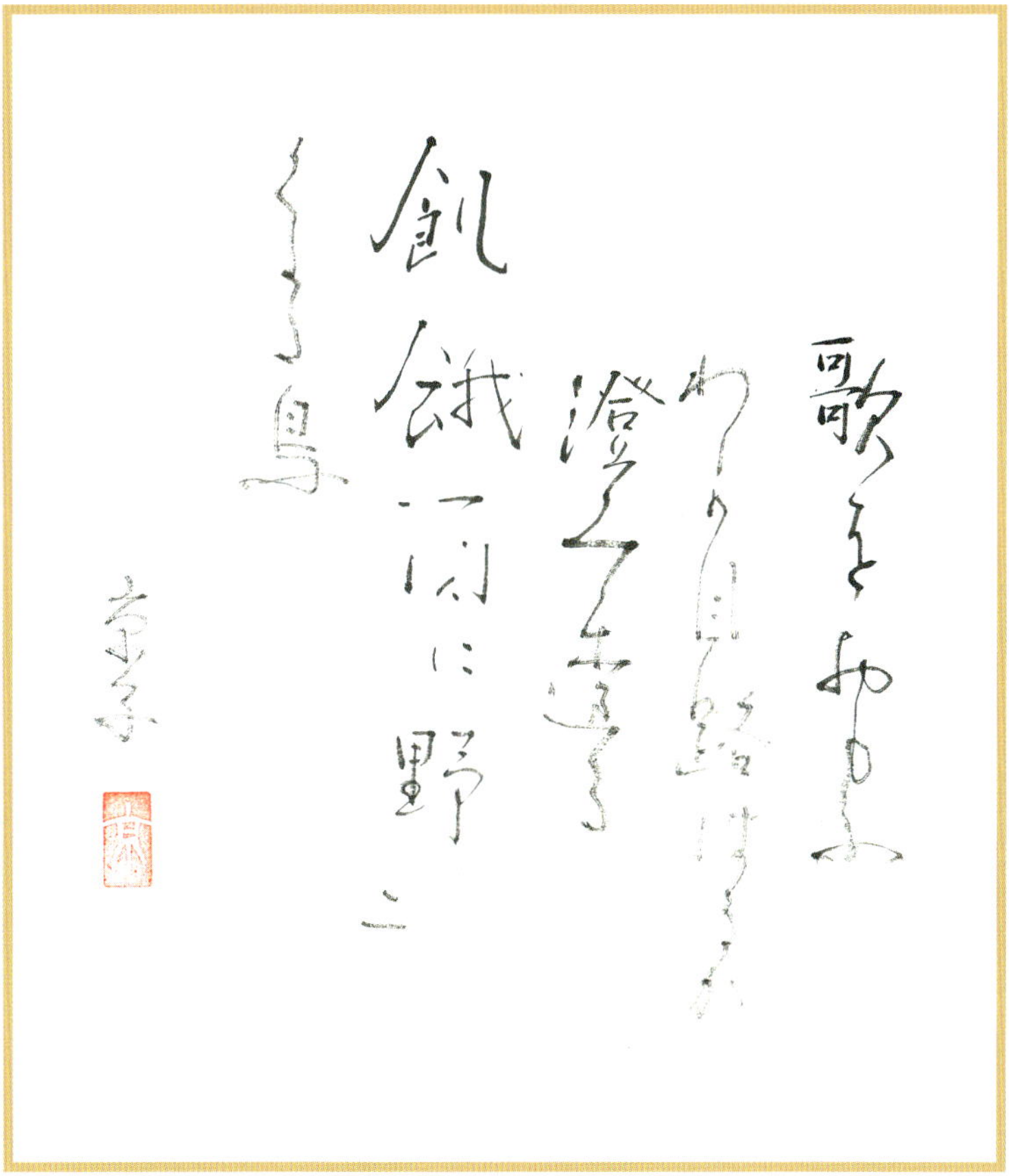

文化のみち二葉館所蔵

歌をおもふわが目路はるか澄み
透る飢餓一閃に野にくだる鳥
京子

稲葉京子全歌集　目次

ガラスの檻	7
柊の門	53
槐の傘	105
桜花の領	157
しろがねの笙	201
沙羅の宿から	241
紅梅坂	281
秋の琴	319
紅を汲む	363
天の椿	401

宴　　　　　　　　　　　　　　　　441

椿の館　　　　　　　　　　　　　489

花あるやうに　　　　　　　　　539

忘れずあらむ　　　　　　　　585

稲葉京子年譜　　　　　　　641

解　題　　　　　　　　　　　647

目次細目　　　　　　　　　669

初句索引　　　　　　　　　681

あとがき　　　　　　　　　741

稲葉京子全歌集

装幀　倉本　修

ガラスの檻《をり》

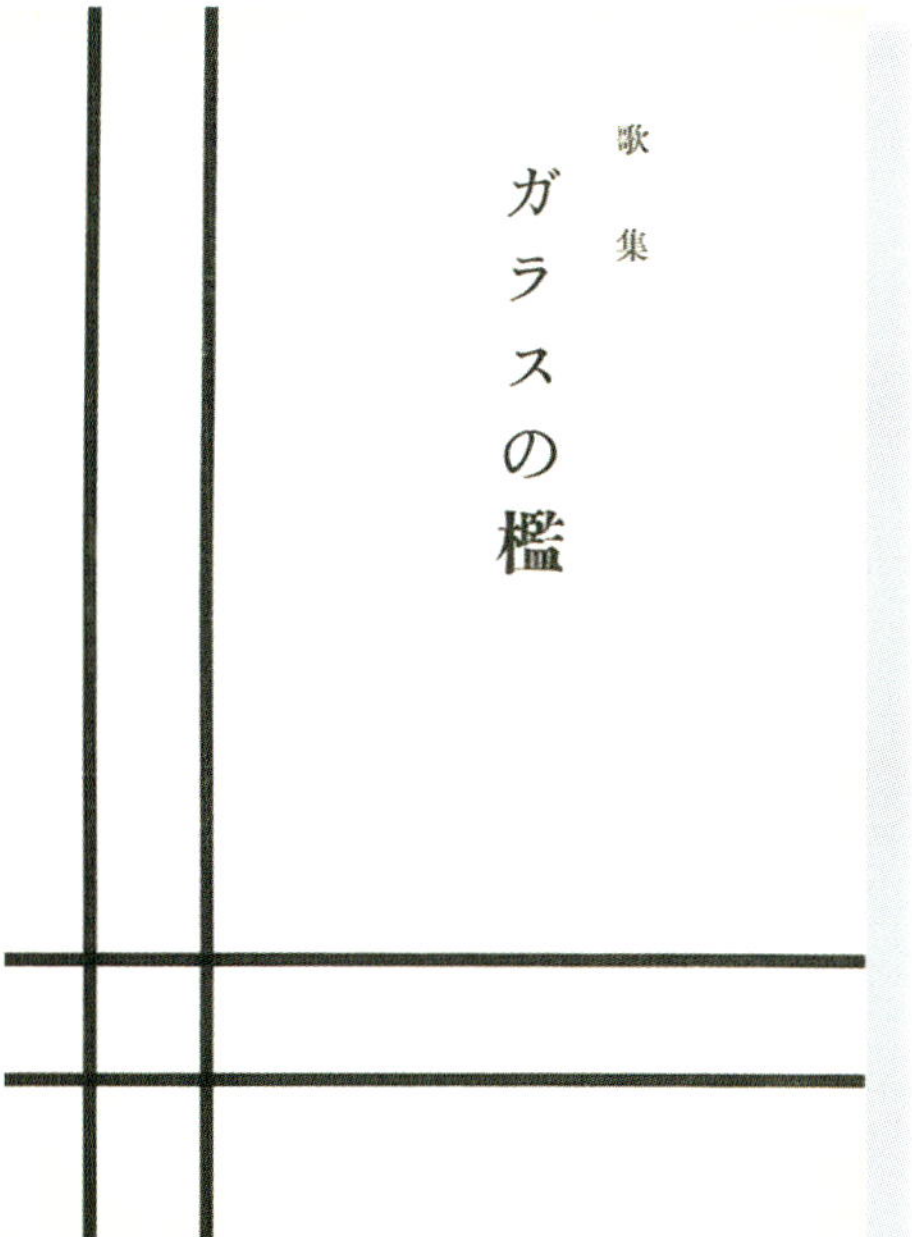

ガラスの檻

昭和三十八年八月発行　作風社刊

作風社発行第2篇

B6判変型並製・カバー装　一四二頁

三首二行組　三二二首　巻頭に大野誠夫「序」、

巻末に「後記」

定価三八〇円

序

稲葉さんの歌には、人の胸をぐさりと突き刺して平気でいるといったところがあり、そういうところを私はかねがね頼もしいと思っている。女の人の業のようなものを、いろんなことに仮托して歌っており、一寸見にはきらびやかな才筆だが注意して覗いてみると心は傷だらけで、それこそ血が滴っているようだ。

硬貨など貯め居る吾を嘲ひ給ふアンデルセン集買はむとおもふに
驟雨よりかばひ帰りし薔薇束をわが汚れざる部分とおもふ

これは昭和三十三年ごろの作品だが、こういう初初しさはいつまでたっても稲葉さんの作品に消えないのはうれしい。どこか悲しく、うす青い翳りのある雰囲気である。

盲ひたる少年の街を泳ぎ行くわれよりも心満ちし貌なり

稲葉さんのこんどの歌集の名前は「ガラスの檻」というのだそうであるが、鋭くて不安なものの持つ美しさに人一倍敏感なのであろう。この歌の場合も、こういうかたちで心の餓えを語っている。ひとつの悲劇的なものを捉え、それを歌うだけでは満足しない。それと対比的に自分の内部をあばいてみせる。そこに、稲葉さんの傷つき易く、そして勁い詩的性格があるようだ。

まことうすき折ふしを織りふり返るわが歳月はうつくしからず
まぼろしの鞭光る風めぐるときそむかれし母のまみ濡れをらむ
胎壁を蹴り駈けやまぬ裸足ありわが内部なる森の祭に
君のみに似る子を生まむ見知らざる人あふれ住む街の片すみ

これらの歌は、昭和三十五年、第六回角川短歌賞を受賞した「小さき宴」から抄出したものだが、よかれ悪しかれ稲葉さんの特色が出ている。「うつくしからず」は初期の驟雨の歌の「汚れざる部分」と同じようなやわらかい自己否定である。「そむかれし母」は肉親へのやり場のない感情の集積として歌われる。稲葉さんの抒情は、現実の不条理なものへの認識から出発する。そして、歎きは、そのまま歌だ、胎児を歌ったものは稲葉さんのロマンである。或はロマンを書ける才能の片鱗を覗かせているようだ。「君のみに似る子を生まむ」という願いも、自己否定につながる、この思いをつきつめてゆけば真暗な闇の世界しかない。稲葉さんの歌は暗夜に炸裂する。闇が濃ければ濃いほど、絶望が深ければ深いほど歌は鮮やかで美しくなる。そのことを誰よりもよく知っているのもやはり、稲葉さん自身である。

稲葉さんの歌は、現代詩の領域に深入りし過ぎたような若い世代の歌の中においてみると、その美質が一層はっきりする。最も信頼のおける新進歌人の一人ではないかと思っている。質素を極めたこの歌集が、内部に豊かな詩の花をぎっしりと咲かせているのだ。

大野誠夫

昭和三十八年四月

薔薇の家

心とほき人に届けむ薔薇もわれも驟雨に汚れ昏れ来たる街

われに母性が匂ふ夜抱き梳きてやる姪の髪さらさらとのがれやすしも

酷薄なる白さに薔薇は垣を埋め佝僂病の童女窓に坐れる

棗の花

若ければ何をか恃まむ重ね合ふ掌に暖かきいのちは通ふ

うつむきて愛の言葉を聞きゐしが酒がにほへばさびしくなりぬ

眸なほやさしかるべし吾を置き遠き巷に帰り行く夜は

青めきし花こぼし止まぬ棗ありてひそやかに婚期逸しゆく夏

ながれ入る彩灯もあらむ君が部屋知らざるままに秋を迎ふる

みづからの強さたのみて歩み入る秋は冷たき風が匂へり

雪の降る原

音絶えて沫雪にぬるる春の原手袋も用もなく出でて来ぬ

硬貨など貯めゐる吾をわらひ給ふアンデルセン集買はむと思ふに

魂のない人形のやうに爽やかに傷つかぬやうに逢はむ人あり

華麗なるもの見るに疲れ易きわれ花なき春に一度あひたし

熱帯魚

うつくしき幻となりたちかへる肩触れて熱帯魚見たるばかりに

広き胸打ち叩くまで訊さむと思ひしこともいつよりか虚し

きよらなる愛はぐくみて来し汝と言ひし一語が肺腑をゑぐる

一握の雛あられのせむ三月の街より遠く来し君の掌に

水色の鳥

神在らずと言ひつのりつも蘇る君が讃美歌の聖きルフラン
なきて花弁を毟りたりしがその夜より屈辱の香に顚ちて咲く薔薇
水色の小鳥の屍掌底に軽しかかる死をわれは妬めり
紫の樫の芽立ちとわが髪をいたぶるばかりの風とおもへる

馭者のない馬車

花の白満つる庭ゆゑにくきものも傷つけぬまま帰してしまふ
水深く沈めし皿を洗ひつつたはむれならず月を掬へり
叛きたる父許さむといふ母の黄の皮膚われは母を侮る

腰低く先生と呼ぶ人等わが紊乱の家を蔑み居らむ

爪を剪り髪ときてやる乞はねども謝礼を受けしさびしさにゐて

教へるも教へらるるも貧しくておもねる如しわがやさしさは

いつの日か倖せを山と積みて来る幻の馬車は馭者のない馬車

夜の駅

君がふと振り返りしを夜の駅の窓にかくれてわれは見てゐつ

夜の池の水を掬へば指ばかり白し一人への愛まづしくて

ここに満つるうれひと思ひ胸に手を置きてまどかなねむりを呼ばふ

唐突なる町の出逢ひよ君よりも息ざしあらきわれをかなしめ

水掬ふかたちきらきら陽光《ひ》も君も指のあひよりこぼれてしまふ

メルヘンの森

片頬に満ち易き血の満ちゐつつ人より易く恋ふ性ならむ

かなしみてわが内部より滅び去るメルヘンの森を語ることなし

われの為に消し残さるる月色の窓の明りがあるかも知れぬ

薔薇垣の限りなき白　われを恋ふとなにを夢みて君はいふらむ

まぼろしの銀の十字架《クルス》を置きて去る清浄の手に裁かれに行かむ

いつかやさしく逸らされてゐし眸《め》をおもふかなしみの河あふれあふれて

春のひな

悔しむはちひさきことをうつむきて歩めと母は教へざりしに

驟雨よりかばひ帰りし薔薇束をわが汚れざる部分とおもふ

すがり倚る賢さといふをいつよりか失ひぬ遠く疾風《はやち》ながるる
君が居む実験室に続く廊風に飼はるるけものらのにほひ
実験用飼育室よりのがれ来し白きねずみと廊下に出逢ふ
さわさわと燕麦鳴る野のかをりわれより若き唇寄せくるに
いとしめば人形作りが魂を入れざりし春のひなを買ひ来ぬ
だれもかも手を振り歩むそのかたちさびしくなれば街は夜なり

蝙蝠群

人より人を奪へば夢に墨色の蝙蝠の群れわれを襲へり
心きよくあらば天使が手を貸すと教へて去りきその罪深く
黄のりんご撫でつつ居れば遂げむこと小さし所詮女を出でず

別れ来てのちに切なしいたはられゐし年上のわれとおもひて
かき乱す吾の妬みのもろくまた夜の水溜り月を奪へり
溺れ易きみづからの性うとむ日に手を振りしのみ別れ来たりぬ
今たしか君に背反の芽育つと月紅き夜の窓にみだるる
このやうにやさしき限り失ひ易く君はたとへば春の雪片
うつくしき知恵ならねども身をかはすとき吾に来る人と知りしは
わが脂粉なりしか風に匂へるは後背を闇が吸ひたるのちにも
うす青む夕べの街に雨こぼれ憎しみあひを不意に失ふ
今日出でし古き封書も愛に関はりすぎゆきを呼ぶは音のない笛

葡萄色の雲

母を置き故里を出でゆかむとし撓むばかりのさびしさを負ふ

熟れし木の実ぱらぱらと地に落つるごとこの町にこぼち去らむ愛憎

胸深き谷あひに来て別れいふかのまぼろしの白き面ざし

やさしき手わが肩に置く君も思へ互みのものとなり合ふさびしさ

ふるさとを吾も持ちたり眉寒く一人の部屋に冬を待ちゐる

望郷の想ひを言はず月を洗ひ葡萄色の雲ながるる刻も

海礫

休日の夕べ伴はれ来しところ海礫のごとシェーカー鳴れり

髪滴するおもひして手を触るる灯しに海の青満つる店

この街の空故里の空と似ぬ病み易きわれに苛烈なる冬

わが肩に置きしやさしき手に背き雪崩るるごとき孤りへの回帰

置きて来し母を声なき声に呼ぶ夕映を貪婪に吸ふ川の上

汚れたる水を汚れし舟ゆくと知りながらなほ今日もゆく橋

唄ひ声高き女よ街川のみぎはらんるのごとき衣干し

構内の階声あげて数へ登る盲少年の白きおもざし

盲ひたる少年の街を泳ぎゆくわれよりも心満ちし貌なり

鳩

この愛をこぼたば帰るところなき空遮りて春の鳩ゆく

確かなる指針みづから持ちてゐし鳩のゆくへをながく見て居り

滴する月とおもへば鰭紅き海の魚を買ひて帰りぬ
水かへて幾たび洗ふわが疎む魚の臭ひの沁みし指々
橋上に見し夕映をまな裏に溢れしめ帰る暗き露地裏
ひと恋へば肌へ柔らむさびしさに鮮人街をうなだれ抜ける
鮮人の娘がまなぶたと水色のきぬ柔らかくわれを凝視す
君があやぶむわがやさしさよ花弁型の嘴持つ小鳥見来しばかりに
照り翳りうつろひ易く昏れゆきし夕べ離反のもろき萌芽も

春　嵐

汽笛鋭くわが胸を刺しどの汽車も母住む町へ向きて発ちゆく
灯のもとに縫ふ母のみがありありと薄墨色に故里昏む

春嵐つのればさびしわれよりも若き腕のうちにめざめぬ

母が病む夢を見しかばまなじりの涙の玉を吸へと言はなむ

落魄の身とおもはねど春落葉髪より払ひ恋ふるふるさと

どのやうに誘られしとも破りたるゆゑ美しき約束なりし

もはや君を繫ぐものわが内ならで隈なく知られしのちのさびしさ

六甲山

いたはられ登り来たりし山頂に海見えて今海曇り居り

空曇り春を失ふ季節にて海曇りまぼろしのごとき沖の船

暁の月翳を恋ひ跳ぶといふ古き魚群が棲む森の沼

神知らぬ若きわれらの目を奪ひ白き十字架《クルス》を纏く霧と薔薇

「キリストを知りキリストを知らしめよ」伝道板に煙霧はいどむ

錫色に曇れる海を越えて来し風藤房を搏ちてするどし

降り来し山峡樹々の花なべて虔ましくして小さきいのち

若き母が子を呼べる声限りなく甘き露地ありわが背後にて

硝子花器

昼ひとり漂ふごとく来し店に涙の色に輝《て》る硝子花器

おぼつかなきわが生き様はわれが知り幾たびか昏迷の中を抜け来し

春ひそか白き眼球を薬液の宙につるして眼鏡売る店

わが髪を吹きくぐり抜け故里へ流れゆくとも寡黙なる風よ

昏れゆく園

種子を掌に花のいのちを統ぶるとも驕れる園は昏れて来にけり
倖せの証しのやうに言ひ呉れし多き髪にて茜をとらふ
秋薔薇のくれなゐ寒し妊りて激《たぎ》ち易きをあはれまれゐる
とこしへに吾を去りゆく季節あり母たちの列に加はる時に
傷あらぬ葩《はなびら》のごとかばはるるうらがなしさに妊りてをり
愛ひとつ遂げたるゆゑの罪の責め重くきぬぎぬ透り来る雨
汝なくて何のいのちとやさしかるさびしかる音に吾を呼ぶ声
君は今柑橘の皮剝ぎながら虚しさ匂ふ眸《め》をかくしゐる
失意などここに育たずふくよかな鳩の胸毛に茜ただよふ

忽ちに消えし夕べの虹ながらその束の間のわがものなりき

をさなき冬

貝煮れば小さき貝よりひとつづつ殻開きゆくさびしさありき

百舌鳥の贄わが木に飾りゆきしより冬はをさなしさびしきまでに

昏れなづむごとさびしさが淀みゐてわれらひとつの屋根の下なり

眠りつつ折に頬笑むおとがひの尖りまで君を知りたるいたみ

あまき誤算とおもへどなれて夢にさへ君は私を背くことなし

絢爛とにくしみを目に飾らむか君がうからを愛しむときは

胸深く萌す謀叛は胸深くほろばしめむよ風やさしくて

小さき宴

血縁を失ひしわがよるべにてわれより若きその後肩

さびしからむ失せし季節の向う側君の友らは独身にして

たちまちに吾を攫ひて来しこともやがて失ふ美しさなれ

まぼろしの鞭光る風めぐるとき背かれし母のまみ濡れをらむ

匂ひなき冬野の風に蝶よりもあふられ易し不肖のわれは

さんざめき杳《とほ》く流るる木枯らしの中を手負ひのごと帰り来ぬ

まことうすきをりふしを織りふり返るわが歳月はうつくしからず

そむき来し幾たりあれど信じつつ拠れば君との小さき宴

鎖曳く獣

君かとも吾かともおもふまな裏に鎖曳きゐるけものまぎれず

夕空にふつつり太き虹とぎれ隈なくはわがものならぬ胸も

いつの日もやさしきゆゑにきつちりとせき止められし背反の血よ

われのみの君ならざれば甲斐あらぬ至純の母を捨てし手の汗

言葉にも貧しきわれら肩寄せてひととせ余りを歩み来たりぬ

嘘よりもきよく語らる過去にがきわれへ可能に満ちたる童話

視野ひろく眩しむばかり底抜けににくむ愉悦を知りたる日にて

いはれなき感傷ながら追ひがたくしばらく深きしじまを頒つ

未完の劇

自らをあやぶみ止まぬ血を頒ついたみ限りもあらずみごもる

思ひより先にめざめむ母性とも疼く乳房に深夜さめゐる

生臭き酔ひにかあらむ暁暗にさめて胎ける命を呼ばふ

君のみに似る子を生まむ見知らざる人あふれ住む町の片隅

体臭の宵毎濃ゆく妊ると遠き一人に告ぐることなき

朝毎に出でゆく肩を朝毎にうしなふごとも病む手寒けれ

安静を強ひられながら来たる街自虐は常に愉悦を呼ばふ

血圧の高き冬野を幻覚の幕降りつつ未完なる劇

われも又母の一人に他ならずあやぶまれ病みなほ生まむとす

君をふかく嘆かしめつつビル群が傾倒しくる幻覚を告ぐ

胎壁を蹴り駈け止まぬ裸足ありわが内部なる森の祭りに

古都

古都は今冬の花火がはぜゐると美しすぎるニュース短し

息ぐもり濃ゆき彩あり今もなほ独身の君が呉れし真珠に

冬野菜刻む間証しなけれどもとほき一人がどこまでもにくむ

無垢なりし命の果てを証しなす野の銃声の華麗なる音

まがふなく狙はれしものを羨しめばわが傍観の位置のひづみよ

冬ながら柑橘色の柔らかき月あり今日の哀楽を閉づ

病む母を泣くわれをつと見し日よりにはかにやさし配達の少年《こ》が

びつこの鶏

拒みゐし手段つたなく拉致さるる若者たちの肩を搏つ雨

蠟色の冬雲のもと若者の脳裡にほろびゆく祖国あらむ

みづからがまぶしむのみにをはらむか奔溢のときを狙ふ血ながら

搾りたるレモンの汁をぬめらせて飛翔にとほき厨の十指

蝕まれ伸びなやみゐしつる薔薇の棘より枯れて濡れゐる時雨

声あらき家族らにしていつよりかびつこの鶏を一羽飼ひゐき

乳の香

昏れなやむ春のゆふべを乳の香は子よりわれより匂ひたちゐつ

子を得たる束の間の酔ひめぐるとき君も見知らぬ一人に過ぎぬ

すさまじきわが愛執を浴びながらうらうらとしてねむり居る子よ
うす紅のちひさき耳もかなしみのいくつをやがて聞きとめるべし
薔薇垣のばら開き散りいつよりかわがみどり児もほのかにわらふ
そのせめもまたかへるべしかの日より吾を隔ててわが血輝く

花の枝

しみじみと白きまづしき花の枝《え》を人の庭より盗みて帰る
音ならぬ音ともなひて散り急ぎ春を失ふ花も私も
右肩を低めつつ行く後背の常にさびしき君が既往症
とめどなくふる里を恋ふまなぶたも骨も茜に染みてしまひぬ
うち深く無数の花をかくしゐて刃にこぼれ散る春の甘藍

しばらくを硝子絵となるみどり児の水晶体に浮く茜雲

うすゆき鳩

虹顕つと呼びかはしをりいつよりかにくしみ合ひもながき一人と
虹消えしたまゆら深き怨嗟ありわれを忘れてゆきたるものへ
葩をいのりのやうに閉ぢ合はす花に在る夜がわれにはあらず
茜などなかりし故にひつそりと盲ひのやうな夜へおちこむ
われを置きすぎゆく夜の尾灯にてくれなゐもまた暗き色なり
夏もなほ灯の色寒き小鳥屋にうすゆき鳩はふくれてねむる
海遠く隔て来たりしその産地おもへば古きメルヘンのごと
いつの日も汝を愛すとうつくしき花のやうなる嘘にあらぬか

とめどなく樹花白くしてある時のわが敗因のひとつとなりぬ
君の心を見失ひしも得たりしもわが裡ふかきまぼろしならむ

濁り川

濁り川にしろじろと冬の雨走りのがれゆく地を互みに知らず
まなじりが濡れてゐたりしゆゑよしも知られざるまま冬に入りゆく
貧血を言はれたりしが空の蒼頬に額に落ちゐしならむ
厨辺にさびしみてゐき常にわが自己弁明の語尾細ること
呼応するこころのごとくひと色に昏れてゆきたり空と街川
呼びかへすよすがなど今われになく霧に纏かれしひとの後背
ただならぬ愁ひにありて散り騒ぐ枯葉に老いし母をおもひぬ

とねりこの花

轢かれたる猫乾きゆく路上にてゆくりなし春の疾風に出逢ふ

まづしき血頒ちしことをさびしめど雪繚乱たり子の誕生日

こころ狭くなりまさりつつふる里に生きゐる母をおもへばかなし

母を置き君にはしりしかの町のたたずまひまたありありと顕つ

夢ながら母はそびらを見せしまま残照の中に深くうなだる

ふる里へいつ帰り得むとねりこの花ふりこぼす夕べの風よ

春の雁暁暗に消ゆあのやうにわがすぎゆきへ去りし人なり

葬列

みどり児を膝に抱きて来し旅の車窓に展く夜のみづうみ

すさまじき孤独にめざめ泳ぎ去るまぼろしの魚をわれは見てすぐ

いたはればわれからさびし佝僂ゆゑに躓き易き叔母と歩むに

つひに子を生まざりしそのひとつのみ潔くして死にてゆきたり

枯野にてその屍を焼く煙ふり返りつつ帰り来たりぬ

魯鈍なる叔母を侮りし声々もこの枯野にてほろびゆくべし

はらからの誰よりも性慎《つつま》しく愛《かな》しみてゐき狭き菜園

死にてなほ幼愚の貌をはづかしむ冬の花ぎつしりと棺に満たし

落花

君も深夜をめざめてゐたりわれよりも孤独ならずといふべくもなし

たづさへて生きて来たりしあひ共に頒つことなき孤独のために

枇杷の実の熟れて落ちつつたちまちにわが愛届く位置のひとりよ

洗ひゆく食器に触れて鳴る指輪さびしき音を今日も聞きたり

豊かなるユッカの白が支へゐてひとところ清き雲の層あり

裏町は蒼き夕べとならむとし硝子のごとき驟雨降りすぐ

集ひつつなほもさびしき宴果て出で来し時に雨となりたり

きらめきて日照雨《そばへ》すぎゆきあを桐の落花の中の蝶の屍

古い一枚の絵

わがくぐり抜け来し絵なり色さめてなほいつまでもやさしき母は

とめどなき遠さにひとは眠りゆく吾を腕《かひな》のうちに閉ざして

傷多き愛の証しに得たる子をいとしみ君よさびしからぬか

濁り川音絶えあふれ落魄の数かぎりなきこころをはこぶ

いつの日もふかき心を苦しめて母の原罪のやうなりしわれ

信じねば背かれざらむ単純なことわりに今日は深くねむらん

満ちし月静かにくだる冷えしるき瓶工場の瓶の破片に

厨辺に巷の唄をわれもうたふ閉ぢ籠められし者の声して

父よりも杳《とほ》くまぶしく父の如く老いし一人をひたぶるおもふ

背かれし祖母と背きし祖父の墓並び春暮の影を保てる

はづかしめ合ひたる日々の恥ふかく等間隔に眠れる墓よ

人形

血縁を持たぬちひさき人形が爽やかな影曳きて佇ちゐる

ふる里も父母も持たざる君が野を吹き散らしつつゆく草の笛

幻にあらぬとなにに証すべくやむときもなく人を恋ひ来し

思ひつめひとりにゆだね来たりしがわが若き日も忽ちをはらむ

うつつなく吾を待つ母樹の花のこぼれやまざるふる里にして

おもはざる酷薄の言葉こぼし来て百合の子房をぎしぎしつぶす

しろじろと照る月を犬が仰ぎゐるうつたへがたき孤独にかあらむ

ひるがへりあきつ飛び交ふやすやすとわが肩を越え流るる季よ

稚けなき子の肩を圧しゆくばかりくるしき愛を吾は知り初む

ガラスの檻

昼の月しきりに乾き裏切りは不意に来たらむ君にもわれにも

憎みあふ人さへあらぬかりそめの住みやうをしてさびしき町よ

春の雪舞ひくだりをり貪婪な愛ゆゑに負ふいたみの中へ

倚りゆきし幹はあやふく揺れをりきやはらかき春の風とおもへど

とらはれの獣のやうなさびしさに侵されゐるといつの日告げむ

もはや逢ふことなき人を許さざるこの愛執を知りゐたりしや

湖に入り帰ることなきけだものの死に様をひと日思ひてゐたり

湖の霧

あふれ湧き湖をおほへる霧の色かつて乳房にみちたる乳も

湖上より霧せまりつつ灯しびも屋根もともどもに濡れてゆくらし

われを包むガラスの如き隔絶よこのさびしさに衰へゆかむ

まぼろしの光の微粒として過ぎむ車窓のわれら冬野の暗を

風ばかり冬を湛へて冷えてゆきいつの日もわが祈りはあつし

ひめやかな吾の祝日子の肩に落葉と冬の陽とふりこぼれ

とどめ難く乱れ苦しむ折ふしも常凡の貌にかくし来たりし

堅き嘴

われを縛るもの悉くにくみたし冬の短き夕映の中

君もまた知りてゐるべき静けさの中にして吾に満ちて来し毒

わが常に苦しみて来しくるしみの具現のごとき捕はれの鳥よ

止まり木の端に孤独に眠りゆく飛ばざる為の羽を抱きて

灯しびを浴びし小鳥と残照を負ふわれとガラスの窓に重なる

堅き嘴いつまでも寄せ合ひゐしが愛の仕草とはおもはざりき

憎しみと愛といくばく変はるべき闊葉樹すつくりと空に伸びゐる

互みの声届かざる日があることを知るかなしみに華やぎてゐつ

喪失の意識するどき夕べにてさらさらと季の果実をすすぐ

別れ来し老いくぐまりし母の手にわが家へ至る地図を残して

風の背後

光りつつ吹き過ぎる風の背後子はわれより出でてわれへ帰らぬ

心よわき吾はエミイルを読み返す昂り易き子を負ひながら

小鳥よりちひさき靴を磨きゐて神しらぬわがいのりはあつし

いつまでもいつまでも手を洗ふ子よわれのさびしき告白として

わが今日の媚びもいやしさも見つくしてかたへ歩めるいとけなき子よ

さやうなら大阪

茜より濃きくれなゐに溶くることうつつに知らぬ鉄材積まる

忽ちに嘆きあふるる口腔のごとき窓見ゆ天守のあたり

築城に従へる人夫一人顕ち二人顕ち犇ける夕空のもと

車窓より見つつ過ぎたるわが町は銹色ふかきたそがれなりき

くれながらなほ水色に三月の空よ寡黙なる鉄材の上

茜なす掘割をゆく小舟にてしきりに笑ふ老夫婦見ゆ

ひとり来し夕ぐれの町遠い絵のやうな夫と子に縛られながら

愛憎もかりそめならぬ君の子を生みたる町を今日出でてゆく

細き枝ひしめき交はす楠の梢の彼方に消えゆく町よ
見はるかす中空高く夥しき血を流し母となりし病院が見ゆ
移り来て思ひかへせば旅人の心にて過ぎし三年なりき
さしぐみて別れて来しが忽ちにまぼろしに似しすぎゆきとなる

木馬の胴

木馬の胴をほこほこ鳴らし柔軟なわが重量をにくみゐたりき
楽鐘に風花狂ひいづくにか薄らにわらひゐる冬の貌
風のやうに行く者を恨む夢の中われは盲ひてゐること多く
われを生かし来たるひとつに他ならぬ執拗に記憶するくるしみも
菊の首剪りおとしつつ簡潔な冬を鋭き声に呼びゐる

常にその背のいづくにか風を負ふ君のやさしさに馴染みがたし

街は今日なにをかなしむ眼球なき眼窩のやうな窓々を開き

窓ガラス灯しに涙たたふると思ふまでわれは傷つきてゐん

秋篠寺

溶暗の中花の香にみじろげる仏陀とおもふ心さわ立つ

夕映を浴びし仏陀の掌が開くばかりの花となりゐつ

梢より来る夕光に千年前血汐あつかりし仏師は佇てり

夥しき苦しみの声祈りの声聞き溜めてゐむ木の耳厚し

風見鶏

いつよりか美しからぬ知恵も住む額の低さを茜がおほふ

やすらかに眠れる人よひとたびも憎まざりしと言ひ得ぬものを

風見鶏しづかに止まれ逡巡ののち深き知恵得たりしやうに

自らの為の怨恨を負ふかたちほの紫の芽立ちの中に

わが細きおゆびながらも扼し得るかなしみに愛をさそひゐる子よ

遠きビルに晩夏の茜湧きかへりわが来し方は無傷にあらず

うち深き熔接の炎のごときものを懼れつつかつおそれず歩む

月の暈

束ねたる髪の中まで侵し来て夥しき月の光の暈あり

いづこにか在る昼の星とめどなく虚しかりにし心あかるむ

風に応へ幾万の葉のふるへゐる樹の心にて倚りてゆきたし

音となる言葉おほ方まづしくて別れたる今あふるる嘆き

髪に背に夕光を浴びかけりゆくいづこまで放ち得る子といはむ

蝶のごとき影曳きてゐる貝殻の山あり冬の夕べの露地に

つづまりは何もなし得ず死にゆかむ一人と一人相寄りねむる

かかる時われも怯懦に振舞ふかも知れざる恥に劇を見てゐつ

港

水位より低き船室に降りながら冒瀆をなすが如きおそれあり

霧の匂ひ満ち来し海がいつの日か許しを乞はむ人を顕たしむ

今おもひ返せば烈しき愛憎はわがかたにばかり燃えてゐたりし

埠頭にて人が別るる風景を執拗に記憶し来て切なし

いくばくかわれに暖かき心寄す一人のもとに帰りゆくべし

冬の宿

あぢさゐの花の形もそのままに枯れてさびしき冬の宿なる

茜さす山の湯舟に一人ゐて誰のものなるわれにもあらず

愛憎も言葉も凪が攫ひゆき今寡黙なり山も私も

冬のいのちここに極まる山底に白花たわわな一樹ゆれゐて

山の湯をひとり浴びゐつ子を生みしことも夢かも知れぬ自由に

今日の心少し汚れてゐるままに朱澄みし山の夕映を浴ぶ

旅に発つ鍵とざしつつ苦しみてきしこと一つ置き忘れたし

かの心にわが占むる位置いくばくかそのいくばくを熱く恃めり

後背に佇つひとりあり飢渇感きびしき今日のまぼろしとして

春の雪

こころ静かに生き得ざるわがうつしみの頰のぬくみに触るる雪あり

われは今降りしきる雪のひとひらなれ降りつみし白とかはらざるとも

眠りゐる人をおとしめつつ愉し深夜の雪を見来しばかりに

いつの日も落ちるほかなき雪のことそのままわれのかなしみとなる

幾冬の記憶を溜めてゐるならむ樫の古木の幹のしづもり

母

母その母またその母もせしやうにとぶことのなき翼をたため

脱出はいづれむなしきわがうちに伸び伸びて宙に揺るるつる草

とめどなく広き幻の原野にてまろびつつのがれゆく君があり
幼児が自らの投影となるときの母のいたみをわれも知りたり

後記

昭和三十二年、歌を初めて作り出した頃から今日に至るまでの作品の中から、三百二十二首を自選しほぼ制作順に並べました。

幼い作品ばかりで、もっと勇敢に切り捨てるべきだったかも知れませんが、どれもその折々の歌わずにはいられなかった、私のいのちを呼び返す失い難い記念品に他ならず、そうする事が出来ませんでした。

題意は、私の持つありふれた生活の底に、常に訴えがたくそれはちょうど透明なガラスの様に、私一人を閉じ籠めて止まない「隔絶」に対する、心象を託そうとした部分から選び「ガラスの檻」としました。

「小さき宴」の作品を発表しました後、出産後間もなかった私は、次々に思い掛けない病気に罹り、嬰児をかかえ日常生活に於いても殆んど足を掬われんばかりの状態を続け、作歌を続けるのが苦痛に思われた時期がありました。

然し大野誠夫先生を初め先輩歌友の方達の、あつい励ましのお陰で、今日まで作歌を続けて参る事が出来ました。

この歌集の作品も、方法への自覚より前に溢れ出てしまったかたちでそのような理由から本当の意味での短歌への決意は、今私の内部になりつつあると言え、その為にも一度振り返って足跡を確めたく、歌集をまとめる事に致しました。この歌集を出すにあたり、序文を戴いた大野先生を初め、遠く常に励ましを戴いた中部短歌会の春日井・江口、両先生にも厚く御礼を述べたいと思います。

昭和三十八年五月

稲葉京子

柊《ひひらぎ》の門《もん》

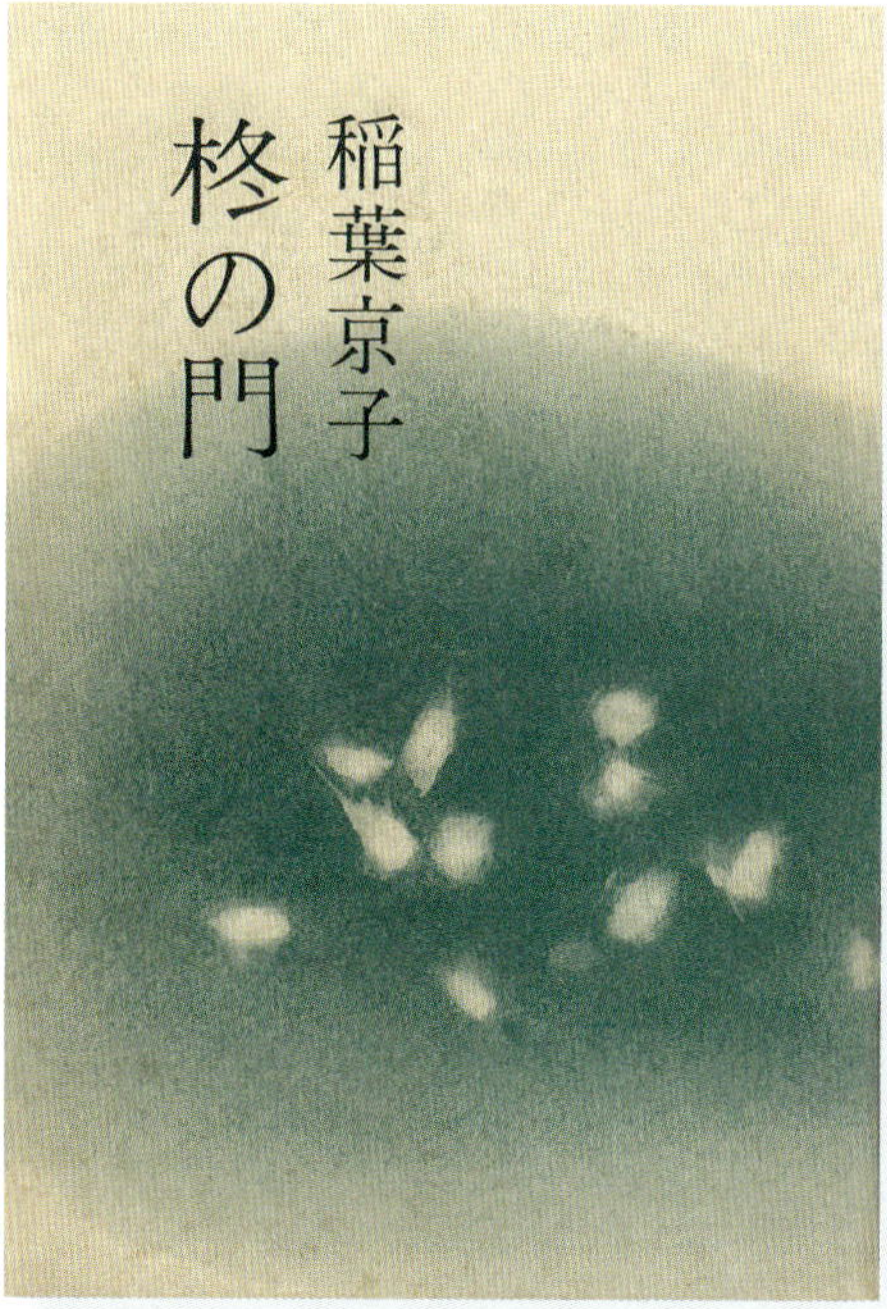

柊の門

昭和五十年八月二十日発行　桜桃書林刊
作風叢書45
四六判上製・カバー装　二六〇頁
二首二行組　四一〇首　巻末に「後記」
装画　伴信子
定価一七〇〇円

ひなの月

薄墨のひひなの眉に息づきのやうな愁ひと春と漂ふ

かんばせはいかに歪みて燃え尽きし戦ひの日の雛をおもへば

裳《もすそ》より炎のぼりてほろびたる雛のまぼろしわりなき今を

帰り得る家郷はあらずかのときの焦土の空に顕ちし虹はも

昼の灯に雛のおもてのしづもりてあきなひの声届くことなし

むきむきに雛を飾れといふ子あり闇仄白きはるのゆふぐれ

せつなき鬼

かくれんぼいつの日も鬼にされてゐる母はせつなきとことはの鬼

かたときもわれを離れぬ小さき掌《て》をつつみて花の芽をかぞへゆく

すなどりの網目に似たる檻の翳とどまりてたつ人の頭《づ》にさす

いとけなきいとしき者をまじへつつ生きてゆくなり人もけものも

捕はれしはむしろ精神《こころ》と知る刻《とき》を檻のけものにみつめられゐつ

身のめぐり昏れてたれをも見出せぬせつなき鬼となりて泣くなり

定離の声

枇杷の花かそけく開き鮮《あたら》しき旅愁のごとき冬に逢ふなり

滅びざる怨恨をひとは想ひしや城に常夜のともしびをあぐ

興亡はゆくへもあらぬなかぞらに幻ならぬ城ひとつ見ゆ

具足・首あまた出でたる伝説の辻簡潔な冬の桑たつ

鳥となり自由を得しとふ民話ありくぐまりて人が麦うつ村に

城は今耳目を置きて木枯らしの定離の声を聞けるならずや
城門を閉ざしたるのちうち深く入り帰らざる背などおもはる
求めつつやがて飢ゑゆく冬鳥のこころとなりて旅ををはりし

雪の章

なかぞらの奥に聞こゆるささめきは何の花宴ぞ雪こぼれくる
うつしみの眼交《まなかひ》に降りつのりゆく雪は声なき神々の詩句
たれか幼きわれを抱きて見せくれし雪の景顕つさびしきときに
降り狂ひこの目を掩ふ雪の掌よ今信じ得ぬきみの存在
乱れふる雪を隔てて見えわかぬともしびとしてきみを在らしむ
てのひらに消えゆける雪すぎし日の有縁《うえん》のこころかなしくうかぶ

去りゆくは心といふに降りしきるこの雪も掌にとどまりあへず

幻かと疑ひし愛も雪つもる野に置きがたき暖かさなれ

陶工のまなこをくぐり炎《ひ》をくぐり器《うつは》の肌にみだれゐる雪

一枚の画布となりたる雪の上刻々に茜の彩《いろ》は移りつ

掬

あすわれにやさしき手紙運び来よしろがねの月下の郵便局よ

幻より杳く失ひし夜を出で人は降《お》りくるあしたの街に

ウインドにちひさき水晶の塔たてり行き戻りわが不在たしかむ

光芒のなかよぎり降る雨のいろ問ひつめし愛の意味と重なれ

知りがたき虚実かなしむ膝のうへ冬の果実の種子こぼれゐき

硝子粉のやうな星光額に落ちわれになすべきことひとつある

葩を貼りし

のがれやうなき春の掌のなかとおもふ　葩《はなびら》を貼りし雨の車に

雨に濡れ魚釣る影のいづこにか渦巻くごとき係累あらむ

ゆくりなく見し伐採にいつまでも拘泥《こだは》りてゐる母なききみは

幾重にも葩がせばめくるごときくるしさに春のゆふぐれはあり

夕茜浴びしばかりに鉄塔の人夫にくしみの標的《まと》とはなりぬ

熱帯植物園

夜もすがら星は硝子にこぼれ落ち望郷の声あぐる一樹や

天上よりいたれる蔓とはおもはぬに心をさなくはげまされゐる

枝撓むほどのレモンの結実と響きあふもの悲哀かしらず

重き実を払へばもとの樹とならむわれにとことはいたらぬ夢ぞ

色の渦匂ひの渦の追憶に晩年のごとき冬の花園

幻の館

夕霧のみだるる道をかへり来て愛を不変といふことなかれ

霧降りてまぼろしの館とおもへどもかの窓にたしか吾子が眠れる

湧き流れゐる霧の層ひとところ動かざるまま濃くなりてゆく

霧ふかき夕まぐれにてまなこなき樹の流涕のごとき水音

かつて野に霧纏《ま》きながら眠りたるかたちに置かれゐる獣皮あり

思ひ出でわりなきひとつこの街のマネキンが頰に持つ擦過傷

涙のやうに

白鳥をうつくしからぬといふ吾子よわが裡の何を罰するならむ
四歳の誕生日子のほのかなる心の垢をみつめてゐたり
今朝散りし木犀の花を踏みてゆく十五センチの子の靴裏よ
笛吹きに連れ去られたるメルヘンの子のやうに出でゆきたるままぞ
さびしかりしゆゑ犯したる悪といへば民話の鬼を許さむといふ
子の頬に涙のやうに降りて居り青空のままにしぐれゆきては
胎内に足伸べ曲げし感覚もせつなきままに背丈のびし子

野に還る声

今日一日揶揄さるるべき霊柩車がガソリンを満たしゐし風景に

夏草は繁りやまずも膝つけばかくれ死にたるけもののこころ

束の間の夏を知りゐてもえしげる草々とふかき愁ひを頒《わか》つ

刈られゆく夏草を視野に置くところわれは俄かに失速をなす

暖かき血は身のうちをめぐり居りほろびしひとを数ふるときも

いづかたにわれは帰らん光りつつ夜の電車が過ぎたるのちを

灯を狭め心砕きて書きゐしが野に還るべき声かとおもふ

音なき過去

一瞬の花火明かりにはからずも孤独の貌《かほ》を見てしまふなり

悔多きわがすぎゆきの歳月に空の花火に似し記憶あり

花火消え濃き闇の底いづこにかいかにかあらむそののちのきみ

くりかへし脳裡に揚がりくる花火音なき過去をわれはさびしむ

とどめ得ぬうつくしきものを花と呼びひととき遊びゐし後の闇

凍りたる炎のごとき夕雲よさびしからぬ晩年など想ひ得ず

夕映のもとに出逢へば皆冽《きよ》く敵はみづからのうちにこそあれ

彩変へて紫陽花もわれも転身を希ひしがつひにかなはざりき

旅愁をたたむ

たれか野に火を焚きてゐるゆふまぐれ一夏静かに歩み去りつつ

うしろでを呼び返し得ぬ歳月の旅愁をたたみ老いたまふなり

晩年の心廃れてたち直りがたきなげきをまつぶさにみつ

救急車・爆音・夜をさびしがる犬の声などねむりをよぎる

花の香も微塵も波紋のやうに揺れしづもりゆきぬ闇のなかにて

夜の溝にあふるる汚水約されし倖せなけれ誰の明日にも

明日の為パセリの束を濯《そそ》ぐ背にさびしからぬかと問ふ声なきや

マヌカンの頬

冬野菜持ちかへながら帰り来るまたなき昨日今日をあしたを

人型をなせるばかりにマヌカンの頬それぞれの仄かなる悲喜

壜のなかに立ち鎮もれる液を懼《おそ》れわれを支へきしきみをおそるる

硝子粉を裸足に踏みてゆくばかり生きがたき日のありとおもふな

くるくると子の凧くだる硝子糸もつれしやうな雲を背負ひて

めつむれば春盛粧のとき見ゆる裸木よりも人はさびしき

春の泥

鮮しき古き記憶のこもごもに乱れとぶ春の夜を妖しめり
奇遇など信じがたきに枯れ蔦をうち叩きつつ降る冬の雨
とらはれのわれならなくに夕ぐれの厨に歌ふミニヨンの唄
風花の舞ひ散るなかにパンを購《か》ふ見知らざる背を春とおもひぬ
誰よりも季節を敏《さと》くまとふ子よほろほろと春の泥こぼしゐる
稚《いとけな》しいとけなしとぞ見てゐしが天の深みにまぎれゆく蝶

半眼

目鼻だちいとけなき野の仏にて涙のあとのごとき欠落
跪き祈るほかなし野仏は半眼にして丈ひくければ

かかはりもなき痴愚のことつつ抜けに澄む鹿の目は秋のいろなり

飛火野のしじまに佇てば享《う》け継ぎて尋《と》めがたき杳き血が匂ひだつ

風いでて秋草の穂のなびくかたなべていにしへとなりゆくかたぞ

時あらず降りしづもれる闇を背に仄笑まひつつ仏陀佇ちます

飛火野の秋の茜にゆきあひて置き忘れ来し魂《たま》かとおもふ

薄墨桜

かの山のあはひの村に薄墨の桜花けぶると伝へきたりぬ

占ふはかの一樹とのえにしにて短き花季に逢ふ日はありや

まぼろしの花枝といへど揺れさやぎ過ぎし日の眩しき愛にかも似る

今の今敗運と知り冷えまさるたなごころにも春はきてゐる

いづこにか川流れゐてすぎゆきの夢に乱るるわれと呼応す
まだ固き芽の色ならむむらさきは早春《はる》の疎林に仄けぶりゐつ
暮色濃き山麓の宿灯に寄りてややにさびしき小家族なり

愛は呪縛

きみの目の死角に入りて哀切のおもひを量《はか》る商人《あきうど》となる
ありふれしうつつひそかな憎しみの埋みに鬼となりて舞ふ者
かたはらに眠る人あり年かけてこの存在を問ひ来しとおもふ
さばかるることなき罪や一本の針としてうつしみの裡にとどまる
眼鏡とり無防備なりしきみの貌思ひ出でわりなき遊びをなす
いのちあるいつの時にか詫びるべき愛は呪縛とおもひいたりて

息絶えしまな裏しばし暖かく歩みきたりし全景や顕つ
微細なる種子といふとも充実の黒ほろほろと散る鶏頭よ
ありとしもなき蜘蛛の巣に昨日より活路なきわが影かさなれり

花の冠

詫びること多しと思ふわが髪に花冠をのせて子等かけりゆく
野の花を編むわが上に歳月は傘下の翳のごときを置けり
伴ひて来し子等よりも丈ひくくさびしき父祖の墓碑なりしかな
墓石にもわれにも及ぶ夕あかね相通ふみちの見えそむるやも
いつしらに泣きやみし子と流水を結ばむとして遊びゐる子と
あたたかく小さなる掌をとりあゆむ花野の声のごとき瀬の音

仄けぶり咲ける藤房われも子も果てなき花序のまぼろしのなか
吾子ふたりかたはらにして眠りゆく幼きがやや先にねむれり
一人は本を一人は熊を抱き眠る窓外に月のかげ隈もなし

洗はれし眼球

花のごとたましひのごとゆく限りともしびを連らねて置く人の知恵
洗はれし眼球に似たる涼しさに夕べつぎつぎ点《とも》りそめたり
むらさきの桐の花骸《はながら》を累々と敷きたるやうな夕雲にあふ
みどり児の声死者の声はからざるたまゆらにして行き違ふなり
霧の層隔てて灯《あかし》ふえゆけば死後の寂寞のごときわが位置

盲目の野

凍夜子と数へゆく星いつせいに今鳴り出づる鈴のごとしも

白き塔指してたは易く人はいふ心くるひしものの館《やかた》と

くるしみて狂ひたる者狂はざりし者のかなたに星めぐり居り

天涯にうちふるへつつ倖せの予感のやうな星光り初む

雪しまく盲目の野の彼方より呼ぶうら若きわが母の声

冬の緑けぶれる山のなだりにて心のごとき流雲の翳

戯れにわが目をおほふ掌ならぬか愛といひしも憎とおもふも

螢

やはらかき弧を描きて飛ぶ螢あり花とまぎらふ重量ならむ

掌上に置きし螢の光芒のゆらぎに息をあはせゆくなり
放ちたる螢のひとつ梢越ゆこころざしたかかりし君はも
いつの世を吹き来し風かわかち得ぬ身はたまゆらを生き急ぎをり
げにひとりくぐりゆくべき滅びの門風たちそめし彼方に見ゆる
何ごともなくひそかなる今日をしも汝の宴《うたげ》とささやく声す
しらかみのおどろなしたる幻はたれぞ夕べの逆光のなか
水泡なし劇に幾たびよみがへりかつ滅びゐる乱世の人よ
すぎゆきのなかなりしゆゑありありと堕ちゆく前の陥穽が見ゆ

隈なき白

忘れ来しわれの帽子をかづきゆく魚頭ちてみじかき夏も終らむ

とどまりてありし汀の流木の色よみがへる雑踏のなか

潮匂ふ海辺の村にゆき逢ひて阿修羅にいたく似たる少女よ

山肌に磨耗はげしく名も見えぬ墓あり人は供華を置きたり

夕靄のなかさなきだに目鼻だち朧にふるき野仏ねむる

風手も思ひもおぼろになりゆきてありとしもなき晩年なきか

水際にうち捨てられし塵芥のあひに魚骨の一枚が見ゆ

まなこを得肉を得て海へ帰りゆく月のゆふべのまぼろしの魚

崖を打つうしほは昏く手を垂れて俅へ来たりし悲哀に似つつ

四肢しびれゆくばかりなる孤とおもふ視界は不意に隈もなき白

繰り返しおもひ出づるは夕照りが烈しき意志のやうなりしこと

潮くらき荒磯の村の夕つ庭散りかさなりてゆく爪紅よ

狭き門

黒き枝さし交はしゐて一枚のくるしき胸のごとき冬空

わが丈にいたらぬリラを植ゑて待つまぼろしはいたく春に似ながら

木鋏を動かし居りし高さにて一対の掌は闇に紛れぬ

ほしいままに樹を矯めてゆく無骨の手心おごれる神かとおもふ

払はれし枝を灼きつつ誰が為にとむらひのすべをならへるならむ

離りきていつかかなしき点景となりたるのちに死を伝へきく

身に浴びし赤光の暈よ蟻となり薔薇の深部をあゆみゆくなり

空の奥に鳴る風ほどの距離もちてたれかいふ狭き門より入れよ

旅人

生者死者けぢめもあらず夕映のこの風景をよぎりゆくなり

くれなゐの月昇り来ぬ塵埃に澄みわたらざる層のかなたを

夕映ののちのひろのに打ち揚ぐる花火を待ちて人は群れゐる

たちまちにほろびゆきたりひとつらの賞嘆の声も火の花の彩も

ふり仰ぎ花火を待てる群れの背に旅のひとりも寄りて佇ちつつ

その胸のうろとなりたる一隅をとどめやうなく堕ちゆく者よ

一条の水脈ゆくへなし旅人がそらんじて帰りゆくべき地《つち》も

旅人を呼びやまぬ声現し世を帰りゆく地に待つ声ならず

みじかき旅終はらむとして哀しみが澱なすさまのつぶさにみゆる

化野

あだし野を今日見て来たる君が頰にかげりは深くはしるほほ笑み

幾千の魂招《たまよ》びかへす掌となりて風たつときを揺らぐ蠟の炎《ひ》

肩寄せてささめくごときやさしさに墓石置かれしところを過ぎぬ

累々とならぶ墓石のうちいくつわがはるかなる血縁なりや

地底よりとき超えきたるカノン湧きわれはうつし身の肉見失ふ

有情

檻なして降る雨のなかくるしみもあつき有情のうちなるものぞ

硝子嵌めゆきしてのひらやはらかく汚れをりしをしばらく記憶す

深夜の湯もてくりかえし洗へるは今日の心が負ふ擦過傷

髪あらふときの間の額逆様に置き換へ得たる哀歓ならず

ここに在る今あるいのち問はむとし鏡のおもてに置くたなごころ

悲哀濃くおこなひとなることもなき愛恋ひとつ死の日まであれ

息絶ゆるたまゆら思ひ出づるべきひとりとおもふ心凪ぎゆく

罪科《つみとが》の意識いくばくすれ違ひ許しあひゐるうつつさびしき

半弧やさしき

くれなゐは木末に燃えて過ぎし日を彩りがたきわれも寄りゆく

げに人はひとりとおもふたまゆらを一樹ありひしとわれを抱擁す

発ち遅れし一羽の夢の境界に花として散る雪かも知れず

ひしひしと倒れし者を埋めたる雪に似し手を辛く記憶す

枯原を打ち叩きつつ時雨れしが半弧やさしき虹となりたり

春待ちて想ふひとつぞ繭ふかき無明のねむりのさめ際なども

ゆきしまくもとに眠らむ花の芽のうちかすかなる紅をおもひて

ししがしら水泡なしつつ湧き散りて厳父のごとき冬も粧ふ

いとけなき貌

草の穂を摘みつつ遊ぶ老母の背よわが意識下に見えかくれつつ

白髪の母も見てゐき遥かなる森の彼方に落ちゆきし陽を

白髪を梳きながらふと振り向けば小面をつけてゐるかも知れぬ

頬に指手触るるまへの弥勒像おもへば仄かにみだれ給へり

うつしみの母なるわれは野仏のそのいとけなきかほを哀しむ

仄かにわらふ

すぎゆきは匂ひをもてりひた走り過誤ひとつ得し青春もまた

いづこにかゆく君の背を呼ばむとし呼ばざりし夢にながく苦しむ

舞ひをさめしごとき枝あり現身のなげきに熟れし額に見出でつ

いくばくの歳月失せてかなしきときも仄かにわらふわれとし思ふ

候鳥が冬告ぐる声鋭くてわれは乏しき体温を恃む

熱帯樹おほはれてある外側をまことに冬の心もて過ぐ

入れかはり満つる柑橘の籠ひとつわれはふとしも死後を懼れつ

遠街の灯

星よりも暖かく輝る遠街の灯をまぼろしの家郷とおもふ

その黄に気泡のごときいのち満ちゆくかたもなき夜の電車あり
亡骸のかたはらにして一垂のまぼろしの梯子かがよひはじむ
亡骸を見て来し額にあはあはと春の夕光とどまりゐたり
遅れたる者ら集ひて亡骸に添へし花の輪の外に坐しゐる
命あるいつの日か許しあはむためある神の手とおもひゐたりし
すぎゆきの事象の襞に及ぶ知恵常におくれて生るるを嘆く

たましひの綾

時雨すぎ黒きはまりし幹の彩全霊をもて冬を告げゐつ
夕べ夕べ子等ともとほる沼のかた人骨に似し闊葉樹あり
われのみが摘みて終はりし吾亦紅の根株に今宵降りしめる雪

髪みだれ堕ちくぐりゆく幻想も今日は切なく雪しむる沼

いつの日か手をとりて湖底にあゆみ入るせつなさにひとを思ひてゐたり

ひとつ灯に集ひ愛憎おどろなすたましひの綾見え来るばかり

けものの屍埋めむとしてゆふぐれの木立の下に人はかがまる

真夜さめて聞く風雪の声の尾はとことは癒えぬ痛恨に似つ

光芒のごとき家居をひしひしと包まむとしてみだれ降る雪

やさしき手紙

天のいづこよりかこぼれて冬庭のひかりの中に小雀《こがら》遊べり

裸樹のもと寄りゆけばなほまぼろしの彩のやうなるもの降り狂ふ

愛とおもひなさけと思ひしものの翳とどめやうなき拡散をなす

ひともとのあら草とけぢめなく佇てば薄氷《うすらひ》に似し夕暮れの月

蹠《あうら》よりゆらぎ初めつ背信をいましむる声もみづからの声

蜜のごとき濃き闇の底まなこなく声なく夢の修羅にみだるる

見ゆるとも見えぬともなほ頒ち得ぬ一人の胸に押されゐるなり

別れゆく日の為にこそ心もて身もてあたためあふとおもふも

熱出でて常より低くあり仰ぐやさしき手紙のごとき冬雲

またしても熱きざしゐる額のうへ香水壜を置きてねむらむ

をりふしを熱出でて過ぎし冬の季心おくれをなだめやうなし

螢光灯に翅のやうなる臟腑見えわが病巣をさす指動く

白きかるかや

あきは今日ほつほつ白きかるかやの穂のあたりにて闌けてゐるなり
薄野をめぐれる風よ蹠《あうら》ふと浮上したると誰に告ぐべき
くれなゐをとどむる野より靄湧きて麻薬のごとく身をまきしめつ
かがなべて絵空事ならずや靄を出で帰りゆくべきかた見失ふ
晩鐘の哀韻の尾をつなぎゐる堂上の影何のつかさぞ
晩鐘の余韻に従きゆくおもひすらうつしみなれば限られてゐき
見かへりし堂宇はくらくたまゆらを遠世のいのちの翳みだれ顕つ

くれなゐの骨

おもざしもすでに屍に似通ひて累々と積まれゐるふるき雛

敗運にありしいにしへ人のごと岬をめぐり流されゆけり

一夜すぎ発ちし渚に帰り来ぬ髪おどろなす雛の幾体

みまかりしひとのひひなを葬れるわりなきおこなひのうへに降る雪

闇は濃くくらくたまれる一閃の稲妻すぎし岬の村に

三月のゆふべ明かるき空間に黒白乱れみだれ舞ふ雪

哀傷もあたたかく保つ体温に触れてときなく溶けゆく雪よ

生きてある限り仄かなくれなゐの色さす骨とをしへられたり

京の西山

移り来て植ゑし花木のやうやくにのびそめたるをまた発ちてゆく

常に旅の仕度をせかれゐるやうなおもひにて見しなべて悔しむ

綺羅なすは遠街の灯ともとどめ得ぬ流離のおもひともしらず車窓に

冬もなほ翠の竹に雨落つる音ばかりなりし京の西山

頬染むるばかりに碧き竹の園さびしさも澄みてをりしとおもふ

登りつめ振り向きしとき声あげて翠炎をなす竹を見たりき

つばらかに見てすぐるときすこやけき竹節ゆがみ病みてゐる竹

幾重なす竹林のかた黄昏はいちはやく緑の翳帯びて来し

小鳥・魚・子が細々《こまごま》と並べたる庭の墓にも別れゆくなり

君は風かも

十重二十重縛られて立つ者のうへ辛夷の白は乱反射なす

あでやかに在りて心をはげますは耳しひめしひの花のあかりぞ

ゆふぐれの窓にくだりし花の絮しづかに春の円心をなす
いくばくか生きてめぐれる輪の内を吹き抜けてゆく君は風かも
一会といひまた逢ふとおもふ春秋の気配は徐徐に身を侵しゆく
繭ひとつ吊られゐるなりわれはわが言ひし言葉に巻き締められつ
わが家を路傍に見つつゆき過ぐるあそびのうちに死後を想はむ
かくれんぼの鬼なるやこの薄闇に花芽有縁のひとゆくへなし
地の窪に水湧きあふれ心の傷いつか癒えゐし身を訝しむ
迷ふといへば迷へといひきしみじみと今思ひ出でやさしかりしも

覚えゐし歌

森に今日落葉降りしき呼ぶ声のいたらぬ吾は取り残されし

新月のゆふべの光りいわけなく野の枯色いま芽吹けるごとし

一塊の冬野つめたき土をもてかの欠落を埋むるともなき

ゆふぐれの水の面に揺れさやぐ身の量翳を炎《ひ》とおもはずや

夜となりて身のいづくにか覚えゐし歌のやうなる冬水の音

散弾を浴びたる鳥が堕ちくだるいくばくの時をおもひてゐたり

ひとり来し枯野の土に春を待つ種子無尽蔵の声のまぼろし

まなこよりしきりに零れくるもののみなもとをおもへば単純ならず

湖上の虹

アマゾンの蝶は驟雨に翳りたる昆虫館に羽展《の》べてゐつ

生きゐても声なき蝶はいかにすと歩みおくれて訝しむ子よ

針うちて蝶を飾りし館出でぬをりしも湖《うみ》を渡りゆく蝶
雨とともに山のなだりを駈けくだり湖上に虹の弧を置きてゆく
のがれ得ず終るひと世のなげかひへそよぎ入るなり湖の藻草は
伴ひて死にたるのちの簡潔をあこがれわたる湖心に出でて
誰からも遠くありたく入りし森掌にのるほどの野兎にあふ
道うせてふかき森あり落葉松に夏の緑はそよぎやまずも

暗黒天

仄かなる笑ひの谺湧く一樹ザボンの貌の見えかくれつつ
手足なく声なく腐《くた》しゆきしのち風に実生の若芽そよがす
昏れ残る障子明かりの花のいろ馬酔木のかたに春は来てゐし

呼ぶ声のあるとおもふに硝子もて春の嵐と隔てられゐき

いつしらにめざめて聞くはさんさんと春の霰の降りつのる音

うつつには鎮まりゆきしなげきかと烙印を置く胸にあつる掌

仮の世のこととおもへど幾たびも魂に矢を放たれてをり

切り刻むセロリの緑黄のキャベツわれに届かぬ子の願望も

水槽のなかなる魚を見るやうに暗黒天より誰かみてゐる

流　離

いとけなき冬の手とおもふよらくえふの黄くれなゐを束ねをりしは

吝嗇《りんしよく》のおもひに似つつ大いなる鏡を置きて夕陽をとどむ

流離なす心をつなぎ置くやうに振り返りたるのちを出でゆく

舞ひめぐる輪のかたへより名を呼ばれたち帰る刻を死とおもはずや
いづくにか去りて影なき幼児《をさなご》の遊びのあとのやうな死後なれ
街灯のひかりにしばしとどまりて歩み去りたる垂尾の犬よ
真白なる繃帯を巻きくれぬうつつに見ゆる傷なりしかば
ひととある心の闇にひつそりと刺し違へをり刺客ならねど
葉を捨てし裸木に凍る月光を介在のなき愛とおもひぬ
いづくにて逢ひたる夏か緑陰に愛として匂ひゐたりし過誤よ

美しき語尾

葉を捨てしポプラの梢遠く見えたれかさびしき合掌をなす
ちひさなる宴のやうに集まりてくれなゐなりし草の実のこと

ゆふぐれの昏き梢を発つ鳥よふとしも離魂の刻おもはるる

ひと日子と遊びし秋の野を出でてきのふの家に帰りゆくなり

めつむれば無辺自在の野の奥にふたたびみたび呼ぶ声聞こゆ

曼珠沙華紅かかげゐついくたびかあらはに心のべし夢かも

こともなげに死にてゆきたり裏切りと思ふばかりに切なきものを

かるかやを折り穂すすきを束ねゆくおくつきは心のうちに置くべき

夥しき白髪の群いつせいに奔りゆくなり風のすすき野

すすき野も歩めるわれも無尽数のほろびのはざまをそよぎやまずも

雲ひとつ見ゆる草生に伏しおもふ誰がすぎゆきもけぶらふばかり

美しき語尾のやうなる虹消えぬわれも厨に帰りゆくべき

小さき魚

頭《づ》を打ちて帰り来たりしところよりまた出でてゆく小さき魚も

虔しき点綴をなす紫蘇の花はつかなる白に蝶はよりをり

月光をあしたとおもひ舞ひたちし蝶の誤謬に似たるかの日よ

明日発たむ明日発たむとぞなだめ来し身を率《ゐ》てあゆむ今年の秋を

しぼられてゆく歳月を抱くごとく日毎くぐまる母の後背

まなかひにさきはひけぶる園見えてあらしめたき父母は見えずも

おぎろなきこの藍青は幕ならずやかなたに笑まふ死者はあらずや

あやかしを思はぬわれの背に常に魂魄として在る君は死者

いのちもつ白

あるとしもなき夕光に水禽のいのちもつ白かがよひゐたり

淀みゐて潜ればわれはゆくかたもなきばかりなる水の丈なり

ためらはず倚りゐる人の肩ひろくをりふしのわが視野を遮る

見るもののうちなる嘆きとおもひしが鳥も孤影といふはさびしき

おもひいくつゆき違ひつつ寄りて見る水面の微光心の微光

ガラスの馬

うち伏してなげけば癒ゆる孤にあらぬ人は集まるともしびのもと

雁群れて居りし記憶も夢に似し水辺の宴をわれはあやしむ

繰りかへし誤謬とおもふ翼もつ硝子の馬をかたへに置きて

茜さすところはさびし美しき物語なす画面といへど

満ちて来る潮退きてゆく潮とおもふ人も荒磯《ありそ》も胸のうちなる

夜々を声なく来たりわれの樹の梢に星を置くとおもふも

何気なく振り返りしをわが乗れる時の波間の難破船見ゆ

とめどなく思ひ昏める底ひよりふり仰ぐあを天の渚はも

星ならぬわれは渡りぬ泥濘の上に架かれる鵲橋を

あこがれのごとく銀河はけぶり居りふれて静かなる天の闇地の闇

掌上のゆめ

帰り来し湖上に遊ぶ候鳥よ身によみがへる記憶あるべし

潜《かづ》く鳥水面をすべりゆく鳥の影濃くなりてゆふぐれは来る

昏れそめて誰かかざせるともしびに翼を展べるごとき死を恋ふ

ゆふぐれをさびしがる者はわれのみか湖岸にひしひし集ひゆく鳥

嘴を埋め翼をたたみねむりゆく寡黙なる神の掌上のゆめ

落花のかなた

ともしびより虔しくして花あかりゆふべ薔薇の丈に揺れゐる

たまゆらを揺れさやぎしが花首の重さに従きて鎮もりてゆく

受話器よりたちまち春も闌けにしとややにさびしき声こぼれ来る

われはめしひ吾は盲となげきゐる空に今年のつばくろの声す

束ねゆく春の野草やたは易くさびしきといふよはひ過ぎにし

恃みゐる心のいくつ思ひ出づる限りを匂ひ星のごとしも

いとけなき者よりて来る夕ぐれのせつなさを明日の糧とはなさむ
生き急ぎ一目散にかけてゆくわがまぼろしや落花のかなた

約　束

かがまりて老女は土に種子を播きかりそめならぬ約束をなせり
現身の嘆きに痩せてゆく刻を天辺に咲き散る花火見ゆ
夕映は熟れ麦の穂に約束を懼るるわれに火を放つなり
死後もなほはらから集ふふかしぎの見えわたりつつ丘の墓碑群
ある夜ふと扉の外にくだり来て常ならぬ声に呼ばふならずや
いつの日もひつたりと背に寄り添ひて身をむしばめる歳月とおもふ
ひとよかけ描きのこしゆく画布かとも子の柔らかき髪にさやりつ

振りかへりふりかへりゐるわれの背を押す掌そよげる向日葵畑

暁暗に置き横たふる額のうへ落葉降りくるやうな気配す

春の沫雪

春来よとうたふ幼き声きこゆ夕ぐれ蒼き沫雪のなか

天蓋に遊び疲れてねむりしかふとしもやみて雪あかりせり

雪降れり繰りひろげゐる愛怨も身の高さにてほろびゆくべし

生きゐるは灯るとしりてあぐる額をりしも春の雪ふりてをり

花なりや雪片なりや降りつのり身をうづめゆく歳月は見ゆ

わが髪に降りとどまれる雪片よ愛は偶然の出来事ならず

外つ国より届きしカードの黄昏を虔しくあゆむ人もけものも

闇を負ひて見る街の灯はまどゐなし心はぐれし位置を意識す

きみよいづくまで降りゆくやなみたちてきざはしを今日ひとつくだりぬ

天に近く

朝夕のまなかひにあり天に近く天に近くとのびいそぐ樹よ

きざはしのかき消えてゆく切なさにふり仰ぐ空梢はけぶる

身の片側ふと翳りくる哀しさのうちなる人を老父とおもへり

ものいはぬ草木しきりにふえつのるかの晩年のさびしさを知る

をりふしのわが頭《づ》しづかに大き掌の置かるる気配若き父の掌

あかつきの光にひとりほぐれゆく花のやうなるめざめはなきや

わが思惟は方形の部屋にほろび果て朽葉につのりゆく時雨はも

闇の底に傷舐めかへすけだものの見えそむるときたち直るなり

春たてり

春たてり候鳥のひとつまたひとつ発たしめてゐる天意見えつつ
語らざる鳥影杳し身に沁みし春秋を人は記憶と呼ぶに
傘の弧のうちに保ちてゐるものをわれに一会のたまゆらと知る
水底に佇つわがかげに緑泥のふりつのるごと闌けてゆく春
ふと失せし道のかなたや問ひがたき面影にしてわが生を隔つ
果てがたきおもひもつひに声とならずしばらく燃ゆる茜なるべし
夕茜かつとさびしき刻ののち膝もろくゆく盲はたれぞ
年ふりし欅のかたを過ぎむとしいづこへゆくやと問はれてゐたり

いづこへ

梢高く白花は千々に耀ひていまだも知らぬ洌き生き様
花霞白光なしてうちなびくひととき過ぎて果てし疾風《はやち》ぞ
白々と道のかたへに溜まりたる落花よ宴果てしさびしさ
花の白けぶらひやまずをりをりを地底に吸はるるごとく散りゐる
とどめゐし思ひあふれて尽きむとすこの夜を越えず散り敷きながら
声あらぬ心せつなく告ぐることあれば花枝揺れてやまずも
疲れたる春の神かも散りそめしそれより傾斜とどまりあへず
忽ちに清浄の春かたむきて腐《くた》しし花は吹きたまるなり
春の樹花あやなす風景に乗りしままいづこへくだりゆくともしらず

水のかなた

春の夜を仄かに照りて流れゆく水のかなたに見ゆる母の家《や》
水の面も夕ぐれてをりあやなすはながき流離のおもひと知れり
発ちてより重ね来たりし歳月をわたらむとしてしばしためらふ
このままに歩をかへしなば安からむ心とおもふたまゆらを経つ
老いまさる身のうちそとの哀しみの幾つにわれは関はりてゐる
母の背を繫ぎたる糸をやみなく手繰れる者を死と知りながら
去りくれば梢を越えてわたりゆくつきしろに似しひととおもひぬ
別れくるたびひとまはり小さくなり遥かになりし母とおもひぬ

指さすやうに

いづこにか花匂ひゐてしろじろと昏れのこりたるふるさとの道

顕れてここを歩めよ炎《ひ》のごとく一人を恋ひて若かりしわれ

すぎこしも未来も見えず恋ひたりし者のむくろぞ今ここに佇つ

再びは燃ゆることなきおもひにて愛を見失ひしといふにはあらず

風よりも静かに過ぎてゆくものを指さすやうに歳月といふ

なにならむ祝祭に遊ぶどよめきがをりふし天の裳《もすそ》を揺する

後記

「柊の門」は私の二番目の歌集です。第一歌集「ガラスの檻」を出版しましてから、数えますといつの間にか、十年余の年月が流れて居りました。

その間に私は四回住居を移しました。一つところに大方三年足らず住んでは、引っ越しを重ねたことになります。

いつも、少し慌しく少しさびしい旅人の心で、その歳月を過ごして来たという気がいたします。生活の上での喜びや哀しみは、その旅人の心を幹とした花や葉であったような気がいたします。

京都の郊外に住んでいました頃、ある日、葉の色の緑も古びてこんもりとした、樹の門を見ました。人は私に、それを柊の門と教えました。

その門は、殆んど椿の葉に近いような、棘も見分けがたいやさしいかたちの葉を、幾重にも重ね合わせて静もって居り、柊といえば、鋭いきざみの葉ばかりを知っていた私を驚かせました。

人はまた、柊は年毎に葉の縁のとがりを少なくし、丸みを帯びた葉の形になってゆくとも教えました。その日見た柊の門は、円熟とも衰退とも見極めがたいままに、まぎれない歳月の刻印として、私の心の奥に、忘れ得ぬ形象となって姿をとどめました。

絶え間なく柊の姿の上に置き続けられた歳月の手は、この十余年の間、私の上にも同じようにあったのに違いありません。

大方は、慌しい日常生活を繰り返し繰り返し、かけがえのない日々を跡形もなくしてゆくのですが、おりふし私は、まぎれなく終末に向かって走り続けて居る、生命を持つものの共同の宿命のようなものに思いいたって、胸を衝かれることがあります。

すると、今生きていることが、限りなくあでやかな別離の宴であるように思われ、そうしたおもいのなかで滾りはじめる切ない情熱が、私を歌うことに寄らせたという気がいたします。

歌の上での主張や方法は、私なりに考えるところがありますが、歌う者である以上、作品の上で証す以外にないと思います。然し思いを証し尽くすような表現を得ることは、力乏しい私にはいつもむずかしく、思いもまた、時にとるに足らぬ独白であったりします。

力及ばねば及ばぬまま、いたらねばいたらぬままに、凡て自分に帰して来る波打際のような場所で、その苦しさを踏みしめて作品に打ち込んでゆく他はないと思う、そうしたささやかな覚悟もまた、考えてみれば、歳月の手の加担があったからかも知れません。

病気勝ちなこと、子供が幼いこと、生活が慌しいことなどを言い訳として怠り易く我儘だった私を、この長い年月励まし続け許し続け、また時には厳しく叱って下さった大野誠夫先生に、私は深い感謝をささげずにはいられません。

また郷里の名古屋から暖かい慈愛の目をもって、静かに見守って下さった春日井濵先生、関西の「あしかび」の皆様、「作風」を初めとし大勢の歌友の方達にも深い感謝の思いを抱いております。

なお、カバーと扉の装画は、本年度の春陽会研究賞を受賞された伴信子さんにお願いしました。記して御礼の御挨拶に代えさせていただきます。

一九七五・六月

稲葉京子

槐 (ゑんじゆ) の傘 (かさ)

槐の傘

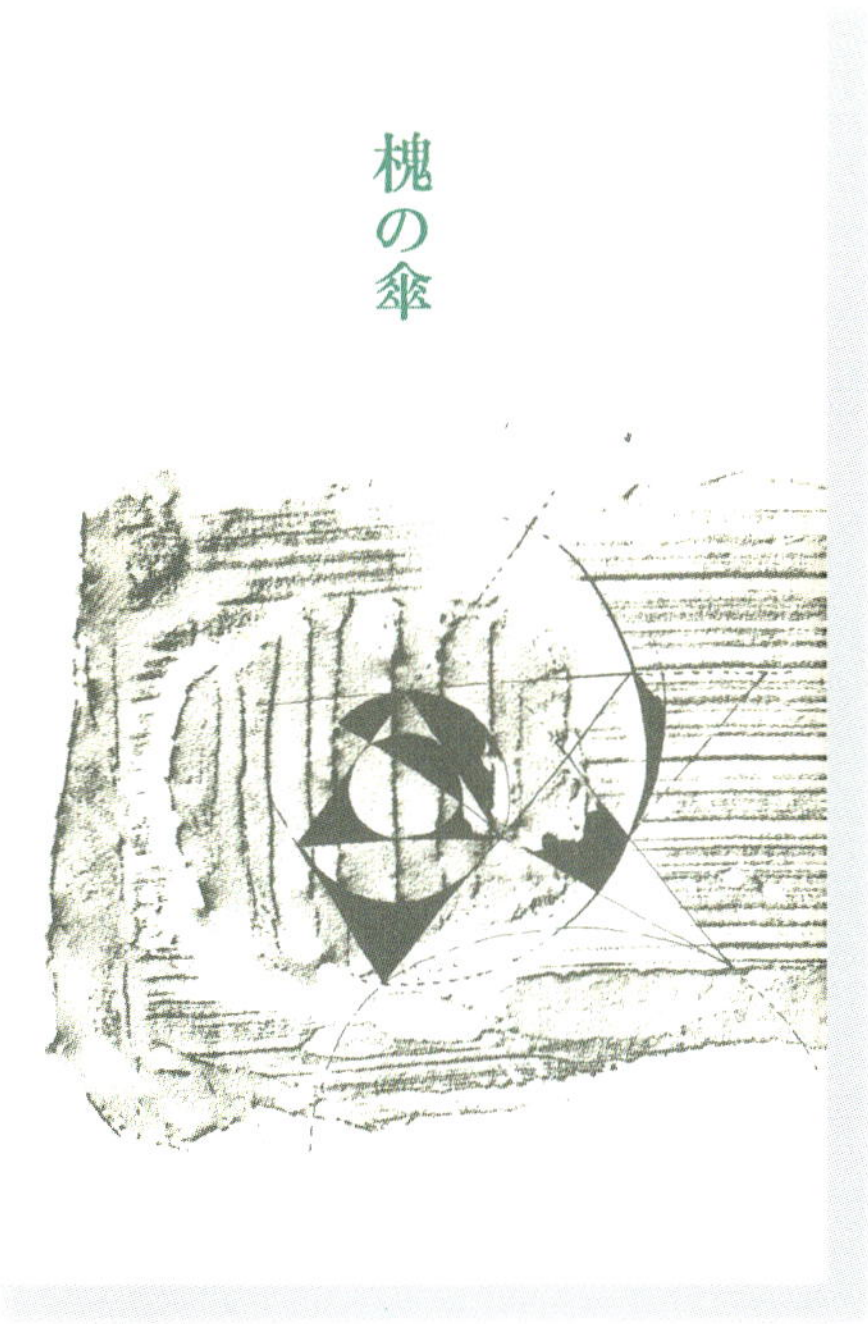

槐の傘
昭和五十六年八月三十一日発行　短歌新聞社刊
短歌叢書第92篇
四六判上製・カバー装　二二八頁
二首二行組　三五〇首　巻末に春日井建「跋」
および著者「後記」　装幀　大越芳江
定価二〇〇〇円

桜人

来る年の桜花をここに見得るやと樹に問ふ父よげに桜人

見上ぐれば老樹の梢目つぶしに逢ふばかりなる厚き花雲

抱かれてこの世の初めに見たる白　花極まりし桜なりしか

われを花にかかげし者を誰と知らず力漲る腕《かひな》を記憶す

細枝まで花の重さを怺へゐる春のあはれを桜と呼ばむ

花とならむ花とならむと渾身にかかげしものをいのちもて見つ

結界を越ゆる力や散り初《そ》めて花まみれなる地《つち》もこころも

今年の花の雪降るところわれに焦眉燃眉のおもひなしと言はなくに

岐路迷路ただならぬ額さくら花一枝の陰に鎮まりがたし

時は今あからさまに見ゆ揺り返す風に零るる花のあはひに

人である樹であることの偶然の空間に降る葩の雨

ゆくりなく見て過ぐれども仄々と明るむあたり花の眸ならむ

花骸を踏みくだる坂若かりしかの夕べ死にそびれしままぞ

*

春は滅びぬ　われは聾啞の石礫のごとき齢《よはひ》を身に加へをり

野火

茫々と老いたる母の傍らや母に聞かせむわが子守歌

思ひ知りてわれは驚くいつよりぞ老母《はは》に言ふ言葉は子にいふ言葉

夢に古き杳き黄昏の青満ちて胸あつくわが歌ふ子守歌

さびしくて衣縫《きぬ》ふわれにきれぎれに羽交ひを出でし子の声及ぶ

母と子の指のあはひに幾たびか綾取りのあや架かりて消えぬ

枷と呼ぶ血のえにしかもわれには胸ど締めあぐるまで切なき鉄鎖

胸底を燃え駈けりゆく野火が見ゆまことに思ひは抽象ならず

玉虫厨子

玉虫の羽をもて厨子を貼りし者の不穏のこころひと日見えゐつ

羽毛も鱗ももたざるゆゑに春の夜の宴に絹を纏きて群れゆく

曇天は限りもあらず空に架かる千筋の梯子見つつ遊ばむ

見えがたき聖玻璃に頭《づ》を打ちつけて落ち降《くだ》り来しひとつらの鳥

うつつより夢なるわれは若くして思ひの傷を濯ぎてゐたり

吹き揚ぐる疾風よなほ暫くをここにありたきわれの逆髪

をりふしを眼先《まなさき》不意に眩み来て宿痾のごときさびしさ萌す

歌ふほか何も出来ざるたぶれとぞ母のうれひも古りてゆくなり

無残なる傷よとおもふかにかくに身近にありし年月ののち

春さびし万燈のごとき花の芽を食《を》しつつ永久《とは》に越えぬ境ある

白首

老い極まりて冬の樹木のごとき父去年《こぞ》の花のやうに吾らを言へり

老い父はかひなを振りぬ誰か来て延命体操といふを教へき

今少しやさしく手厚くせむことの思ひを出でずほろびゆくらむ

胸を刺すばかりの悔に鳥となり亡き父母を探す物語ある

呼べばとて聞こえがたしもをりをりに白首めぐらすわれを見むとし
何の怒りにかあらあらと昂ぶりて降り狂ひゐる春の雪見ゆ
欲しきものを子に問はれゐつ仄かなる疚しさにしも欲る詩歌あり
春の夜の無韻に胸を洗ひつつ今し詩歌に呼ばれ立つとき
その情そのくれなゐの重くして椿一夜に根方を埋む

北丘

難波浦あとなる枯れ田北丘に心病む君の療院が見ゆ
君が宿痾に苦しむほとり枯れてたつ葦さはさはに劫風は過ぐ
狂はねば葦叢よりも丈低き身の置き処無かりしものを
生きながら心滅びし君の貌まつぶさに見つ見て忘らえず

歳月は悲哀を馴らしゆくものを人は恥にて狂ふならずや
きみに告げむさきはひをひとつ得むとして媚びたる恥にわれも狂ふと
狂ならざる頭《かうべ》を垂るるわれも君も束の間をゆく単独走者
永遠なる風景のなか一瞬の羽振りを超ゆることなき狂も

蘆刈

――君なくてあしかりけりと思ふにもいとど難波のうらはすみうき――

葛原《かづらはら》親王邸址碑《いしぶみ》は春茫々の枯草のうへ
春近き夕べの青の降り沈む地に溶雪のごとき沈丁花
いにしへの水駅あとの灯籠に夜毎あかりをかかげゆく者あり
ここにちひさき蘆刈舟も寄りにしを年月はわれに盲目を強ふ

難波浦水のまぼろしきらきらに蘆刈りなづむ男の背なよ

住み侘びて蘆刈る夫と巡り逢ひしは溶紫行水きらへるここぞ

住み憂きと蘆刈りなやむ 後姿《うしろで》やわれならば必ず裸足にて追ふ

愛するものは触れて苦しむことなかれ地の窪にほのと葦つのぐめり

*

篁の一葉一葉に露こぼれ滅びし者の声も濡れゆく

壺中

ただに明るく遥けき虚空《そら》を黄葉は言葉となりて降りしきるなり

まぼろしの柵塁ひとつ朝々に越えて出でゆくうしろ背見ゆる

何の壺中ぞわれは家居に灯をともし幼き者を呼びかへしをり

散弾に背を撃ち抜かれ画面よりいづこの闇にこぼれゆきしか

疑はず訊さず過ぎし年月も思へばただにみづからのため

いたく平たくなりて眠れる君を見つげにかなしみのゆゑよしとして

風出でて眠りそびれぬ瞼なき魚のまなこの犇きて見ゆ

おほよそは水なり水の器なる人とし言ひてミイラを指しぬ

ぴつちりと箔を置きゆく双掌見え行くてを塞ぐ神のまぼろし

この夕べ萩の白花を揺りこぼす神ならぬ者をわれは懼るる

挽歌

午後三時陽光《ひかり》静けき喪の庭に来たりて黒き靴先揃ふ

再びは見るをあたはぬ後姿《うしろで》に人は深々と礼《ゐや》して居たり

いづこにも在らざる人を傷みつつ低き笑声をりをりにおこる
死なしめてならぬ者あるわが傍を黒き裳裾はひるがへり過ぐ
凶々しき早馬ひとつくだりくる心の谷ぞ死なしめがたし

*

切歯して駈け来しここに齢《よはひ》消え性消えて石経のごとき死顔
死者の耳冷たく白し従きゆくに足る呼び声を聞きたるならむ
今ひとたび甦りなば過ぎし日よりやさしくせむと思ふも詮なし
とどまらぬ自由を得たる君にして苦しき生者を見つつをらずや
子を叱るあはひ物煮るあはひにてつくづくに死者君を恋ひをり
額に届くひとつ風花うつそみのさびしさに死者を思ひゐるとき

梢を覆ふ花々の白散りし白生死の距離を置きて光りつ

君の死にうちのめされてとどまりしが時過ぎてまた歩みはじめぬ

青夜虚空に満ちたる時を流れつつ渡らふごときみづきの白花

慌しき生者は忘れ老いゆかむ時なく歩む死者の傍ら

＊

身を折りて嘆きし心柔らぎて秋陽ゆたけき墓前に遊ぶ

飛燕の翳

雑草《あらくさ》の枯れ穂に触れて歩みゐるどの辺りまで地は冬ならむ

砕かれてなほ土ならぬ硝子より何の光りか鋭く返る

氷片を揺り鳴らしゐつみひらきてなほかき曇る心の耳目

藻に眠る稚魚と聞きたりいまだ見ぬ神のやさしさとなして記憶す

天の冬地の冬瞼閉ざしゆく問ひがたくあつく人は恋ふるに

一本の黒白の帯野を来しが死者と別れむとして止まりたり

風たちて後肉は地に魂は天散りぢりに紛れてゆけり

魂《たま》なればかの雲の辺に遊びつつ肉曳き歩む者を見てゐむ

寝食のひとつひとつの終りゆく様切なかる父のまぼろし

土の人よふかぶかと眼窩みひらきて無辺の闇を置き湛へつつ

月光は身に差し入りぬ仄かなる発光なして骨見え来ずや

とどまりて人は見返るひともとに一期と狂ふ秋のくれなゐ

帰りゆく飛燕の翳よ地に低く待つばかりなる者をよぎりて

見知らざる日のごとく

かの心をなほ美しく思ひ得て見知らざる日のごとく別れむ

釈明をわが請はざらむ晶底のごとき秋に在るひとつえにしぞ

ひとすぢの索縄を賜へ背の闇をとどまらざらむ者の気配す

鉄柵のあはひに冬のさびしさを嵌めたるやうな曇天に逢ふ

野の猫も心うるほふ刻ならむあら草の小さき花を嗅ぎつつ

楽章は今し閉ざされサフランも唄ひをさめし口唇となりぬ

逆光に見返らむとすまぼろしに過ぎざるものを過去とおもひて

石の館に消え果つるべき起き伏しのわれに身熱のごとき歌ある

目覚めたる嬰児のやうに

こころ乱れやまざる声の夕鴉常より茜濃き空を翔べり

ルーレットの玉ふとととまり選ばれし数耀へり訃報届けり

時置きて街衢の上に花火揚がりうつむき易き人をいざなふ

炸裂音ややに遅れて届きけり死後ひとときの余聞のごとし

幾重《いくへ》にもけぶる来し方目覚めたる嬰児のやうにわれは見たきに

届けられし憎しみひとつ春寒き首の後の辺りにて受けむ

今はいづこにも在らざる人ら群れてをりわが回想の芯なるところ

許されてある存在のかたちかと湯をもて洗ふ夕暮れの四肢

眠らむと胸に置く手のどのあたり彼らがイエスに釘を打ちしは

磔けられたる四肢に恷へしうつし身のイエスの重さを思ふをりをり

産み忘れたる

夕暮れの廊にみひらく一つまなこ鏡の空につばくろぞ飛ぶ

夕つ陽の百千の火箭とことはの飢渇の胸に降り注ぐなり

日常の花粉にまみれ這ひ出づる蜂ならしドア出でたるわれは

春深しわれから灯りゐるごとき連翹はその枝を撓めぬ

闇のいづくよりぞみどり児の声揚がり産み忘れたる吾子のごとしも

行潦《にはたづみ》まで一目散に吹かれ来てここにとどまる花のむくろよ

君も吾もゆき交ひがたきまぼろしの門扉のうちに老いて別れむ

雨よりも静かに降れる春の雪花林にくだりそれより見えず

憂愁の源を問はぬところにて咲き盛りゐる春の樹の花

良寛の眸

子らあまた遊び争ふ空地の辺今日の茜も退き惜しみをり
頬に眉にうちあたり来る紋白は春待つ者のまぼろしにして
いづこにか今駈け抜けむ硝子の馬目覆ひもまたあはれ硝子ぞ
白き雲耀ひて身の縛縄をおもへるわれの領土のごとし
夜の書が画するところ敗将も再び立ちて戦ひはじむ
迷悟のあとただ書に残り秋たちし空の藍青澄みわたるなり
宴果てぬゆゑよしもなく闇に顕つ夜雨草庵の良寛の眸
繊々たる草穂はなべて空を指しその志われに照り来る

あら草の穂に刺されゐる空の奥ひとつらの鳥渡りてゆけり

候鳥は月の今宵を発ちゆきけむわれは厨に皿を濯げる

水は硝子の中に静けき立方を保ちぬわれはわれを支ふる

寒の烏賊

一本の裸樹《らじゅ》鎮まれり夥しき情の浪費をさまりたれば

遥かなる空間を陽は傾ぎゆき濃き翳を曳く人も獣も

この秋の朽ち葉に霰たばしりてわれは漂鳥のかなしみを負ふ

白き萩散るなべに透きて遊べるは飯《いひ》たべこぼすかの日の吾子か

水桶にすべり落ちたる寒の烏賊いのちなきものはただに下降す

ゆるゆると奈落にくだる劇中の面輪はあはれ死と重なりぬ

物語といへども愛は遂に死を超えがたくして紙の雪降る
日常を零れしわれはみづがねの長良川面を渡らむとしつ
翼なきわれはわりなくヒールにて踏み打ち渡る虚空の橋を
夕つ陽に焙られて佇つ逃亡地遂に得ざらむここを踏みしめ
環状路夕靄こむるをちかたに行き果つるべき曠野あれかし

木の花の雨

初めよりまことにわれに無かりしかたとへば春をゆく翼など
光り濃き春の時間を須ちゐる万象を子はよぎりてゆけり
灯しびの輪を絶え間なく過ぐるなり春の恣意のゆふぐれの雪
寂光は樹に満ちゐたり衰へし花は垂直にくだりゐたり

顕れて目鼻匂へよ菜の花のひひなも宵の節句に座せり

稚《いと》けなき実莢さやさやさやぎをり街樹のもとの一つ菜の花

凍りたる水動きそめまぼろしとけぢめもあらぬ稚魚をゆすりぬ

――犬飼志げのさんに――

つぎつぎに花目覚めくる美はしき夢の近江に君あらぬ春

そこに苦しく在るも紛れぬいのちぞと亡くてやさしき君の声すも

はやばやと死にたるあはれ生きて苦しむあはれに添へる木の花の雨

思ふゆゑあるすぎゆきに亡き人も居つつ声ある様に笑ひぬ

＊

まことに哀しき遺歌集地に顕れぬああ死者よりの分厚き封書

緑の傘

生みし日の濃き愛恋をかたみとし遠ざかりゆく者とおもはむ

われの「母」なる部分を食らひ尽くせしや何気なき語も男さびつつ

長身をわれにかがめて言ふ癖の夫に似ながら夫にあらずも

わが青年よ若かりし日のわれもまた天道を焦げ落ちたる雲雀

ぱらぱらと夕暮れに散る仮集団のごとくに家族も春を別るる

あらぬ方見つつ笑へる人形の童女の頰に及ぶ夕光

いち早く昏るる木立は柔らかき厚き緑の傘を掲げぬ

ミッシェル・フォロンの絵

心切なく待つ者の辺につばくらめ春水色の空をわけ来よ

われは樹を樹々の梢は発つ鳥を神が配分の位置に見上げつ
ミッシェル・フォロンの絵の奥処より日すがらを解脱ののちの笑ひこぼるる
すこやかにあるべき人に熱出でてわれにまつはるごとく病みゐる
熱高き者の傍へに半睡の耳は永久《とは》なる時雨を聞けり
時の奥よりゆるゆると立ち上がり来む桜の花芽きみのみどり児
ひるがへる鳩の翼よ片側に寒き夕べの光《かげ》を曳きつつ
獣肉を提げて帰らむまな裏に野の母狐見ゆる哀しも
噴き上がる豆のたぐひを時かけて宥めてゐたりまして猜疑も
罠を仕掛け待つ者の貌見えそめぬかくて昨夜《きぞ》より賑はしく行かむ
きさらぎの寂光満つる高空にいたく静かに吊られゐる死者

均衡

これよりは在るをあたはず土にくだれと聞きたるやうに落葉し初めぬ

ひえびえと身丈揃へる秋魚に塩うちをれば遠きいかづち

窓硝子拭き終へしかば夕つ青満つるかなたの晩年が見ゆ

ゆく方の夕映硝子に写れるはさびしさに操られ来しギニョール

黄昏をわれは厨にここにありしマルクスの娘《こ》は書に帰り去る

恋しき女を盗まむとしていにしへの闇の画面を走る若者

かかる危ふき均衡をしも愛と呼び秋の林檎を切り頒ちゐつ

澄み透る飢餓

冬の青高澄むところ君が漉く白雲龍紙のごとき月見ゆ

春待たずたれか揚げたる凧切れて流離の夢の芯に墜ち来つ

身を巻きて眠れる蛇の体温を思へばめぐりいよいよに冬

凩に髪吹かれ来てわれを母と呼ぶより術のなかりし者よ

夢のやうなる記憶に乳を飲みあますみどり児よその蒙古斑も

くらがりへ仔を咬《くは》へゆくけだものを見しより心乱れはじめぬ

泣き虫といつの日よりか母われを侮り初めて少年となりぬ

球根を土におろせる子の肩にうち靡きゐる未生の禍福

ゆるゆると傾きゆかむ死の際もこの紺青の空を見むため

犬の目の高さに足を揃へゐてあはれ人獣の心は通ふ

歌を思ふわが目路はるか澄み透る飢餓一閃に野にくだる鳥

碧湖

地に開くかそけき花火ひかり降る虚空に梅は蕊をひろげつ
盛りあげて貝を売りゐる男の手ざくざくと夕光もともに掬へり
青乳色の貝の汁など啜りゐる心茫々と妻を仮称す
妻ならざりし母ならざりし日も今日も没陽に愛執の胸を灼かれつ
ひるがへるは去年《こぞ》の燕かいつよりぞ夫よりも子に蔑《なみ》されてをり
北の碧湖に白鳥を見にゆきしまま帰らざるやうな男たちよ
この夕べ抱へ帰るは憂愁に耳目溶けたる一顆の朱欒
とことはのかたちを得んとして急ぐさびしさに見ゆ生殖もまた
気管支に熱ある夕べ一人への思ひに凝りし若き日のごと

暖かき血が昇り得る限り見ゆ中空《なかぞら》をくだりくる鳥が見ゆ

枝分かるる処々に自らの枯葉をいだく梧桐《あをぎり》が見ゆ

子盗ろ子とろ

夜毎の雨が降り残しゆく下土のしろじろとして沙羅の木の傘

思ひ出でてたれか地底より曳きたらむふとしも沙羅の白花こぼれぬ

をみな児を生まざりしわれは夕暮れを子盗ろ子とろと唄ひつつゆく

ゆきあへる人のみどり児をひしと抱く知らずして指まで母なるやわれ

拐《かどは》かす心を今しわれも知る童女は磁場のごとき眸をあぐ

子ら育ちさびしきいとま少しあるわが傍らに来て坐れかし

発たしめてわれはここにしとどまらむ昏く暖かき紡錘として

さびしさは疾風が吹き残したる一軀一軀に虹として架かれ
少年の柔らかき額微々として蚕蝕なすは憂愁ならし
幾そたび空に蒔きかつ空に刈るわが夢の穂を渡りゆく風

椿の葉笛

緑濃き椿の葉笛ひとすぢの水脈《みを》のごとくに音《ね》に流れたり
粛々と鉄柵を巻き一滴の紺拡げゆく秋の朝顔
こぼれ萩遅れ昼顔とどまりて一期の艶を見かへりて居り
うら若き悲哀ふとしも立ち上がり車を駆りて出でゆかむとす
「遠ざかる風景」として見む今しばし若竹撓む若さにあれよ
稚けなく争ひ易き子らの声光芒なして身に帰りくる

旅に見る真葛や目なき情熱の滾々として野面を覆ふ
静かなる者としいふも吾は心の声をしぼりて歩めるものを
濃く昏く落日光をとどめゐし柘榴いね際の虚空《そら》に泛けるは
アフガンハウンド項《うなだ》れゆけり白樫の落葉雨と降りこめる下
去りてゆく季節の腕風となり欅を叩くふたたびみたび
流離のおもひ深々と住む傍《かた》の碑《ひ》に武蔵井草と彫《ゑ》られあるなり

「母」を括る

一つまた一つ実莢をはじく樹の影さびさびと「母」を括れり
水涸れし季の中洲に生ひし草きのふ水漬きて今日現れぬ
まなこなき感応聡く純ならむふとしも合歓の花震へたり

唇《くち》に油脂光らせてなすひたすらの子の飲食《おんじき》の様切なけれ
をさな児よ試みし故耳のびて空中をゆく象の絵を見ずや
われは子に口寄せ巫女の熱をもて滅びし螢の沼を語らむ
双掌もてこぼれ燕麦を掬ひをりいつしか遊興《あそび》を忘れしわれは
稔りの重さは忽ち喪失の軽さにてからす麦地にこぼれゐにけり
今年子《ことしご》雀《すずめ》雀の声に木に遊ぶゆくりなく見て涙ぐましも
掌上の一顆の柘榴身を裂ける稔りにおびかれ来たる悲哀か

骨の雪

晩夏光地表に凝る飴色に四肢浸されて人歩み来る
われをここに縛すはモディリアニ静かなる筆触に添ふ悲哀なるらし

つつ抜けの水色まなこ絵の中よりわが感応を見つつある女《ひと》
ゆくりなく身に降る槐孤りなる祝祭感のさびさびとして
瑞々しき若者は娶り忽ちに老いて咳くわが兄ならめ
わすれ草風に漂ひ一人また一人霜置く髪となりたり
ここは家郷にあらずして身に歳月は熟れまさりつつ言葉熟れずも
覚め易くありし一夜のあけ方の狭庭に拾ふ唖油蟬
今ひとたび胸より胸へ美はしき錯誤の虹の顕つ刻と知る
飛髪なしゆきて逢ふとも逢はざるとも底なき闇の須臾なる花火
年月の渚に聞きて愛といふ仮称に遂になぐさまぬ額
咲き溢れ撓める花枝ただにただ誠実なるも苦しからんに

昨夜《きぞ》読みし古きメルヘンの碧海にマリア・カラスの骨の雪降る
枝ことごとくほむらだつ花われもまたここに切なれば歌を思へる
円熟を恋はずも過ぐる道のべに棗の緑花散りこぼれゐつ
やうやくに傾く夏かかへるでの病葉落ちて雁書となりぬ

*

君の胸うち貫《ぬ》くごとき一首をと思へるうちに時過ぎにけり

蘆《ろ》笛《てき》抄　――カーニャの笛――

一管の蘆笛なるべく水古りしいづべの湖《うみ》に生ひたるならむ
幾たびかアンデスの風の音を生みぬ汝が呉れたるカーニャの笛
稚拙なる紋様ほどけゆくごとし若き汝が唇に触れて鳴るとき

血とともにひとつ民族の慟哭を告げやまざらむ伝承の笛

生きて別るる

刻々に秋づくや人の額を吹き空に集ひてゆく風の道

月下なる萩ひと枝にふふみたる白咲ける白こぼれつぐ白

萩一枝ふとも撓めり百千のまなざしとなりし月光のもと

こぼれつぐ萩叢に入るは君ならず討ち漏らされし者のおもかげ

隔てむとして立つものを美はしく装飾されし夜のドアが見ゆ

静かなる家居をなすと言はれ来て一枚の絵に涙をこぼす

致死量の睡眠薬を得しのちにひとたび問はむ晩年とおもふ

いたぶれる風の傷あるなか空の木槿《むくげ》老いとは傷ならなくに

向きあひて露けき甲斐の黒葡萄嚥みくだしをり発たざりしかば

*

やがて死が堰き隔てむに忘失の刻あり人は生きて別るる

雁《かりがね》の列

賜びし壺の肩ゆき過ぐる雁の列今か落ちなむ一羽も見ゆる

かなしみて覚めゐる闇を雁《かりがね》は身の闇をもて分けてゆくらむ

ふつふつと千切り播かれし一握の体温ならむ鳥影ならむ

まぼろしの雁《かりがね》にしも額あぐる静けさなれよ去年よりも今年

手触るるなかれ傷ありて遂に発たざりし一羽も眠る胸底の湖《うみ》

溶鉱のごとく

全山の枯葉は落ちて名を知らぬ一木《ひとき》の梢《うれ》に花殻黝し

枯山の谷のなだりに出逢ひたる冬の朱芽《あかめ》は馬酔木の花芽

昼も霜置ける枯野やつくづくに身は暖かくして人を恋ふべし

何の手力《たぢから》加はりたりし折れ幹かかの日のわれの心と言はなくに

ただにただ眩しき冬の夕ひかり入江に溶鉱のごとく溜まれる

山深く入り来しわれに帰るなといふごとくして雪花乱舞す

一陣風過ぎたり今し白髪のかうべをあぐる杉の秀つ枝よ

蝶の森

時差表を回せば吾子はソンブレロに夕光《かげ》汲みて野をゆく頃か

衰ふる春のまなこにウシュマルをわが血鳴らして行く子ぞ見ゆる

黄樺色の秋の老樹とおもひしは幾千万の睡蝶の群れ

海越えて来し翅をもて地の上に裏がへるなり冬越えがたく

睡りより死に移りゆく境界をぼろぼろと蝶は樹下にこぼれぬ

易々《いい》として滅びし国にほろびざりし音曲幾つ蒐めゐるべし

アステカ趾をゆく若者の後影わが血脈《ち》打つ器《うつは》ならずや

ありし夢に成りたる石の城ながら紺碧空に還元されぬ

チチカカ湖畔にたれか編みたる葦の舟空わたり来て吾に届きぬ

無垢なる老い

ひしひしと咲き垂りし藤去年《こぞ》よりもいたく小さき母の頭上に

咲き満てど空を見がたき花の性類へむ業も知るよはひなれ

溶然ととどまる時を促せる羽音は聞こゆ花の奥より

わがまなこ鎮まりがたし季《とき》に添ふ花の無垢なる老いを見し日も

傷をもて人は問ふなれ春毎にゆたけき花をあぐる樹下に

葉洩れつつなほも明るきはつ夏の日斑花房のうへに動くを

一会かと触るる藤房いのちにていのち亡き人のごとき冷たさ

昏々と咲き繁れるはゆるぎなき思惟かと思ふまでの老樹ぞ

腐花衰花土にくだりて切々のひとたびの歌終りゆくとき

いね際におもへばあはれ片靡く花丈なべて揃ひゐしなり

聚まれば翳濃くなりてゆく花序を見て来しこころ人に添ひゆく

愛執にまなこ眩みて逃亡のかなはぬわれはここを踏みしむ

熱き血を賜びたるならむここにしてわが低唱はとどまりあへず

静けき王者

一匹の蝶を嘉《よみ》する白の暈枯草原に紛れゆかずも

薄羽を閉ぢ合はすなりかしこなるたれか眼蓋を閉ぢあはすなり

夕べ夕べ白湧きのぼる萩の傍《かた》きみに振る旗のごとき詩歌よ

曼珠沙華孤独あらはな咲き様の散形花序を風ゆすりをり

いにしへに静けき王者ありしとふ雨露玉連となして佇つ樹よ

夕つ光《かげ》及ばざる葉も及ぶ葉も一秋一会の黄に染まりをり

虔しみてわれは目守《まも》りつ耳目なき樹林が揚ぐる深きくれなゐ

ゆくりなく浴びし落葉雨帰り来て払へども払へどもまつはりて降る

逢ひがたきひとつえにしにここに開く石蕗の黄に降りしむる雨

青闇をいつせいに灯す窓々よ今割られたる果実のごとし

灯しびを持たざりし日も深々と闇の底ひに瞠きをりしや

地の傷に湧きかへりゐる赤光を宥めんとして暮色ぞくだる

赤光に佇つ裸木見ゆ凶々と今日より永久の網膜の痣

葉を払ひし裸樹見ゆかくて言ひがたき寂寥満つる晩年となれ

罪科ありや

その鳴き声可笑しきまでに拙けれコガラ今年子われの狭庭に

生きかはり生きかはりても科ありや永遠《とは》に雉鳩の声にて鳴けり

なか空を北指してゆく翼見ゆ今しも人は涙をぬぐふ

一閃の黒き刃振りや青原を時を切りゆく今年の燕

団欒を卑しむごとき山の声まことけ寒くヒヨドリ鳴けり

傘を忘れぬ

白日にかの日の落度甦るは傘を忘れて来しゆゑならむ

木陰なす窓辺の鏡かの翠湖落ちとどまらぬ深さを所有す

祝祭は過ぎたるものを木犀の落花仄かな燐光を帯ぶ

担送車にゆれ揃ひつつ行き過ぐるまことに白き死者のあなうら

ここにしも天意まさりて荘厳の茜の病舎を出でてゆく死者

療すべきところあれば来る病廊に昨日死者を見今日死者を見つ

夕茜こぼれくるなり髪・耳目・芽立ちなべての生きなむ意志に

水中花

盲目の雨盲目の紫陽花の白き面輪に降り沈むなり

夕闇に葉叢は溶けて人の貌ならむ高さに紫陽花浮けり

流らふるひと日の雨にあぢさゐの重き花玉撓みゆくなれ

紫陽花も、夕闇に目を塞がれてさだかに見たき人も水中花

枯れながら散るをあたはぬ紫陽花の残りの青を吹きあふる風

われは水無月の夕べに生《あ》れつ雨霧らひ水中花咲く死に場所を知る

水を出でて開かむとする水無月の夢痛くして水中花咲く

日常のはざまに見えて今まさに堰を越えなむとする水の量

灯りそめ一呼気過ぎぬ忽ちにわが町はまばゆき光体となりぬ

今しわが躓きたるは千万年を籠めて撒かれし頭蓋のひとつ

夏至祭の夕べの町を覆ひたるこの灰色の支へがたしも

秋と呼ばなむ

柵条に切り分かたれし秋の陽光《ひかり》いたく静かなる方形をなす

槐の花に夕光り差し一匹の蜂の飢渇は覆ひやうなし

彼方なる輪をこぼれ出で一人づつ月明かりして帰り来るなり

こまごまと皿を並べつげに花の飯を盛りたる日よりの遊び

ここに逢ひまた別れなむ骨肉もその燃え果つる刻をたがへて

もう帰れぬ団欒ならむドア開きかの月光を浴びてしまへば

ゆく季《とき》の天の花火を相仰ぐまなこさびしき連珠ならずや

さきはひ濃く来しにはあらぬ貌幾つ入れ代はるなり夜の車席に

あらぬ方に手足を折りて秋の夜の机に死にてゐるギニョール

見えわたることはさびしも人形を操れる手は神ならずして

夕闇は抗ひがたき重さもて徐々にわれらの丈を低くす

いづこよりか踵をかへし草の穂に灯をともすなり秋と呼ばなむ

跋

春日井　建

I

稲葉京子さんは幼なじみの歌人、私が「未青年」を、彼女が「小さき宴」を書く以前、各各の初期作品を「短歌」誌上で批評し合ったこともある。

紫の樫の芽立ちとわが髪をいたぶるばかりの風と思へり

たとえば右の一首について、少年の私は、これは風の美しさを歌っただけです。そしてそれだけであるが故に美しいと思う、と記した。あの頃稲葉さんは童話を書いていて、短歌のような形式のある律調の中でさえ自在だったのだから、童話の世界ではそれこそ〝馭者のない馬車〟を駆っていた。馭者のない馬車とは、彼女に倖せを運んでくる馬車で、第一歌集「ガラスの檻」の第一章の題名でもある。

当時の作品で、私に忘れ難い一首がある。

いとしめば人形作りが魂を入れざりし春のひなを買ひ来ぬ

さりげなく叙された歌ながら、誠に微細な心理を突いている。人形作りがあまりに愛しんだせいで人形に魂を入れなかったというのだ。人の手から手へ渡っていく人形は、よく出来ていればいるほどさまざまな運命に弄ばれることになる。魂を入れられた雛人形は多くを感じ、知り、時には傷ついて過ごさなければならない。だから人形作りはあえて魂を入れなかった——と、稲葉さんは思う。そう思いながら春の雛を買って帰る。そっと壊れやすいものをかかえるようにして。

しかしこれは本当のことではあるまい。人形作りはやはり人形に魂を入れたのだ。どうしても欲しい人形を前にしてその命を統べることを怖れた彼女が勝手に呟いてみたまでだ。ほとんど緊張状態にまで昂ぶって、ついにかりそめの夢を紡ぎだすほどにも彼女の心理は繊細である。

貝煮れば小さき貝よりひとつづつ殻開きゆくさびしさありき

葩をいのりのやうに閉ぢ合はす花に在る夜がわれにはあらず

こうした小さく、稚く、優しく、敏いものを見る歌には秀歌が多い。童話を書くのにふさわしい細やかで豊かな資質がうかがわれる。

当時の稲葉さんの歌には「易く」という言葉が頻出する。たとえば「片頰に満ち易き血の満ちゐつつ人より易く恋ふ性ならむ」これはまた、人より易く感じ、易く喜び、易く悲しみ、易く傷つく性でもあろうか。いとも気軽に、放胆なまでに「易く」というが、それが感じやすすぎる自己表白でありつつ、一方やすやすと何でも歌い得る柔軟さを証してもいる。

「ガラスの檻」には、透明なガラスのように、彼女を閉じ籠めてやまない「隔絶」に対する心象が託されている。しかし、人はいつかはガラスを壊して外へ出ていかなくてはならない。稲葉京子という人形にも魂は入れられているのだから、かりそめならぬ現実に直面しなくてはならない。この歌集には、そのあたりの出立のさまを写す印象深い作品も収まっている。

とこしへに吾を去りゆく季節あり母たちの列に加はる時に
君のみに似る子を生まむ見知らざる人あふれ住む町の片隅
愛憎もかりそめならぬ君の子を生みたる町を今日出でてゆく

Ⅱ

第二歌集「柊の門」も人形の歌から始まっている。

薄墨のひひなの眉に息づきのやうな愁ひと春と漂ふ

ここでは魂を入れられた雛人形が息づいている。人の子の母ともなった女性にとって、「魂を入れざりし」という幼い詐術はもう許されない。彼女は人形のかわりに命を、非在のかわりに存在を歌う。

いとけなきいとしき者をまじへつつ生きてゆくなり人もけものも
暖かき血は身のうちをめぐり居りほろびしひとを数ふるときも

歌集名「柊の門」は、歳月の刻印の形象として用いられている。私もまた柊から、父濵の歳月を素材とした次の一首を思い起す。

しろじろと朝の斎庭にくゆり立つ柊は老いて刺をおとせり

父はしばしば「私は若いときは圭角のある男だったが」と語っていた。その言葉に、稲葉さんの文章の一節、「その門は、殆んど椿の葉に近いような、棘も見分けがたいやさしいかたちの葉を、幾重にも重ね合わせて静もって居り、柊といえば、鋭いきざみの葉ばかりを知っていた私を驚かせました」を重ねて読むとき、私にも歳月の逝くさまが見えてくる。それはまた稲葉さんが記す「円熟とも衰退とも見極めがたい」晩年というもののやさしさを偲ばせもする。

さて、この歳月、稲葉さんは四度住居を移した。
そのたびに彼女は、新しい周囲を見飽きることのない懇ろな視線で見つめて、幾多の作品を残した。それは時には家常の些事の記録であり、時には心象のスケッチだった。脆いものは勁くなり、稚いものは陰影を深めた。才能のもたらす華やかさに深沈とした叙情も加わった。そして文体の結構はより確かなものとなった。

いくばくの歳月失せてかなしきときも仄かにわらふわれとし思ふ
白髪を梳きながらふと振り向けば小面をつけてゐるかも知れぬ
伴ひて死にたるのちの簡潔をあこがれわたる湖心に出でて

Ⅲ

「槐の傘」は強い気息のこもった集である。父をうたう「桜人」、母をうたう「野火」に始まって、歌に向かう姿勢に、これまでにない醒めた徹底したものが見られるのだ。

歌ふほか何も出来ざるたぶれとぞ母のうれひも古りてゆくなり
春の夜の無韻に胸を洗ひつつ今し詩歌に呼ばれ立つとき

すなわち、「歌ふほか何も出来ざるたぶれ」と見極め、「今し詩歌に呼ばれ立つとき」と自覚した、ただならぬ決意が表白されており、その響きは私の胸をもしたたかに搏つ。

「桜人」の中には、

花とならむ花とならむと渾身にかかげしものをいのちもて見つ

花とならむと渾身の力で細枝の先まで咲き盛る桜を写す一首があるが、この花こそが、今の稲葉さんの歌への思いなのだろう。

稲葉さんのうたは総じて短歌らしい短歌である。伝統詩にふさわしく韻と律とが整っている。定型と現代的な意識とが乖離することなく自然に溶け合っている。その作者が、「歌ふほか何も出来ざるたぶれ」と心を据え、「今し詩歌に呼ばれ立つとき」と決意したのだから頼もしい。

人形を素材としてもギニョールに託してこう叙す。

見えわたることはさびしも人形を操れる手は神ならずして

かつて人形に抱いた怖れや愁いはこの一首のうちでは払拭されて、むしろ操る手の方が問題となっている。あれほど感じやすかった作者が、すべてが見えわたりながらも、狂うことも逃れることもなく歌に正面から向かっている。

印象に残った作品を列挙してみよう。

何の壺中ぞわれは家居に灯をともし幼き者を呼びかへしをり

羽毛も鱗ももたざるゆゑに春の夜の宴に絹を纏きて群れゆく

吹き揚ぐる疾風よなほ暫くをここにありたきわれの逆髪
わが青年よ若かりし日のわれもまた天道を焦げ落ちたる雲雀
うら若き悲哀ふとしも立ち上がり車を駆りて出でゆかむとす
かなしみて覚めゐる闇を雁《かりがね》は身の闇をもて分けてゆくらむ
生きかはり生きかはりても科ありや永遠《とは》に雉鳩の声にて鳴けり
いにしへに静けき王者ありしとふ雨露玉連となして佇つ樹よ
夕つ光《かげ》及ばざる葉も及ぶ葉も一秋一会の黄に染まりをり

挙げていけばきりがない。これらの作品は言葉の求心力と構成力とによって「槐の傘」中抜きんでた歌と思う。

最後に「蘆刈」について触れておこう。世阿弥の能「蘆刈」を背景にして、「君なくてあしかりけりと思ふにもいとど難波のうらはすみうき」をエピグラムとするこの一連は、稲葉さんの技法や、歌と現実との関わりを見る上でも興味ふかい。

もともと歌の徳を主題とする「蘆刈」は歌人ならば誰もが取り組みたい素材だろうけれど、彼女はいともやすやすと「蘆刈」の女に化り変ってその心を表現する。

住み侘びて蘆刈る夫と巡り逢ひしは溶紫行水きらへるここぞ
住み憂きと蘆刈りなやむ後姿《うしろで》やわれならば必ず裸足にて追ふ

「君なくて」の返歌「悪しからじ善からんとてぞ別れにしなにか難波の浦は住み憂き」の言葉遊びより、稲葉さんの「われならば必ず裸足にて追ふ」の方が私には遥かに女心を活写していると思われる。若い日に童話を書いた人の想像力が生かされた。「槐の傘」は空にかかげた詩歌の由である。その詩的空間は今張りつめて美しい。

一九八一年　初夏

後記

昭和五十年秋から、五十六年初めまでの三百五十首をまとめて一冊とし、『槐《ゑんじゅ》の傘』と名付けました。

この集は、私の三番目の歌集にあたりますが、ここに在った年月を、私は今までになく烈しく歌を思い、歌に執し、歌を得るべき純粋な空間を求め続けました。

そんな私を励まし暖かく見守り続けて下さった皆様、本当に有難うございました。

第一歌集、第二歌集からいくばくの進展をなし得たか、心もとない限りですが、皆様のお力添えにより第三歌集を纏める機会を得ましたこと、本当に嬉しく御礼申し上げます。

題意は、幼い頃何かの折に読んだ、

　見はるかす槐のうへ
　空澄みて昼の月かかる

にはじまる佐藤春夫の詩に因ります。

それが詩歌との初めての出逢いでしたが、短いその詩句に導かれて、澄み渡ったひとつの風景が私の心に忽然と浮かび上がり、その日から槐の樹は、見はるかす空間に美しい形象を結ぶ詩歌の象徴となって、私の胸深くに沈み今日にいたりました。

槐の傘は、空にかかげやまぬ私の詩歌の傘であり、また、私を覆うたび忽ちに詩の純粋空間を獲得出来る、夢の傘でもあります。

常に、歌が生まれ出る予兆に耀う空間を、傘で画するようにして、まとっていたいとも思います。

大変御多忙ななかを、快く帯の文章をお書き下さった「かりん」主宰の馬場あき子さんに厚く御礼を申し上げます。

十代の頃から私の先達であり、跋文をお寄せ戴いた春日井建氏に心より御礼を申し上げます。

常に暖かく、長い歳月をお導き戴いた大野誠夫先生、有難うございました。

この本の出版を快く御世話下さった短歌新聞社の石黒清介氏にも厚く御礼を申し上げます。そして、若い女流日本画家大越芳江さん装幀を有難うございました。

稲葉京子

昭和五十六年四月

注　佐藤春夫の詩（「昼の月」）の原文は「野路の果、遠樹の上、／空澄みて昼の月かかる。」

桜《あう》花《くわ》の領《りやう》

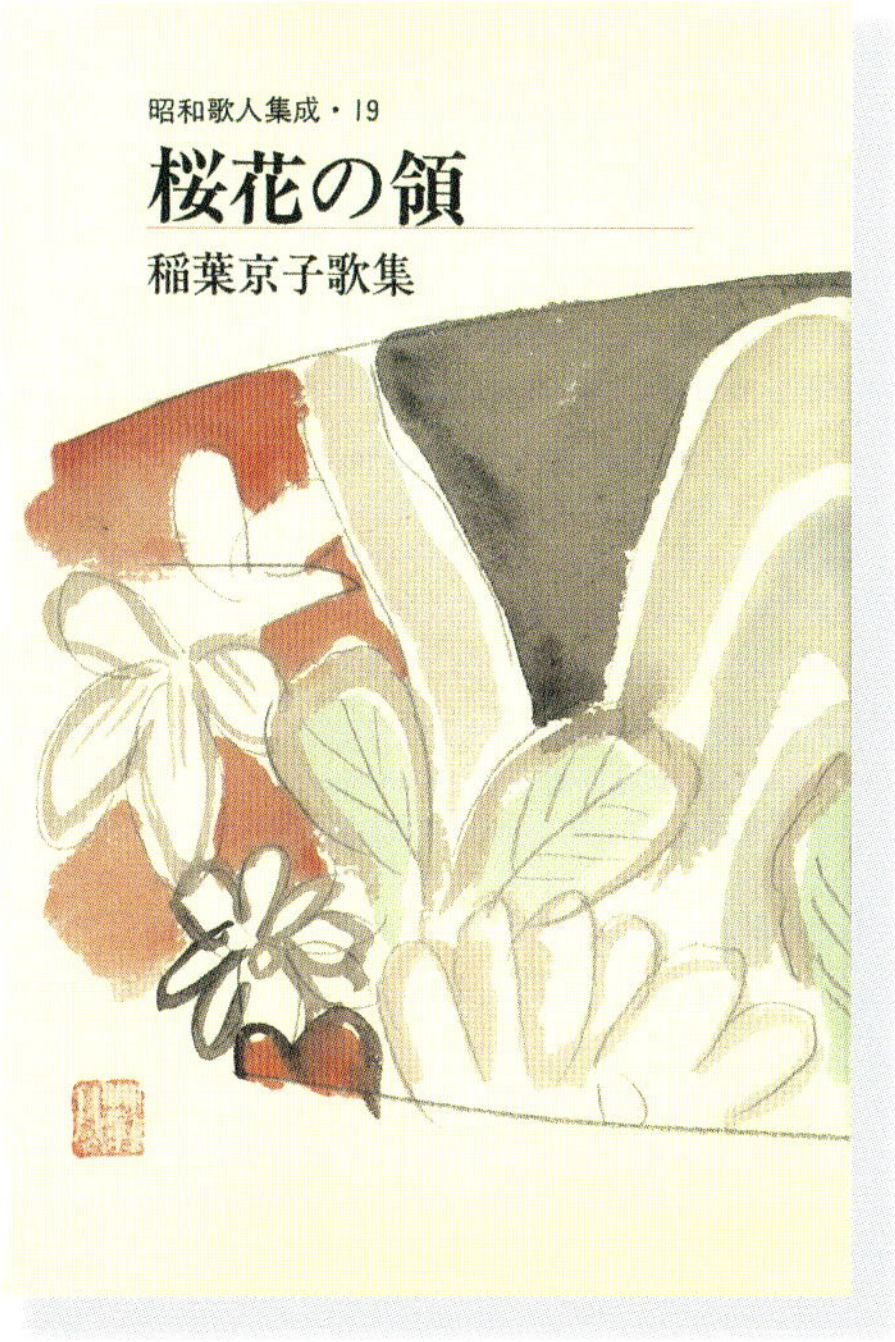

桜花の領

昭和五十九年七月一日発行　短歌新聞社刊
昭和歌人集成19
四六判上製・カバー装　一二八頁
三首一行組　三〇二首　巻頭に口絵写真、
巻末に松永伍一「解説」、略歴、および著者「後記」
装画　木村荘八
定価一四〇〇円

白雁わたる

鳥獣園の檻の真中《まなか》も凪の道木菟は大き眸《め》にまばたきぬ
散り敷きて地《つち》を覆へる木犀の一花一花よ十字を保つ
かき集め火を放たねばいつまでも落葉は路上を走りてをらむ
さびしさのみなもとなども問はずして目つむれば今年の白雁わたる
うち深く揺らげるものを昨夜《きぞ》は愛今日は悲哀と思ひてゐたり
旅宿より見えつつ月下なる海は一枚の箔ふるへやまずも
見しゆゑに安らぎしことありやなし月明の窓鎖《さ》してねむらむ
夜をこめて海面《うなも》に降りし月光はどのあたりまで沁みてゆきしや
闇深きしじまに覚めぬただにただいのちは時を食らふと思ふ

水楢の落葉透き耀《て》りブロンズの勇者の眉に肩に散りをり

枝撓む萩のくれなゐひと世《よ》もて愛《かな》しみ過ぎしかとわが落ちつかず

心をばひき絞りたるくれなゐか散り敷きてわれに死ねと言ふなり

いつ知りし哀慕の情ぞ去年《こぞ》よりも今年の萩の紅うつくしき

この園の紅葉に射す陽《ひ》しんかんとたれか叩けば砕けて散らむ

黒き涙

鈴懸は空に抽《ぬ》き出で去年《こぞ》の実を垂りゐる黒き涙のごとし

咲きあふれ散りあふれつつとどまらぬ一木さびしきわれの山茶花

ひと際にくれなゐ濃ゆき秋の樹よ倚りたつわれも赤髪となる

若くしてみどり児を奪ひ合ひゐしは昨夜《きぞ》ならぬかと君よ問はずや

時をわかちほろびをわかつ寂寥のひとつえにしの連衆《れんじゅ》ならぬか
灯しびは等間隔に車窓《まど》を過ぎ抗ひがたきわが位置が見ゆ
曼珠沙華咲ける河原に釣る人よえにしの人は今待ちてあらずや
まこといとしき背丈といはむサフランのうす紫ののみどぞ見ゆる
人よりも深き愉悦に遊ぶらむサフランの花の襞に入る蜂
わがサフランを食ひ尽くしたる野の鳥も秋の寒さに痩せゆくならむ
物いはぬ木草となりて総身に降りこぼれくる年月を受く

灯の河

夕べの硝子にありてあらざる空間かもわれは魚貝を提げて立ちつつ
人はみな切羽つまりし波となり交差路を越えてゆく夕まぐれ

水よりも冷たき風に洗はるる魚骨のやうな冬の木立よ

重く昏く熟れ極まりし実のごとく人は眠れり夜の電車に

君のまなこにをりをり奔る北に行くかりがねの眼のごとき光りよ

しかすがに人々はみなみづからに架けたる橋を行くとおもふも

心うるみて夜の窓に見る灯の河や夥しき生者今を揚ぐる灯

灯しびのかなたの闇に息づくはゆくへ問はれぬ古き死者たち

灯の河は闇に果てたりいよいよに死者は生者の数を超えつつ

光りといふ光りを風は千手もて研ぎ濯ひをり凍夜をこめて

地下道を登り来しかば切子硝子を砕きしやうな星に出逢ひぬ

桜花の領

呼び声はかなたに春の柔らかき光りのきぬにからめられをり
かざし来し傘を畳みて今われはここより花の領界に入る
さびしからぬと思ふや桜花の領に入りひとり春たつ祝祭をなす
幾そたびふり仰ぎしかひとひらが散りそめてよりわれの桜ぞ
ほのぼのと天の光りを掬《むす》びゐし木蓮にしも今日は雨降る
花枝《はなえ》より花枝に青き翳くだり木蓮一樹昏れてゆくなり
あやまたず花咲き闌けて時に添ふ夭折は人の側なる凶事
なほさはに歳月残りゐるごとく叱りて病める老いを励ます
思ひにて苦しめるとも今日われはここに身を病む老いを看取りつ

病傷をやしなふ人は白布に巻かれて眠る繭のごとくに

病棟を出でて花輝《て》る樹下に佇つすなはち健やかの証しとなさむ

衰へし父母ある闇に息低く訣れはわれを窺ふらしも

窓外は光り濃き昼熱さめしわれは一碗の白粥を炊く

かりそめの病ひの間にも促さるる心のやうな芽立ちとなりぬ

厨辺に砂糖を計るここにして思ひしことの量を知らずも

渡り得しのちの自在や春深き気流に乗りてゆく燕見ゆ

はつかにいたし

黒野とはいかならむ野ぞ黒野ゆきの電車茜の街を抜けゆく

街燈の光りこぼるる道の辺に雛を売りゐるここも春の座

寄り合ひてまなこをつむる黄の雛の綿毛起こしてゆくほどの風

旅宿なる窓見おろしの店頭に太くま白き魚の腹並ぶ

灌木の若木静かなる丘陵地傷のやうに拓かれてゆくところあり

いつ何に由りて枯れしやきらきらと気泡のごとき芽立ちのあひに

老いし木に若木に出でてそよぎゐる葉はその色をわかつならねど

丈揃ひ咲き揃ひゐる梨畑の梨花いにしへの曝布ならぬか

雲の層さまざまなるに従ひて彩かはりゆく湖の面《おも》

硝子戸の外夜すがらを雨降りぬ目覚めてのみどはつかにいたし

咲き闌けて逢ひにし雨かひとかたに倒れたる菜の黄の花の量

車窓より紫けぶるげんげ田にころぶすものを人と知るまで

譲りつつかなしきことも自らに問ひつめて遂に矜恃といはむ

忽ちにかの心根の移ろふをわれは見てゐき春もろともに

風落ちてとどまる春の塵芥に沁み入るばかり濃き光りさす

青天鵞絨《びろうど》を貼りたるごとし春となる山脈の襞かげ濃ゆくして

梅花一枝

歩みいづる木の象の足地を離れとはに離れてゐる寂《しづ》けさや

赤児などあやせる立居もろともに西に向く窓みな炎上す

木は枝を鴉は翼を展《の》ぶるなり天空をゆく木枯らしのなか

木枯らしと縺れつつゆく階上の子が奏でゐる「イエスタディ」も

矗々《ちくちく》と冬芽霜夜を伸びをらむ少年は灯に詩を書きなづむ

百千の梅の固芽の粒々を雨滴はつつむ春となるべし

微々としてわれは変はらむ目つむれば去年《こぞ》の白梅に陽があたり居り

今しばし花とはなるな梅ケ枝に密度濃き白を結びたるまま

幼児園をわれは思ひぬ稚けなき白梅つどふ春の瑞枝《みづえ》よ

梅花一枝かかげゆくなり白栲にわれは足裏まで統べられて

ひとたびも啓示を受けぬ額《ぬか》ながら白梅百千の反照を浴ぶ

隠れ里

ひと日薄暮といふはいかにか目を病みてしづまる老いの傍らに伏す

看取りつつかりそめに伏す病舎の窓幾たびか青き驟雨は濡らす

生きて佇ち死して佇つなれこの窓に見ゆる野際の虫枯れの松

若葉ゆゑ木洩れ光りの柔らかき洗ひ場に母の汚物を濯ぐ

昏き驟雨に閉ざさるるなか存在の核のやうなる連燈は見ゆ

驟雨添ひて隠れ里なり遠街のえにしの人々をわれは思ひぬ

濃き薄きえにしなるなか吾にやさしき幾たりぞ男にて女にて

なほさらにえにしなる故ことごとに吾を裁ける人も見えつつ

老いの繰り言長かりしかど手力に曳かるるやうに眠りてゆきぬ

茫々と老いは眠りて瓶にさす梔子一枝問ふこともなき

散りがたく匂ふくちなし未練をばいやしき情といふことなかれ

見えざれど見むとする力触覚に配分されてゆく様あはれ

見えがたき母は食膳にのしかかるあはれひと生《よ》のわが傷とならむ

老い極まれる母と子を率《ゐ》しわが心危ふき均衡を保つならずや

いよいよに生への執の深まれる老いびとの辺に慎みて添ふ

月も老いたり

——幾たびも楢山の夢を見てゐきと闇に縷々《るる》たる母の独白——

雪の疎林を発つ群れ鴉かなしけれかの下に座す媼見ゆるを

楢山のほつ枝下枝を巡りつつ飢ゑたる群鴉屍肉を待てり

枝撓むまでに群れ来《く》も団欒を卑しむごときその濁り声

羽搏ちて発つとき揚ぐる一声の何にさとからむ死者を知る声

かしこ死と生のあはひの橋にして歯を折らば渡ることかなふらむ

懼るるは病苦にあらず老残の身を食ひ破る孤独の嘆き

貧によりて死すにあらざらん野に低き老いに銀箭のごとき自負あり
あらざるもあるも夢とや雪かづく枯笹原に膝を折るべし
われより出でてこの世にしばし戦《そよ》ぐべきいまだも若き子の後肩
柔らかき甘き肉もて今もなほ傍へに遊ぶまぼろし童子
敷き延べし終《つひ》の莛はにひむしろ一輪の椿の紅を置くべし
寒月光鋭かれども身の飢渇こころの飢渇わかち得ざらむ
啾々と青月光の間をはしる古りて恋しき死者たちの声
いくばくの遅速に死なむことわりを天地《あめつち》は知り今われも知る
生は身を曳ける限りにある自由死は忘られむ虚空の自由
げにあつき愛執なれば子の傍に老いさらばへて死ぬことなけむ

なれどもやがて肉は心を忘れなむ親なりしこと子なりしことも

＊

はるばると歩み来りぬ茫々と病む目に仰ぐ月も老いたり

――われも又切なき夢を見てゐたり母の夢語り果てたるのちに――

老いも幼なも夕べわりなく幾たびも紅絹《もみ》をかざして夕づつを見き

紅絹かざすときここのつに砕かれき明星も童女の遠き未来も

あしたには紅顔ゆふべ白骨となる経文を諳んじさせき

意味知らぬ言葉を懼れずたずたに引き裂かれたる幼年の胸

指呼の間に死を想ひみるやさしさか祖母《おほはは》の手にはぐくまれにき

寡黙なるは思ひ濃からむ行く末の心がかりとわれを嘆きつ

青麦の穂波の道をおびきゆく執着強き老いの手を記憶す

わりなかる老いの名残りに白髪を抜きて織りしや絹も黄ばみつ

父祖の屋《や》の奥処に溜まる闇の底一人づつ入りてゆく洞のある

あした夕べを傍へにありて深沈と老いくだりゆくいのちよあはれ

まこと死は近からんかな死す死すと口癖にいふ老いを憎めど

はや耳目ほろびたるらし今ははた心崩《く》えゆく寸時刻々

風たちぬ死者となりゆくいくたりの終の呼気など混りてあらむ

うらうらに照れる光りやゆくへなき一人の貌を継ぎて歩むを

過雨

立葵昼に夕べに天心を恋ふる心ぞ咲きのぼりゆく

立葵天に近くと願ひたるかの中世の塔ひとつ見ゆ

音あらぬ花火しきりに天の闇地の闇触るるあたりにて消ゆ

青硝子の彼方若葉を千切りゆくばかりに激つ疾風《はやち》見えつつ

立つところ常に自らの論理なるひと鋤きの地のごとくあれかし

合歓は過ぎ木槿散りそむこの町のくまぐまに沁みて衰ふる夏

藁敷きて守られてゐる町なかの一顆夏なる茄子のむらさき

つくづくに声音も尾羽もうち汚れこの辻に老いてゆく家鴨よ

見おろしの闇に揺れつつ燐光を帯びし面輪は梔子ならむ

ビル群は初秋の過雨に鎮まりてのちの世に佇つ廃墟となりぬ

双掌もて受けたり秋の中宇にて刃より冷えたる葡萄ひと房

季は今冷たき黒き葡萄もて粛々とわが掌《てのひら》を押せり

稔りとは葡萄ひと房受けし掌をほのぼのと押す力なりにき

春の鐘

歩み過ぐる傍らに古き椿あり一花は深きくれなゐの洞

ゆくりなし椿の道に散りてなほ無傷の紅を踏みわたるなり

はらからが描きし椿は地を覆ひわれは今危ふき中宇をくだる

釘の頭《づ》を打ち込むごとく年月は老いたる者を土に還さむ

幼き日の名をもてわれを呼ぶ者はこの地の上にほろびやまずも

情後《なさけおく》るるわれか見がたし連れだちていよよ哀しき老父母の影

熱出でて仕事をなさぬわが心静かなるらむ風笛を聞く

何者をか息詰めて追ふ風の雪視野の限りを奔りやまずも
われは今虜囚といはむ旅泊なす窓外一望雪なりしかば
一夜をここに泊てなむわれは樹に降りて樹となる雪を窓に見てゐつ
これよりは散るほかもなし枝々の積雪は花の量を越えつつ
宴の為に雪の駅府を発ち来たり杏の花を見に来よといふ
知信ながく記憶乱れて匂ふなりいのち孤りとおもへるときを
よりどなしよりどなしとぞ若かりし日も今も身をくれなゐの傘もて覆ふ
昨日の雪が洗ひし街衢逆光に黒き稜角尖りゆくなり
この世を出づる刻ならなくに西空のくれなゐをわれは惜しみやまずも

――老い父はかひなを振りぬたれか来て延命体操といふを教へき――

汝が父は死にたりといふ受話器の声われの肺腑を刺し貫けり

最早死にたる父の膝下に帰りなむ如月《きさらぎ》光を分けくぐりつつ

父の胡座の中に入りたる幼年の身の量なりしこともわりなし

若き父の髭痛かりし記憶またありありとしてきのふのごとし

死者父の頬に触れゐる今を過ぎわれの眉髪は白みゆくらむ

財なさず行ひをなさずなれどもひと世の心やさしくして逝きにけり

火を放ちもし甦《かへ》りなばいかにすと血の濃き者は問ひて詮なし

父の肉焼かるる臭ひをかたみかと深々とわれは肺に吸ひをり

はらからは相寄り箸をあやつりなやみ父ののみどの骨を拾ひぬ

燃え果てて丈なき骨に骨を積むいたく乾きし音とおもひて
並びゐるこの壮若のてのひらは拾ひし骨の軽さを知れり
骨は吸はるるごとく集まり立ち上がり父となるなりわがまな裏に
きさらぎの虚空にこぼるるもの白し梅花風花老い父の骨
幾百のくれなゐの鐘吊られたる椿の門に入り納骨す
いづこにも見えざる父が居るならむ空の奥にて春の鐘なる

雪の宴

風花の流らふるなり老い父の終《つひ》の宴は雪の宴ぞ
丈高き裸樹しづまれり去年《こぞ》われはいまだ父ある者なりにしを
病まずして一夜に逝けりかの日常の性急なりし性《さが》そのままに

風邪引きやすき二月のわれに獣肝を啖へよと言ひ電話は切れぬ

やさしかりし父とおもひぬ手童《た》なりし日も髪白みそめし昨日も

喪の衿を整ふる手許狂ひつつ幾たびかわが指を刺す針

今際越えなほ幾許か伸びゆくと聞きたる髪やその白髪も

死者父の頰冷たけれこの冷たさはわが残年のこころを占めむ

弔ひの夜更け疲れて眠りしが眠り得しことをわが訝しむ

二月連日晴れてあれかし父失せてまことに悲しき老い母のため

若木のやうに

天に降る緑の雨とおもふまで木立こぞりて若芽をふけり

花を惜しむ心いつしか廃れたる今日くれなゐの蕚を踏みゆく

砕かれて白こなごなの薺花この花丈に春とどまりぬ

光り乏しき曇天に触るる八重桜白き凝脂のごとく光れり

嘆きつつゐし虚をつきて思ふなと桜の雲は視野を塞ぎぬ

石をもて父の棺の釘の頭《づ》を打ちし今年の春のさびしさ

今生の別れありにき常ならぬ春の落葉は心底に降る

この風景の地平に老いし母ありて声なく膝を折りゆくが見ゆ

家を出づる子よ問はずして天涯にそよぐ若木のやうに思はむ

かつてその熱を計りし母の手は若き憂愁をはかることなし

まなかひをふはふはとしてこの春の天地《あめつち》を得し蝶よぎりゆく

紫木蓮ひとつ梢に遅れ咲きいまだ消《け》のこる夢のごとしも

顕はるる面影若しいづくにか在りて仄かな皺たたみゐむ

なにか小さき者のしきりに飛び交へる廃園ながら賑々しけれ

水の面に散りやまずしておのづから花の筏となりてゆくらむ

青き淵のぼり来たりて葩を噤みくだしゐる古き鯉見ゆ

遠ざかる生とおもふに並み歩む身の片側の明るまんとす

断たれたる夢にかあらむ夕つ方ひき剝がされてゆく梯子見ゆ

春の闇いよいよ深く溶け出づる髪膚南北の窓を鎖すべし

時かけて満ち来し闇はわれをただ悲の一対のまなことなしぬ

一夜なる闇に幾たび目覚めつつ魂を梳く櫛を欲るなり

夕ぐれの朱

雪柳蒼々として咲き満てる微粒万花をこぼつ風見ゆ

まなこなき青虫は青に透きとほり若きキャベツをくひ飽かぬかな

寂寥はかかる深さに来たるかと父死にし日の街を歩みき

父在りし間になすべかりしことありき春深くして木の花散れり

父さへも見分けがたくし日おもてのここかしこなき亡き人の貌

われら今この地の上に顕はれて携へあゆむ死者のかたしろ

相寄りて時をわたるや一《ひと》つらの雁行に似つわれらの日々も

鎮まりて歩みをかへす地点など裡深く見て生を保つも

凝りたる夕ぐれの朱に浮く鴉わが網膜の傷となりたり

何ならむ肢もがきつつ太々の鴉の嘴に咬へられゆく

君よしらずやこの静かなる日常の底に絶望の煮えてゆくさま

大夏柑枝撓みたり地底より索かるるごとく地を恋ふごとく

柑橘の丸実の上に美はしき黄を結びゐる季節やさしも

力あるくれなゐを虚空《そら》に開くかな柘榴の花となるを得しかば

昼の花火

わが厨の窓の硝子は虚空《そら》に立ちひとすぢの風の道を塞ぎぬ

一枚の硝子をもちて残照と灯しびの彩を堰きわかちをり

昼の雨降り出でて窓辺なるわれのひとり飲食《おんじき》を静かならしむ

誘惑に敗れしこころなまなまと踏み入る森の緑翠の闇

幾重なす青葉をもるる光りゆゑ君は病者となりて振り向く

誰か止めねばとどまらざらん雨夜なれば若葉は菌のごとく増えつつ

君はきみわれはわれなる飢渇もて園の水照《みで》りの紋を浴びゆく

ひと日風騒然たりき散り敷きし木の花の香は足下より来る

ここ過ぐるわが肩に散り匂はしき音信となれる木の花の雨

槐《ゑんじゆ》の花あをき木下《こした》や傾きてゆくよはひゆゑいはで過ぎなむ

木の花は音なき彩を下空に撒きてぞ昼の花火となれり

奥津城に水濺ぎゐつ自《し》が渇き死者の渇きを癒やさむとして

屈まれるかたち嘆きの在り処父の墓辺の草を抜くなり

夕茜木草に染みてゐるものをわれはほろびに抗はむとす

われを待ちてゐしにかあらむ亡き父に母を守れと言ひ募るなり
今いかにいづくを歩む死にし時素足なりにし父とおもへば
音絶えてもの朽ちやまぬ身のめぐり真昼間の闇真昼間の淵

北の旅

短かる夏を惜しめり夕ぐれの湖上に出でて遊ぶつばめも
青山の稜線消えぬ夕暮れの灯しびを恋ひ舟帰りくる
仄かなるえにし愛しも稲妻色のすすき一穂《いっすい》かざし訪ひ来る
忘るべきあはき血縁も旅なればわが傍に来て酒を汲むなり
支笏湖に死にたる人を食ひしかば紅しと鱒の肉を指し言ふ
死ねよとぞいざなふ青湖帰りゆきまた苦しみて生きおほせなむ

身のやまひ心の傷のしげくして老残からき母の生見ゆ

遮らむものなき湖心に出でしかばこのさびしさは天より来たる

舟上にたゆたふわれは限りなく小さくなりて忽然と消ゆ

悪業のごとき孤独も思ほえば幾たりにいやされ支へられゐき

深閑と緑湛ふる樹の海を常片側に見おろして行く

道は意志道は愛とぞおもふまで森林を貫《ぬ》く白き道あり

ゆく限り車窓に見えて片靡くげにさびさびと花独活《うど》の白

イタドリの乳色さはの花房は地獄谷間になびき垂れたり

この谷に投ずれば亡骸あがらぬを美意識として案内《あない》するきみ

わが丈を越えし梢に皓々とつるあぢさゐは花を揚げたり

とどまれといふ声もなくびきびきともろこし畑を打つ風の音

まなこより心に流れ入りしかばいよいよに晶を結ぶ景あり

裡深く流れ入りたるみどり野に白渺々の雪を降らしむ

無心なるもの限りなくしづけかる白雲飛べり羊のうへに

丘の樹に風やまずして旅人の群れは陽の斑に洗はれて佇つ

はまなすの緋のつぶら実に夕陽さすこの町に一夜の宿を請ふべし

吹く風も低き曇天も大楡の夏の緑をいよいよ濃くす

黄葉を待つ間なければ青きまま須臾にほろぶとアカシアを指す

心虔しくなりアカシアの遅れ花残りの花をてのひらに受く

幾たびか死を見しよはひ幼年の日の菓子のごと落花を受けむ

旅寝なる心の闇に照り出でて点綴冽きえぞのあぢさゐ

楡若葉夢に風たち至純なるひとつ歌曲となりて響くを

緑　壺

白き月夕空に顕ち微かなる遅速に緑昏みゆく樹々

川面までせり出でて今宵待宵の開かんとするにこころ危ふし

裡深く眠らす者のあるならむほほづきは低く緑壺を吊れり

森近き一夜の宿の未明なる刻寂び寂びと鳴きわたる鳩

ほろびを思ふ者ならなくに寂寥の雉鳩の声ほうほうほえすてでい

いづくにぞ鳴き飽かぬ野の鳩の声われは太祖の目覚めを得つつ

葉がくれの椿の若実鳴りやみし時のしじまの鈴のごとしも

遥かなる群燈を恋ふ先の世の漂泊者今ここを歩めり

工事帽を忘れゆきしか月光にとはに置かれし頭蓋となりぬ

声音《こわね》なき恩寵ならむ梔子にいよいよに濃き白のぼり来つ

記憶の庭に光り射し入り唐突に一情景を言ひ出づる母

人は忽ち老いていつぽんの椿木の長き沈黙を越え得ざりしか

いかならむ声ある方か立葵くれなゐをもて登りつめゆく

湧きやまぬ地下泉水の見ゆるなれ指して寂寥と呼びたるならん

　昼は深しも

秋の枝《え》の実莢こぞりて地を指せりあやまたず真実を指すごとく見ゆ

葉がくれに眠りたらひしよしならむ今日実柘榴に亀裂走りぬ

欅大樹切り倒されぬ年月を忘れてしげり飽かざりしかば

手折り来し白萩一枝音絶えてこぼれぬきみの著書のうへにも

くだりてはまた昇りゐし蜆蝶光りの襞に分け入りて消ゆ

小さなる秋かたつむりみづからを曳くごとくして路上をゆくも

曼珠沙華のくれなゐ微々と溶けそめぬ光りのかたに昼はふかしも

降る光り容量越ゆる刻ならむぴしぴしと孔雀は尾羽を拡げつ

尾羽ひらく孔雀の檻に人は寄り世に愁ひなき声を揚げたり

人工の園さびしけれ真菰なき石の汀を走る鴨見ゆ

蘆の笛

生きて見るものことごとく光り曳きこの夕ぐれのひとつ彩雲

傍らに遊べる犬もわれにならひをりをりに空をふり仰ぎ見つ

見よやとぞ賜びし写し絵スペインのサフランは今日の夕雲のいろ

野ぼたんの紫紺灯れる他界とのあはひに座してまどろむ母よ

昼の屋《をく》深くし甕に散る萩や天啓に純なるものは聴《さと》しも

一花また一花に深く沁み入りし光りの暈となれる山茶花

満身はその切々のくれなゐの花まみれなる山茶花一樹

白に入りかすけき紅の配分を日暮と呼べる椿を賜びぬ

心ふと衰へにしか秋天をこぼれてくだる白き蝶見ゆ

曇天は幾重にも冬の色を溜め地上流離のわれらを覆ふ

灰かぶりの色に汚れし冬雀飢ゑ雀わが庭に遊ぶを

きみは逝き人のいのちに越えがたき一期の冬のありと知るなり

掌中に鳴り出でし蘆の笛なるか際なき寂寥を触発せるは

*

夕映の刻は明るき天の刻幾たびか人も額をあげつつ

ひとつ空を雲を彩どりかの時の錯誤にわれは助けられしを

常ならぬ美《は》しき赤光を浴びしかば言葉得ざらむ罰に従くべし

冬木立黒き逆光の圏内に帰路忘失のわれは入りゆく

目瞑ればありありとして表現者とふ鬼もさびしく辛くゆくなり

『桜花の領』解説

女人ゆえに桜花

松永伍一

華やぎを求めてやまぬ人の胸中の光彩をのぞきこむのが、わたくしは好きで、それを恥ずべき悪癖とはおもっていない。幼くして地獄を見過ぎてきたせいでもあろうか、美しいものの量塊と活性に吸いつけられていくうちに、途方もなく深い闇の淵に沈下していることに気づかされるのだ。美に耽る魂の秘儀にめぐりあえたことを誰に謝すればいいのだろうと、折々の充血のあとで想うことしきりである。

花を観れば、そのいのちに宿る修羅の眼に射抜かれる背理に、わが魂を素直にあずけることができる人なら、桜花の饗宴に招かれて鬼の吐く妖気に酔わされぬわけはあるまい。稲葉京子さんの歌稿が『桜花の領』と題されて届いたとき、わたくしは内に立つ血の噴水が官能とも評せるほどに揺れうごくのを感じた。それは女人の指呼する黄金調の聖域に対する恐れであり、なつかしさとしての反応であった。歌という魔の笛を吹きつづけねばならぬ自選の宿命を呪うのでもなく、水の流れに従うようにそれと共流してやまぬ稲葉さんの寂寥は、女人の専有であろうはずもないから、歌の占めるイメージをこちらの想いで隈取りしながらわたくしはなつかしみ、ふとそれを他者の花園と気づいて恐れたのである。

この『桜花の領』は第四歌集で、ひとりの表現者の熟成の濃さを暗示している。人は意識しなくても、時間という鑢によって思念の器の刺の部分を削りおとしていくもので、稲葉さんも例外ではなく、第一歌集『ガラスの檻』から『柊の門』へ、そして『槐の傘』となり、この『桜花の領』にたどりついている。題名のもつ形象性についてここで説明することは無用であろう。

二十代の半ばにして〈いとしめば人形作りが魂を入れざりし春のひなを買ひ来ぬ〉と詠んだ作者は、他者の愛と自分のそれとを峻別することによって魂というものの所在を鮮明にした。この操作能力は『ガラスの檻』のあとがきに書かれた「題意は、私の持つありふれた生活の底に、常に訴えがたくそれはちょうど透明なガラスの様に、私一人を閉じ籠めて止まない〝隔絶〟に対する、心象を託そうとした部分から選び『ガラスの檻』としました」と重ねてみると一目瞭然である。稲葉さんは魂を肉の裡に抱きこむより観念として扱う若さを佇立させていた。透明さとは純潔性の別称である。つまり、まだ女人の性《さが》を業《ごう》として摑みきるところに到達していなかった。

齢四十二でまとめた『柊の門』は、表現者が現《うつつ》にあるいのちの消し難い炎を見定めた歌集と言えよう。〈なかぞらの奥に聞こゆるささめきは何の花宴ぞ雪こぼれくる〉と詠む耳の感度も、〈暖かき血は身のうちをめぐり居りほろびしひとを数ふるときも〉の血のたぎりも、〈薄墨のひひなの眉に息づきのやうな愁ひと春と漂ふ〉にこもる肉化された愁いも、みな存在を証すいのちとの邂逅に他ならない。刺のある柊の葉を見つめつつ「柊は年毎に葉の縁のとがりを少なくし、丸みを帯びた葉の形になってゆく」と知らされ、「その日見た柊の門は、円熟とも衰退とも見極めがたいままに、まぎれない歳月の刻印として、私の心の奥に、忘れ得ぬ形象となって」いったとあとがきに記している。尖った刺を宇宙へのアンテナとすることで感性の優位を保とうとした若き日の自分と、否応なく訣別させたのは、在ることによってしか値打ちをもてないいのちという力だった。非在から存在にむけて、たとえ衰退と見られようと、のたうちまわらねばならなかった。「今生きていることが、限りなくあでやかな別離の宴であるように思われ、そうしたおもいのなかで滾りはじめる切ない情熱が、私を歌うことに寄らせた」と稲葉さんは告白する。そこまで女人として歩いてきたことが、どうして衰退と言えようか。

四十八歳のときの第三歌集『槐の傘』は、槐が荒涼とした地平に立っている態《さま》に似て、おのれの生の決意を他者に仮託して歌いあげた歌集である。稲葉さんにとっては存在の意味を内深く詰問することが作歌することであるから、世俗の事件の社会的解明も不要であったし、もはや偏狭な自己批判や世評への顧慮も無縁となった。ひたすらこの地上に在るいのちの本質に自他共々に迫っていくだけだった。そこには勇みたつ気概とも見れる情念が渦を成している。〈花とならむ花とならむと渾身にかかげしものをいのちもて見つ〉を作者の決意の表明と見れぬ人はあるまい。〈人である樹であることの偶然の空間に降る葩の雨〉の法悦にも似た「地上に在るいのち」の共鳴りはどうだろう。これは存在への讃歌である。花が花であろうとし、人が人であろうとして渾身の力を出しきる一瞬に稲葉さんは神を幻視したかも知れない。読者よ、早合点しないでほしい。この神とはいのちを操る外の力ではなく、内に宿っているいのちの力のことだ。それこそが様々な物象を捉えきる表現者の聖性の謂ではあるまいか。「洞察する力の根源」それが神であり、作者はそれをおのれの内に見たのである。この関係はユダヤ教における神との契約に似ている。〈春の夜の無韻に胸を洗ひつつ今し詩歌に呼ばれ立つとき〉の一首がそのことを痛烈に証明している。わたくしはこの『槐の傘』によって稲葉さんの基軸はできあがったとおもった。

そしてこの『桜花の領』となる。『ガラスの檻』が一九六三年刊である。それから二十年の歳月を積んで、女人のいのちの秩序を形象化したことになる。生の宿命として若返ることは至難の業《わざ》であるが、肉体の老いを払拭できない諦念をせめて花への帰入によっていささかなりと排しようと、稲葉さんは華やぎの領土への魂の手を差しのべている。決してそれは虚勢ではない。あるがままのいのちの遊行に身をまかせつつも、それに耐えるおのれをいとおしむ自愛の眼差を、わたくしはうなずきながら見届けることができる。開拓者となるよりは、かれの蒔いた種子が花をつけ実を結んだことを讃える人になろうと、今の今を双手で抱きしめる実存の悲しみに稲葉さんは囲繞《いにょう》されている。『桜花の領』は、そういう形の自己制禦と解放の産物である。

妻となり歌を日常のなかに刻み、子を成し歌をいのちの音色としてわが内に聴き、やがて夫に対する妻の位置が凪のように水のようにゆるやかなものとなるころ、子もまたかけがえのない自由を求めて独自の座標をもちはじめる。この宇宙の、いのちあるものの担う摂理に、表現者は限りない悲しみの貌をもって対しなくてはならない。会者定離もわが事なのだ。この「わが事」の自覚が「詩歌に呼ばれ立つとき」である。花は華やぎの極みとしての桜花となって立ち顕われる。夢幻のごとくであり、あきらかに現としてである。

稲葉さんは前歌集の冒頭で〈来る年の桜花をここに見得るやと樹に問ふ父よげに桜人〉と詠んでおり、散るべき花の末期《まつご》の景を、花賞でる父の上にも予見したであろう。〈見上ぐれば老樹の梢目つぶしに逢ふばかりなる厚き花雲〉の絶頂感は、それゆえに凋落の予兆であり、〈春は滅びぬ　われは聾唖の石礫のごとき齢《よはひ》を身に加へをり〉も、自分の老いにむかう歎きの表白であるが、無意識のうちに父の大いなる歎きを含んでいたのであろう。花を見つつ挽歌の調べが聴ける耳こそ正常で、稲葉さんにとってはその父の死はいつの日か来る怖れでありながら、桜花の本質を見極めた者にとっての必然であり、表現自体が死を待ち受けていると知らねばならなかった。

わたくしはそんな想定の上で『桜花の領』を「待たれた挽歌」と名づけ、いのちの授受のありがたさに対する「桜花による献花」と評したい。〈さびしからぬと思ふや桜花の領に入りひとり春たつ祝祭をなす〉の肯定の眼差も〈幾そたびふり仰ぎしかひとひらが散りそめてよりわれの桜ぞ〉の受容の歓喜も、いのちある者にのみ許される自愛の至福ではあるまいか。この官能の黄金調の頽唐が抱きこんでいるのはいのちの滅びというイメージであり、稲葉さんは生者の担う耽美の極みを死者への哀悼の重みと同質化することに成功したのだ。これは手品ではない。地上に在ることの宿命の悲しみが、よんどころなく産み出すものである。生と死とのあいだにどれほどの距離があろうぞ。

〈かざし来し傘を畳みて今われはここより花の領界に入る〉祝祭の序章は、〈これよりは散るほかもなし枝々の積雪は花の量を越えつつ〉へと引き継がれ、やがて〈きさらぎの虚空にこぼるるもの白し梅花風花老い父の骨〉となって形の定まった挽歌に昇華され、〈いづこにも見えざる父が居るならむ空の奥にて春の鐘なる〉の安らぎと救いは、〈風花の流らふるなり老い父の終《つひ》の宴は雪の宴ぞ〉となって、桜花をいとしんだ作者の情念はここで自己完結する。春の祝祭への想いは雪の宴と同質なのだ。そんなことがあるか、とあきれる人はあきれたままで死んでいくがよい。「生と死とのあいだにどれほどの距離があろうぞ」と伊達や酔狂で言ったのではない。

稲葉さんは「美しいものの極限は闇と背中合わせだ」という断定に立って微笑む女人。まるで中世の闇を抱くシャーマンのような妖しさをもつ人だ。〈夜をこめて海面《うなも》に降りし月光はどのあたりまで沁みてゆきしや〉という果て知れぬ海の底まで見透すその眼力があってこそ、〈闇深きしじまに覚めぬただにただいのちは時を食らふと思ふ〉と歌って中世と交わることができるのである。そしてまたシャーマンの感性は〈灯の河は闇に果てたりいよいよに死者は生者の数を超えつつ〉と異界の様を肉眼に映すことができるのだろう。

『閑吟集』に「憂きも一時、うれしきも、おもひさませば夢候よ」とあるではないか。〈黒野とはいかならむ野ぞ黒野ゆきの電車茜の街を抜けゆく〉その茜色が現なら、黒野の闇に行くには茜色を駆け抜けなければならない。稲葉さんはこうしておのれの歌う瞬刻に中世の闇を抱きとめる。そして限りあるいのちの饗宴に狂った男や女たちの「なにせうぞ、くすんで、一期《いちご》は夢よ、ただ狂へ」と桜花の風に散るごとく歌った調べを、ひそかにわが肉の琴に入れる。これぞ「桜花の領」に入る祝祭である。そのときこの女人の裡に中世の闇はひろがり、そこに魔を秘めた桜花の量塊と活性がある。この毒をはらんだ輝きと豊饒とをわたくしは美しく、そして限りなく悲しくおもう。

物は形を超えて見えねばならぬ。〈遥かなる群燈を恋ふ先の世の漂泊者今ここを歩めり〉の漂泊者は他者でありつつ自分であるから、その虚像は現身《うつせみ》に戻るべく〈目瞑ればありありとして表現者とふ鬼もさびしく辛くゆくなり〉と酷薄な光景を紙の上に置くのだ。歌はこの鬼と出会う劇であることを、そろそろ人に言い伝えたいものだと、稲葉さんは華やかな題をつけてこの一巻を編まれたのではあるまいか。読者よ、怖い微笑みというもののこの世にあることを忘れ給うな。

後記

『桜花の領』は私の第四歌集です。『槐の傘』に収めた作品から数えて三年弱の年月の間に作り溜めた作品三百二首を収めました。

その三年弱の年月の間に、父の突然の死と、三人の友達の死に逢い、母の、坂道をころげ落ちるような哀しい老いの姿を、私は見続けて来ました。

『桜花の領』には、父への挽歌を連作とした「春の鐘」と、姥捨の物語を、孤独な心の底深くに秘めて病む母の思いを代弁し、またそれに呼応する私のかなしみを歌った連作「月も老いたり」を加えました為、哀傷歌の多い歌集となって居りますが、つぶさに、死や老いを見つめ尽くすことによって、私は「生」の意味を問い続けて来たように思います。

そしていつしか、生には、老幼を含めて花の季節に重なる切なさ、あでやかさがあると思うようになりました。開きそめてから散り果てるまでの季節を渡ってゆく、いのちに添う抒情について思い続けました。前歌集に引き続き、私は短歌という形式への信頼と、表現の深みへ到ろうとする願望を持ち続けて来ました。これから後も歌への思いはいよいよ強くなって行くばかりだと思います。この集の題意は、別れを重ねている心を歌った〈さびしからぬと思ふや桜花の領に入りひとり春たつ祝祭をなす〉から取りました。

御多忙な中、御心籠もる解説をお寄せ戴いた松永伍一氏に厚く御礼を申し上げます。また常にのびのびと自由な場を用意し、励ましを戴き続けた「短歌」主宰春日井建氏に御礼を申し上げます。この集に収めた作品を作りました時期、多くの歌壇の先輩の方々から温い励ましを戴きました。ありがとうございました。写真の御世話になりました相田昭氏ありがとうございました。この度の出版の御世話をいただいた石黒清介氏にも御礼を申し上げます。

稲葉京子

しろがねの笙《しやう》

しろがねの笙
平成元年六月一日発行　雁書館刊
短歌叢書第一二六篇
四六判上製・カバー装　一八八頁
二首二行組　三一四首　巻末に「後記」
装幀　小紋潤　装画　速水御舟
定価二四〇〇円（本体二三三〇円）

賑はしき冬

百年の椿となりぬ植ゑし者このくれなゐに逢はで過ぎにき

ここに咲くほかなくてここに咲きたらむ籬の菊に夕茜さす

山茶花は散り溜まりをり絵を踏みし絵を踏まざりしいづれの裔ぞ

木がくれの柑橘一顆ほのぼのと思惟熟れてゆく静けさに見ゆ

中天に凧ひとつ見ゆ幼な子は仄かに照れる額《ぬか》をあげつつ

かき消えし糸のゆくへに浮く凧やわすれがたなき血縁のこと

萩の枝《え》を焚きつつ思ふ空の父逢はぬえにしもまた深からむ

未明にひとり息絶えむとし老い父が思ひしことをとはに問ふなれ

遠空にいかづち鳴れり他界とのあはひを歩みゆく者やある

歌を書きなづみてゐたる机《き》の上の数分の夢母死にし夢
思ひ濃き者はおのれを殺《あや》むるとくるしきわれに言ひ給ひしか
聞かざればいかに静けく聞かざればいかにさびしき耳をもて聞く
屋上園に夕焼けしかば一人また一人の理路のありありと見ゆ
ふと母を思ひ出でたる少年よ怒濤のごとき夢を語れよ
風落ちて夕べとなりぬ蕾だつ梅の諸枝《もろえ》にささめきは満つ
賑はしき冬と思はむ細き枝《え》に白梅となる者もねむりて

切子硝子

高岡に夕べの薄耀へり遠き戦捷の火のごとく見ゆ
ゐのころ草金色に照る夕原に遊び飽かずも野の雀たち

榠樝《くわりん》一顆面輪となりてほのぼのと天の気まぐれの恩寵に笑む
理につきてわれを哀します人もまたこの夕映を見つつあるらむ
穂すすきも何か忘れて来しやうにさびしきわれも陽溜まりに居る
かかる冬の日に選ばれて冷え冷えと白山茶花は散りてをりしか
夜毎銀杏落葉を踏みて帰り来るかの時にふと逢ひしばかりに
窓に見る遠き原野《はらの》はいつしかに雨降るならん滂沱たる白
薄氷《うすらひ》の月たちてをり倖せを問ふにはあらぬ魂を問ふ
冬の蝶ゆく草野道高く行くとき蝶もまた力しぼるを
かなしみは見えがたくかつありありと冬の陽なかを運ばれてゆく
落葉樹林《らくえふじゆりん》風に撓みて今ひとたび逢はねばならぬ母われにあり

消えゆかむいのちのおどろ追ひ追ひて飛髪なすなり夢の境に

何によりてか耀ひてゐる仄かなる光の暈をいのちと呼べよ

切子硝子の反射のごときさみの詩を口ずさみゐるきのふまた今日

夢の傘

何ごとか起らむとしてこの街のただ中に堕つる巨きクレーン

夜をこめて散り敷きたらむ山茶花の斑濃《むらご》くれなゐ寒寒と見ゆ

いつならむ梢にこぞるくれなゐの花にのぼりし水ありぬべし

問ふなかれ愛恋はかく濃ゆくして身のうち深く淵なすものを

慎しくまろく小さき墓石群古きみ寺に眠りこけをり

わが心を借りて今しも甦るここに落飾の静けき誓ひ

たれか今絆を解けり夕映にとどまりがたく散る落葉見ゆ
草の翳みだるる墓石みづからのゆくへを目守《まも》り人は過ぎゆく
帰るべき身の片側の夕焼けて思惟も片側燃えつつあらん
やがてたれか住む人工の洞にしてをりをりに溶接の炎奔れる
たゆたへる思ひのなかに別れゆく夢の雨にも傘をさすなり
見返ればきみも寂寥の人にしてふかぶかと傘さしてゆくなり
石の館《やかた》をうち叩く雨目覚めては闇に色なき時雨とおもふ

一月の鳥

一月の夕べの水に降りむとし水鳥は細き足を垂れたり
凍りたる水辺に帰る漂鳥のこころざし首のべてゆくなり

ひと生かけとべよ翔べよと叱咤なす声やまざらん羽振《はぶ》りつつゆく

恋ほしきこころに寄りつどひたる水の上ゆふぐれに入る鳥の界見ゆ

氷上に昏れ入りし鳥ひしひしとその体熱を失ひをらむ

ひるがへりゆく鳩の群れいつしらに老いて遅るる一羽ならずや

硝子光なす冬の月くれなゐは椿のかたちを得つつあるらむ

人は静かな面《おもて》をあげよ花ならねばかのくれなゐの許されをらず

一人居の多きよはひか沈丁花ひと株晶《すず》しく匂ふあたりに

告げなむとたゆたひてゐる唇の見えて振り向く山茶花の傍《かた》

さびしがりて人がかかぐる灯しびか侘助なども浮き上がり来つ

白梅

如月尽未明の紺に音絶えて雪乱れ散る様を見て佇つ

白梅のその柔らかき盃のひとつひとつに盛り上がる雪

めざめ聞く風の音あり薄明をかの白梅も散りそめたらん

白梅は諸枝《もろえ》に満ちぬ昼の陽の隈なきときを黄の花となる

白梅の枝はろばろし人なれば涙をふきて立つ時のある

点点と樹に咲く白やいづくにか降る雪を思ひ乳をおもひぬ

小さなる花としいへど重なりていよいよにその白を濃くせる

こぼたるる心の一処春雷のとどろくときに白梅こぼる

夜の路上に白梅散れり散り腐《くた》すことかなはざる人が踏みゆく

春の夜の灯

別れをいふ時なかりしを今しばしせめて雪だに消《け》のこりてゐよ

花の芽をほどかんとして来し風か死者のまつげを吹き過ぎゆけり

昨夜《きぞ》の死者おもへば来たるその髪に仄かに春の雪をかづきて

雪は樹に地に屋根に降りまぎれなくいたきこころのうへに降りゐる

ほほゑみは天にしたたりいつしらにかの死者はわれを詫びさせんとす

今にして知る生きの緒になだめ得ぬさびしさといふもののあるなり

風に撓む樹樹見ゆわれは人よりも哀しみ易き性《さが》にあるべし

懐しき死者空に満ちこののちを慎しみ深くなる生ならむ

何気なきかの日の別れとはの別れきらきらしかりし春の夜の灯

一陣の風に乗りゆく死者を追ひ黒衣の人のひしひしと増ゆ

いよいよにわれを哀しますひとつにて喪主君はわれをねぎらひ給ふ

よろこびの宴の人に昨夜《きぞ》の死者に花を献ずる慣ひかなしむ

最早わが声届かざるきみは死者言はねばならぬことひとつある

子に倣ひ雪のつぶてを投げてをりわれに口惜しきことひとつある

至近弾のごとき唐突の死ふたつ絆は切るる音もあらなく

訝しきことにあらぬか　　ラ・メール　テーマ「身体十首」

桜狂ひなりし亡き父わがまなこ貸して今年の桜花を見せむ

額のあたりにながくとどまる嘆きにもゆくりなく降るえごの花の雨

伴ひてなほさびしかる由《よし》ならめ微かに額の近づくとおもふ

いつしらにやさしきことを言ひてしまふくち惜しき柔らかきわれののみどよ

身は常に心に従きて来しゆゑに心につきて病むときのある

訝しきことにあらぬか心に翼ありてうつそみに翼なきこと

捉へがたなき心の器《うつは》いくたびの春秋に崩《く》えてゆく骨の城

紫木蓮梢に腐《くた》し下通ふわれらも微微といのちを削る

真珠ひと粒胸に飾りて夏至なればわれも暫く暮れ残るべし

しんしんと一夜に野面《のづら》を閉ざしたる真葛の蔓に足をとられぬ

年月はわが唇に十《とを》あまり挽歌を置きて過ぎしとおもふ

愛憐

夕ぐれの川の面《おもて》に滾滾と白きはなびら浮き出づるなり

暮れなづむ春の白闇野の川はみづがね色の帯となりたり

枝垂《しだ》れたるきぶし花房風出でて水のおもてに触るるときある

愛憐の情濃きは生まれつきにして落ちたる椿踏まで歩まむ

日溜まりにくれなゐの薔薇うらうらと咲きゆるびゐて禁忌を知らず

花水木白きれぎれに空を飛びかしこに風の道あるらしき

哀しみ深き喪の冬なりき野に出でて木原の鳥に従きて遊べば

群れ遊ぶ蒿雀《あをじ》の声にいざなはれ春の林に踏み迷ふなり

水甕に木の花の白こぼれ入り忘れがたなき出逢ひなりしも

拱きて見てゐるものを切なかるこの世のえにしうすれゆくなり

ふくらかにクロッカス咲く園人に気力痩せるといふことのある

金雀枝忌

金雀枝の数限りなき花の翳病舎の壁にゆれさだまらず
今際なる病舎の傍へ風たちて金雀枝の黄をこぼしゐたりき
哀しとは誰もいはなく見舞路の渦の若葉を賞めて歩みぬ
哀しとぞ誰か言へかしいふべくもなき哀傷のわれらを浸す
心より心の綱を渡り来て訃報は届くわれのこころに
死者彼を円心として君も君も忽ち虚空を漂ひはじむ
何あらむ黄泉《よみ》の国より今ひとたび帰りてにがく歌を語れよ
寺山修司氏
見る者のありてぞ天に今しばし昏れ残りゐる花といふべし

天球の裏

午後の風微かに甘くならんとす魁けて咲きしひとつ昼顔

鳥も樹も人も天球の裏にしてとつぷりと梅雨の闇をまとひぬ

心乱れゆくと言はずや枇杷色の大夕月に照らされ歩む

みどり児の重さをかひなは記憶せり赤枇杷一枝宙に撓めり

野を拓かんと来しクレーン車も夕ぐれはしづまりて雀の群れを遊ばす

言葉ひとつ探しゐる間にクリビアの無垢のつぼみは開きそめたり

運命を選ばんとせし若き日々今その思ひ上がり恋ほしき

水楢《みづなら》の高き梢を打つ風よ荒磯《ありそ》の礫《いし》に潮ぞ鳴りゐむ

風の道をこぼれ落ちたる紋白蝶わが庭草に入りて眠れり

一皿を請はむとはこべの柔らかき若き緑を踏みて来る猫

小野原の向日葵畑風立ちて大き花首うなづきにけり

大向日葵うなづく時に許せざる許し得ぬこと在り処うしなふ

沙羅の花梢に高しきのふより何にさきはふ天の盃《さかづき》

若からぬわれは寄りゆく名を知りてよはひを知らぬ花の樹の傍

死にし父生きて病む母ありありと見ゆる月蝕の夜を覚めをり

群　鳥

木下《こした》より花を仰ぐにわれを領する杳《とほ》きほほゑみに近づくごとし

夕映の奥処を鳥は群れゆきぬいのちは常に他者を恋ふらむ

帰れよと年月《としつき》に向き言ふごとし群鳥はわが頭上を越えぬ

北を指す鳥のこころは連投のつぶてとなりてわれを越えゆく
一家族甕の底ひに凝りたる油のごとき鬱をわかたむ
見むとしてなほも見がたしたとふれば螢袋のなかの白闇
傍らに竜胆の紺しづもれり心を越ゆる言葉あれかし
請ふことの蔑《なみ》することの謀ることのなくてさびしきひと生といふか
静かなりし雨沛然と青硝子破片をこぼす　これより夏ぞ
われも傘捨てて歩まむ若かりしかの夏の燕濡れて遊ぶを
死者の貌空にふえつつ緑紺のつばめは時を切り分かち飛ぶ
去年《こぞ》の燕今年の燕この国の夏のひかりを曳きてあそべる
かつて一羽の鳥なりしかもしれぬこと一樹でありしかも知れぬこと

雨夜の窓ちかぢかとして若桃のまなこなき貌揺れ定まらず

木隠れの桃の若実のうすみどり目なきおもてに雨流れをり

君も過ぎわれも過ぎたるのちの世か夏深草の野に降れる雨

瑠璃紺青草生を縫へる蜆蝶このせはしさにしばし従きゆかん

白雲の旗

アマリリスの花茎のびてゆく力しづかにおのれを立てよといへり

夕茜ことに清けれ書を閉ぢて見よとぞ呼ばむわが少年を

この朱《あけ》を忘れ草とぞ忘れ得ぬ苦しみ深く名づけたるべし

昼に陽を夜夜に闇を吸ひたらむ充足に枇杷の枝撓みをり

新しき街衢も一本の古き樹の枇杷も遠景に熟れてゆくなり

人の歌みづからの歌音曲のなき歌ひと日身ぬちに鳴れり
ふと乗りしかの日の列車は今日ここに有無なきさまにわれを置きたり
花蓼のそよぐかなたに遠のけるすぎゆき何ぞ未来のごとし
降りつのる驟雨の色を藍とおもひ白銀とおもひ暁に居る
覚めて聞く未明の驟雨その音の地をうち叩くごとき速度よ
街路樹のかなたの夏の静けさやわれに振られをり白雲の旗
風中の真葛若蔓慕はしく得がたき人を恋ふさまに見ゆ
葉ごと枝ごと緑布のやうにあふられてゐる楓見ゆ野を来し風に
ここよりとはに発つこともなき樹のしげみしげみのなかの夢深からむ
野にたてば総身に響く野のものの音信にわが息づきてをり

われにあらぬ乙女子ある日昼顔色に明かれる服を着て訪ひ来たる

何ごとか想ひ出でては青闇にひとつまたひとつ沙羅こぼれをり

ここに佇ちともに仰がむ大空は無尽蔵なる八月の紺

空に浮く蜂の巣のごとき硝子街どの窓も今夕焼けてをり

人も歌も尽きぬおもひにふかぶかと見えかくれつつわれをいざなふ

いづくよりしろがねの笙の音《ね》流れ来る思ひに従《つ》きてうたを作りき

詩歌とはわれもまた紅吾も亦紅とぞひと生曳きてゆく業

魔女ならなくに

若かりし薄の穂波いつしらに光と風に抱《いだ》かれて老ゆ

わが友の幾たりは風の今を覚め髪を染めゐん魔女ならなくに

亡き人となりてこの世を見むかとぞ歌へるあはれ亡き人の歌

流れくるこの楽曲を書きし人の身も世もあらぬあくがれを知る

この樫のひと世に神が給ひたる緑の嵩の量《はか》りがたしも

草の露憤るより哀しむこと多きよはひに靴濡れてゆく

ばしばしと枝《え》を刈る男見えあまたなる言葉よりわれに来る詩句

百千の硝子の窓は堰きあへぬ悲哀のごとき茜となりぬ

桔梗《きちかう》の青を絞れる空の秋幾たびにしてわが夢は朽ちむ

いづくまで降りてゐむ雨繰られても繰られても黒く濡れゐる鉄路

片丘に真葛満ちつつまこと生に踵を返すといふことありや

一本の欅の若木総身に風のシャワーを浴びて揺れゐき

杳き毱唄

風の音を光の音と思ふまで野に満ちてゐる秋の夕光《ゆふかげ》

西に向く高窓にして近近と胸板を貫《ぬ》くごとき夕光

木の鴉・地の雀・われ、夕映を浴びたる者は鎮まりがたし

赫赫と燃ゆる夕焼の只中に一羽また一羽灼け落ちゆけり

移り来ていくばくもなき秋の屋《や》に何ゆゑぞひと日亡父《ちち》が坐れる

思ふことまことに多き罪ありて群鳥を地に低く見あげつ

樹に土にあまねき光いつまでもわが傷を指すはわれならずやも

その彩のさびしさを思ひみし神が賜《た》びてさはなるすすき広原

いち早くわれは夕べの灯をともす遥けき人を呼び戻さんと

逢はなむと言ひつつ長き時過ぎき杳き麹唄のごとき君かも

サフラン飯

雨夜なれば秋なればこほろぎとマンションのエレベーターに乗りあはすなり

大いなる欅一本いと静かなる褐色《かちいろ》に染まりつつあり

秋深くなりしとおもふ子の家にサフラン飯を食べてゐるなり

まばたきて見るまばたきてまたも見る遠き生活者として在る吾子を

旅人が旅人と逢ひて別れゆくこころにしばし振り返り見つ

風に向かひ幾たびか鎌振りあげて怒るは若き蟷螂ならむ

遥かなる家郷あるべし工事現場に朝の体操をなす人々よ

言ひたきことといまだ残しておくやうに真葛の紅よまだこぼるるな

葛すすきいつせいにそよぐ野の駅に風が押し来る君の背もまた
まなこなき者躍如たり風の今穂絮《ほわた》は闇を奔《はし》りてをらむ
静かなる秋のひかりや父母も森の彼方にまだ在るやうな

水仙・雪

志高くかなしく水仙はきらきらしき霜のあしたに咲けり
冬木原低き木立もこぞり立ち茜みなぎる天に触れをり
冬木原影ひと方に枝枝は条理のごとく光をわかつ
柚子色の夕月昇り枯山も再び彩を帯びはじめたり
いかに吹きしこの黒嵐嵯峨野なるかの中世の衰運の女人《ひと》に
冬紅葉風に鳴りつつ十二月この寒さまだどこかやさしき

雪霏霏たりその無心なる浪費もて癒されてゆく傷ありぬべし

傾きてゆく日輪の鈍色《にびいろ》の面輪の上に舞ひ散らふ雪

高窓に見つつしあればをりをりに雪は地《つち》より天へ降るなり

一枚の硝子のかなた甕をこぼるる米のごとくに降りてゐる雪

流るる箸

出でて来し日曝らしの野や夢の丈と思ふまで身の影の長しも

何ごとか思ひ出でては冬川の瀬石を叩くひとつ鶺鴒

水の上に落ちし椿を見てあれば歌はひと生の罠にあらずや

真椿の一枝を折らばそれだけのことにしてとはの欠落とならむ

びつしりと紅椿咲き何ゆゑぞ爪の先までちりちりさびし

人を恋ふ心なかりせば須佐之男は流るる箸を見ざりしならむ

光の中にしづまりてゐる裸木ようるはしき歌の骨法のごと

時雨過ぎ心に応ふる心のやうに木草も土も色を深くす

山のなぞへに燦雨を浴びてゐし紅葉風ある今をはらきそめつ

一葉散り一拍ののち一葉ちりそれより誰もとどめ得ざりき

かの日かの時行き違ひしを散りてなほ紅白まぎれがたき山茶花

野の傍に老いたる男うつむきて何をか隠す穴を掘りゐる

きのふ葬りのありしこの屋《や》にあたたかき光さしひと粒の白梅咲けり

アンダルシア

祝祭の幾百の旗下空に鳴りつつ明日は春となるらむ

ある日わが青年のかたへにつぶら眸《め》をひらきて未知の乙女たちたり
何のはづみにかわが手に触れしてのひらの柔らかなりし記憶甘しも
連れだちて発ちゆきし子らは手を取りてアンダルシアの野を駈けをらむ
若き人よ忽ちに若き日は失せていぶかしみゐるわれらを見ずや

水木はけぶる

入りて来し森の芽ぶきに応ふるとおのづからわが息やはらかし
一人見る野の祝祭は声もなく下空を流れゆく花の絮
ふり仰ぐ彼方を風は流れつつわれはわが魂《たま》を繋ぎゐる洞
地に低く人に執してゐるわれのかたちを風は吹き残しゆく
点点と駅路に燃ゆるわすれ草忘れしことはあとかたもなし

イタドリの白き花野やうらさびしさも車に乗りて運ばれてをり

チェンソーに今か挽かるる昏昏と眠りゐる樹のくるぶしあたり

今しばし瞠《みひ》らきて見む愛のごと水木はけぶるゆふぐれの白

ここを発ちいづこに行きし子らならむわれは花ある傘を畳まむ

発ちゆきし子らを忘れようらうらと眠れよ野辺の駅舎のやうに

親は死に子は発ちゆけり当然のかかるよはひを思ひ見ざりき

かくてわれに点じられたる寂寥は遠く来たりし夕光《ゆふかげ》の中

かなしみに手は従はず甲斐甲斐しく夕べ白飯《しろいひ》に酢をうちてゐつ

漂ひて心にのぼる歌のこと待宵ひとつ草生に咲けり

発光

野の森は白き花多し売子木《えごのき》・空木《うつぎ》枝触れて咲き散り重なれり
夕ぐれの池の水泥《みどろ》に漂へる言葉よえごの花の筏よ
おもひみてふとしもわれは懼れゐき言葉は蜜であり刃であることを
その深き心の傷を隠せよと天は若葉の傘を降《くだ》しぬ
地に低くせはしく遊ぶ夕雀小さき肺腑も躍りてあらん
野の鳥の遊びに叩き落とさるる梅実のやうな直下行あり
どくだみの白微微として発光すしづめがたなき情動ならん
いかならん団欒を得しや目つむれば面影も少し皺などを置く
花の雨に思へば人に言ひし言葉は言はざりし言葉よりもすくなし

ここを帰れとごとく白かりし野の道も夕闇につひに消え入らむとす
さびしさのかぎりを知るや年毎に夜毎に筆は饒舌となる

寂寥を病む

声もなく黒衣の人の入りてより窓の灯《と》もるといふこともなし
亡き人よその遥かなる面影に紅ほほづきの一枝を捧ぐ
白白と駅路の土手を覆ひゐる昼顔は微量の紅を含めり
思ひ出で思ひ出でゆく楽曲の忘れ音《ね》のごときひるがほの花
真昼野に逢ひしは蛇の身を愧ぢて深草叢に消えゆきし者
幹うちて樹齢を問へば白樫の古葉ひとひら肩にこぼれ来《く》
昇降機にしじま満ちつつ夕茜隈なき天にいざなはれゆく

何の境を越えて入り来し死者たちの夢にてはなほ生きてもの言ふ

衝動にいはれはあらず切実に今亡き父に電話かけたし

地にありて寂寥を病む者のため今宵の銀河ややに低しも

夢の底まで

夕雲のくれなゐの縁木枯に吹きさまされてゆくごとく見ゆ

身を出づる暖かき息も暫くは木枯に吹き散らされゆかん

ほろびなど夢にもおもはぬ力もて鉄骨は地に深く打たるる

月の出となりクレーン車は諫められし者のごとくに頭《づ》を垂れてをり

杳き心の風景の野火今もなほ火を放ちたる手を記憶する

冬紅葉かなしき深きくれなゐに歳月溜めし目を射られゐる

冬蜂を踏みつぶせるは遥かなるたれをか深く憎みゐる足

鶺鴒の白扇の羽ひらひらと落ちゆくかたに冬の水見ゆ

高窓を開くとき地にぴしぴしとはじけとぶ実のごとき子ら見ゆ

思ひきり汚れて遊びゐし子らもいづくにか去り黒の夜となる

月光は地にくまもなし窓を開き夢の底まで月光を入れん

時雨坂

光差す枯れ草丘に今年子の蛇などもすでに眠りてあらん

枯れ原に髪吹かれゐつわれはかしこのわれを深深と見んために来つ

地の乳房のごときあかるさ朝夕のわが視野占めて水の塔見ゆ

冬はまたここより深く逆吊りの鶏の彼方《かなた》に小雪降りゐる

日溜まりの赤き乳母車いづかたの誰のみどり児深く眠れり
無縫なる者のいとしさ鶺鴒が踏む強霜《こはしも》の白のかなしさ
柚子の湯の窓を開けば紺の夕べひとつづつ遠き灯がつきてゆく
来し人はみなこの坂を帰りゆくきのふ落葉坂今日時雨坂
夕木枯落ちたる頃をこの街のみどり児はみな眠りに入れり
夜半さめて思ふは愛恋ならず地を覆ひてありし山茶花の紅

春のいかづち

稜線のあたり静かにふくれゆく木山を春のはじめとおもふ
町坂を雨くだりをり燦々と春の路灯のかげを濯ひて
匂ひとも彩ともあらずひしひしと髪膚に沁みて春は満ちくる

見残せし夢を砕くや暗黒天の奥に轟く春のいかづち

暗空を奔るいかづちわれに入り思ひがけなき決断となりぬ

花野を踏めり

天の深処は今大いなる凮ならむ白ちぎれつつ光り飛ぶ雲

うまごやしの花野を踏めり眠りゐる死者の胸処を踏む思ひする

たれかふと笑ひぬ笑ひのさざなみの野にはじけゐるかたばみの種

時のまなかに一樹はありて滾滾と湧き上がりくる真椿の紅

連翹の低き花株黄なるはまこと黄なる清さに咲けり

昔見し大き桜の切り株に腰かけてゐるわれは旅人

人も暮れ声も暮れたりほのぼのと桜は闇の底にけぶりて

日月を溜めたる欅窓に見え小止みなく緑の風を起こせり

村雨橋

ゆふぐれの青昇り来る片野にてささ百合は深き眠りに入らむ

離り住み今日共にある人の背に肩に降りゐる木の花の雨

花を人を見つつありせば見ることはいつしかに思ふことと知るなり

渡るこころといふもののあるこの橋は水に架かりし橋ならなくに

ここ過ぎて幾たび別るるまな裏の村雨橋は常に雨降る

ひしひしと駅に集ふは昨日今日生を選びてゐる人の群

そこひなき空の藍青人は地に小止みなく仮構の窓を築けり

鉄骨をわたれる人よ地の上のいづくに置きて来し愛ならん

鉄骨のかたを過ぎゆく六月の光の縞に寸断されて

マンション街虚空の洞に死ぬまでの時をかづきて人は入りゆく

ふり向けば暮れてゆく野のめしひ蔓葛の蔓地を覆ひゐるなり

歌ならずや

まばたけば古窯の壺に閉ざされてありし白萩こぼれ散るなり

艶《えん》と言ひあはれとおもひ見る葛の大花房も散りそめにけり

赤のまんまの花束ねつつ思ほえばいつしか君もわれも親なし

なだれ咲く小菊のかげにいつの世の馬頭観音死にて居給ふ

よそほひのはじめは神がなし給ひくれなゐ深き野の鳩の趾《あし》

黒鳥となりて西に消え入るは今年死にたるわれのうからぞ

恩寵は静かなるかな思ふたびわが裡に来て人はもの言ふ

かの柵の低きはふとも越えゆきて負ふ罪科《つみとが》のためなるならん

歌ならずや出で入る熱のゆゑよしに老医師は首かしげたまひぬ

今暫く人なるならん唇よりこぼるる言葉詩句のみでよし

後記

『しろがねの笙』は私の第五歌集です。昭和歌人集成『桜花の領』ののちの作品三百十四首を収めました。まだ多くの歌を残しており、最近作を世に問うというかたちにはなりませんでしたが、これらの歌は、紛れもなく私自身であり、現在の私とひと続きであることに変わりはありません。

『桜花の領』は挽歌の多い歌集でした。

このたびの『しろがねの笙』の時期にも、何人もの親しい人の死に出逢いました。いつしかそういう年齢になっていたのでしょう。

しかし歳月は、感動深い出逢いもまた、幾つか用意していてくれたという気がいたします。さまざまな出来事の一つ一つを、心に深く受けとめそこに生の意味を問い、また歌いとどめたいと願い続けてきました。

人の心の扉を叩くような思いで、歌ってもきました。

短歌という形式を信じ、表現の深みに至ろうとする願いは、前歌集の時と同じですが、幾らか自由な、解き放たれた情感を加えたいという気持も持っております。

一人でも多くの方の共感を得ることが出来れば幸いです。

常に私を暖かく見守っていただいた「短歌」主幹春日井建氏、いつも励ましていただいた歌壇の先輩の方々に心より御礼を申し上げます。またこの本の出版に手をお貸しいただいた冨士田元彦氏、装幀を御願いした小紋潤氏ありがとうございました。

一九八九年四月

稲葉京子

沙羅《さら》の宿《やど》から

沙羅の宿から
平成四年十月二十日発行　雁書館刊
中部短歌叢書第一三九篇
四六判上製・カバー装　一九六頁
二首二行組　三二八首　巻末に「後記」
装幀　小紋潤　装画　田中一村
定価二五〇〇円（本体二四二八円）

銀河に近く

今年またこのえごの木に夢生《あ》れて一花一花のやはらかき白
時いたり肩にこぼるるえごの花めぐみのやうなほろびのやうな
春なれば石のあはひに忙しき蟻の列にも花こぼれくる
ほのぼのと高処《たかど》に水木白みゐて下過ぐるとき木の花の雨
つどひ来て落花を浴びつこの花の彼方なる死を皆所有する
道の辺に降りし鶺鴒は細枝を削りしやうな足に歩めり
葱坊主並ぶ野畑わが子らは忽ちに青年となりてしまひぬ
揚雲雀よろこび深く紺碧の空の奥処に遠ざかりゆく
かなしみなどに汚れてをらんふり仰ぐわれを洗ふと降る五月光

ちりぢりに住める家族や面影をおもひつなげば星座のごとし

若草の原にあまたの雀ゐて母もはらからも子も見分け得ず

菊の屋に二つ夜《よ》をかばねでありしのち母はゆく方知れずとなりぬ

生き急ぐわれにたびたる腕時計の時刻は常に少し遅るる

針桐の針の痛さや人は心に幾本の針を受けなば死なん

漂泊の夢なども封じこめてゐむ窓点々と灯りゐるなり

いくばくか銀河に近く亡き人に近きすまひかと窓を鎖したり

歌の門

白き雲空を行きけり私はわたくしを見んとして苦しまむ

時ながく花ある白き山茶花の咲く花よりも落花が多し

清らかな花なす力忽ちに解体されて地を覆ひをり
開きたる傘に一会《いちゑ》の時雨来てほとほと叩く歌の門扉を
ふと口をつぐみて思へば美しきみにくき言葉満つるうつはか
並び立ち深々とわれら祈りゐて祈るとは欲することにあらずや

ねむる

広重の驟雨は森の病院の奥にも走りゆく傘の人
母死にし夕べの籬《まがき》白萩の何《なん》ぞ涙のごとくこぼるる
萩叢を霧閉ざしゆきげに深き眠りといふは真白ならずや
忘れよと雨はいつしか霧となり乳色の紗となり窓を鎖ざす
死のことも夜の休息も柔らかきやさしき音に「ねむる」と言へり

知らずして降りしきざはしもありぬべし見えねば知らぬ日常の闇

言ふよりも書きて昂ぶる心かもしぐるる雨の層のま中に

夜々にくれなゐを増す一木《いちぼく》の在処《ありど》を胸の裡に知るなり

ふり仰ぐ額に風あり死者を容るるといふ天界はどのあたりより

ゆわゆわとなゐ過ぎ自らに死ぬ力われらにありや君のごとくに

母あらぬ秋さびしくてさびしくて時雨小菊の野を歩み来つ

薄墨の羽

うべなひて歩めば風の音聞こゆ心に穴が開くという比喩

アマリリスの花芽を叩きグロキシニアの花を破りてゆく低き風

水無月はわが生まれ月泰山木は低き曇天を押し上げて咲く

青年よこれより発つとふひとことを母は聞きしか聞かざりしやうな

うら若き額に照る汗少しづつにがくなりゆく生といはずや

哀へしわれとおもふや青年はいつよりぞ静かな物言ひをなす

紺青の天にけぶれる銀河見ゆ夫と逢ふ日を約してゐたり

桔梗色の空拡がれり別れては別れては嘆くわれの頭上に

薬袋を忘れしままに一人住むかなたの町に帰りゆきたり

きすげ・くわんざう咲き靡きをり日常を律する鍵をわれは投げ打つ

ひしひしと髪のびて人は眠りゐん夜半にいとまのありておもへば

言葉もて刺す他なからん寸鉄を帯びざるわれら身を守る時

行き果てし鴉かしらずうすずみの羽ひとつ樹の根方に拾ふ

風の筋あり

一枚の紙のごとくにひつたりと翅を畳める蝶の力よ

積み上げし本のあはひを歩くため買ひし家にはあらずと言へり

遠き日に思ひ切なくみどり児をあげし九月の空を仰げり

七階までよく来たるなりよしよしとベランダの雀を子が賞めてゐる

咲き満てる山茶花の梢《うれ》を高処より見つつ住みをり神ならなくに

総身に天つ日を浴ぶ誰に今祝福されてゐるといはねど

幾たびもわが窓に来て折れてゆく風の筋あり覚めて聞きをり

誰も帰り来ぬと知りたる家ぬちにわが足音はひたひたと鳴る

樫の木のふところを出で入り遊ぶ黒き小さき鳥を見てをり

ゆく方に鎌さしのべて轢かれゐる大蟷螂を往還に見つ

白きビルばかり建ちゆくこの町のあけぼのの杉は枯れ初めたり

約　束

この生のひと日を閉ぢん夕空に水晶色の雲流れをり

ちりちりとよろこび深く翅ふりて駅の軒端を黄蝶がゆけり

剳るがに鋭き刃もて刈られたるキャベツの首の山に陽が射す

かの日われらに堅き約束あらざりき山茶花はらとほどけ散りたり

今しばし秋でありたき散りがたき褐色の葉に細雨降りをり

相模野の病院に三たび病みしことひと生《よ》いのちの深処にあらん

世にあらぬ父母恋ひし誰の子と呼ばるることもなき静けさぞ

山鳥橋

天球は静かなる青紋白の二つは逢はず風にそれゆく

柊の花こぼれをり白なるや黄なるやと問ふ声もひそけし

烏瓜枯野の風の通ひ路に天が賜びたる顕章のごと

待たるるといふはいかなる呪縛にて夕ぐれの駅にゆく傘の河

地に生くる何の礼《ゐや》にか一人また一人と死者を天に返せり

青葱を刻みてあれば今ここを踏みはづすことが死なるならん

一人の時多くなりたりしばらくは訪問者時雨に濡れて歩まむ

ほのぼのとあるみなもとは何ならむたまひし一本の傘紅きこと

見る・おもふ・愛するなどといふ言葉溜めゐるゆゑに風に遅るる

いづれの日にかここを発たむと思ひつつ山鳥橋を三とせ通ひつ

花の記憶

鳴きつのる梢《うれ》のヒヨドリひとつこと光の中にとはに愧ぢゐよ
この夕べ西光あふれ遂にして堪へがたきかな硝子炎上す
万目の枯野といへど花の記憶衣《きぬ》につつめる者を佇たしむ
いつしらに無碍の野栗鼠のこころかもゆきずりの子が呉るる榧《かや》の実
いとけなき罪人のごとし縄をもて畑《はた》の小菊は括られにけり
領域を知る知恵ふかくあかつきの路上をあゆむ大鴉見ゆ
冬のきみいたく静けしうち深く風花などの散りてやあらん
人はまた傷ともどもに冬の紺溜まれる夜を眠りゆくなり

訝しむことならねども一夜過ぎ二夜過ぎて哀しみは柔らかきかな

目つむれば遠き灯《ともしび》のもとにあるわが血の絆・心の絆

歌のことおもひてありしもゆゑよしにあはれ今宵の心発光す

硝子庵

大淀を濁り水ゆく水流の下に異なれる水流が見ゆ

短かかる旅にしあればためらはず真黒き広き傘に入りゆく

大淀の水辺なる町おもはざる空地に昔の葦茂りをり

萩一枝花満ち満ちて今咲かん今より散らむくれなゐの機微

書かれざる歴史小史のをちかたの人のまなこにも萩散りにしか

目閉づれば身のいづこすでに秋にして間なくときなくこぼれゐる萩

折り挿せば根づくとやすく人はいふとはのとらはれとわれは思ふに
抱かれてこの街の花舗に降ろされし菊のかなたの遥けき山河
集ひ来て灯にほのぼのと笑ひゐる人のかたちの中の淵かも
静かなる飲食をなす窓外の電送文字や人刺されたり
夕暮れの翳曳きあゆむむれのなか一人二人は死者にてあれよ
薄野ももとより仄かなくれなゐの時ありしのち今日の白髪
風のゆくへに従ひてまた従ひてすすき穂むらのしろがねの艶
ここを行けここを行けとぞ示されて晩年に至る地図はあらずや
近づかば傷つくと思ひ失ひしもの耀ひて見ゆるよはひか
誰をかも遠き心に聞く夜雨のここを硝子のいほりといはむ

こがらし

硝子戸のかなた木枯は見えねども一木あますなくそよぎをり

騒がしき異土にてあらむ地に降りし鶺鴒の子は落ちつきがたし

簡浄はここに極まり冬川に遊べる鳥の黒白の羽

霧の来る気配明日ひらく山茶花の気配をしりぬ一人の歩度に

夕暮れの暗きくれなゐ空に満ち今わが心かなしみにさとし

冬木立影ひと方にいつまでも相逢はぬ距離に差す日とおもふ

木枯に揺れ戦ぎゐる枯れ紫苑今日よりは来る冬蜂もなし

樹に鳥に心あそべるわれに来て時には遊べといふ人のある

苛立ちて月の下びをゆき通ふ凩が眠らせぬ夜の樹の声

染まらんと願ひ入りゆく一傘の冬のもみぢのくれなゐの下

丘のべにひとすぢ水の道みえて冬芹きよき緑を保つ

ゆくりなく

紺青の空の奥処を出でし雪ひとひらはゆくりなくわが額に降る

灯《ともしび》の圏内にくだり来し雪は燦爛たる雲母の粉《こな》となりたり

一夜さの雪を払ひし葱の秀《ほ》のげに清らなる意志のごとしも

ベランダに淡雪仄かにつもりしと告げ来る声は京よりの声

硝子窓に倚りて読みゐる中世の風音凄き夜の物語

ふり仰ぐ茜も失せぬ燃ゆるとは一定尽きることとなるならん

夢に来てもの言ふ君よわが知らぬわれはもいかに夢にものいふ

雨夜《うや》なり

埃だち汚れて居りしいちはつも洗はれをらむ今宵雨夜なり

大根の花ひとつかね杳《とほ》き日に習ひし歌の忘れ音のごと

ひと際に美しく鳴く雀ゐて駅前広場の四照花《やまぼふし》の枝

つまづきしみなもとにして蔑しがたき人のやさしさわれのやさしさ

自らに選び得るなき宿業の血をわかちたる罪をおもへよ

君は今何をしてゐむ独り居ればのみどと心はつかに痛し

ゆるやかに鉛の色を濃くしゆき曇天となる黄昏となる

杉菜のみどり涼しくそよぐ野のかたに今日運ばれて来たる鉄骨

しろつめ草咲き敷く野あり今年限りの野ならむ裸足にて渡るべし

しろつめ草編みつつあれば心を繋ぐもの何ならん今日のさびしさ
みづからの重みに少しづつ敗れ遂に落ちゆくごとき夕日よ
小綬鶏が来鳴く小さき原山をひとつ残して街となりたり
人に問ふことならずして迷ふなり迷ふとは歩む道あることか
身のめぐりふとし静けく思ひ出でよ思ひ出でよと死者は言ふなり
思ひ出で思ひ出でてはとどめ置く死者賑々し今宵雨夜なり

毬　歌

見降ろしの園生の闇にふさふさと紫陽花揺れぬ夢を見たらむ
陸橋の彼方に見ゆる櫟林静けき雨は樹のあひに降る
暗緑の森の力を思はせて高々と朴の黄の花咲けり

金の純度をいふ数字あり仰ぎみる泰山木の白の真白よ
大き字がよろしと童話読みてゐし死に近かりし母の後背
赫々ととどまりし日も落ちゆきてげに帰依といふ言葉やさしも
聞き知りし日はいつならむわが内に誰か歌へる古き毬歌
飲食の乏しかりしを思はしむ言葉かなしき古き毬歌
祖母の訛り母の訛りの違ひゐし古き歳月に往き通ふなり
野づかさに霧湧き祖母は万葉の恋歌を幼きわれに教へき
数知れぬ祖より受けし血の中に歌を恋ふ血の流れてゐるも
死にし人のかたみの絹をまとひつつ初夏の街を歩み来たりつ
ものの色なべて深しもあら草に降る雨はあら草を養ひてゐむ

昼顔の襞

この紺青にこころ寄れとぞ露草は愛しき小さき旗を振るなり

みづみづとありし心に従ひし若き日見ゆる遠き夏雲

いかやうな生を請ふとも立葵のくれなゐここより天に届かぬ

いかならむところを歩み来たりしか狼火かかぐるもの言ひをせり

やさしさは常に他者より届くなりほのくれなゐの昼顔の襞

球をうち遊びゐし子らいつしらにこの黄昏の中に消えたり

子ら去りし広場の土にこぼれゐる沙羅涼しけれ夏さびしけれ

たをたをとやさしき萩が他の草をほろぼすと電話にて教へ給へり

つつましき野の祝祭や白き小さき火の爆ぜてゐる韮の花玉

凌霄花

いざなはれ来たりし家の背の森にひぐらしひとつ鳴き澄みてをり
ひぐらしの切なき声を聞きながら膝寄せていつか来る死を語る
この世に一人はらからに夫に子に友に別れて残る生とはいかに
はやばやとはらからを夫を子を友を置きて死にゆく心やいかに
凌霄花軒端に咲けり花の名のおほよそは若き母にならひき
いつよりかいとしき者が身の傍にゐる錯覚もあはくなりたり
秋の水とおもふよ遠く吉野より来し梨の実のしづくしたたる
玉すだれの花がかかへしゆふぐれの薄白闇をしばし思ふも
曇天に深閑として森一つ夏を越えたる黒を湛ふる

夏去りぬ君は身の丈の箱に入りこの世を過ぎてゆき給ひけり
この一樹人ならば世の隅々のあはれ少しく見えゐむ頃か
なりはひは様々にして街路樹の根方うるほす水撒き人よ
月光の中なる木丘まなこ凝らせば若きみどりの見えそむるなり
月のある窓鎖《さ》さんとし丘のなだり油を浴びしごとき木々見ゆ

ゆゑよしいかに

いたどりの乳色の花こぼれてはこぼれては短き一夏をなげく
咲くよりもしをれて長きまつよひの鉄路に添へる黄のあはれや
銀やんまいづこより今日この町の丈の高さに降《くだ》り来たれる
光の襞風の波より生《あ》れ出でしじみ蝶しばらく視野に漂ふ

何もかもうち捨ててゆくランナーかと詰ればさびしきまなこせりけり
幾重にもかそけき檻に閉ざさるるこころごころと思ひ哀しむ
エレベーターの中に思へば昔々硝子の壜に蟻の巣を見き
類縁のすさまじき様一株の大あぢさゐの百花のおどろ
えにしある死者多くなり時折は死にたる日時もつれてしまふ
死にましきと聞きたる日より一本のけやきが曳ける翳ほどの鬱
見えがたき晩年の辻浄まりてゆくや術なく膝屈するや
身にしみて思ふひとつか去年《こぞ》の今日われは母ある者にてありし
ふり返る十年の夢の束の間を八たびくり返したるのちゆくへなし
忘れよと言ひ忘るなと言ひさしていづかたの母われを見てゐる

帰り忘れし一羽の燕薄闇にあそびゐてわが目をよろこばす

はなやぎは不意に来て傘開くとき花あぐる樹の心を知りぬ

ゆきつきて傘たたむ時昼顔の花の襞あるやうに畳まむ

曇り日の夕暮れとなり打ちのべし鋼のごとき多摩川を越ゆ

黄金虫ゆゑよしいかにわが庭に裏返りたるまま死にてをり

スイッチをふと入れしかば村堂に円空ぼとけほほ笑みたまふ

ほととぎす

蔓草を分けて登ればわが街見ゆ鎌倉郡品濃村とふ碑の傍《かた》

子が発ちゆき夫が発ちゆきしこの町に住みふる胸処風吹きてゐる

故里より届きし葉書亡き母が植ゑしほととぎす乱れ咲くとぞ

今少し美しき花に咲けざりしいとしさに見るほととぎすなれ

広告紙いつしか鶴となりてゐるうつつ寂しき夜の手すさび

光の中に

空中の部屋を出でしかば地に低く光を浴びて農の人立つ

何の贄ひかりのなかにふるふると土ふるはれて抜かるる冬菜

くれなゐのほのかことなるピラカンサ濃きかたに寄る今日のひよどり

さゐさゐと水落ちてをり漂ひて来し落椿いたぶられをり

逗子の町ゆかりある人の絵を見んと桜紅葉の散りがたに来つ

歳月

冬の蜂かがよひてなほあはれなれ霜枯れ枯れの菊のうてなに

旋回を繰り返しゐる鳩の群率《ゐ》ゆく一羽や遅るる一羽

ひと日の老いとはいくばくならん西の空紫深く暮れてゆきけり

烏夜《うや》となりぬ思ひ出づるといふことは忘れてゐしといふことにして

夢のいはれ覚めて忘れぬさりながら夢の名残りの心くるしき

幾年を隔てて逢へば友は身の脂ほがらにまきてほほゑむ

光こぼれてゐしやうな若き日々のこと抽んでて歳月の中の歳月

花だいこん

さびさびと刈り払はれしなには江の柳を冬に来てかなしめり

西に来しわれは実莢を残したる南京櫨《なんきんはぜ》の裸木を仰ぐ

人の世の上隊列をゆつくりと組みかへてゆく鳥の群れ見ゆ

この町の雀は遊ぶ水色のフェンスの菱をくぐりて遊ぶ

ふくふくとふた畝ばかり冬葱がふとりていだく無垢の青闇

死と呼ばれ今しこの世のあかときを静かに静かに抜けてゆく人

ひと生かけ見むと思へるもの何ぞ今日人の死に収束されて

ウラギン蜆蝶《しじみ》をテレビは見するよそほひは心を籠めてひそけくあれと

遥かなる天より来たり椿木のあはひを出でて木洩れ日となりぬ

今宵来る人もあらなく掲ぐるは花だいこんの色のともしび

春の鬼

雨やみて千切るるやうに別れゆくかなたの雲は春の灰色

声音なきこの白梅の一樹より白き微光の流れ出づるも

冬畑に並ぶ甘藍魂のひとつひとつを包むがに見ゆ

この家の幼な子は忽ち若き鬼春来む夜の豆を撒かずも

血を頒けしことの昏さを子もわれもいまだ問はずもいまだ知らずも

涙あると思ふはわれの傷にしてさりゆく春の鬼のまぼろし

まなかひに見えかくれつつ心もとな人の中の鬼鬼の中の人

集ひ来て笑ひゐるまた笑ひゐる一軀一軀のこころの淵や

昨夜《きぞ》は宴今日は疲れてとろとろと陽射しの中に膝を抱きゐる

木枯にあふられて飛ぶ身ならねども十指を越ゆる来し方の家

うす青の手袋ひとつ路上にて幾たびも幾たびも轢かれゐるなり

かしこにてゆゑよし知らず左手の痛みそめたる人あるやうな

しらしらと照る夕月を背に今日はいたし方なき人として佇つ
箔のごとき月見えてをり寂寥はいづくより来て身に灯りをり
蔑しがたき気位ありき欅木に繋がれてゐるアフガンの犬
散り椿肩を掠めぬそれよりぞどつと人の世哀しくなりぬ
白梅に紅梅に日照雨《そばへ》過ぎしのち燦爛として昼ふけにけり
まなぶたを閉ぢて思ふは高枝に梅一輪が湛へゐし白
昨日一分今日は三分の桜にて蕾は花よりややに色濃し
雪柳花咲きたけて多摩川の河原にほうと昏れ残りをり
雨ながらかすかなる白銀を流しつつ春となる川窓に見てゆく
連翹は純なる黄を春くればかかぐるべしと期したるならん

葉桜の傘

水無月の空明るくてほつほつと鎌倉は今夕ぐれの雨

夕ぐれの雨降りながら葉桜のあはひあはひの小さき空よ

一人来て日の暮れどきとなりにけり紺青やはらかき雨の鎌倉

レインコートの上にて傘を深くさす傘の上は更に葉桜の傘

暫くはいたき心も道を覆ふ葉桜の闇にかくされてゐよ

渦《うづ》の若葉

冬の樹と思ひをりしが柊のそのくれなゐの濃ゆき芽立ちよ

いよいよに茂らんとして気負ひゐる野の傍らの春の深草

夢のごとし渦《うづ》の若葉のひとひらが小さき真白き蝶となりたり

この町に一株の燕麦生ひて重く静けく穂を垂れてをり
燕麦深く礼《ゐや》なす空地ありその彼方小さき郵便局あり
かの小さき郵便局より幾たびか幾たりへ送りしわれの音信
耳目なき櫟立ちをり総身をもちてぞ春の風を受けをり
ふり返るまなこに沁みてクローバーのはなはクローバーの丈に咲きをり
花の丈そろひて咲けるクローバーの一つを選び寄りてゆく蜂
まなかひの原山に鳥の声満ちて風過ぐる時空にこぼるる
いつしかとよはひ重ねてどの花もいとしきなかの今日の金雀枝
みつしりと緑満ちをり白樫の一樹老いたる智者のごとしも
深き知恵いづくにかあるを知りにけり北指す針を見し頃よりか

黄なるスカーフ

みづみづとみどり湧きをり去年《こぞ》の秋これより眠るといひし真葛か
狭められゆく地に生ひし若蓬小鹿の柔毛のやうに光れり
言葉とはひとり湧きくるものならめ今日しろがねの芽立ち揃へり
天と水のあはひに細き足触れてすんすんとあめんぼは過ぎてゆきけり
菜の花の黄が占むるは一枚のスカーフほどの広さなりけり
しきりにわれをよぎりゆくもの帰りゆく鳥と思はず時と思へり
血族は分蘖《ぶんけつ》をなせり訪うて来しこの乙女嗣治の肌への乙女
いとしさはわれのひと生《よ》に燦然と子をなせし罰といふもあるべし
高楼の灯は燦々ともう行けぬ暗黒天の汀に照れり

夜の車両に押しあへる人よ曳きて来し夢の山河もまた押しあふか

ひしひしと曳かれゐるべし彼方より強く曳かれし人がまづ逝く

きのふ見し三尺藤の花房もこのあかときの地震《なゐ》に揺れゐむ

線香花火の熟れし火玉が墜ちてゆく丹沢の彼方に陽が落ちてゆく

いづくより静けき鐘の鳴り出でて病院の夕ぐれといふはわりなし

君は今いかなる夕餉なすならん菊の酒一盃をわれは捧げん

私のための音楽

今は昔まこと静かにかつ強く五・七・五・七・七は音楽なりき　俳句空間

昔々あなにやしとぞ言ひしより美しき楽の音は流れき

口遊み口遊みゐていつしかに音楽となれるわれとわが短歌《うた》

音あらぬ楽ひねもすを流れゐる身のうちの幸身のうちの業
文字の中より幾たびとなく立ち上がり短歌《うた》は音楽を美しくせよ
幸不幸かなたこなたにちりばめて「愛燦燦」をくちずさむなり
子等は皆発ちてゆきたりいつまでもわれ一人歌ふ「イエスタデイ」を
傷負ひて帰り来しかばかけくれよ「アイネ・クライネ・ナハト・ムジーク」
街角に聞きて心はやはらかに日本を愛す「千鳥の曲」
父の死にも母の老いにも遠けれど思ひ出づるに「老楽手」あり

春から秋へ

つどひ寄るてのひらは若き緑にて春近づける水木の枝よ
ここよりは一人でゆくと決めてゐる身ぬちひとすぢの境界のこと

水仙の岬ゆつくり消えてゆき脳裡の地図は万朶のさくら

知恵ふかき盟約ありや花垣の連翹の丈これより伸びず

意ならず智ならず歌は滾々と滾々と一軀よりぞこぼるる

いづこよりか男らきたり鶺鴒がゐし細川を埋めて去りにき

菜の花の黄うねりをり志衰へし日に筆とらぬ日に

机の上に置かれて久し拾はれて樹とならざりし団栗ひとつ

そしてまた樹となり舟となり琴となりたる杳き物語かも

いはれなくをりふしに思ふ手足なく声なき蛇はかなしかるべし

年々の桜は記憶の中に散り今年の花はまなかひに散る

母に常に匂ふばかりのやさしさがありしをやがてわれも忘れむ

亡き母の声音いつまでもわが裡にありて静かに涙はくだる

風のなき夕べとなりぬえごの花おのが傘下に垂直に降る

朴の梢《うれ》ほのかなる黄のはなびらを吹き返しては風遊びをり

今日逢ひし者をいね際に思ひをり青首の鳩手足なき蛇

末の子なる汝がなせとぞ後ろより誰かはげます母の死化粧

つつましくありし一生を思ふゆゑ口紅をふたたびみたび塗るなり

小野原のひまはり畑風たちて大き花首うなづきかはす

古き人キャプテンハーロックを思ひ出づるリハビリテーションのその足の音

いかならむゆかりに佇つやこの駅に碧眼の青年薔薇をいだきて

コンパクトディスクをいでて来し楽曲今日のこころにしたたり落ちぬ

みづからの深き疲れをうべなはむとする時こころ仄かに甘し
わがおもひの範疇をいつかはみ出してうたたねをする子の長き足

白螢

山桜咲ける木原のひとところ風に白き粉の流るるごとし
ふかぶかと胎児は眠りかの桜の蓓もまだ畳まれてあらん
花の雲に巻かれし黒き塔ひとつ夕つ車窓をしさりてゆくも
ほうと開く桜の傘や夕暮のあを音もなく降り沁みてをり
幼くて桜散る日の誰《た》が家に滅ぶ平家を聞きそめにしか
誰《た》が父か丈高かりし一人にて端座し琵琶を弾き給ひけり
目つむればわれの真中を流れをりいつ見し面輪いつ見し落花

魅入られし心はもとな入りゆけば桜の奥になほ桜ある

入りゆけばここよりとはに出づることかなはぬやうな桜街道

樹の肌へまことつめたし千万の桜の花は透き通りをり

こは水晶の液のぼりたる涼しさか白蒼みたる桜を見上ぐ

夕川を覆ふ花枝《はなえ》や雪洞のあかりに跳ぬる小さき魚をり

たれか今遠く銅鑼を打ちたらん今年の花の散りそめの儀ぞ

山のなぞへに吹雪く桜も人の屋《や》の傍へに散れる桜も清し

恷へがたし信じがたしとながらへて人は今年の花を浴びをり

年毎に見て来しものを今年の花に逢はむ逢はむとこころは急ぐ

薄闇に数限りなき白螢ながるるやうな花の散り様

忘れなむ・忘れよ・忘れず花びらはわれのまどひに添ひて流るる

はるばるとゆきし桜のひとひらは死者なる父の額《ぬか》のあたりに

もの言はぬ樹は樹の年月を生きて何時《いつ》老いの境の花といふらむ

病む時間といふは長しも花の経ひとたび書きてうたたねをする

てのひらに落花を掬ふわがさびしさをあたため呉るる人の数ほど

後記

『沙羅の宿から』は、私の六番目の歌集です。ここに収めました歌は目をいためる以前のものですが、編集をするのに大きな字で拾い書きをしなければならなかったために、思いのほか時間を取りました。

今まではどの歌集も、いくらかの心のはずみを持ってはやばやとまとめることが出来ました。しかし今では、むしろ手数がかかり思いのほか時間のかかったこの歌集の方に、より愛着の心が深いような気もしております。

この歌集に収めました歌の年月は、ささやかな家族がいろいろな事情でいよいよ、ばらばらになり東京・横浜・大阪と別れて住むようになり、それゆえに家族というものの意味を問うことになったのでした。

私が住んでいますマンションの前庭に何本かの若い姫沙羅の木が植えられており、家へ帰るたび私はここを通ります。

この花は私の生まれ月の夏の初めの頃、匂いこぼれるような白い花を咲かせます。

沙羅の花は時の流れの早さを思わせ、時の流れと共にさびしくなった家族の在処を思わせ、そしてそれゆえにことさらに懐しく慕わしい一人一人のおもかげを思い出させるような気がいたしました。

夏はもとより、秋も冬も春も、沙羅の花はそうした気持の象徴として私の内側に咲き続け散り続けてきました。

私はこの家を「沙羅の宿」と名づけて、ここで歌った歌をまとめました。この年齢となっていくらか見え初めたものを歌いました。

私の思いが、読んで下さる方々の胸に届くことを願っています。

この本の出版の労をお取りいただいた冨士田元彦氏、装幀をお引き受けいただいた小紋潤氏に御礼を申し上げます。

常に暖かい心ではげましていただいた「短歌」主幹の春日井建氏に御礼を申し上げます。

一九九二年六月

稲葉京子

紅梅坂
こうばいざか

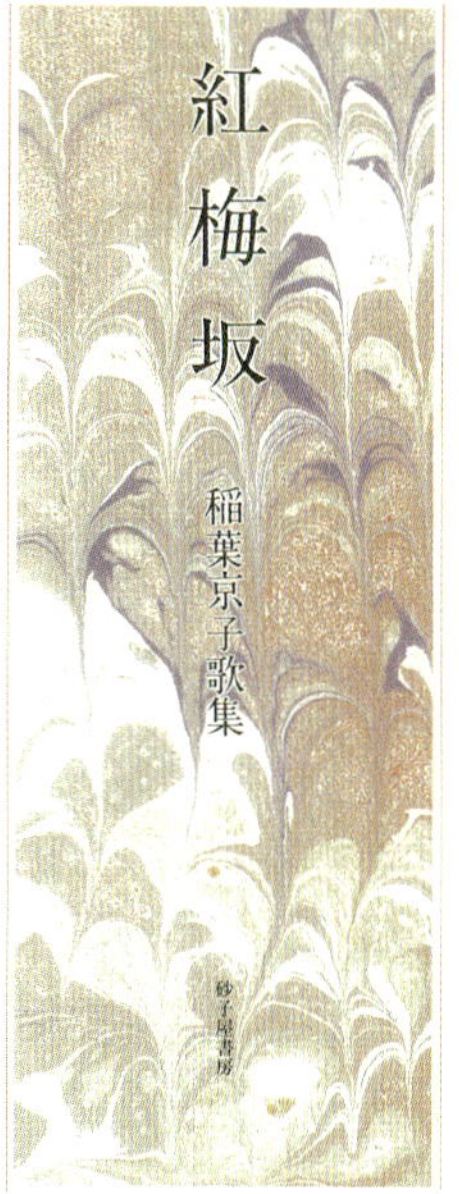

紅梅坂
平成八年六月二十日発行　砂子屋書房刊
A５判上製・カバー装　一八八頁
二首一行組　三〇二首　巻末に「後書き」
装幀　倉本修
定価三〇〇〇円（本体二九一二円）

花柘榴

去年《こぞ》の今日を思ひ出だせぬわが仰ぐ花たわわなる柘榴の垂り枝《え》
花束を抱きて帰りぬ若かりし日にみどり児をいだきしやうに
切れ深き桔梗《きちかう》咲ける傍らにわれは十指をひろげてゐたり
敷石のあはひに咲けるかたばみの一花を誰も踏みてはならぬ
病み易くありし三年《みとせ》の過ぎんとしぐらりとわれのよはひ傾く
思ひ出づる遥かなる日に髪濃ゆく心に力満ちてゐしこと
傍らに微笑みを深くする人よかたみに頒つくるしみならず
鶺鴒は石を渡りてありしなれつんつん時を渡りゐしなれ
十二階より見上げてあればゆるやかにほどけてゆける彼方《をち》の白雲

一日の深き疲れを戸口までエレベーターが運び来るなり

人はおのれの眠る高さを選びたり一つづつ窓の灯が消えてゆく

マンション街衢夜ふけにけり様々に人は宙宇に浮かびて眠る

つうのごとく

われが率《ゐ》るかそけき風もありぬべしぽろりとえごの一花が散りぬ

木ならば涙のやうにほつほつと小花を散らすえごの木がよき

ゆつくりと地震《なゐ》過ぎゆけりゆつくりとゆすられたりしさびしさもまた

感受とはこのことにあらん傘忘れ来しかば雨に濡れつつあゆむ

告げねども生きていだける身のうちの炎《ほのほ》風吹く身の内の洞《ほら》

誰も待たぬ家に必ず帰りゆくしきりに呼ばるるやうに思ひて

厨辺は黄昏深し人の頭《づ》のやうに重たきキャベツをかかぐ
忽ちにかの死甦りて厨辺にわれは微量の塩をうちゐつ
跪《ひざまづ》き葱を揃へてゐるわれは深く祈れる絵の中の人
くれなゐは濃ゆきひと色はらからのごとくつどへる立葵見ゆ
いかばやと思ひてゐたりつうのごとく身をせめて歌に痩するところまで
言葉とは見つくしたりしそののちのしじまに生まれ来るものならん

仄かに笑ふ

ひめじをんの花の一つに蜂がをり小さき花は重たからんに
ひめじをん幾百となく咲きたけてゐる昼ふけの野辺のあかるさ
さびしさは静けさと似ついたどりの野を音もなく歩みてをれば

芍薬の花芽はつかにほどきゆく天つ光をわれも浴びゐる
われも仄かにゆるび仄かに笑はむと光の中に思ひてゐたり
逢はぬままに歳月過ぎぬ風にそよぐ都忘れが五、六本ほど
歳月はむごき力をもてりけり石の耳目を溶かしたるなり
三十年を共に来しかば小さきまろき宝珠をひとつ呉るるといへり
相共に負ひたる傷も燦然と生くるといふはたやすからずも
かなたにて生を遂げたしと思ひつつこの樹々は今そよぎをらずや

夢の辻

わが丈を遥かに越えし立葵花のゑまひといふを見て過ぐ
幾たびも思ひてゐるも生まれ来て今日の茜がことにうるはし

濃き茜をかたみに浴びて数分の同じ運命《さだめ》を歩みゆくなり

夥しき紋白飛べり言ひ足りし約束の日を旅立つやうに

花のやうなる傘の下なり一大事身にありてわが泣くべかりしか

人生のことやや に見えなほ見えぬところに立ちて泣かぬとおもふ

まうここから一歩もゆけぬと思ひゐし日の暮れ方に病ひになりぬ

静かなるわれの厨に幾たびか粉々になりし硝子のたぐひ

高層の窓に見る雨柔らかに天の投網《とあみ》のやうに降りゐる

幾たびか今生の別れを言ひてゐる母よ小暗き夢の辻にて

これといふ生き様ならで眦を決するといふ言葉を愛す

なかなかに郵便局が見つからぬこの街は夫が住める街にて

幼な児が雨のまひるに弾くピアノ半音階づつ低くなりゆく

西の国

夕暮れの空に遊べる鳩の群れ黒き花散るごとく降りゆく

いかならむ由来に西の国にして百舌鳥夕雲町といふ地名あり

西の国の小さき小さき本屋にて上田三四二氏の『祝婚』に逢ふ

脳葉のごとき鶏頭が立ちてゐしかの庭は今いかがなりけむ

わが植ゑし萩大株に覆はれしかの庭は今いかがなりけむ

幾たびかいづこより来て身に灯もる寂寥といふ灯しびのこと

一人居のさびしさは骨に沁み入りていまだあかるきよはひと言はむ

いつか逢はむいつか逢はむともぢずりのくれなゐよぢれ咲きのぼりをり

侍みてあらん

藤の花房ひしひし垂りぬその夢に従ひゆけば地の涯底《そこひ》まで

撃たれたる鳥とふ比喩に従ひて病院深く入りゆきし背よ

厨辺の灯の下にして一人の生をやしなふものの量を知るなり

いたく世に遅れて一人いまだ野の花ある町に住みわびるなり

鳴り止まぬ遠き拍手のごとく聞くあかつき方の窓を打つ雨

くさぐさの便りの中に美しき霊園をわかつといふ葉書あり

ゆつくりとこぶし振り上げゆくごとき赤きクレーンが中空に見ゆ

かたつむりの午睡深しも手折りたる大紫陽花の葉の裏にして

あめつちは広く時間は遅々として過ぎてあるべし蝸牛眠れり

血縁はいたしかたなしここに咲くあぢさゐは皆薄紅をなす

つばくらめ並びて母を待ちてをり身のおほよそは口のごとしも

子をはぐくみてゐる夏燕はぐくみてからき渡りの罰を負はしむ

昼顔に仄かにさせる紅《こう》われはわがやさしさを恃みてあらん

言葉もてこころもて相寄りてゆく言葉もてこころもて遠ざかる

宴果てそびらのあたりややさびしややに寒しと帰り来るなり

うつむきて嘆くにあらぬ身の奥処深くに鳴れる韻律を聞く

エリーゼのために

いづこより自動車道に出でて来ししじみ蝶あふられあふられてをり

スーツケースを提げて入り来しドアの内今日よりわれは病院の人

この病院の西なるあたり救急車を吸ひ込みてゆく洞《ほら》あるらしき
白衣の人あまた集《つど》ひて生と死を撰りわけてゐるごとく見ゆるも
静かなる駿足をもていづこにか運び去らるる牀上の人
様々なる願ひにナースを呼ぶベルは「エリーゼのために」の冒頭部分
明日退院と常に嘘をつく少年がゐて賑はしきセンタールーム
老婦長はてのひらに溜れるあたたかき磁気のごときをわが肩に置く
美しき駿馬なりしが忽ちにくづほれて灰白の雲となりたり
地に低く並びて病める人々を嘉《よみ》すといへり遠《をち》の金星

晶

草萩は縦に咲きをり秋まだし傘をかかげてゆく道の辺《べ》に

西風は町の隅々に入り来たりサフランの蕊《しべ》にも触れて出でゆく

病ひにありし幾年口惜しき年年を発条《ばね》になせとぞ言葉は届く

ただひとつ問ひ得ると聞かば何を問ふ私の持時間はどれだけでしよう

一塊の肉なるわれは刃を研げる感触に堪へがたくゐるなり

シューベルトを聞きをりだれとてもだれとても未完のままに死にてゆくらむ

この街のくまぐまに入りて真夜ねむる水あり頒かたれし乳のごとしも

この街は秋の涯底《そこひ》にありぬべし窓硝子いつせいに晶を結びぬ

鳥の陣

風に従《つ》きて落ちし椿の花ながら皆うつむきてゐるにはあらぬ

昨日今日救急車ゆく驚かず音なく歩むわれをおそるる

苦しみて子は病室にいねてをらむ生みし罪科を今にして知る

子の手術終りて帰る夕茜返り血を浴びしごとき思ひす

三時間の手術はわれの身の裡の何をか削ぎてゆきしとおもふ

ゆくりなし車輛一つを満たしゐる夕焼けとともに運ばれてをり

ひとひらの雲流れゆくいのちあるゆゑうれひあるものは地上に

われは地上をひとり歩めり鳥の陣二つら空を渡りて行けり

いづこへとわれは問へるにほほ笑みて遠ざかりゆく死者のおもかげ

はぐくまれしこの世のえにしさびさびと小菊の束を墓に供ふる

声もなく林檎の皮を剝きゐるは昨日のごとく明日のごとしも

細々とキャベツを刻むたゆたへる思ひも共に刻みゐるなり

春の鬼

豆を打つ子は青年となりにけり静かに歩み去る春の鬼

紅梅の二、三輪ありひととせをこめて溜めたる力なるべし

われにまた生の華やぎあれかしと額《ぬか》あげて紅梅の花と真向かふ

きれ深きてのひらふたついはれありてこの形象を賜びたるならん

大いなる掌のごとき風渉りつつ百千万の灯を洗ふなり

いづくより来しとも知らぬ風花のひとひら頬のあたりにて受く

悩みあるかしらは重くありぬべしうつむきて歩みゆく姿見ゆ

うちつけて玉子を割れば胸中の微かなる傷痛しと思ふ

いつせいに木々芽吹きそむふり仰ぐ人は木よりも早く死ぬなり

春深くなりぬいつより会はずゐるあの子の白衣よごれてをらん
来てしまひし幸ひはかく切なけれどつと咲きゐる春の花々

青　虹

くだり来て歩める鳩の首の辺《へ》にほうと青虹顕ちてゐにけり
餌《ゑ》を欲りて寄り来る鳩を見てゐたり昨日を杳く失ひしわれ
決断はかかるかたちになせよとぞ轟きわたる春のいかづち
駅頭に開かるる傘魂のひとつひとつを覆ひてゆけり
枯れ蔦のまつはる窓をひめやかに過《よぎ》れる水銀塊のごとき青猫
桜の下で亡き父に逢ふわれらげに桜狂ひの一族なれば
はからひもなく咲き過ぎて花に痩する木木のさびしさ春の寂しさ

ほろびゆくわれをつぶさに見るためにわれはこの世にあるとおもふも

父の忌日母の忌日をわが姉はたがへて言へる春暮れつ方

短き旅——山の宿

通り雨幾たびか来て山かひの町のなべてを濡らしゆくなり

いづこをかゆく水の音幾たびか目覚むるは旅の者なればなり

享保雛のうすきわらひに出逢ひをり山国深き屋内にして

作られし日よりひと度も眠らざる雛のあはれを思ひつつをり

この国は雪深からむ影の雪映りしやうな雛の面輪や

ただ一人のをみな子の為に作られし昔の雛を見て過ぐるなり

作りし人も作られし子も皆死ねりひひな三百年の笑みを湛ふる

短き旅――北の岬

一望の麦の緑と段《きだ》なして馬鈴薯畑いま花のとき

天は限りなく広くしてうつむける馬鈴薯の花にも触れてゐるなり

鬣《たてがみ》を風に吹かれてゐる馬に祈れるやうなたたずまひあり

北の陽に栗毛かがよふ若駒は間もあらずして肉となるとぞ

見はるかす限り咲き敷く萱草の黄さやさやとさやぎやまずも

積雪は十メートルと聞くからにこのはまなすの束の間の紅《こう》

はまなすの花の彼方の湿原に丹頂鶴のかしらが見ゆる

望遠レンズに丹頂鶴を待ちてゐる若者よこよなき時にあらずや

とろとろとまどろみてゐる北狐アイヌ民芸品の店先の小屋

ししうどはほうと真白き花をあげぬ緑の森の下陰にして

時を浪費するために来し旅ならずおもひの傷をかい抱きて来つ

北国の日筋きびしく差す下に能取網走のうみ二つ見ゆ　柊二

網走の流氷館に登り来て宮柊二氏の歌と出逢へり

すこやかなりし日にここに来て見給ひし湖二つ今日も光れり

知床の羅臼の祭りにゆきあへり海に添ひつつ御輿動けり

オパールの如き光を放ちゐる光苔あり羅臼の崖に

山のなだりに透き通りつつおのづから光りて残る雪のあるなり

旅にあれば家はまぼろし帰りゆけばこの旅がまたまぼろしならん

水仙

夜の更けとなりぬ窓打つ凩は指折りて思ふわれの客人《まらうど》
凩に吹き残されぬ夕茜に染め上げられぬいのちなりせば
セーターの袖をたくして何なすと問ふ人あらず歌を作らん
花の底に入りたるままに出でて来ぬ虫よある日の歌をなすわれ
配達車のドア開かれてやさしさを包みし箱がひとつ降《お》り来る
夥しき本の中より立ち上がり静かにわれに歩み寄る詩句
自らは言葉失ひ千万の人の詩歌の傍へに眠る
死にたれば残りし者が歌を編まむさびしき約束を交はしゐるなり
別れ住む子の家に今日われは来つ百年前の約束ならめ

鎌倉に明日水仙を見にゆかむ小《ち》さき約束まぶしきものを

くれなゐのひと刷けが白き花片をきよくあらしむ口紅水仙

如月尽曇天は灰色暗くして梅花かなたに漂ひてをり

きさらぎのひと日の雨はをりをりに粉雪のやうに白く降るなり

百本の水仙を捧ぐ誰ならずこの世に母でありにし人に

長き手紙

昨日まだ春は遠しと言ひし風今日春近き光をはこぶ

いづこへ行くといふあてあらで背のあたり花に呼ばれてゐるここちせり

昏れ果ててゆきたる花の一樹あり花にねむるといふことありや

暗闇に昼のごとくに咲き満ちてあると思へば心痛しも

ピラカンサは紅き実をあげ若き人はそのみどり児を宙にかざせり
遥かなる日に子を抱きしわが腕に天より静かに置かるるみどり児
何事もなかりし一日立ち出づる厨に魚の屍凍れり
満ちてくる闇さびしくてさびしくていにしへ人は火を作りけむ
燦爛たる灯火《ともしび》の輪を上ぐるともその上は大いなる深き暗天
何を言ひてももはや歌ひしことのやうな話し言葉の減りゆくやうな
長き長き手紙を書かむと思ひしにありがたうと書けば言ひ尽くしたり
さきがけて咲きたるならんさきがけて光の中にひとひら散れり
人は老いてしろがねの髪を束ねたり木は老いて花の数を増しゆく

母にならひき

凌霄花軒端に咲けり花の名のおほよそは若き母にならひき

鉄骨を組みて緊《し》まれる空間ありつばくらめひとつくぐりゆくなり

かつてみどり児でありたる者に導かれ目を病むわれは橋を渡りぬ

陸にかかりし橋なりしかば木の梢《うれ》を人の頭《づ》を踏む思ひに越えぬ

はらからがさだめを分かちゆくごとく南さす枝北をさす枝

死者の辺にありしかの日や腐《くた》したる花に触れつつ咲けるくちなし

積み上げげし本のあはひを歩くため買ひし家にはあらずと言ふか

降《くだ》り来し一羽の鴉まなかひの木山の緑の中に没しぬ

緑濃き木山そよげり野の鳥はもとより蛇の子も走りゐむ

たれかくびれし跡のやうなる高さにて枯れし一枝《いつし》を木山はかくす

昨日今日給水塔の柵に来てとどまる鴉同じ鴉か

凶凶と彼方の屋根に鳴く鴉父母ありし日は心震へき

無縫なれ

鉄骨の間《あひ》に働くその一軀一軀に灯もる家郷ならずや

夕暮れの駅のベンチに新聞を読む顔は家郷を出でて来し顔

しろがねの髪をいただきこの街の工事に従《つ》きてはたらけるあり

無縫なれ脱ぎたる靴を手枕のかはりとなせるベンチの人よ

何をかふかく怒りてをらんセメントの袋を三たび四たび蹴りをり

かるがると持つと見えしが引力に負けたるやうに鉄骨を投ぐ

ヘルメット一つころがり戦ひのありしがごとき夜の工事場

天使領

冬の樹は粛然と力を溜めてをりわれにもかかる時ありぬべし

わが胸は時を映せりかの湖《うみ》は時を忘れし空を映さむ

切々と慕はるることも枷ならん死者は歩みをひとつ返しぬ

闊葉樹葉を敷きてをり風に乗り遠く来たりし葉も敷きをらん

うら若くありしかな遠く投げられしつぶて額《ぬか》うつ恋とおもひき

雪となり雨となりまた雪となりぬ受話器より声はしたたるごとし

雪霏々と地にくだるなり人に遂に狂はざる心なしと知るべし

天使領のごときまばゆき遠街《をんがい》よ雪やみし夜の窓をひらくに

見よやとふ見るなとふ声こもごもに降る雪の坂病む目もてゆく

荒々と吹きくる風やわれとても額《ぬか》あげて歩むときあるものを

年嵩といふはとこしへさびしからむ身をいとへよといふ兄のある

燐燃ゆる

晩夏光飴色にさす草の道われも飴色になりて渡らん

晩夏光溜まれるところゐのころの穂波かすかにゆれてゐるなり

たれよりか秋を盗まむここちしてゐのころ草の穂を手折《た》るなり

今日よりは秋ぞとおもふ日のために透き通りたる一壺《いっこ》を蔵す

わが意識の涯底《そこひ》に入りて鳴きゐるはかの草原の中の一匹

みづからは病まぬやまひをたださんと医師は幾たび問ひ給ふなり

この医師《くすし》わが子よりやや年たけてあるかと詮なきことを思ひつ

燐燃ゆるごときさびしさをもてまなこを病みしと年の終りにおもふ

はつかなる雪を被《かづ》きて沙羅の木の小さき冬芽みな天を指す

雪の牡丹

ひとつまたひとつほどけてゆく花の言ひ尽くしがたき木蓮の白

ほたほたと真椿の花こぼれけり人なるわれは呻きて死ぬか

思ひ出づるかの表情は精神にしたがひてうつくしくありしと思ふ

曇天は限りもあらずかの果てにわがすぎゆきのあるごとくして

誰も居らねば早く寝につくわれとわがまたなき時を消すにあらずや

病む人に捧ぐる花の中にして土耳古桔梗に登るむらさき

わがよはひは君も知るなりひそやかに骨の密度を計りてゐたり
この街は眠らざる街低きところに来てより雨滴きらきらとせり
声あらぬ今日の訪問者雪となり雨となりわが窓を濡らせり
降りつのりゐる雪の層すこやけきわが隻眼の眼帯となる
去年《こぞ》瑞泉寺にありし水仙は越前より今日送られて来たる水仙
鎌倉宮に雪の牡丹を見てありぬ花をもていやしがたき傷あり

黒侘助

言葉は槌のごとき力を持つと思ふわれは訃報に打ちのめされき
とむらひの家に来たればおもかげの黒の侘助一輪咲けり
今日仰ぎ見る白梅や仄々と光れる去年《こぞ》のまぼろしもまた

枝をゆすりて渡りし風がありにしは昨夜《きぞ》か白梅の花こぼれゐる

去年《こぞ》よりもさはなる花を幾すぢの白髪ふえてふり仰ぐなり

この春のはじめを刻印するごとく散りたる梅の葩を踏む

花をもて死者を覆へりわが置きし菊一輪は胸のあたりに

うづの若葉

人と来し旅にしあれどをちこちのうづの若葉はまなこを塞ぐ

風の日の水紋ひとかたに流れつつ鯉の頭《づ》あまたなる上を流れつ

母の声姉の声なるしはぶきを厨に立ちてわれもしてをり

さびさびとうつぎ・野のばら・ほたるぶくろ梅雨来る前の花みな白し

魚貝など携へながら青闇に溶け入る者のわれも一人か

おもほえばかの父たちも母たちも家を出で病院に果ててゆくなり

共に棲まな

ほのぼのと夕つくれなゐとどまれり白あぢさゐの花玉の上

月光に花房揺るると寄りゆけば黄やはらかき若芽なりにき

新緑はせり上がり来ぬわれはただ一人の心見えがたくゐる

白丁花の花ある道や揺れやまぬ思念をわれは曳きて歩みつ

ぢりぢりと砂に埋もれてゆく足の感触を思ひ出づることあり

人形町に用ありて来つ鉢植のくさぐさに入り鶺鴒遊ぶ

駐車場にひとつ鶺鴒遊びをり水の記憶を問はむと思ふ

ベランダを出で入る雀この部屋のモーツアルトに応へて鳴けり

告白をなさざるわれは今大きく口をあけをり歯科医の傍《かた》に

遥かなるところのごとく思はるる眼を病む前に行きし西の国

かの苑のミモザの花のゆふぐれに夫と別れて帰り来しこと

昔のごとく共に棲まなといふ声のはろばろと来てわれを揺るがす

父母《ちちはは》は天のいづこをわが夫は子は地の上のいづこを歩む

遠くゆく鳥も必ず帰り来むここより夜と見ゆる地上に

欅の坂

ふり仰ぐ夕ぐれ方の天の色またなき夏の青流れをり

われと血を頒ちたる者シアトルと呼べるところを歩みてをらむ

青き空のやうなるものにゆきつきてこは母ありし歳月と知る

死に際に逢ふべし爪をば夜の更けに切るなとのらす父母《ちちはは》もなし

とりかぶと風聞昏く花暗く風ある辻に売られゐるなり

宿命に誰か逢ひゐむ昼顔の野にしらしらと驟雨はしれる

朝顔は切なきめしひ細き蔓風の虚空に揺れやまぬなり

まなこもて見しもの心もて見しものを数へてのぼる欅の坂を

花盗人

うらさわぐ棗の梢《うれ》にふりそそぐ雨を見てをり高き窓より

ひととせにひと度ながら花盗人沈丁花の蕾白きあたりに

いかなれば地に低くある沈丁花の一枝《ひとえ》に心うるほひてをり

あたかも口を塞ぐごとくにひしひしとわが窓を埋めてゆく飛雪あり

灯の下に夥しき本積まれゐる聖き言葉も積まれてあらん

思ひ描く死の一つにて積み上げし本に埋もれてゆく方知れず

恋ひとつありし記憶の傍らに光を曳けるクリビアの花

いつしかと心の迷路見えわたる思ひにつきて髪を梳きをり

裏紅の沈丁花の花垣《はながき》に時かけて降る雪を見てをり

母となるらむ

せはしなく鎌動きをりうす紅の花ある萩も刈られゆくなり

うすけぶる左眼は感受に抵触をなすと思ひて秋野を歩む

片側の疎林の中に爆ぜてをりかち色清き栗二つ三つ

花あぐる力昏昏と眠りゐむ秋の桜の幹に手《た》触れつ

潮だまりのやうに茜が引き残りゐる窓々が見ゆる束の間

生き方があれば死に方があるべしと思へど雲の中なるごとし

森深く入り来れば散弾にこめかみを撃ち貫かれたる記憶甦るも

窓に来て一夜を眠りたるのちに白蛾はいづこにか落ちゆけり

幾たびとなく飲食《おんじき》に在りしならん椅子一つ草生にうち沈むなり

かの家のいとけなき子は忽ちに少女とならむ母となるらむ

初めの言葉

うつしみはただひとつにて秋草の濃き翳のいろ踏みて帰れり

夥しき蝶こぼれゐる空間をオレンジイエローシャワーと呼べり

いとけなき子にその父が教へゐる初めの言葉は別れの言葉

ふと生《あ》れしさびしさは胸のあたりより次第に四肢に行きわたるなり

母が来て枕辺に座りゐるやうな思ひに真夜をめざめてゐたり

風は木をゆすりてゐたりふりむけば若かりし日の君とわたくし

思ひ人

かつてわれにまつはりし者見知らざる国の見知らぬ街をゆくとぞ

われにあらず子が持てるさが遥かなる国に溶けゆくごとき生き様

父母《ちちはは》のさだめに従きてゆく児ありいかなる山河を見つつ育たむ

モスクよりアザーン聞こゆるところにて目覚むるといふ子らを思ふも

ビル一つ隔てしあたり有明を告ぐる鶏《とり》の声ありと綴るも

ブンガワンソロ流るる街に明日発つといふ子の手紙三たび読むなり

われに三歳の思ひ人あり灼熱のかの国に今なにをしてゐむ
　　忘れがたしも
遥かなる梢々を渡り来てわれをなびかすこの夏の風
赤道の彼方の国に住む子あり思ひ見がたく忘れがたしも
われは眼を病める人にてほうとけぶる繭のやうなる月を見てをり
踏みしめてわれは立てれどかなたにてあびせ倒しといふ言葉あり
罪により画面をはしる名前あり愛をもて知恵をもて名付けたらんに
思ひ出づることのひとつやまたひとつ花のごとしも恥のごとしも
夏空の色深きかもいづくにてよはひ重ねて行き給ふらむ
人はみなそよぎをらずや浜風が強く吹くとふ球場の声

花の穂の痛々しけれこの夏を丈低く咲く赤のまんまよ

思ひ見がたき化学記号の走りゐむこのうら若き額《ぬか》を見上ぐる

走り出でとどまらず時の坂をゆく夥しき車輪の列が見ゆるも

相寄りて紅梅坂をくだりゐつ失ひしものは歳月と死者

後書き

『紅梅坂』は私の七番目の歌集です。『沙羅の宿から』以後の三〇二首を収めました。この歌集の題といたしました、紅梅坂は、集中の、

相寄りて紅梅坂をくだりゐつ失ひしものは歳月と死者

からとりました。

紅梅坂は、御茶ノ水にあるニコライ堂へと登ってゆく小さな坂です。

この近くで病気を養った私には印象深い坂となりました。

私は眼を傷めて居りました。一人でどこへでも出掛けることが出来るようになるまで、長い時間を費やすことになりました。

しかし狭められた場で、人は立ち直るものだということを、私は身をもって知りました。

この集中を流れ去った年月が胸突八丁であった私の生の坂にも、紅梅のように小さいく

れないの花は、いくつか咲いていたような気がいたします。

歌うことによって支えられて来た、この年月を振り返ってみるとき、それが、かけがえのないものであったことに思いいたって居ります。

一首一首心を籠めて歌って参りました。

一人でも多くの方の共感を得ることができれば幸に存じます。

折りにふれて励ましていただいた春日井建さんに御礼を申しあげます。

出版の労をお取りいただいた田村雅之さんに御礼を申しあげます。

装丁をお願いした倉本修氏に御礼を申しあげます。

稲葉京子

秋《あき》の琴《こと》

秋の琴
平成九年六月二十六日発行　短歌研究社刊
Ａ５判上製・カバー装　二〇八頁
二首一行組　三五六首　巻末に「後書き」
装幀　猪瀬悦見
定価　本体三〇〇〇円（税別）

秋の琴

この明るさのなかへ
ひとつの素朴な琴をおけば
秋の美しさに耐えかね
琴はしずかに鳴りいだすだろう　八木重吉

耐へかねて鳴り出づる琴があるといふあああれは去年《こぞ》の秋のわたくし
いつまでも覚えてあらん伊勢崎町に 槐《ゑんじゆ》 の花の雨を浴びをり
夕暮れの空を出《い》でゆく鴉群恋ほし恋ほしと呼び交はしゆく
一人居てさびしく二人居てさびしわれは二人在ることを願ふも
似たる背のふたつ並みゆくはらからかはらからならんどこに別れむ
この駅に昨夜《きぞ》陸続と集ひ来し喪の人ら今何をしてゐむ
丘の辺に小さき墓を買ひにしが忽ち飽きて行かずなりたり

をのこ児の淵をおもひぬプラスチックの小さき弾丸《たま》を銃に籠《こ》めをり

笛吹きが行き鼠が奔りゆきしのちスイミングスクールのバスが行くなり

この窓に差し入る月の光ありわが髪の根に来てとどまりぬ

誰に捉はるるひと生《よ》おのれに捉はるる細引く金の鎖を結《ゆ》ひて

切なき辻

流離なすごときすぎこしこの家は富士が見ゆると言ひ囃しをり

いざなはれ来てなほ寒き裏富士の硝子のごとき冠雪を見つ

やうやくに隻眼に慣れぬ身を捩り世に遅れゆく思ひに馴れぬ

目を病む

異なれるかたちにかいつの日にかまた立ち直るかと思ひて病みき

敗運と思はず切なき経験と思ひき病《やまひ》の過ぎんとしつつ

由《よし》もなく自《し》が引き当てし運命の切なき辻を渡り来しなり

若からぬいたく老いたるにはあらぬ束の間の時の中をゆくなり

花ならぬ樹ならぬわれは老い初《そ》めてまことかややに脂を帯びぬ

歳月はわれをなだめて逆髪の怒りといふを忘れゆくらし

両の手をかたみに取りて薄墨の夢の涯底《そこひ》に邂逅を遂ぐ

すこやかなる人はかがよひ病《やまひ》を超えし人もかがよひここに集ふも

雪を記憶す

うち深く炎を抱きゐるならずや夕映を今片側に見て

落日は音なく降《くだ》り老いもこの静けさにわれらを蝕《むしば》みゆかん

身の老いは十年早く心の老いは十年遅くわれを司《つかさど》る

ほつかりと夕月色に灯りゐる柚子ある細き道を行くなり

またあらぬ出逢ひなりしをゆくりなくてのひらに消ゆる春の雪片

雲水の赤き素足に降りてゐし遥かなる日の雪を記憶す

この血すぢに僧籍の者多けれどサイパンに死にし一人紛れず

大楡の梢《うれ》のビリジャンいつせいに空の緑を攪拌なせり

天にのみどを開きて鳴ける野の鳥がわれの意識にのぼる時あり

沈黙の白

岬にて盆の踊りを見たるなり心に沁みきいのちのあはれ

一夏《いちげ》傾く頃鳴きかはすひぐらしのその遥けかる約束を問ふ

夏森にまぶたを閉ぢて一塊の緑の闇となりおほせたり

恩寵は仄かなる赤廃屋の裏背に枇杷の枝揺れてをり
風あると言はねど熟れし枇杷の枝かすかに動きとどまりあへず
脱出のかなはぬわれは街のまなかと思ふ部屋にて椅子を廻せり
蛇の子が轢かれて乾く真昼間の道白きかも沈黙の白
合歓の花を好きと言ひをりいくばくか羞しくやましき思ひに添ひて
汚れざるこころと言はね身を伏せて夜毎に髪を洗ひゐるなり
ふかぶかと茂りて傘となりし樹はわれの呼吸を深くあらしむ
さしかはし傘となりたるいちやう並木傘はをりをりに雨をこぼせり

昼顔

かなたにて昼顔は花を閉ぢをらんわが膝の辺《へ》に夕闇溜まる

くちなしの白盛りあがりこの無垢の情念は人をあやまたすべし
われは誰に称《たた》へらるるにあらねども咲き満てるえごの傘下に立てり
軽鴨の雛を鴉が年毎に食ひ尽くすとふ池のひそけさ
いつの世のわれの傷かもひぐらしが鳴く時心千切るるごとし
点々と川面《かはも》をくだる白き花名を問はれざる樹の花ならむ
ゆくりなし葉の陰にして若き桃額《ぬか》集めゐるところを過ぎつ
祖《おや》たちは草のほとりに住みたらむわれも来たりて草生に沈む
暗天や生者はもとより死者もまたえにしの人を忘れずをらむ
わすれ草黄に開きけり忘れねばならぬこと一つまた一つある
この頭上を踏み渡りては人が住む苦しきことと思ひつつ住む

マンション

鉄骨を渡りて働く人が見ゆ地のいづこにか誰か待つらむ

よくぞ今日まで生き得たりしと電話にて姉に誕生日を褒められてをり

クレバスのごとき暗闇ありぬべし記憶と記憶をつなぐあはひに

君はひと生をかけて泣かずも女なるわれは年ふりこの頃泣かず

許さむと思へば心はろばろとかの夕雲に触るるここちす

草の穂に触れ触れて歩みをりながらわれはみづからの業を知るなり

かの人も髪にいつしか霜を置くいかなる夢ののちの歳月

グロキシニア

夕燕追憶に触れてひるがへり去年《こぞ》の死者らはまだ帰り来ず

野の鳩は野の鳩の色のよそほひがありて光の中にふくるる

いづこにかわれは行きたしくるくると紙の鴉は畑の上に

狂ひたる高村智恵子をグロキシニアのくれなゐ濃ゆき季《とき》に思ふも

振り向けば万燈流れ流れゆく父母《ふぼ》の面影もまぎれつつゆく

愛執ただならぬ胸を見るごとく窓に蔦這ふところを過ぎつ

ただひと度祖父と螢を狩りしこと千万の夜のなかの一夜に

はるばると来しものはわが傷を開くかの日の驟雨は今日の驟雨

芥子の花ふとしほどけぬ取り返しつかぬことあまたわれにあるなり

かたつむりタイルの壁を渡りをりしろがね細き道を曳きつつ

翼を開くことなく屋根より地に下りる雀が居りてわれはおどろく

音楽は抽象ならずある時は身に打ち込まるるくさびとおもふ

美しき音楽を幾つ成しし人銅像となりここに佇つなり

紺の雨

どの夏も光の底を昇り来る立葵の紅を見つつ生きにき
みひらきて運航をなす人あらん飛行雲夕照りの空に入りゆく
雲の端《は》の暮れてゆきつつ老いるとは心が暮れてゆくことならむ
彼方より曇天はめくられてゐるならむ紅凝《こご》りたる夕空が見ゆ
葉より萼より白光したたりゐるごとき山帽子の傍《かた》今日の通ひ路《ぢ》
思ひ及びて心痛しもをやみなく子の上を渉る歳月のこと
しとどなる雨に濡れつつ雀をりかの日のことは天意なるべし
人を駅に送り来たりぬ暗闇に入りし時紺の雨と思ひぬ

デイゴの花のくれなゐの傍黒南風《かたくろはえ》に吹かれて立てるわれやまぼろし
神知らぬ心ひそけく薄青のみ堂に入りてマリアを仰ぐ
導かれをりながら光眩しかるオランダ坂にわれは躓く
うたに思ひを尽くす一軀やまた一軀あるは仄かな発光をなす

サザンクロス

——今しばし——

珊瑚礁エメラルドグリーンにけぶらへる百千の島翼の下に
エアポートに「杖曳きても尋《と》め行かん」といふ昔の言葉を思ひ出でをり
子が住める熱帯の国散る竹の葉の美しき国に来たりぬ
夜半《よは》に佇ち真昼に佇ちて見てをりぬガラスの棒のごときスコール

粛々と路上をあゆむかの裸足もかの裸足もわれも時を渡るか
信号を見る者あらね犇きて人も車も進まんとする
濃き闇の涯底《そこひ》に一人また一人坐《ざ》しゐる人ら何を思はむ
二百ヘクタールとぞいふモスク昼下がりころぶして労働をなさぬ人あり
円柱に倚りて念珠をまさぐれる時を数へてゐるごとく見ゆ
かかる生を恋ふるならねど半眼の光は陶然と身を忘れをり
暑なりながら冷たき石の廊言はれてわれも裸足にあゆむ
俯《うつぶ》して並ぶゐさらひ累々と祈れるかたちかたちは祈り
熱帯の深紅の夕陽を仰ぎをり今しばし生きてあらんと思ふ
これよりは深きくれなゐあらざらんくれなゐに熟れて落ちてゆく陽《ひ》よ

泥河の面《おもて》光りて滾々と繁れる樹々の緑を映す

――プルメリア――

運転手プジさんと仲良くなりぬ黒きてのひらをわれに振るなり

姓あらでプジとはインドネシア語にて賞讃といふ意味なりと言ふ

花を置くやうに他国のいとけなき子を降ろすなりこの若者は

光濃きこの国の道子の背なの影を出で入り出で入り歩む

繊弱にて危ふかりにし子の一人灼熱の国に働きてをり

すんすんと背丈伸びゐるわが子の子熱帯はいのちの力をうながす

バリ・ダンス踊りてゐるはわが子の子思ひみざりし文化圏なれ

寄り来たりものを言ふ日本の青年よ母の面輪にわれは似たらむ

蠅の群れ渦を巻きゐる市場あり身に沁みて切なき曲流れをり

ゆふぐれの沼の辺双のかひなもていだかん大き紅き睡蓮

一、二、三、四、五、六匹いや更に壁をすべりてゆく守宮《やもり》なれ

東京の病院に眠りし夜々は夢サザンクロスを闇より見上ぐ

薄闇にプルメリアの花皓々と昏れ残りゐしこと忘らえず

玄関を踏み出でんとする靴裏がジャカルタの土を記憶してゐき

何に急《せ》かされあの子を生みかの子を生みぬひと世《よ》遥けき道連れなるか

銀　箔

銀箔を素足に踏みて起き出づる今日より日本は秋と書きやる

点々と片空を帰る鳥が見ゆ海越えて帰り来る子が見ゆる

一閃の稲妻はしりかの胸の深傷《ふかで》をわれは見しかと思ふ

疲れつつ起き出でがたきこともまたわれに許せば仄か甘しも

祝祭は常に遠くし秋天のいづこにか昼の花火上がれり

子が弾けば涙ふくれて聞きてをり夜のしじまのタイスの瞑想曲

藁をもて誰か海辺に刺したらむ盲鰯の並びゐるなり

この町の人は門辺《かどべ》にものを読むわれよりも読む夕刊を開き

鯉の屍《し》をひとつかづきて秋ならし神田川藍深くゆくなり

落葉雨しきりなるままに暮れ来たり去年の手袋をわれは並べつ

この夕焼常よりもくれなゐ濃ゆくして待ちてゐたりし手紙と思ふ

低き雲街を覆へり街を出でて原野《はらの》に来しがここも曇天

かけくだり来る疾風をまなこ閉ぢ髪膚《はつぷ》をもちて受け止むるなれ
ただひと度熱帯の国子が住める国にあくがれゆきて忘れず
外つ国に住む子がありありとあらはれてもの言へりつゆけき思ひに目覚む

消しがたく

堰きあへぬ柵虎杖《いたどり》の黄の花は道の真中《まなか》にこぼれやまずも
残り野に金に熟れゐるゑのころの丈低くして風に動けり
本郷台を流るる川の水浅く鯉の背鰭のかすか出でをり
この世にて逢ひしえにしは消しがたく面影となりひそひそと来る

白露や死んでゆく日も帯締めて　鷹女

母の死を見たりしわれは帯を締め死にゆくことをゆめ思ひ得ず

野ぼたんやつつましく凜とありし母ぼろぼろになりてのち死にし母

網の戸に蜂が来てをり何によりてか生あやまてる象《かたち》さびしも

眠りに入る汀にありて仄々と思ひぬ明日は歌を作らむ

短き稿を送りしわれはふはふはと夕茜なす街を漂ふ

ふり向かばかき消えてゆく何気なきこの日常を深く愛する

皎々たる月の面をよぎりゆく風出でて疾き夜の白雲

病む人も病む人にかひなを貸してゐる人も静かに樹下《こした》をゆけり

水底を蹴る力いまだ残りゐて癒えそめたらん病《やまひ》なるべし

多摩川の水の辺《べ》に居てゆく水を見てゐる人をわれは見てゐつ

いづこよりか媚びてならぬといふ声が届きしやうな届かざるやうな

今いくばくの距離ありしかばかのことも美しきままに過ぎたるならん

人は淵われも淵とぞ思ひつつ暫くゐしがやがて眠りぬ

朝霧の底

うち深く祈りのこころあるごとく手袋の指を固く組みをり

町川の浅瀬に浮寝する鴨よこの町の病院にわれは眠りき

幾たびか暗天を裂く稲妻や見てならぬ神の血脈を見つ

夢の中に兄と出逢ひぬ遠く住みひと度も町にては出逢はざりき

一つづつ重ぬるよはひさきがけて兄は見知らぬ所を歩む

この後の年月を思ひ切り不真面目に生きよと医師にそそのかされき

わが心の深処《ふかど》にやさしきわれの子も水仙の花小さきことも

かの羽のかすか濡れゐむ朝霧の底より発ちてゆく鳩の群れ

天に消ゆる梯子をのぼりゆきしまま帰らぬやうな死者をおもひぬ

冬天の碧限りなしいづこにて常夏の国の空に触るるや

内深き懈怠《けたい》を思ふ目を病みてより帯締むることなくなりぬ

踏み馴れし敷石をかぞへゆくわれは明日を思へど明日を知らずも

忘れじの紅《こう》

草生ひて坂なすところほろほろと紅きは百千の萩の花なれ

心の奥よりか幾たび揚がる声〈わたくしがまだ若かつた頃に〉

搬入さるるピアノが見ゆる購ひし人に長く豊けき未来あること

只ならぬ気配にありて路の上一足の大き靴裏返る

がうがうと天の奥処を風奔れり良寛が出家を決意せし日も

こはまさしく幽明のかなたより弾かれ来て胸を打つ琵琶の音なれ

水黒き夜の桟橋に立ちてをり来し方は胸のあたりにほろぶ

遥かなるいづかたにかわが家《いへ》のあるごとき思ひのままに今日とはなりぬ

昔見しものはいとしも草土手にくれなゐをほどきゐるまんじゆしやげ

あたらしき死者は古き死者に抱《いだ》かるるごとき邂逅を遂げてをらずや

光の繭のごとき車輛にびつしりと入りたる人が過ぎてゆくなり

枯れてなほ風姿崩れぬあぢさゐの一刷けの紅《こう》忘れじの紅《こう》

いかならんえにしに親と子になりぬ青年として明日発ちてゆく

われは乞はずも

大いなる自然のうねりの中ならむ曇天今日はさびさびとゐる
沁みわたる水の力やこの街に沁み入らんとする春の力や
発ちても発ちてもわれら地の上の者にして天の深みの鳥を見上げつ
言葉なく声ある鳥は切々と鳴きて茜の空に入りゆく
驟雨来てぴしぴし川面《かはも》を叩きをり失ひしものをわれは乞はずも
そそのかす者が心に棲みてゐしかの日を発ちて今日とはなりぬ
一生《ひとよ》かけて髪を梳くらむ幸せの方《かた》へ不倖せの方へ梳くらむ
前《さき》の世をわれは知りをり杳き日にここに立ちこの言葉を言ひき
灯びの真下なるかななかなかに人の名を思ひ出でがたくをり

眼底出血ありたるわれは強力《がうりき》の爪ににじみし血を思ふなり

ピラカンサの百千万の実失せにけりひよどりの胸に灯るくれなゐ

春はまだ遠しといへど高枝に梅花点々楽譜のごとし

この樹の肌のつめたさは記憶の中にある死にたる夜の母のふくらはぎ

死にてななとせ絆はなほもありありと思ひの中を手繰られて来つ

父となりし青年はわが傍《かた》に来ていよいよにその笑みを深くす

様々にうからの影の過《よぎ》りゐてこのいとけなき存在あやし

再び絵本を読むよはひかも小さなる子が血族に加はりしかば

沈丁花の蕾かそかにほどけつつみどり児に言葉生《あ》れし日のこと

広辞苑を枕に眠る青年よ言葉もなべてねむりてあらん

一塊のパン生地のごとくに眠りゐる若さを超ゆるものなかるべし
びつしりと高枝《たかえ》に眠る鳥の一羽こぼれしやうな不眠なりしか
　われを嘉《よみ》す
くれなゐに染まりし雲が幾重《いくへ》にも空の汀に寄りてゆくなり
ただにただ人を恋ひたる若き日がありにきわれはわれを嘉《よみ》する
沈丁花、雪柳の芽の生まれゐてここに届かぬ微かなる音
昏れ残る雪柳の白わが裡に未練の思ひなしとせなくに
春の闇凝《こご》れるところ水仙はやはらかき唇《くち》を開きてあらん
何の覚悟もあらざるわれをゆすりてはゆすりては過ぎし歳月といへ
つきつめて思へば死よりも死に至る病《やまひ》の痛苦をおそれゐしなり

窓の彼方かりかりと春のいかづちが鳴れば捨ててもよき友一人
如月《きさらぎ》の林遠くし仄かなる紅《くれなゐ》はやがて桜とならむ

うたかた

七夕の夕ぐれとなり枇杷色の茶碗を人は静かにまはす
万緑の涯底《そこひ》にありて一碗のうたかたを音たてて喫する
北斗七星真上に見えて青葉闇せり上がり来つ菌のごとしも
風絶えし今まなこなき種子あまた闇を分けつつくだりてをらむ
これよりは匂はざれよとくちなしの花をてのひらもて覆ふなり
くちなしの花のかたまり霖雨の底に恍惚として腐りてゐるも
とろとろと飴のやうなる熱帯の大気夕ぐれの紅を記憶す

ブーゲンビリアのうす紅たわわなる樹下にわが血混じらふ少女跳ねゐき

かなしみを癒すといふにはあらねども髪に滴々の油をこぼす

禍々《まがまが》しきかたちに生《あ》れしこともまた知らで過ぎにし蜂のむくろか

病ひとつに関はりて夏を越えしとき忽然と燕居らずなりたり

まう立てぬと思ひてをりし病む界をふとしも越えぬ記してあるべし

うち深く思ふことあり鏡のごときまなこもてわれを見ることなかれ

むしむしと緑を喰らひふくれゆく怪物のごと開発すすむ

鳳仙花ほろほろ散れるところ過ぎ目に鋭しも溶接の炎《ひ》は

わが胸の涯底《そこひ》のごときくらがりにどくだみの白燃えさかりをり

美しき花と言はねど寂寞と垂りて香を噴く栗の木の花

一つまた一つ魂漂へる宴のごときあぢさゐの叢

痛々しき清き半夏生の白そよぐかの表情と重なるものを

水の管

朝毎に丹沢山系紺深し雪のはだれをこほしみて見る

丹沢山系に抱かれしやうな病院に長く病みたることを忘るな

身の寒さはまさにこころの寒さにて万目枯るる原野を歩む

身の一処千切るるやうに死なしめし母の面影も遠くなりゆく

部屋の真中《まなか》までさし入りし半月光身の置きどころなしと言はまく

帰り来る人々の頭《づ》を高層の窓辺によりてわれは見てをり

告白をなしとげしごとき裸木をくぐればわれの身の昏きかも

咽喉笛をかき切つて死なむといふ声が舞台の真中《まなか》より上がるなり
きらきらと真昼の日照雨《そばへ》髪ぬれて額《ぬか》濡れてなほいとはしからず
去年の椿今年の椿紅深しわれは言葉をかかげんとする
言はざりし言葉は言ひし言葉よりいくばくか美しきやうにも思ふ
くれなゐの濃すぎることもあはれにて紅梅幾本の傍らを過ぐ
夕ぐれの頭痛しばしばわれに来てものを思はぬ人となりゆく
胸乳《むなぢ》にはあらなく水を配る管思へばいたくやさしきものを
わが棟とかなたの棟の間《あひ》に空ありて小さき鳥渡るなり
北国の子のやうに藁をかづきゐる牡丹をかなしき時に来て見つ
わが窓は西に向くなり夕茜炎《ひ》のごとき時声を失ふ

月光は裸枝《らし》静かなる欅木の象《かたち》となりて地にとどまれり
一夜《いちや》二夜誰か来たりてまぶしたる白とおもへりをちのしら梅
点々と浅瀬をくだる落ち椿どの花も傷を負ひてゐるなり

祝　祭

開発をまぬがれて咲く山桜燦爛たり声あらぬ祝祭
双の掌を伸べれども吹雪く葩のひとつふたつを受けあへずけり
夏の国に住む子よひと生《よ》かけて見る桜を幾たび見失ふらむ
見んとしていそぐべからずかつて見し桜はまな裏に盛り上がり咲く
昨日今日かなたより呼ぶ声聞こゆ応へなば散らん花の声なり
幼かりし日も今日も散る花に逢ふあやふき心なだめがたなし

われは悪しわろしと鳴きてひよどりは桜の花を食ひちぎりをり
怺へゐし涙をこぼす一瞬のためらひの時がさくらにもある
鬱金桜十重に二十重に咲き闌けて枝しびれゐむ午後となりたり
見えがたき力に従《っ》きてましろなる侘助となり世に現れぬ
昼ながら今し総身に連翹の花の明かりを浴びしと思ふ
金雀枝の花やはらかく反りて咲くこのあたりより春はゆくらむ
千本の鎖ならずや夕焼を浴びしこの身のゆきどころなし
人は背に夥しき死者を負ふといふ忘るる無残忘れぬ無残
ほほほほほ一抜けた二抜けたとぞ天のかしこに君たちの声
とどまらずはるばるとゆく魂はまた帰りこの一軀に灯る

あまたたび現れかつは消えしならむ鏡の中の面《おもて》をぬぐふ
静かなる日常の或るところにてかくりと老いん必ず老いむ
誰に残さむあの子にやらむ死後のこと思ひて小さき宝珠を買ひぬ

鴫の脚

この花が都忘れと幾たびも教へしがをのこ子の誰も覚えず
ゆく雲に寸断されて虹立てりひとつの愛のきれぎれに見ゆ
思ひ出づることあらばいたどりの花の穂のやさしき者として思ひ出でよ
弓を担ぎゆく少女なれ射術とは誰をか殺むるすべを教へむ
樹海の奥の奥に静けきホスピスの建ち灯れども幻覚ならめ
老いし人を若者があやすわれがもし老いし人ならば傷つくものを

遠ざかる記憶の界に日溜まりが見ゆ過ぎし日のさきはひが見ゆ

まことは人が住むべき高さにあらぬべし高層に風の歔泣を聞けり

ゆゑよしを問ふなかれ端座なしてのちおのれの歌を書きしるしをり

怺ふるはこの世のことにてふり仰ぐ銀河仄けき濃淡をなす

鳴の脚ひたに汀を走りけり遊びを知らぬわれの起き伏し

草の骨

ぴしぴしとわが靴が踏みしだけるは冬にほろびし草の骨なれ

誰にいふことにもあらずいね際の思惟にするする涙くだれり

すぎこしの辛かりしかと問ふなかれ涙もろきは母ゆづりなる

品濃《しなの》塚一里塚江戸より九里とぞほろびし人もわれに従き来る

杖ひきて老婆来給ふ遥かなる昔のわれに出逢ひしやうな

びつしりと小さき花をかかげゐる老い椿越え来たる風花

冬の城かなたに浮かぶ千年を語れる声は音を持たずも

冬の光に研ぎ出だされし稜線や水晶宮のごときわが街

いづこより奔り来たりし水ならむホースもて木草にふるまひてをり

ちぎれ雲うすくれなゐに空をゆく金銭のこととはにむづかし

ぽろぽろと虚空に白をほどきゐる梅が枝のその白小さけれ

パワーショベルに嚙まれて深き眠りより目覚めたる土忽ち死ねり

怒りに死なず嘆きに死なず顔を上げ得がたき恥に死なむと思ふ

時かけて燃えてをりしが丹沢のかなたにとはに落ちてゆきし日

この町の鴉の翼も白からむ粉《こな》をこぼせるやうに降る雪

品《しな》濃《の》坂《ざか》下

誰《た》が家と知らねど門扉《もんぴ》に絡まれる葉陰の通草《あけび》仄かにわらふ

合歓の花千《ち》すぢの紅のやさしさは夏来るたびに紛れがたなく

花ならぬ若からぬわれ襞深きスカートに薄暑の街を歩めり

あえかなる小さき陣や螢袋の一つ一つがいだく空間

いぶかしむ君に答ふる　もつと早く歩かねば老いてしまふでせう

誰も死ぬ皆死ぬなりと君はいふ　さりながら死に遅れてはならぬ

時の坂をたたらを踏みてくだりゆくあの人はあなた　ましてわたくし

病《やまひ》とは陥穽にして陥穽に落ちたる事を今はうべなふ

くるしめるわが背後より風たちて昼顔の花みな歪みたり

隻眼もて深くものをば見よやとぞ電話にわれを泣かせたまひぬ

踝《くるぶし》に来てとどまれる夏落葉かしこに神はうなづきたまふ

年古りし品濃坂下面影の幾つを曳きて行き通ふなり

さやさやとしじの葛の葉揺れあへぬここ過ぎて逢はむ逢ひて別れむ

いつよりか螢を見ざるわが髪の根まで差し入る青の路灯よ

髪を洗ふとかしらを深くおろす時思ひ出づるは神にあらずも

わが心人に寄りやまず束ねたる髪のしづくを絞りをりつつ

百千の蟬の声降る一つはた二つ狂へる声ありぬべし

サーカス団

生きてあること選ばれてあることとおもふ額に日が当たりをり
銀河近く遠く人また近く遠くあやふきこころもて歩みをり
片頬に触れてゆく風ゆくりなく死にたる人を思ひゐしなれ
サーカスがあはれ深かりし頃に育ちゆゑよし知らね今もわりなし
なぜ象は人に従ふなぜ熊は人に従ふサーカス団に

うらしま

忘れ草鉄路に添ひて咲きてをり苦しき恋も杳き日のこと
生前にたまひしウィーンのブローチを飾りて歩むこころはもとな
こなごなに心千切れて恍惚と消ゆる花火や夏去りぬべし

蟷螂と生まれしゆゑに草を背にみどりの鎌を振り上ぐるなり
夕暮れの涼ある風に吹かれつつ仄かに紅き蕎麦の細茎
葉ざくらが重なりてなす深緑触れてはならぬもののあるなり
この雨は幾重なるらむ昼ふけのわが思惟はいよよ濃ゆくなりゆく
雁来紅《かまつか》のくれなゐを吹きわれを吹く風一団に色はあらねど
風立てば森は暗緑のくちびるを開きて鳥を呑みくだしをり
遠く遠く汽笛を曳きて空に入る列車の孤客新しき死者
鉄骨が地に深く刺さりゆく様を昼に見て夕ぐれに見て通るなり
浦島《うらしま》は男なりしかば陶然と家を忘れてあり経しならん
地球儀は静かにまはせ長子が働くジャカルタ二子が学ぶボストン

夢

侘助の花ひろごりて咲かぬことわれの意識の底に古りつつ

あの声は言葉なるべし鴉ふたつ呼び交はしつつ空に消えたり

人は逢ひかつは別るる樹はただに一つみづからの生を全うす

燦々たる光に咲くも葉ごもりにひそやかなるもみな紅椿

汗あえて夢よりうつつに帰り来つ過ぎぬればうつつも夢なるものを

熱き傷

日溜まりに立つ冬椿椿なればからくれなゐのまなこをひらく

みづからの重さに従《つ》きて降《くだ》り来し鳩はくれなゐの趾《あし》を開きぬ

ホテルレストラン専門学校の夕暮れの門扉《もんぴ》ふくれて湧く若き子ら

夕映のくれなゐを浴び今われは常よりもやさしき心に歩む

思ひ出でよ遠夕焼の日本の野を歩みゐる母あることを

はたはたと時雨過ぎをり存在はかなたにて光を帯びはじめたり

窓々の灯の一つまた一つ消え眠りの旅に発ちてゆくらし

高層のわが部屋に来よ携へて無量曇天に手をさし入れん

たたさまに降る雨を許し仄かなるしろがねに照りてゆく冬の川

千万のまなこの前に倒れゆく力士の妻は哀しかるべし

かしこにて一生《ひとよ》を遂ぐるべかりしを日月流れまだゆき着かず

執着と恋は違ふか違ふともわれはひと生《よ》をかけて執着す

いかならん血を享けにしか胸深みたしかに熱き傷のあるなり

目が見えずなれば死なんと決めながら死に方を覚えぬ目の悪きわれ

人を焼く煙昇れり人が家に腐りてゆかばすさまじからん

プルッシャンブルー

夕焼をあますなく容れしシースルーエレベーターのまなかに立つも

帰り来て灯火《ともしび》のもとに坐る時おもかげは深き笑みをたたへつ

櫛を持たむ口紅を持たむ短かる旅なればニトロを二、三粒ほど

若き日の耀ひて見ゆ身を折りて泣きし記憶もまして耀ふ

しばしばも思ひ出でゆく一人にてイメージはプルッシャンブルーに尽きる

まばたきのまにまこの身に冬の陽の黄なる光の入り溜まるかも

家族が皆忘れしことをいつまでも覚えゐて嘘つきのやうなるわれは

前《さき》の世の記憶ならずやこの木立の一本でありしやうな気がする
晶を結ぶ冬の光やかの心にますぐに届く言葉を探す
水の辺《べ》に足さし入れて佇つ鷺のただ一羽なるものおもひなれ
老いて死ぬか病《やまひ》に死ぬか知る由もなしかりがねの黒き列ゆく
全力をもて曇天を昇りゆく白鳥数羽ましろのましろ
白鳥は首をますぐに立てて居り行きて教へし者の見えずも
鵙の声はたとやみたりわが歌のかくてやむ日を思ひ見がたし
夕暮れは紺の風吹きゆつくりと胸底にめざめゆく一首あり

後書き

『秋の琴』は私の第八歌集です。昨年の『紅梅坂』に続いての出版となりましたが、「短歌研究」で三十首八回という連載の場をいただいたため、短い時間に歌が溜まっていきました。この連載は、私にとっては心の深いところにあった思いを語ることが出来たような感じがし、私が私に出逢う旅でもありました。

連載二百四十首に新作百十六首を加えて三百五十六首といたしました。

歌集の名は、若かった頃からずっと、八木重吉の詩、

この明るさのなかへ
ひとつの素朴な琴をおけば
秋の美しさに耐えかね
琴はしずかに鳴りいだすだろう

の一篇が心を離れなかったこと、そして「美しさに耐えかね」という感受の切なさ、苦し

さはやはりそのまま私のもののように思われて、

　耐へかねて鳴り出づる琴があるといふああれは去年《こぞ》の秋のわたくし

と歌うほかなかったことから『秋の琴』と名づけました。

連載の場をくださった短歌研究社の押田晶子さん、ありがとうございました。
いつも励ましてくださる春日井建さん、ありがとうございます。

稲葉京子

平成九年六月一日

紅《くれなゐ》を汲《く》む

紅を汲む
平成十一年三月二十日発行　短歌新聞社刊
現代女流短歌全集49
四六判上製・カバー装　一二四頁
三首一行組　三〇〇首　巻末に略歌歴
および「あとがき」　装幀　朝倉摂
定価　本体一七一四円（税別）

くれなゐの章

夜々にくれなゐを増す一木あり怺《こら》へむとして遂に散るべし

一年に一日《いちにち》二日《ふつか》いちやう葉の雨降る街のその時に来よ

刻々に過ぎゆく時を携へし時計にて知る知りて思はず

生かされて今あるわれはテレビのガラパゴスに降る雨を見てゐる

わたくしは身の量の闇人もわれも立ち入りがたきそこばくの闇

何十分の一秒か全く見知らざる人としてわれに歩み寄る夫

今日一人で遠い海まで旅をした高層の部屋で風邪を引いてゐた

学問をなさざりしわれは蛇を深く学びし話を瞠《みひら》きて聞く

貪欲といふ語をいとひ貪婪といふ語を厭はざりしと思ふ

中国語音として耳に届きをり詩の或る断面をわれは思へり

隣のベッドに静まりてゐし老婦人来世は働かぬ犬になるとぞ

動かざるクレーンにクレーンが寄りてゆくかの日の病者かの日の医師《くすし》

血をもちて繋がるる者は詮もなし肉をもて繋がるる者はわりなし

陸続と駅へ向かへる後ろでや待つ人あるか待つ人無きか

ひと度も神に出逢はぬ者ながら生きるとは祈ることかと問はむ

救急車に乗りし記憶はいちやう葉が黄の帯なして飛び去りし記憶

ストレッチャーは振動激しき乗り物なり病篤き人が乗るものならず

真珠橋

われは遂にこの地の人になりがたく盆唄流るるところを過ぐる

灯びの下に集ひて同じ方《かた》に手をのべて踊る人を見るなり

ここは西の国なる中の町はづれ真珠橋とふ小さき橋ある

西といふはいくばくかかげ深き方《かた》かと思ひ眠りき幾たびとなく

名づけしはをみななるべし七、八歩もて渡り切る真珠橋

覚めざればそのままにして死のやうな眠りに落ちてありしとおもふ

あれは夢か夢にはあらず城のほとりに住みて菱の実を食ひあかざりき

幾重にもフレームが並ぶ眼鏡店一つづつ顔にかかりてゆかむ

天牛とふ古書店に入りぬ重くして古き南吉の詩集を買ひぬ

かならずや行くべきところうちけぶり杏の花が散りかへる村

薄闇のなかぴしぴしと雪柳の花芽生まれてゐる気配すも

土に触れて低き風あり紅あしびの花房をゆすりゐる風があり

車窓を光が流れてゐると思へどもまことは時が流れてをらむ

晩夏光を均等に溜めをりながら深閑たり赤き非常階段

壮年の静けき男幾本の欅が立ちてゐるわれの町

復讐をとはになさずも夕ぐれて魚のまなこを抉りてゐるも

風の道それしところに撓みたる燕麦はおのづから揺れてをり

問ひつつあらむ

着床を思ふばかりにひたすらなれベランダに降る春の沫雪

をとめにて唇に受けし柔らかき雪の感触を今に記憶す

かの生のごとくますぐに落ちる雪かの生のごとくに舞ひ散らふ雪

若き人灯びのしたに額寄せてみどり児の名を問ひつつあらむ
かの町に生《あ》れしみどり児神の子にあらねどわれらゆきて見るべし
みどり児は深く眠りつをりをりに神の心に従《つ》きてほほゑむ
われは今みどり児を抱くみどり児なるわれを抱きし人は皆亡し
みどり児に雪を見せをりみどり児は昔々のわれにかも似つ
はなれ住む家族をかぞふ指を折る最後に小さき小さきみどり児
かつてわが腕《かひな》にありし者は今足踏みしめてみどり児を抱く
幼かりしかの面ざしや父となりしこの青年をわれは眩しむ
まをとめの乳首のごとき三月の枇杷の小さき実をかなしめり
ふたたびは逢へぬ思ひに別れては幾たびもあふ生を愛しむ

白ければか小さければかしじみ蝶花だいこんの中にまぎれぬ

水溜まりを跳びたる猫よ小さき者のおのづからなる知恵いとしけれ

ふり仰ぐ両のまなこやゃはらかに星の青める春の夜の空

そろの木坂

帰り来し去年《こぞ》の燕にぴしぴしと切りわかたれてゐるわれの町

槐《ゑんじゆ》の梢にあまたの燕集ひ来て鳥の言葉をこぼしゐるなり

燕返しといふ言葉あり今年子の何時覚えたる飛び様ならん

樹々の根に水を撒く人虔しき神の使ひのごときなりはひ

夏ならし風の駅路に添ひて咲くひるがほ・ひめじをん・どくだみの花

工事場にいづかたよりか集ひ来て力を売りてゐる人々よ

灯びをまだともさねば闇深き洞空中に重なりてをり

降り口をいまだ閉ざすな屋上に残りて働く一人が見ゆる

燕麦の若き穂立ちやさゐさゐと風すぐれども未だ撓まず

見ずやとぞ静けき声音《こわね》ありしかば桃の青実をふり仰ぐなり

とどめあへぬ涙のごとき汗をかきそろの木坂を登りて帰る

過ぎぬれば十年は一日のごとく見ゆ君に一夜のしろがねの髪

振り返るわれの年月近々と昨日のごとくなかりしごとく

手　菱

蝶ふたつ翅ふり飛べり私を問ふことは君を問ふことならむ

傘のしづく心のしづくを払ひゐる雨中思ふことありつつ来たりて

昨日より雨降りてをり鳥も樹も傘なき者はみな濡れとほる

風落ちぬきぶしの長き花房は今引力に従ひてをり

春浅く細枝《ほそえ》百枝《ももえ》の連翹に涙の粒のごとき花の芽

下空に触れつつ今し目ざめゆく千万の芽を思ひてゐるも

柊の若木に若き葉の生《あ》れてその柔らかき針思はしむ

心弱りて見るひよどりのくちばしは肉を刺し貫く手菱のたぐひ

散り入りしみづきの落花春の朽ち葉鯉のかばねや賑はしき池

露のまつ虫

雨やみし東京の高楼に見てゐたり夕べの紅を絞れる空を

目の悪きわれはいぶかしみ自《し》が生みし青年と腕を組みてぞ歩む

過ぎゆきにひとたびふたたびはわがために鳴りし喝采のなしといはなく

いかならむ心かかりて本郷の病院に一株の桑残りをり

かつてここに桑を摘みたる乙女子のありしや文月の光こぼるる

梢《うれ》に鳴くつゆのまつむしこの秋の眠りを病みてゐるわれのため

満月はビルのあはひを過ぎんとし樹に鳴く露のまつ虫の声

あしたより何にせかるるわれならむ老いに至るに少し間のある

静かなる夜とし思ふ青年は長き足折りうたたねをせり

硝子街をかなしむわれに燕くる雀くるある日ひよどりが来る

彼方なる傘

あやかしの桜に敗るるといふなかれ梨の花青を帯びて光れる

同じ丈に揃へられ方形に咲きてゐつ梨の畑の梨の白花

梨・杏・桜・白蓮・四照花を呑みくだしたる季節ののみど

あぢさゐの花叢をくぐり抜けしのちローランサンは歩み去りたり

もぢずりの花きりきりと咲きのぼり天に小さき穴をあけたり

くちなしの花夜々にくたさんとして燐のごとき微光を放つ

死に給ひし日のたそがれも昼顔はうす紅の襞をたたみゐたりき

一人は病《やまひ》に一人は自ら死にゆきしこの夏の光《かげ》しんと澄むなり

ひまはりは今日いつせいに咲き揃ひ寄りゆくわれをひたと見てをり

ひるがほは彼方なる傘苦しむなまづ眠れよと花をひろげぬ

夕映カンナ

この辻を曲がれば昨日そして明日どつと咲きゐる夕映カンナ

とどめあへぬ情のごとく西空へ傾きそめし日輪が見ゆ

肉のいたみこころのいたみをわかち得ぬわれかゆつくりと陽が落ちてゆく

追憶の彼方に没せし日月を切なき感覚として身に持てり

明日のごとく遠き未来のごとくにも額《ぬか》寄せて死のことを語りつ

松平修文が若かりし日に描きしゐのころ草のみどりとはなれ

若者よりいたく背低きわれと知る駅頭に傘を開かんとして

罪科《つみとが》のほのかにけぶりゐると思ふ身は半眼の仏陀の前に

心なにに囚はれゐしといはねども指深き傷を負ふ夕つ方

救急車の警笛はたと鳴りやみて再び鳴り出づるまでの時の間

乳をあたふる　　——この日々を忘れて歩むために——

聖橋のかなたの病院に入らむとしてスーツケースをさげて渡りぬ

御茶ノ水の駅よりひと度この窓を振り返りたるのち帰れかし

美しき力と思ひ見てをりき鳥の隊列は空を昇りき

若木のごとき者集ひ寄り学びをり予備校の名を空にかかげて

堅く苦しく凝りしやうな常緑樹のみどりゆるびて春といはずや

目を傷め心屈してゐるわれを今一人《いちにん》のわれが見てをり

病みて強くなる精神力病みて衰ふる心のすがたあからさまなり

母は子に乳を与ふるベランダのわれの木草はいかがなりけむ

遠き闇に銀河鉄道を登りゆくごとき列車がしばし見えをり

春の樹

遠く見ゆるあしたの駅や百千の花のごとくに散りてゆく傘

ふうはりと若き緑を身にまとふ何の樹春といふ名の樹なれ

空の奥に風泣きて人は千年の昔も同じ音を聞きけむ

思ひ出に揺れさやぎゐる脳のごとまろき梢のそよげるが見ゆ

癒ゆるといふ確証あらず世の人の働く窓を見つつ寝につく

老いし人一日《ひとひ》テレビを見て居給ふ老いとはかかるさびしさなるか

あやすごときもの言ひ多し老いし人の心を深く傷つけてゐむ

見送りてしばらくのちに思ひがけずほとりと熱きものこぼれ落つ

老いし病み人若き病み人皆立ちて病院を出でてゆく日を夢む
まだ若き妻ならん人ひと度も車椅子より立ちしことなき
夥しき人出で入れる病院の裏側に死者の出口あるべし
入りゆきしままとこしへに帰り来ぬ人を病院の外にて待つか

花の宴

春雷がおどろおどろに鳴るかなたわれの家あり吾子眠りゐむ
かなたなるフェンスのもとに咲く花を長くかかりて金盞花と決むる
桜二本線路に添ひて咲きてをり病む人ら窓に寄りて見てをり
いづこをか病む少年が二人寄り若き桜を眺めてゐたり
回診の医師の大集団歩み去るひらひらと白衣の裾ひらめけり

地に近く白雲二つ浮かびゐる夜のさくらと言はずともよし
満開の桜の若木ずたずたに窓のシャッターに切られつつ立つ
楽章の極まりてやむ時は今この咲き満てる桜なるべし
利休の朝顔などと言ひつつ二もとの若き桜をしばしばも見つ
酒盛りと言ひつつ茶をば汲み交はす患者のあそびもいつかわりなし
今年の花はこれに尽きなむ病室の窓より見ゆる桜ふたもと
花をうつ風あり風にまだ散らぬ花の力を覚めて思ひぬ
昨夜《きぞ》の雨に蠟色に濡れ透りたる花冷々と夕ぐれに佇つ

忘れよ

老いし人の病むこそあはれつき添へる子らしき人もすでに老いつつ

病院の一日《ひとひ》一日《ひとひ》は堪へがたく長く流れ去る日月疾し

忘れよと誰かわが額《ぬか》に手を置きてささやくごとし今は眠らむ

深更のナース室よりしのび笑ひがしばらく聞こえはたとやみたり

囚はれの身となりてなかなか帰り得ぬ家あり花木枯れて待つらむ

立ちてまた座してわりなし身をのべて更にわりなしベッドの上は

身をのべてまた身を折りて思ふなり棺よりややベッドは広し

君は今何をしてゐむ働きてゐむわれはうつむきて歌を作れり

高層ビルのかなたをくだる没陽見ゆ音なく動くものおそろしも

晩夏光

この秋を渡るべかりし大蟷螂乾きて路上を吹かれゆきつつ

薬を得むと来し関内にプルメリアの花絵の皿を買ひてゐるなり

晩夏光鋭く射せばぽつてりと内臓のごとき鶏頭の花

富士見坂を息あへぎつつ登り来ぬ振り向けば藍深き影富士

思ひ出づるひとつ記憶は言ひがたきふかき悲哀をひき連れて来る

光の中

この町を包める光の中にして身をもて春を感知してをり

昔われにありし少年車席にて隣りてありき二つ駅ほど

いとけなき子にひたひたと満ちをらむ日本の言葉インドネシアの言葉

夜に入りていつまでも雨が見えてゐるマンション街の窓さびしけれ

山懐《やまふところ》の立杭窯《たちくひがま》にうまれたる小さき瓶を買ひたる旅か

重なりて濃き霧となる六甲の山陵もはや見えずなりたり

春深き秋篠に来つかいつぶりかづきゐし沼ゆくへあらずも

雛の日のゆふぐれとなりしろじろと光失せたる天地となりぬ

いつしかと雛の眉老いわれもまた歳月と呼ぶところを過ぎつ

いづこにて降り敷きたらむ川の面《も》にしろしろと照る花筏見ゆ

離れてはまた相寄れる葩の人の想ひに似つつゆくなり

玉すだれ

子が呉れしＣＤより流れ出づる曲「ダンシング・オールナイト」を今宵聞きをり

遥かなる国のグラウンドを疾駆なす青年らわれもいねず見るべし　サッカー

灯びのもるる部屋ありさびさびと青年の歌声もるる部屋あり

わがもとを発ちてゆく日も近からん若き寡黙をわれは恃めり

霜月の片野日溜りたんぽぽもしろつめ草も咲きほどけをり

山茶花のこぼるる庭や人の世に愛が終るといふことのあり

人に従きて様々な運命も入りゆかむ出来上がりたるマンションが見ゆ

怒るよりまづ見るべしと教へたる母のこころを知るべくなりぬ

母の墓のめぐりましろき玉すだれ花咲き揃ふ雨の真昼間

月　光

わが髪もはつか敷かれてあるならし夕べ急げる鳥のねぐらに

梢《うれ》に来しひよどり一羽はづかしめ受けたるやうな声に鳴きをり

わがよはひ若からずして昨日今日この哀しみは伏せておくべし

階上の幼な児が弾きてゐるピアノぐわんと怒りて泣く時のあり

月光はベランダに来てとどまれり幾たびも月光を掌《てのひら》に掬ふ

村雨橋過ぎて空港にゆくバスの窓より見ゆる舟小さけれ

舟によりて暮しを立つる運命を遥かなる灯のごとく見て過ぐ

ホームレス

今日よりはホームレスにならんと決心をせし一瞬がありたるならん

このホームレスの人は豊かになりぬべし今年自転車に荷を積みてをり

新しく拓かれし街十年《ととせ》経て野良猫あまたホームレス三たり

石畳のあはひに咲けるこの町のたんぽぽはみな茎を持たずも

白痛々し

まだ散らぬ闊葉樹林伐られをりわれは証人のごとく見て立つ

時かけてやはらかき黄をまとひたる棗も風の明日は散るべし

芽ぶきては散りつくす一本の欅ありこの木にいつはられし記憶をもたず

この街は冬あたたかきところにて冬紅葉とふ言葉ゆき交ふ

うす紅の白のくれなゐの山茶花や咲きこぼれゐて白痛々し

手足なきものはつくづくさびしけれましてキャベツのまなこなき貌

見知らざるこの丘に来て生きてあるわれらは小さき墓処を購ひぬ

時のはざまに

ひるがへりひるがへりては散りしける紫木蓮見ゆ時のはざまに

夕ぐれに日傘を深くたたみをり今日の記憶もたたみをるなり

ここよりやがて夏となるべし深々と雨に撓める水木の花枝

生まれて初めて蟬を見し日のまばたきをゆくりなし夏のはじめに思ふ

捩摺りの花序くるくると咲き登りひたすらなりし若き日は見ゆ

どの夏の恋とぞいはむこくりこのくれなゐ今しこぼれむとして

花白く清く若葉は濃緑《こみどり》の水無月生まれなるを嘉《よみ》すも

ふるふるとねずみもちの花こぼれ散り公園は清き水無月の午後

雪よりも静かに着地なす種子を風なき夜半に目覚めて思ふ

パッションフルーツ

去年《こぞ》われはすこやかなりき白濃ゆき八海山を仰ぎたりにき

雪に窓を覆はれて切なる風景をただ一度見て長く忘れず

雨を見むと思はねど雪を見むとして豪雪の国にいざなはれゆきぬ

春の雪どか雪の山の宿の夜にパッションフルーツをふるまはれをり

雪国を知らざりしわれは雪の上の紺青に散る花火を見上ぐ

ミス駒子コンテストとぞ振袖の乙女ら吹雪を浴びて歩める

雪国の子らは前髪に消えやらぬ雪を心にとむるともなし

ぶなの枝漆黒にして繊細なり満月の雪の山のなだりに

美しき乙女が機を織りしとぞ巻機山のなだりしづけし

ぶなの枝《え》がおのづからかかふる空間を見し生もあまた消えゆきたらむ

雪かづく大欅の下に雪かづき昼を灯せる茶房ありにき

わが家も愛も遥けくほろにがき舞茸汁を啜りゐるなり

春昼のふぶきはいよよはげしけれ閉ざされてわれは消えなむものを

寒河江《さがえ》と呼ぶさびしき地名の辺に住める人が年毎にたまふ桜桃

木　橋

空曇り水濁りをり六月の木橋をわたる紋白につきて

思ひ出でしことあるやうに紋白は橋の真中に戻りてゆけり

生まれ月六月のゆめ大空に泰山木の花浮くことも

小さき古きレストランありとねりこの若葉の森の奥深く来ぬ

いつ越えし心の柵や若からぬよはひのわれにきみやさしけれ

炎昼のこの坂道を登り来し人の影みな短く濃ゆし

ベイブリッジ深更を灯る青のいろ身の冷ゆるまで窓に見て佇つ

対岸は房総あたり終ることなきやうに花火上がり上がれり

春かも知れぬ

歌一首くちびるにのぼり来たりしと急ぎ帰りてはやあやしけれ

鏡の前に座りてゐたり昼に夜に口紅を少しく食べる者にて

思ひ出づるアルカイックスマイル遠きビルに嵌められし窓昏く開きて

きらきらと眩しき如月の万葉に降れる光の暈を思ふも

風の道かしこなるべし流れゆくあまた白雲に遅速のありて

黒く小さき紡錘いくつ空をゆく羽を収めて行く時ならん

体温をもて凍結を防ぎゐる湖の鳥と聞けばかなしも

薄氷《うすらひ》が溶け入るやうに天空の青深きかたに浮かぶ月あり

かなたなる欅の梢むらさきにけぶれりあれは春かも知れぬ

言葉とも声ともあらでぴしぴしと雪解《ゆきげ》のしづく身に響きけり

父に似る背をもて梅を仰ぎゐるわがはらからも老いそめにけり

春咲く萩

春深き日の昼ふけや収玄寺にこぼるる萩の花を見てをり

白き蝶ひとつ草生に湧き出でぬ亡き人が来ると聞きしはいつか

みしみしと繁り飽かざる柘榴にて今年は花をつけずと言へり

いにしへの責具に似たり相並び首を索かれ腰を索かるるわれも

風立ちて若き葉の裏翻り翻りしろがねの花となるなり

くれなゐを思へば母がまだ在りて狭庭に散りてゐし海紅豆

この人と生き来たりしかまつよひが萼をひらく時のしじまや

見えがたし視がたしと思ひゐることのいつしらにうつつの彼方に及ぶ

冬の落葉

遥かなる富士を見てゐき富士は雲を呼び集め忽ち見えずなりにき

春をいとひ冬を立てたる若き日あり今どの季《とき》もかりそめならず

永遠に夏なる国に住む子あり冬の落葉を少し送らむ

「心臓が止まつた」とふ声を聞きしとぞ遅れしわが声を母も聞きしか

よべここに風ありしならむ柊の身丈を越えて花こぼれをり

この街の祭りと言へば名指されてわれはジュースを売る人となる

幽霊ビルと呼ばれたりしがいつしかと夕暮れはあまたの人を吐き出す

日本のさくら

仄かにも金流れをり下空に辛夷の花芽みななびきをり
永遠の形象を守り夕空の茜を渡りゆく鴉見ゆ
咲き返る花ならざれば人なれば年々の思ひ深くしあらな
この山茶花はをみななるべしくだりたる涙のごとく花を敷きをり
石畳もて舗装せしこの下のあらくさの種子いかがなりけむ
冬の葉の雨夢なるや赤道の彼方にわが子の生きてあること
日本のさくらを三歳の娘《こ》に見せむ春に帰らなと言ひ寄こすなり
ゆつくりと育ちたる末の子の恋のゆくへをわれら楽しみてをり

子に執着するなとわれに言ひ聞かす言ひ聞かさねば執着をせむ

若かりし日も今日も明日も素手の他言葉のほかに倚るものあらず

相逢はぬ人もよはひを重ねをらん寂《さび》々と冬のタンポポ咲けり

水仙の花茎すんと伸びてをりわれのひと生《よ》のこころざしなれ

幼き日になべてを母に問ひしやうに年闌けて辞書を索きてゐるなり

まこと人は身のいづくにてものを思ふ心臓を撮られをりつつ思ふ

椿の市

まなかひに撒かれしやうな白梅の花を車窓に見つつ過ぎゆく

侘助の花ひとつある幼木よ屋上園の椿の市に

棕櫚の葉に如月光の届きをり風立ちて千々に光を返す

死にし人の切々の唄流れゐて真昼のわれの心あやふし

坂を登り橋を渡りて病院に来しわれは春の汗を拭へり

湖《うみ》に向く小さきレストラン幹を割りし椅子並びゐてその椅子に座す

わけ入りし自然林にて軍兵に取り巻かれたるわれかと思ふ

樹海深く入りゆきしまま帰らざる背のありといふ樹海の深さ

探すべきゆかりの者もなきままに樹海に入りてゆきしもあらん

紅したたれり

街の上にかかりてありし白雲は夜《よ》に入りて仄かな紅を帯びたり

風の渦光を巻けりかなしみは深くして泣かぬよはひと思ふ

きのふけふ伐採進み森の樹々あらはなりわがまなこ疚しも

追ひ越してゆきしかの背にもかの背にもわれにも夕べの紅したたれり

野のすすき闌けてその孤を深くせり秘めてほろびんことわれにある

烏瓜朱を点じをりいのちの秋われもくちびるにくれなゐを置く

夕昏れの紫紺の底ひ言ひたらはぬ情念や菊の蕾湧きをり

明日死ねともし言はれなば韻律の渦の真中に消えんと言はん

この街は硝子とタイルの街にして傷負ひし心置きどころなし

アカシアの蜜

この山背に父母の小さき墓碑あると思へば心切なきものを

昼より夕べに時の移りてゆく様をまつぶさに車窓より見つつゆくなり

闇を拓きてなりたる地下の駅に立つ円柱はみな影を持たずも

過ぎてのち思へば旅は短くてきぞ見し夢の断片のごと
あれはいづこの夢かも窓辺にアカシアの蜜をわかちてゐし小家族

樹

植ゑしのち忘じ果てたる人ありてしじの山茶花咲きこぼれけり
遠き里の一本の木を買ひしかば山なす蜜柑となりて来しとぞ
蜜柑抱ききみは笑へり昔々わらしべ長者が笑ひしやうに
湖底に沈みゆきし落葉は深閑たる異界にかすかそよぎてをらむ
開発をまぬがれし古き樫の思惟深からんその樹下に入りゆく
静かなりし一本の樫風立ちてこなごなの光の破片となりぬ

花

白梅の花ある枝にしばしばも寄りてゆくなり春と言ふべく

ひたすらにやうやくに生きしひととせか横も後ろも真白なる梅

幾百年を世にとどまれる庭園にまつさらの白まつさらの梅

人工の池のおもてを流れゆく雲あり梅の葩もまた

白梅よりややに小さき葩の紅梅かとぞおもひつつ過ぐ

遂げがたきことあるわれもふくふくと太る椿の花芽に触れぬ

かりそめの病にこやる夕暮れのかなたあの人も花あの人も花

冬の人

電柱の高みに凜々と働ける冬の人若き父にかあらん

自らに立ち上がる他すべなしとはらからは辛《から》きことをいふなり

窓により空を見てをり千切れたる雲に硝子を隔てて触るる

六甲の山陵見ゆる窓を鎖《さ》しゆふげの水を流しそむるも

*

大いなる椿の一樹野に老いて身の 紅《くれなゐ》 を汲みあかぬかも

あとがき

このたび現代女流短歌全集に参加させていただくことになりました。この歌集は私にとって第九歌集にあたります。

目的をもって大学ノートに一首ずつ歌い溜めていく、それは楽しい作業でした。三百首に達した時のよろこびもまた忘れがたいものです。

題意は巻末の一首、

大いなる椿の一樹野に老いて身の紅《くれなゐ》を汲みあかぬかも

から「紅《くれなゐ》を汲む」としました。

命ある限りこうありたいという私の願いが籠っているからです。

目を傷めて入院していた時、活字を殆ど読むことが出来なかったそのつれづれに手帳にメモをした何首かも加えました。辛かった日を忘れぬ為にではなく、忘れる為にあえて加えました。

私は短歌という形式を深く愛し続けて来ました。これからもそうありたいとおもっています。この歌集にもその願いをこめました。
今日まで私を支えて下さった方々にお礼を申し上げます。

稲葉京子

天
の
椿
_{てん}_{つばき}

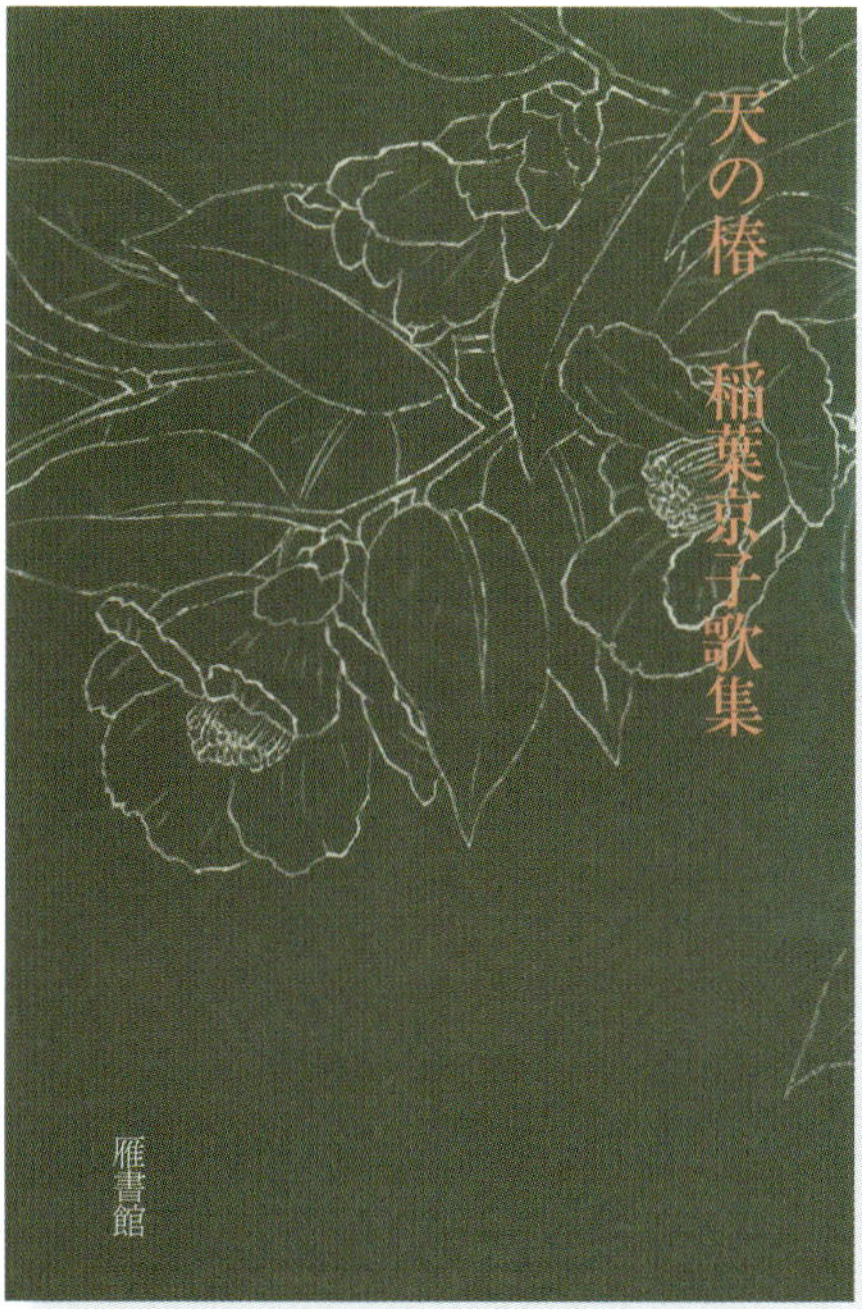

天の椿
平成十二年八月三十日発行　雁書館刊
中部短歌叢書第一八六篇
Ａ５判上製・カバー装　一九二頁
二首一行組　三二四首　巻末に「あとがき」
装幀　松平修文
定価　本体二八〇〇円＋税

永遠の風景

燦爛たる光の架橋いづ方《かた》の誰に呼ばれて往き交ふ人か

闇の手に吊らるると見しベイブリッジ時の間《ま》過ぎて天に吊らるる

中空《なかぞら》にひとつ架橋の見ゆれども死者は生者に触るることなし

とどまらぬ季節の間《あひ》に曼珠沙華くれなゐ深きこぶしを開く

心弱きわれを垂直に吊り立たす糸のやうなるものか歌とは

鉦叩《かねたたき》鳴きゐる傍《かた》を過ぎにけりわれもひと生《よ》の鉦叩なれ

年々に饒舌になりてゆくわれをさびしき人ときみ思はずや

愛恋と呼ぶ境界はいづかたか問はねばひと生ほのぼのとして

並列の白美しき魚の骨一人夕餉ののちに見てをり

合掌し食事をなせし若者をふとしも思ひ出づることあり

遠き日にうかうか母となりしことまことは深き罪にかあらむ

子でありしことありありと母でありしこと不可思議の夢のごとしも

この齢《よはひ》となりて知らざりし深さもて亡き父母を愛しはじめつ

菜の畑に農夫かがめり永遠の風景を見てゆき過ぐるなり

千の夕暮

昨夜《きぞ》に見て忘れし夢の続きかもまんじゆしやげぽかりと片丘に咲く

くくくくと木《こ》の下陰の地蔵尊笑ひていますこの世の夢を

樹木医と呼ばるる人はてのひらを静かに静かに木の肌に置く

くれなゐの山茶花こぼれやまずけり君《きみ》も私《わたくし》も帰依ならざらん

かつて住みし街市ケ谷

グラビアに灯《ひ》ともりてゐるこの町に千の夕ぐれを過ごしたるなり

高窓に倚りつつをれば見するべくなき翼鏡の見えて鳥ゆく

金色の髪掃かれをりいつしらに黒髪に戻りゆくにあらずや

丹念に傘の襞をば畳みをり忘れがたなきすぎこしのこと

まなこなき葛ひしひしと歌に飽きることなきわれを誰か指さす

ゑのころの翳揺れてをり丈低き墓碑に溶けゆく宝暦の文字

武蔵の国相模の国の境なりしところを一歩、二歩もて越ゆる

息深く生きよと母は教へしか天に嘆きてゐるにあらぬか

いづこにも行かざるわれは画面なる円空佛とほほゑみかはす

忽然と花野あらはれ丈高きコスモスはこし方とわれを隔てつ

やがて冬いづれ冬とぞ山茶花はうすべにこめて伝言をなす

セレベス

おもかげのひとつ顕つなり空高きかたに一群を率《ゐ》つつゆく鳩

世にありて幾たびかわれを見給ひし双眸《さうぼう》は今いづこに閉ざす

夕餉の仕度整ひがたしなかなかにくれなゐ褪めぬ雲浮かびゐて

夕映に向きて伸びゐる道を歩む仄かに甘き終末感あり

ゆくりなく仰げば夢かマンションのあはひの空を雁わたりをり

銀杏並木を行く時背より風たちて抗ひがたし葉の雨を受く

冬原の芒は滅びたるならずうなかぶし深く昏く眠れり

忘れがたしあの子が一人ロシアに行きダイアモンドダストを見て来たること

何が一番おそろしいかと問ひ給ふ言葉が見えずなる日と思ふ

いつしかと歳月われに積もりたり落涙は人の居らざる時に

落ちてならぬ工夫の腰に巻かれある命の綱を肯ひて見つ

水の辺にただひとつ羽を吹かれつつ白き鷺をり存在は照る

一夜こめ風雨の音を聞きてをり知れど聞こえぬ父母の声

セレベスは暑き島とふ商談のありて行きしと子が伝へ来る

子らが居らずなりたる今をふはふはと枷とは幸せのことかも知れぬ

昔傍らに母が居りしよふり仰ぐくれなゐ深き夕ぐれの空

裸木は漆黒の枝をのべんとす夕くれなゐを砕かんとして

ベランダに夜々を重ねしくれなゐの鉢の紅葉はわれの一山《いちざん》

桜乞食《さくらこつじき》

時の間の雨あがりたる夕つ方連珠のごとき桜の花芽

まだ咲くなまだ咲くなと桜に言ひ聞かす疲れある身のととのはずして

人と見し夜の桜に仄かなる色ありしこともまた夢に顕つ

忽ちに歴史にほろぶ城のごとし夜目にましろき一木《ひとき》の桜

父ならぬ夫ならぬよはひの人と見る散らんとしていまだ散らざるさくら

千年の桜と聞けばいかにせむ千度《ちたび》の花の白をおもふも

今日かくて明日また花を見むわれを指さして言ふや桜乞食

傷めたる目をもて見るかと問ふなかれ心眼こめて桜は清し

夕昏れの紫紺の闇は八分九分咲きなる桜のうしろ姿《で》に満つ

夕つ方降り出でし雨あるとしもなき紅をさくらの一木《ひとき》に置くも

散りそめの桜大樹やうら若き尼僧の白き足袋揃ひゆく

千万の 葩《はなびら》 流れ人は花に逢ふなりまして人に逢ふなり

桜散る道を走ると思へとぞ医師は負荷テストを励まし給ふ

よき夢のすくなきわれが明け方にこぼるる桜の葩を見き

のちの世の者に見せむと植ゑたらむ影も来て佇つ桜ふぶきや

鶺鴒の脚

雨やみて紫紺溜まれる夜の大気遠き灯は近き灯よりも清し

さきはひのありて今日まで折れざりしまことに細き鶺鴒の脚

あし痛き鳩は地上にとどまれりやまひは静けさを伴ひて来る

どのあたりまで老いるかと雉鳩に問へばひと度ほうとこたへぬ

見るといふことのしづけさ雉鳩が並びて天の茜を見をり

かい抱きてもかい抱きてもこぼれゆくものを心と呼べど光と呼べど

一瞬のわれの神かも月光は頭《かうべ》に置かれし大きてのひら

オートバイ傾《かし》ぎて奔《はし》るあのやうな若さとかつて共に住みにき

わが膝のあたりに咲けるひめじをん今日のさびしさは去年《こぞ》のさびしさ

ゆきなづみたたらを踏めるわれの背を押す者風にあらず歳月

生き方の拙きわれをかこちたる母ほほゑみて天に浮きをり

父母の相継ぎて越えゆきし界見えぬといふか見ゆると思ふ

アパートの裏階段を昇りゆく風は葩を伴ひながら

この街にをりをりに立つ植木市木を買はぬわれも常連の人

すずめのてつぱうまだ 稚《いとけな》きささみどりの莢さやさやと風に揺れをり

亡き人に額《ぬか》のあたりが似ると思ふ野中寺の弥勒にこの世で逢はな

春の日の涯底《そこひ》にありてびつしりと汚れて咲けりエリカの花は

去年芽吹き今年芽ぶかぬ欅見ゆ声音《こわね》なき死を樹は全うす

天の椿

斉唱の高音清く揃ひたり一樹にあまた椿の唇

視力弱きわが過ぐる時まなこなき椿の花の静かに笑ふ

ふり仰ぐ額《ぬか》に折しも椿降る天に椿の樹のありぬべし

十三夜の月光の暈はかりがたし父母の死の国もはるけし

月光を浴びつつ思ふいづこにか愛を浴びるといふ語のあらん

わたるとふ言葉愛しもわたくしは歳月を渉るきみを渉る

この生の中ほど過ぎてしたたかな寂寥を知りぬ知りて忘れず

末に生まれしわれはをりふし思ふなりはらからあらずなりし生《よ》のこと

言ひ得たる人の心も痛からむ心千切るるごとしとふ比喩

近づきて枯れまつよひの背の丈の不意の高さに驚くなかれ

遠ざからんと決めしはわれと知る時かさびしさに身は震へはじめつ

高層に住むゆゑならむ夕暮れを浮遊感ある熱出でてをり

高層に鳥の翼鏡を見てゐたり神が決め給ひし位置にはあらず

病歴はあまたなれども今われに紅を刷き歌はむとする力あり

目を重く病みしことあり人の腕《かひな》てのひらにわれはたやすく触るる

数限りなく許されて来しゆゑに今日飛花のゆく道を歩むか

若き人

千年前何に吹きたる風ならむ今日そろの木の芽を揺すりをり

港湾のほとりに散れる桜あり花筏遠く漂ひゆかむ

遠く見てましろの桜近づきて一花一花のうすくれなゐや

木蓮の仄かなる反りわれもうち深き願ひを言ひてもよきか

あめつちを知らざる蝸牛しをしをと葛のへつりを食べ飽かずけり

マンションのあはひの畑の葱坊主しんじつ生をよろこぶ童子

理科系に進みたる子が書きし文短き文をわれはうべなふ

なにか可笑しき末の子にして幾たびか風呂の寒さにめざめたるなり

クロール泳遠ざかりゆき力ある翼が彼にあるやうに見ゆ

チベットの高地に誇りありて生き男はひと生泣かぬと言へり

仕事の辛さを言ふは男の恥なりとこの子は古き思想を持つか

若き人は鍔鮮《あたら》しき夏帽をわれは日傘を深くさしをり

木々の芽の点々として賑はしき木原に来れば逢ふ青鵐《しとど》

小学校の庭の木はみな名を持てり木札に「海棠」などと書かれて

紫木蓮風に撓めり足細の少女が走る彼方のコート

悔なかるべし

沈黙の椿は冬より春闌けしところまで咲く時を忘れて

山吹は八重ならず十重《とへ》二十重《はたへ》にて昼つかたいよよ深く撓めり

真白なる雲ゆるやかにちぎれゆき春は人を許す季節なるべし

この春も忽ち終らむ人は皆うつすりと今日の汗をかきをり

天心へひばりは昇り老い果てしおのれをわれは思ひ見がたし

両の眼を潰さんとする力かも窓に絡まりてゆく春の蔦

薄衣《うすぎぬ》の頃とはなりぬ昼顔はまことは春にも秋にも咲くなり

紫木蓮は白木蓮よりいくばくか罪深き花かと思ひて見上ぐ

似つつゐて似てあらぬ宴ひとつまたひとつ終る子の結婚の宴

子が唱ひゐしイーグルスの曲の中の一節は今もわがうちにある

疾《と》く大きくなれよと願ひし子らのことこれよりは年をとるなと言はむ

成田エキスプレスそのままに子の国に行く錯覚をもて見送りてをり

夢の中にをりをり黒くたたなはる熱帯雨林のかなた子が住む

熱帯雨林をくぐりて戦ひ死にゆきしうからの顔もおぼろとなりぬ

烏鯉の色の雨雲思ひ出づるはいくさに行きて帰らぬうから

戦ひに死にたる人を思ひ出づるべかりし人も大方死ねり

ひとつの死はその死者の中に棲まひゐし幾人の死者をとはに死なしむ

浜木綿が一株ありし小さき家ひと生《よ》に売りしただ一つのもの

目覚めては寄りて立つ窓暁暗の紫紺をわかつ春の稲妻

高層に住むことさびし手をつかね長き夕焼を見終りたり
染井吉野が終りしのちの鬱金桜情濃き者のやうに咲きをり
雨音のはげしき夜半に思ふこと椿の上に落ちゆく椿
一夜こめて落ち尽くしたる椿なれ散る音は風雨に紛れたるべし
みづからの根方を埋めて腐りゐる椿よ思惟も腐ることある

昼の螢

鳥の陣ふとし乱れぬそれよりかわらわらとかしこの野に落ちゆけり
紙灯籠をかしらにかかげ乙女子の踊るとき灯《ひ》も皆踊るなり
額《ひたひ》髪幼きを吹きわけし風さまざまなる風の記憶の中に
五、六歳なりしあの子のくるぶしの形を今に忘れずわれは

ひと度は母も乙女でありにしを遂に歩かずなりて死ににき
かの辻はわが裡深き辻にしてひと生《よ》をかけて人を待つらむ
ひと生《よ》こめ言ひそびれたる言葉かも夕顔ほかりと背の闇に浮く
蛇の殻いづこを吹かれゆくならむ髪切りて来し夏野広しも

マンション

汝が家は下より蟬が鳴くらむと葉書来《く》まさに低く鳴きをり
油蟬啞蟬の羽びりびりとかなしめりわがベランダに来て
車窓をば仄かに光り過ぐる雨昼の螢の大集団
港湾の傍《かた》に佇てれば子の国よりはるばると来し風かと思ふ

蟬時雨

蟬時雨そこにかしこにはらからを知らで声音《こわね》の鳴きそろひをり
欅並木風立つたびにいつせいに奔馬緑のたてがみとなる
前世われは樹にてこの樹を恋ひにしと欅の幹に手《た》触れて思ふ
一樹一樹の裡より緑滾々と湧きやまずけり風立てる日に
母燕空を急げり歌ふほか老いるほかわれにすることあらず
掬ひ来し金魚かしぎて泳ぎをり生きること死の翳を曳くこと
これよりはゆく手だてなき高さにて花火光の滴となりぬ
三百年の歳月の紗をまとひをり屛風の中の紅立葵
昨日わが見し立葵の花叢はこの絵の花の末裔ならむ

忘れてもよきことあまた薄白《うすじろ》の風船かづらの花咲きそめぬ

港湾晩夏

水匂ふ埋立地今昼なればまつよひは皆花を閉ぢをり
誰よりもいち早く風に応へつつ旗鳴り止まぬ港湾晩夏
船に見し灰色の水かなたにて瑠璃紺碧の色を湛へつ
入水者《じゆすい》を見張るものかとささめける彼方小さき監視船行く
湾内の真昼の水は汚れゐて逆波となる時の金色
吃水線不安なるまで水漬きつつ何をか運びゆく小さき船
透明となる寸前に在《あ》るいのちふはふはと水面《みなも》に集へる水母
故里もおぼろのよはひ流木は解脱遂げたるもののなきがら

舷梯に今人あらず照り翳り夏の終りの陽が差してをり

深閑と黙して並ぶ倉庫群永久《とは》に閉ざさるる人あるごとし

大祖は諸掌に米を掬ひけむひざまづきわれは水を掬ひつ

初冠雪

草木《さうもく》に眠りは闇と共に来む人は思ふことありて覚めをり

ちぎれ雲音なく動き逢ひたしと思ふ人あるわれを嘉する

霧深き秋の夜なりき声音《こわね》なく母は混濁の界に入りにき

見残ししものあるごとく閉ざせども閉ざせどもまぶた開きたる母

夕ぐれの底より滾々と霧湧けり肉と魂はふとし離《か》れにき

たちかはり人は死者を見るもしわれが死者ならばいとはしく思はむものを

もし死なばうからの他に死後の貌見するなと書かんまだ書きをらず

葬列に従はむとし微熱ある身は黒衣もて走り出づるを

真夜の胸しんしんさびし残生にて再び母にあはざることも

さすらひ人《びと》の心の飢ゑを思ひをり静けき日常の幾重《いくへ》なるなか

幾たびも凪に撓みてそれよりは深く撓まぬ芒の力

われもまた紅しと言はば振り向かん言はずして人と隔たるものを

*

初冠雪といふ声聞こゆ忽ちにわれを過ぎたる幾百の夜

雪の樹

曇天は地に迫り来《く》と思ひしがいつしらに灰色の雪となりたり

縦に降り横に降りななめに降りしきる雪よさびしさはかなたより来る

傘に降る雪のかそけさいのちなるわれに来たりて溶けてゆくなり

見つつあるまなこあやしも天上より降り来る雪は地より湧くなり

雪の空に今日は遊ばず野の鳩のふくれて地《つち》に集ひゐるなり

幾片《ひら》か葉にとどまると見てをりし樹は忽ちに雪の樹となる

雪かづく葱大方は折れてをりかそけくいたきものの辺《へ》を過ぐ

はだれ雪のあはひにありて天を刺し地を刺す青のからたちの棘

雨が舞ふと誰も言はぬよゆつくりと螺旋を描きて来る雪を賞む

アーク燈の中を光りて過ぐる雪母が生まれて死ぬまでの夢

寅吉の子

梅を見たし椿を見たしと出でて来しわが衣《きぬ》も枯野の景色なるべし

名をつける間のなかりしか寅吉の子といふ小さき墓碑のあるなり

どの枝もみな行き止まり欅木の梢《うれ》の彼方をゆくちぎれ雲

冬ざれの野に出で来れば草は皆かばねとなりてうなかぶすなれ

母の面輪を思ひ出でつつ道をゆく誰よりも母に似つつゆくらむ

高枝を払へる人よ空に鋏をさし入れてわが死者を切りたり

重し重しと撓む柑橘の一枝なれ今しも風が実を揺すりゐる

冬もみぢますぐに降りぬかしこより死ねよと誘ふ声届きしか

この窓の外を滑空して過ぎし鳩のふくらみの中なりし意志

抵抗を知れる鴉はその趾を小さくたたみて飛びてゆきたり

生き直すことあるまじきわが窓のかなた幾たび冬の雷鳴る

面影のやうに記憶する晩白柚《ばんぺいゆ》とスーパーマーケットに出逢ひたるなり

木枯らしの中かかへ来て耳目《じもく》なきザボンに細き刃を立ててをり

ますぐに闌けて

くれなゐに熟れし夕つ日ずずずと杉の梢の彼方に落ちぬ

さびさびと暮れたる空の秋の紺まだほろびざるわが夢架かる

遠き国に渡らんとして旅客機に吸はれし鳥を報じゐるなり

鳥の道風の道時が渉りゆく道を知るなり高層に住みて

雲の脚速き日にして何ならむしきりにこころ遅れやまずも

さびしさと寒さの境界を言ひて見よわれはをりをりさびしく寒し

マンション街ただならぬ夜のあかるさに縫針のやうな雨が降りゐる

山鳥橋・背戸の裏橋・諏訪橋とこの街の川にかかる橋の名

億年の闇をくぐりて来し人のかしら累々と街に動けり

ぎつしりと追憶が詰まりていかんともしがたき人よある夜のわれ

或る宵の夫に依頼す「もし死なば懸命に生きし者と言へかし」

一冊の歌集をひらく行間に欠落して消えしあまたのおもひ

老い老いて身を隠しけむ山姥と呼ばれし人は哀しかりけむ

あれちのぎくますぐに闌けて秋闌けてあの子は日本にまだ帰り来ず

夢の花かも

白き花はまな裏に残る忽ちに汚れそめたるこぶしの花も

来し方は幸せばかりでありしやうに天の光の降りやまぬなり

萎《しを》れつつまだ散りがたき時の間《ま》の花のあはれをふり仰ぎをり

くだり来て地《つち》を歩める野の鳩の胸に小さき紅架かりをり

やうやくに身を支へつつ敷石を踏みゆく鳩のうすべにの趾

さびしきと言はなくなりしさびしさを身に沁みてまた思ひてゐるも

春闌けてゆくらし覚めて聞く雨のひたひたと降りつのりゆきつつ

春深くけぶれる雨の多摩川を渡りぬ東京に人と逢ふべく

年経ても痛き心はあるものを仰げば楠《くす》の渦《うづ》の若き芽

クレーンもて吊り上げられてゆく樹見ゆいづこにか深き穴掘られゐむ

病とはどのあたりより熱出でしわれは厨にはたとつまづく

係累は夢の花かもひとり苦しみひとり死にゆく誰も誰も

志《こころざし》といはば眩しもひと生《よ》こめあくがれわたるわれとし言はむ

花店に踏み入らんとし総身に百千の花の呼気を受くるも

茴香のかそけく小さき黄《きい》の花　花舗に爆ぜをり春去りぬべし

つどひ寄りこの国の空を発ちてゆく影さして黒き鳥見ゆるなり

水仙の原を過ぎつつナルシスの短きひと生《よ》完璧のひと生

燕となりぬ

祈る者は人のみならず霧深き方《かた》より一本の百合現れぬ

白暁を覚めて静かにある者は声なきおのれのなげきをば聞く
黒き実のごときを耳に入れしかば音楽は身のなかを奔りぬ
護送車の金網をわれは哀しめり幼かりし日も年ふりし今日も
くるくると反りて切崖《きりぎし》に咲き狂ふはまゆふもひとつ生を示しき
駈けて来る少年に一夏過ぎしこと仄けき痣として残るべし
夜の嵐つのり来標《くしめ》を知らずして歩を返すなくありし若き日
昼の嵐木々の葉を遠く飛ばしをり黒きひとつは燕となりぬ
秋となる空の邃《ふか》さや遥けさや歳月はゆくへあらぬ失せもの
遠く住みえにし薄き子近く住みえにし深き子こもごもいとし
さびしとはまう言ふまじきよはひにて硝子を叩く雨を見てゐつ

一扇一扇《いつせん》にまつはる記憶異なりて夏終る日の抽出しを鎖す

言はざりしことわれにあり桔梗《きちかう》は花をかすかにほどかんとして

秋の母銀木犀を金木犀より尊きもののやうに言ひゐき

維摩《ゆいま》像父にはあらず伯父ならむ忘るる頃に思ひ出でをり

夢より帰る

観覧車一つまた一つ夕暮れの空より帰る夢より帰る

子らは皆発ちてゆきたりうつつより幼く記憶に居て遊ぶなり

ドアをもて堰《せ》かれし闇はいたし方なくしてわれを待ちつつあらん

はたはたとこの世の鬱を払ひたるのち樹の梢《うれ》を発ちゆく鴉

コンクリートの上にこぼれしゐのころの種を啄《ついば》む雀の胃の腑

犬の背をひとつ紋白越えゆけりいのちといふはみな動くなり

くれなゐの涙をこらへゐるやうにくこの実垂るるところを過ぎつ

日癖の雨夕暮れ時をほろほろと傘なき者の髪にとどまる

樹にわれに地《つち》に差しくるこの秋の光の筋や無尽蔵なれ

道の辺《べ》に木犀の花散りしけり新しき秋は踏むをあたはず

胸底に花が開きてゆくやうな感覚に人を思ひ出でをり

カザフスタン

うつすりと春雪丘に積もりをり昼ながら今地に光なし

透明な風が吹き吹く地のやうに聞きをりカザフスタンを呼び上ぐる声

父母がつけたるならん次々に名を呼ばれ氷上に出で来る選手

ベッドに乗りて母の爪をば剪りをりしかの日の兄を思ひ出でつも

雪柳咲き紫木蓮まだ咲かぬ住民票を受け居る街に

あるとなき翳かさなれる思ひ今ゆくりなくして春の枯れ草

かすかなる愁ひ漂ふみなもとにコートを持たせやらざりしこと

庭垣の満天星《どうだん》の丈揃ひをり翳の背丈も皆揃ひをり

さびさびとせる曇天のいつしらに夕べ音ある雨となりたり

ほたほたと雨降りてをり灯を消せば雨は音なりただに音なり

ふり向けば誰か追ひかけ来ると思ふ春かも知れず時かも知れず

ジャカルタの子

ジャカルタの八月煮ゆる夕映のるつぼに泛かびをりし蜻蛉

ジャカルタの雀が痩せて居りしこと何のはづみにか思ひ出でをり
汗あえて働きてゐむ子の上に青春はかしぎ初《そ》めしとおもふ
われの子が働きてゐるビル近く暴走しゆく群衆が見ゆ
ほほゑみの静けき人らと思ひゐつ集ひては凄きエネルギーなる
身まはりの荷物小さく日本の小家族成田空港に帰す
幼子のひと生にいかなる翳さすや彩さすやジャカルタにありし六年

ジャカルタの月より日本の月の美しさを言ふに

ジャカルタより帰国せしいとけなき児にてジャカルタの月を蔑《なみ》すなといふ

繋留の綱

生きるとはこの世に用のあることかひかり号にて擦れ違ひをり

草生ひて水の乏しき大井川昔の人も見えがたく越ゆ

ちりちりと低く愛《かな》しく冬の菜の並べる列を車窓より見つ

人も鳥もひと冬こめてうるほはむ柑橘の実の今たわわなり

白鳥が日本の湖《うみ》に着きしよと日に幾たびかニュース流れつ

湖《みづうみ》に着水をなす一羽かも渚にたたらを踏む一羽かも

日本の湖に帰りし白鳥はしづかに趾より着水をなす

風に向かひ鳴き交はしつつ昇りゆく白鳥におのづからリーダーのあり

運河べりの草にうらうら眠りゐるはぐれ白鳥いかに死ぬらむ

海に沿ふ街なればなり河口にてあまたのかもめ遊べるが見ゆ

廃船は錆びに錆びつつ繋留の鎖にあそぶ数多《あまた》の鷗

折れざりしかば白鳥の細き首夕べの水に映りゐるなり

うす青の夢の涯底《そこひ》の水際に磯鴫の嘴《はし》尖りやまずも

歩まざる樹々のひそけさ月光を髪のごとくに束ねて佇てり

歌は心を狂はすものと言ひ給ふ真実なるか真実ならむ

細草の上

夕暮れの公園の樹々一つまた一つ思想の鎮まるごとし

ベランダはひそけきところゆきどころ失ひし月の光溜まりぬ

車窓より見つつつゆく時間を拓く灯《ともしび》は皆横に流れつ

都忘れ都を忘れてあり経たる遠き日日《にちにち》をわれは忘れず

わが子らは妻子ある人菖蒲湯に遠き歳月とわれは遊ぶも

水楢《みづなら》は大きさみどりの傘にしてわが小家族をかかへて余る

かつて見し山河の景を畳みゐる身は雑踏を逸《そ》れはじめたり

細草の上に見るべきかたつむり今日鉄骨の陰をあゆめり

わが町のゐのころは今夕光《ゆふかげ》の金にふくれて照り揃ひをり

碧眼の托鉢僧が佇つ地下の街秋ならし風動きをり

導かれ地に降り立ちしみどり児のまなこ風立つ時にみひらく

梧桐《あをぎり》の実莢静かに垂れてをりわれは一夏を失はむとす

横浜関内

顔を見知る関内《くわんない》のホームレスの一人にてこの夏の下肢むくみてをらず

指のなき鳩関内の駅に居て敷石道をぽとぽとあゆむ

まう鳴かぬ油蟬裏返りたる紡錘の腹白く乾けり

さびしき人

螢烏賊を一皿買ひぬ連れだちて仄けく白く死にたるまなこ

さまざまの古き鈴をば振りて居りいざなはれゆくところ異る

ぴしぴしと鉛筆の芯折れて引く一線はわが歌をあやむる

われにしも多忙なる日のなしと言はず折れ葱畑のかたへを急ぐ

江藤淳氏自殺

水の色とろりと黒き運河見ゆわれは誰を看取り誰に看取られむ

やらはれの鬼ならねどもあまたたび高層の部屋に帰りゆくなり

はらからがわがマンションに来て言ひぬこの世に銀河がまだありしこと

星は見るものにはあらず思ふものと視力失せたる左眼が言ふ

まう来年はお目にかかれませんとわれに言ふ鉄骨の間《あひ》の真葛の花よ

透明なる風に研がるる感覚の手応へに入りてゆく界のあり

木草が水を受くるごとくにみづみづとありし感覚若き感覚

過剰なる情感をわれにたまひしを神とは呼ばず秋を逝かしむ

わが生《しやう》のあやしき様を言ふなかれ情念はをりをりに目かくしをする

さびしき人と思ひてをりしその母のかたみとなりて世に在り経つつ

あとがき

『天の椿』は私の第十歌集です。

第八歌集『秋の琴』は短歌研究社で連載の場を頂いたので、ひと息にといった気分でまとめ上げたものでした。第九歌集『紅《くれなゐ》を汲む』は短歌新聞社のシリーズに参加するため三百首を目指しノートに作り溜めてゆき、これも割に短期間に出来上がった歌集です。したがって第七歌集『紅梅坂』以後の年月に綜合誌、結社誌、新聞、などに発表した作品が手許に増えておりました。一方、折に触れて心のおもむくままに作っていた作品も溜ってきておりました。これらを集め、私自身の心のテーマに沿って再構成したのがこのたびの歌集です。

私は森の年齢というものを知りませんが、住んでいる町の近くに、何百年という年月を想わせる森があり、訪れることがあります。

或る日、中へ中へとはいって行く時に何気なく顔をあげると偶然にも一輪の山椿の花が、私の額に触れて散りました。

私は、この森に花木があることを初めて知ったのでした。歳月を経て丈高いままに、老いさびれた梢に幾つかの花が咲いていました。

「見よ」という花の心を知ったような気がしました。

そして、椿の花が私に触れた一瞬に、私は生まれてはほろびてゆくいのちというものについての、長い長い物語を一瞬に縮めた啓示が、そこに閃いたような気がして心がつつましくなるのを感じました。


ふり仰ぐ額《ぬか》に折しも椿降る天に椿の樹のありぬべし

の一首から題名を取り『天の椿』といたしました。

今までそうであったように、これからも、私は短歌という形式を信頼して歩いて行こうと思って居ります。春日井建氏をはじめ今日まで私を励ましてくださった方々に御礼申し上げます。

出版をお引き受け頂いた雁書館冨士田元彦氏に御礼を申し上げます。この歌集の装幀をお引き受け頂きお心を尽くして下さったのは、年来の私の親友である青梅美術館副館長の松平修文氏です。心より御礼を申し上げます。

二〇〇〇年四月

稲葉京子

宴《うたげ》

宴

平成十四年十月二十日発行　砂子屋書房刊
中部短歌叢書第一六六篇
A5判上製・カバー装　二四二頁
二首二行組　四〇三首　巻末に「あとがき」
装幀　倉本修
定価　本体三〇〇〇円+税

ペルーの曲

わたり来し時雨の音を聞きてをり柑橘匂ふ十指を揃へ
人はみなおのれにふさふなにがしの風を曳きつつ擦れ違ふらむ
守り来しもの小さけれ枸杞の実のくれなゐ泛ける薄暮をあゆむ
漆黒の空に相継ぐ遠花火得しものはやがて失はむもの
秋草と呼ばるる時も過ぎたれば樺色こめて風に伏すなり
天深くゆく鳥が見ゆわれもまた歳月の奥を渉るものにて
水仙の昼の音楽吹奏の音ならぬ音土にこぼれつ
酒に酔ふことなきわれはいつよりぞ一存在に酔ひてゐるらし
溶接の音はじけをりあのやうな出逢ひなりしとうたを言はねど

われを母としこの世に来たる者たちを幾たびとなく哀しみてをり

医院なる待合室に聞くならずやペルーの昔々の曲を　コンドルは飛んでゆく

待合室にみどり児がゐてわらふ時病む人もみな従《つ》きて笑ふを

降り出でし雪の片々視力表に意味をなさざる文字の片々

細き脚ひき上げて歩む鶺鴒にしばしつきゆくわれも鶺鴒

知己の生者ほほゑみて信号を渡り来る知己ならぬ死者もその後を来る

歳月のくぎりを知らぬ鳩の群如月に入る光にあそぶ

かの桜を必ず共に見るべしときさらぎの夜の電話に約す

集ひ寄りかたみにゑまふ宴なれこののちのこと誰も知らなく

病む鯉はふとしも群を去るといふ病とは秘めて怺ふるものか

やうやくに病を越えし人のそびら見送りてゐて胸処あつしも

生きてめぐり逢ふ切なさに呼応せり仄かに口をひらく白梅

かりがね

幾たびか見ては忘るるこの垣のなはしろぐみの仄かなる金

苜蓿《うまごやし》の白汚れたる夏原の寂をスカートもて覆ふべし

発つと思ひ帰ると思ひかりがねの身の裏黒き列を見上げつ

同じ形同じ声ある緬羊の一匹なりし昨夜《きぞ》の夢かも

紫木蓮鎮まりがたき情念のむらさきは葩の裏に凝《こご》りつ

風立ちてしばしびらびら動きたりきりんの舌の木蓮の花

弾けては日照雨《そばへ》過ぎをりこの街は口唇《こうしん》あらぬ硝子街にて

一つまた一つ棺の積まれつつひそけきかなやマンション街衢

病名は一つにあらずかうなれば恋をして行けるところまで行く

受け入れて静かなるべきこと人に　野の鳥が雨に濡れゆくやうに

この愛を誰に伝へむあの子にもあの子にも遥かなるあなたにも

まう恷へ切れぬといふかいふならむきりんは首の長さをこらふ

墨染の衣《ころも》はためきうら若きくるぶし春を踏みてゆくなり

托鉢僧並びゆくなり血縁のかの一人紛れゆきたるままに

選択は動かしがたき運命を導くものと知りてゐながら

全き死を与へられざりし野の傍《かた》の大切株に日が溜まりをり

今日のこころいたく静けし聞く言葉なべて胸底に滴りやまず

雨ならで

訪問者のごとくドアから入りて来る見えずして見ゆる冬の気流よ
石蕗《つはぶき》は花よりも葉がうつくしと冬の初めに思ひて忘る
仄かなる酔ひはここより来たるらし椿の盃地上にころぶ
閑《しづ》かなる山上に降る雨ならで良寛に流涕ありしを読むも
逢はざりし時間はあらざりし時間とぞ思ひてゐたり幾たびとなく
子を抱きし子を抱かざりし腕《かひな》みな晩年ならめまぼろしを抱く
ぬすびとはぎまことは人が恋しきとひと生をこめて言はずもわれも
手足なきキャベツは地に低くしてますぐに碧《あを》の列をなすなり
昨夜《きぞ》は情今日はいくばく理につきておのれがかづく運命《さだめ》をおもふ

いとけなきをみな児走り開かんとする昼顔のごときスカート
縄とびの縄のあはひにやはらかく丸く小さきいのち跳ねをり
相共に老いて似つつも病《やまひ》ある妹を伴ふ姉らしき人
ありし日の母の横顔青雲のへつりに出でて空を流るる
高層に住めばえにしの人々も高く来たりてわれにものいふ
数限りなき灯の下に生活あり生活者なるわれは羨しむ

花いちもんめ

藪椿日溜りに咲きあるかなき声もて「わたくし」と言ひ出づるなり
後ろより誰か来て背にやはらかき掌を置くやうな春となりゐつ
にはか雪肩を濡らしつ年月の彼方にてわれは今日を選びつ

追伸を書くここちしてパンジーをぎつしり植ゑてゐる昼さがり

小田原の町に干魚を買ひてをり驟雨をしのぐ旅人として

ひとしきかたに鳰《にほ》すべりゆく古沼の君の故里花いちもんめ

呼ばれしは身の片側かふり向けば垂直に伸びし春の青草

呼吸困難となりて人間は死ぬならむ薄紙の中に菊の貌見ゆ

螢烏賊まなこ点れり曳き網の内外《うちそと》暗く生死をわかつ

二十代に書きし日記を読みゆけば許しがたなきわれが居るなり

揃ひ立つ菜の花畑見てをれば朝毎に行く園児の背丈

サフランは地に低き花地に低き風にしゆくりなく動きをり

立ち直れとぞ幾たびか風の尾はわが長からぬ髪を牵きつつ

わが恋ふは生者幾たり死者三人《みたり》夢の月華の下びの宴に

花の瀑布

白萩の花の瀑布に肩触れて行くすぎこしを曳き連れながら

六つ七つ瑠璃しじみ来て今日枝を去る白萩の花をせせりつ

石畳に動かぬ秋の蟷螂の生死を問ひて石を抛《なげう》つ

十月の蟷螂碧透く腹のふくれて千の卵の居らむ

振り上げし鎌ゆつくりと降ろしたるのち歩み去る秋のかまきり

祝福に遠く遅れて咲く紺の朝顔や昼の門をくぐりつ

風車回れり歩まざりし子を水子と呼びて傷める傍《かた》に

存在と非在のあはひに立ちながら彼岸花濃き紅をかかげつ

水引の紅の点点書かんとして書かざりし思ひの句読点

流　木

今ひとたびあの夕暮れの内湾の満潮《みちしほ》を見に行かんとおもふ
この海を見たし見たしと来て波の声は確かにわれの名を呼ぶ
航跡の水尾《みを》白々と忽ちに消ゆる記憶と言へど美《くは》しも
かの時に傍らにありし人ならぬ人と見てゐる内湾の凪
うち寄する波は穏《おだ》しく一列に白みて海は今凪の刻
心あるごとく岬に帰り来る船見ゆ人が乗るなればなり
夕ぐれの内湾を行く船おぼろ螢のいろの灯をかかげをり
導かれゆく船見ゆる神ならでわが灯台はかの人ならめ

波音は寄せ来る時に響くなり退く波ははや去りゆくこころ
忽然と湧き出したる白ホテル妖しき祈りをなせとごとくに
紫雷光奔りて照らし出ださるる海一瞬を黒く昏しも
一夜こめ退きたる波は微粒砂の踏みし者なき地を見するなり
とどまれといふ声あらず海よりの風は蘇鉄を吹き叩きをり
人は泣き樹々は泣かずも蘇鉄の実風立つ時し地にまろび落つ
荒荒《あらあら》と夕つ風過ぎ残り咲くデイゴの花はまだ散らぬなり
樹の骨のうち重なれる渚見ゆ風浪あまた過ぎたるならし
流木を鳥も拾ふと聞きてをりかつて父母《ちちはは》の骨を拾ひき
なりはひは数限りなし流木を拾ひやまざる人々が見ゆ

テトラポッド組まるる渚人の知恵簡潔にして景色を壊《こぼ》つ

待つことをみづから選びし人の背や釣り人は意志強き人なれ

空をゆく白雲の影はろばろと動きて海の彩をわかてり

海底の深浅われに見えねども紺青深きひとところあり

ためらはず陽に灼けて肉豊かなる少女らに逢ふ海べの村に

愛恋はまだし身ぬちに灯りゐて死をある時は思ふよはひか

深萩橋

マンションの壁に来て死ぬ白蛾とふさびしきものに生まれ出でたり

刻々に地上の草に満ちてゆく無量の露を思ひて眠る

指のあひ髪千万本の中にまでまつはりやまぬ秋の風あり

秋風は窓に来たりて終りをり私は今日白湯ばかり飲む

われはわれを恃まず来世はがつしりと幹ある樫に生まるる樫に

わが心人にまつはる鳳仙花の根方を低く飛ぶ秋の蝶

連灯はうなだるる頭《かうべ》一羽また一羽首の辺に降りくる鴉

一夜二夜こめてこぼれし木犀の絨毯に両のてのひらを置く

木犀の落花の筵われは今死にたる人に抱かれてをり

茶の花忌にいかばやと思ひ行きたしと言ひ行けるかと逡巡しをり

重吉忌

夕月のまだ仄かなるオレンジの色灯りをり柿の木畑

広々とせるキャンパスの裏側に狭し小さし「なずな保育園」

トロイメライ流るるところ抽象空間をスキップにゆく少女のわれは

情念は遠き記憶に雪崩れ込む緋鶏頭畑を過ぎたる頃か
電照菊、ブロイラーなどといふ言葉心痛けれ思ひ出でゐて
花よりも露が重しといふならむ萩の諸枝ゆらりとうごく
故里へ帰らん道に架かりゐる深萩橋を御存知ですか

うち重なりて

暁に目覚めたる時何ならむ祈るごとくに指を組みゐき
花の雨亡き人々の面影もうち重なりてわれを昏くす
春嵐萬朶《ばんだ》の花をいたぶれりまだ散らぬ花風に撓ひぬ
都井岬岬の馬は寄りゆきて抱擁をなさずたてがみを嚙む
ふはふはと歌ばかり思ひゐるわれを率《ゐ》て来し思ひ彼にあるべし

君には深きところが見えてゐるならむ杳くおそろしき歌と思ひつ
春曇天水黒くゆく荒川を喪に服さんと越えてゆくなり
みづからを殺むる力われになし思ひ至りて老いをおそるる

乳房のごとし

ぱらぱらと時雨走りぬ西空はあたかも匂ふごとき淡紅
をりをりに光りて降れるきさらぎの夕べの雨のかなたなる人
われに見えぬ遠き界あり恙なくゆくまぼろしのきみも見がたく
寄りて佇つわれはぬくとき肉の塊樹のししむらを水はゆくらむ
遠からず冬来るものを黄濃ゆき蝶は光の斑にまつはれり
眠れぬとかそけき声に言ひしかば眠れぬといふ声返り来る

母が与へし乳房のごとし一夜二夜食べ余しゐる葡萄の房は

石蕗の葉も地に低き傘なればもの問ふごとく時雨は叩く

誰に告げむか

声あらぬことおそろしもまかげして見る全山の花の白かも

まう桜は歌はぬなどと言ひながら雨よりかろきはなびらを受く

天に昇りしはなびらわれにこぼれ来るこの祝祭を誰に告げむか

高層に住めば朝の冷たさにわつと葩が昇り来るなり

選びたることにはあらず路上なる葩は車に轢かれ轢かれつ

来し方の遠さはるけさましゆまろのやうな二歳の肉に触れゐて

前世は木だつたかも知れぬこんなにも動きの取れぬ精神の足

一存在われをまるごと許す人に逢はむと遠く来たる旅かも

きみを汚す歌のノートを忘れ来てきみの名刺を歌もて汚す

えにし濃き者の名刺を持ち歩き永遠《とは》に投網《とあみ》の中にあるわれ

子別れの子を蹴る獣を見て居れば人はぽつたり情を曳くなり

光《くわう》　庭《てい》

光庭にひかり溢れてまなこなき榠樝《くわりん》の面輪くふくふわらふ

病院の光庭に咲き倒れゐる紫苑を見をり検査を待ちて

静かなる物体となり金属をはづしカプセルの中に入りゆく

眩暈のはげしきわれは寝かされて大きカプセルの中に入りゆく

情感も色彩も未来も過去もなき空間に呼吸を意識してをり

秘めごとの二つ三つはなしと言はなく頭蓋のうちを誰か覗くに
神ならぬ賢《かしこ》さをもて誰かわが脳のくまぐまを覗きゐるなり
幾十年生きて脳葉をわが知らずこのうら若き医師が見給ふ
フロントグラス、リヤウインドウに貼りつきし雨後の落葉を剝がし終りぬ
秋天やとどまらず行き流れをりパン工場の上の白雲
晩年と言ひてはならぬひたすらに翅ふりて野を越えてゆく蝶よ
屋上に長くとどまる夕鴉ものを思ふとおもへば思ふ
いづかたに狙ひ撃ちたる者隠れ君は牀上の人となりたり
遥かなるところより胸のあたりまで歌の言葉をたぐりゐるなり
秋月光蕭々と石の六体の仏を洗ひ辻に並べつ

私をくぐりしならぬ私が石の仏をくぐりてあゆむ

流れ螢

藤棚をくぐりゆく時仄かなるむらさきの箱の中と思ひき

燦爛たる光に歩みわれとわがくらがり深きところを覗く

小走りに担架はわれを追ひ越せり横行くものは不安を誘ふ

かの命灯ると見えて危ふけれ流れ螢はまな裏に消ゆ

螢狩の記憶を持てるそれゆゑに幼き者に敬《うやま》はれをり

たんぽぽの絮毛発ちゆき片手にて届くところに来てゐる老いか

光にはササユリの花をひとつづつ押し開きゆくてのひらがある

この辻の逢魔が刻は真昼にて足より消ゆるごとき風立つ

昼の月魄《つきしろ》

心処にしげく雨降るところ過ぎ闌けしイタドリの花に降る雨

川底に届きて居らん雨の脚泥濘色の水流れをり

雨は傘の中にも雨が降りてゐる字と言ひ出でて雨の中ゆく

雨粒をワイパーは消しやまぬなり彼方にわれを待つ人のあれ

逢ひていかに逢はでいかにと思ひゐて昼の月魄《つきしろ》のごときおもかげ

落花生の丸葉はなべて閉ぢてをり沛然たる雨の中に見て過ぐ

暑熱ありしは最早夢かも晶々たる九月の雨に甦へるなり

かまつかの赫々燃ゆる傍らを生き急ぎ歌ひ急ぐわが過ぐ

思ひたち小さき墓処を購ひにけり誰も居らざる墓に降る雨

父祖の地や杳き血縁の死者たちが稀薄ならざる層なすところ
葉など要らぬ身丈はおのれが定むると墓のほとりに咲く曼珠沙華
はめごろしの大窓硝子に倚りて見る雨いぶかしも雪と見ゆるも
霧湧きて忽ち消えてゆく視界忘れられたるわれといはねど
風あらぬあしたの地上樹々の間をひたにますぐに昇り来る霧
天上よりくだれる雨に白樫の全葉動き応へやまずも
われを置き霧の湖に出でてゆくかれのひと生もさびしかるべし
雨音が雨音をかき消してゆく午後の硝子の窓に倚りゆく
混合林のあはひを霧のはだれゆきおほるりを見しは夢にかあらん
雨に濡るるはぐれ土鳩を見て過ぐるひとはセーターの重ね着をして

山際に出逢ひし霧は声あらぬ濃淡をもてわれを包める

朝霧の濃淡をわけて来たるなり昔見えざりし愛の濃淡

鎌倉

冬桜ちぢれて小さし友と呼ぶ人と東慶寺の夕暮れに来つ

素心臘梅身の左より匂ひ立ち生きて今年の春を享くるも

黒檜夕暮れを早めゐる道の奥へ行く人帰り来る人

薄闇に鎌倉を置きて帰るべし母のおもかげの白水仙も

口紅を塗らざりし母を何により思ひ出でをり若からぬわれ

いね際のまな裏に来る昼に見し枇杷の小花の白のかそけさ

散形花序黄仄かなる八つ手の花光の中にいたくしづけし

響《ひびき》橋《ばし》

開発をまぬがれて咲く花いばら真白し蜜のごとき日差しに

三万本のポピーの庭やゆゑよしもあらで一花をわれと決めをり

この空をわれにも給ふ雲切れて初夏桔梗の天のむらさき

第十八山海丸が舫《もや》ひゐる宵の運河に雨走りをり

電飾に浮かびて寡黙なる反りの力を思ふランドマークタワー

白銀《しろがね》を砕きしやうな灯の海が大桟橋のかなたに見ゆる

絮のやうに吹かれ来たりて住みつきて横浜の灯の海を見てをり

画匠の目を潜り来たりて五羽・六羽金泥の上をゆく千鳥なり

青年の金髪揺れてゆく時に髪の根方の黒も揺れをり

――横浜に響橋とふ橋ありて――

響くとは身もて応ふることならむ響橋今鳴りやまずけり

港湾を漣が出でゆくやうにひろごる愛をいつか知るべく

春の夜の櫛

蜘蛛の巣に薔薇が架かれる小櫛をばわれに貸したまひし大原富枝

はやちして髪おどろなる春の夜のホテルにゆくりなく借りし櫛

請はねども汝が髪は乱れゐると言ひ小さき櫛を貸したまひけり

若き日にその作を渉猟せしことを言はずも櫛を拭きて返しぬ

席につきてのちに知りたりひとつ宵同じ宴にありたることを

知ること多し

子のごとく馬を愛すといふ言葉高原の緑の草にこぼる

群衆は地を捨てがたく山深きところに飛天を彫りたるらしも

崖壁に塗りこめられし顔料の紺碧を分くる飛天の掌

微笑仏剝落のあひにありてなほ深沈と紅き唇《くち》をひらくも

家居なす人は大方われにして幾十年が過ぎてしまひぬ

テレビに見る旅はいたくはるばると中世の昼ふけを漂ふごとし

選ばれて白き小さき蝶となり夏野を高く低くゆくなり

蠟の火をかかげし看護学校の乙女の列に涙をこぼす

桜色はやさしき色かこの病院の看護服さくらの花びらの色

地《つち》深く埋められし管あるものを微々として腐蝕しつつあるものを

抱かれしみどり児は曳く茫々と忘れがたなき歳月の量

銀　河

高所より見てをりかくれどころなき樹に含羞のありてそよげり

あやかしの夕暮れどきのくれなゐに髪もまなこも溶けてしまふか

病室の窓に朝夕見てをりし丹沢の青情念の鍵

思ひ出づる人との距離のさまざまにありていよいよ銀河は杳し

立ち上がりわれにますぐに来しことをひと生をかけて忘れずあらん

王様クレヨンの王様の貌の品格を唐突に路上に思ひ出でゐつ

剣道の段多かりし血縁の男らは大方癌にて死にたり

鬱金桜ぽたりぽたりと咲き垂れて色ある鬱のかたまりとなる

あけびの口

いづこよりか記憶こもごも帰り来て遠近感なきわれの日《にち》にち
胸深きところに来たりものを言ふわれのひと生の幾たりの人
刻刻によはひ傾きいつの日かこの身の始末人にゆだねむ
語りあふ死はいまだし遠からむ死が近づかば口噤むらむ
戦ひと病ひに死にしうからにてただ一人農薬をあふりし従弟
人が別れをいふ時はまこと只一度この世を出でてゆく時ならむ
背信はかたみの科ぞ凩に髪吹き乱し帰り来しなり
煽られて仄けく光るともしびを見てゐてわれのことと気づきぬ

水流の揺籃を出でし青の魚硝子の上に横たはりをり

ふはふはとあけびの口の笑ひをり私は愛に死ねるだらうか

光にかわれにか知らずうつすりと口を開きてあけびは笑ふ

われもかかる者　ほほづきのくれなゐは小さき虚空に満つる

烏瓜の花のレースをほどきゆく地上にしるき夕闇の紺

色なき時雨

冬の夜の漆黒をくぐりて灯《ともしび》の海のやうなる東京に入る

びつしりと夜の車輛に並びゐる人々を待ちてあらん人々

ほのぼのとやさしき面輪つどふ夜人はさびしくてつどふならずや

宴果て帰らんとする髪に背に色なき時雨降りはじめたり

冬といふ季節を深く愛したる若き日恋ほし涙ぐむまで

頽れし花束を抱き帰るなり昔みどり児をいだきしやうに

一人居て寒き心は二人居て寒きこころと少しく違ふ

欅の雨公孫樹の雨の降りしきるこの街をいつか愛しはじめつ

さびしき者人恋しき者苦しき者やさしき者と思はむものを

言ふよりも書くこと親しさりながら文字は声を超えるだらうか

桜もみぢを浴びて歩めばこののちもかそけき恋のあれよあるべし

夕茜濃きくれなゐの褪めんとすどの晩年もさびしかるべし

満天星冬のもみぢの紅は夕焼を割りくだきたる色

杏仁

無量なる闇は重しも押しひろげ咲くゆふがほのいのちの力

細麦の原野に青き風湧きて虚空に架かる橋を越えたり

今年また穂草の原となりにけり神に祈らぬ吾もひざまづく

さしかはし白くれなゐの萩咲けり紅は切なく白はひそけく

木犀の香りの条《すぢ》は交差点のあたりを横に流れてゆきぬ

菊籬謐かなる黄をかかげゐるところにてわが影折れてをり

雑木々のトンネルをくぐり来し時に葛の花房額に触れたり

紅なりしか紫なりしか葛の花の色を再び問ひて夕暮れ

うら若き双掌は細きリボンもていとけなき子の髪を束ねつ

一人また一人うからに加はりてをみな児は杏仁のまなこを瞠く

薄羽かげろふ

山積みの半切キャベツ昏々とありし眠りのあらはなるさま
かの死者かはたかの死者かあの死者か薄羽かげろふ今朝の網戸に
情熱と執着の違ひ今しがたありありと見えさびしきまひる
非常口のマークの中を走る人不安はここにきざすにあらず
月下美人ひと夜の艶ははなびらを蕾にもどる様に閉ぢゆく
聖橋を渡りしところ夜目に濃き木立に今しわれは呼ばれつ
回廊を一陣の風渡りをりかすかに潮の香を曳き連れて
昼ふけとなりても花を閉ぢがたき秋のまつよひわたくしのこと

神経のちりちり攣れる夕暮れに海を見てをり息を引きつつ

日照時間短くなりぬ人も花も面輪あるものは暮れてゆくなり

展望階一本の孤独なるオリーブの葉裏は油の粘りをもてり

うち深く洞あり洞に問ひかくるいかにといへばさびしと応ふ

黄昏の人

汀より水に潜りてゆくやうな眠りを請ひてよこたはるなり

港湾に出でていづくまでゆくならん夕光《かげ》に染まる金の漣

水上に成りし街衢のビルの窓心のごとく目のごとく見ゆ

今は亡き人が貼りたる敷石を落葉が思ひ出でて撫でをり

灯は数限りなし人々が生きてかかぐる灯《ひ》と思ふなり

刻々に闇を増し来る黄昏の人々に帰る家のあること

ひそひそと姉が電話に言ひよこすわれら夕映の時に入りしと

今日より鳴くこれより鳴くと言ひてのちいづこの樹にか去りゆきし蟬

恋ひとつ始まりて終るまでのこと言ひ尽くし去る蟬の短か音《ね》

永遠といふところより時々をこの世に出でて鳴きしきる蟬

蜩は切々と鳴きしきるなりかしこに土牢の跡のあるとぞ

薄闇の土牢に聞きしひぐらしか一人越えゆく界に聞きしか

入りゆきし虫は思はむいたしかたなき木蓮のましろなる闇

戦争は生きゐる人が人を焼くここは農夫が草焚くところ

自爆せしかの国の兵士わが子らのよはひならむと幾たび思ふ

真《ま》白《しろ》

われに心の友あるごとく無きごとし白翩翻の雲流れをり

ただ一人を思ひ出でゆく情念のサインのごとき白木蓮《はくれん》ひらく

父母あらで生きるよはひも傾きぬ泡立つごときさびしさが来る

ただひと度末の子がわがために炊きし粥の白さを記憶してをり

ましろなる花を描ける傘をもてすぎこしをかくし歩みゐるなり

病と眠りは誰ともわかち得ぬものと言ひてさびしきひとつ真実

如月の鳥

一日の終はりしことをうべなひて翼をかへすいたく静かに

満ち足りし心の翼のびやかな半弧を描きて天をゆくなり

マンションの人工の庭にかりがねがふとしも降りて昼ふけとなる

見ゆるとも見えぬとも言ひ一時間日脚のびたる影のむらさき

幾ひらかふり仰ぐわが頬に来てそれより天は泣きはじめたり

如月の光　光は如月にしかずとこの子如月生まれ

さくさくと光の塊を積み重ね光の種子のやうにあれかし

白《しろ》栲《たへ》

湾岸の苑に添ひたる樹々めぐみ寄る波碧し春近からん

風は今ここに集ひて白栲の百帆千帆を撓めてゐるも

春を汚す声と言はねど海に添ふ街にし低くかもめ鳴くなり

この時計は七分ばかり進みゐて幾たびか問ふ今何時でせうか

静かなる象の行進幼かる象は行進のなかほどを行く

象などに生まれてしまつた人などに生まれてしまつた柵の内外

もう要らぬと言はれし春の手袋のやうにわたしはゆわゆわ歩む

泰山木の幹に手触れて問ひてをり今年も咲くか天に開くか

見返り桜・騾雪桜・黄泉《よみ》桜この春にまた見るべき桜

光の雨

光の雨ますぐに注ぎ咲き倒れゐる水仙の乳白の花

出で来たる原野は広し風寒しかしこ真白の辛夷の乱舞

かがまりて花苗を選びゐるわれを見てゐるわれも夕暮れの人

かけがへのなきものならんこのまなこ潜りし一会《いちゑ》幾十の春

花の芽を潰して食べし夜のこと子よりも若き学徒兵のこと

街道をかちゆきし人はほろびけむ欅は見しか見て忘れしか

瞑想あり思索あり記憶ありぬべしよはひを超えて佇つ古杉に

鑑真和上のかんばせや涙とどまらぬわれにいはれを問ふことなかれ

月光の戸外に今し出でんとす非常階段の絵の中の人

いのちなれわがてのひらと欅木の肌へは触れて温度をわかつ

菜畑の黄《きい》の片波うらうらとうらがへり汝《な》を嘉《よみ》すといへり

書きしのち深く拘泥りて出さざりし葉書のことを路上に思ふ

夕ぐれは心ひもじき時なれば家ある人は帰りゆくなり

爆走音あればうるさしなきときはややにさびしき暗闇となる

そこかしこ暮れはじめたり身を捩《よぢ》り心捩りて春を惜しめり

樹の耳

寄りゆけば声あらずしてわが生のなべてを許す一樹佇つなり

寄りゆきて生き方がまだわからぬと囁かんかな欅大樹に

ふり仰ぐ時多《さは》の葉に紛れつつこの樹の耳は静かにそよぐ

これしきの心処《こころど》の傷春来れば癒えゆく力われに湧くべし

ほろほろと山茶花の花散りてをりわたくしといふ時の擦過傷

縄目をば壺の肌へに置くこころ歌を白紙に書きゐるこころ

われの身に降りとどまりし雪片をこの世で逢ひし魂《たま》と思はむ

時雨して思ひ出づることあまたなりあまたなる中の新しき死者

告ぐるべき人など決してあらざらんこのさびしさは袈裟懸けに来つ
自らを読む為に渉りし歳月と思ひつつ居り冬宵驟雨
晩年は見えがたきかなきつちりと襟を合はせて歩み出づるか
写しゑに撮られんとして兄の腕ひしひしとわが肩を抱くなり
音信のごとき白鷺一羽ゆく熱出でて伏す窓のをちかた
鎌倉の昼ふけに来て蕾ある水仙叢に幾たびか逢ふ
波の背にゐし水鳥の消えゆきぬ記憶はながくわれにまつはる
夕月光屋上園の椿木の蕾みしりとふくらみたらむ
高空に念珠ほどかれゆくやうにちりぢり別れゆく鳩の群れ
あまたなる鳩遊びゐて灰色の一羽跛行を課せられてをり

イタドリの野に見返ればわたくしを過ぎしは歳月といくたりの人

水無月の森に来たればゆくりなしわつと緑の目潰しに逢ふ

若葉立《だ》ち駅構内に寝る人に凌ぎ易かる季節となりぬ

枝葉みな打ち払はれし若き竹束ねられたる少年のごとし

病院の地下回廊に入りしかば黒南風《くろはへ》は行き処失くせり

立葵われの背丈を越えながらなほせり上がり天を見て咲く

見て思ひ思ひては見るわが生のなほ不覚なることを哀しむ

油に濡れて

クローバー花の背丈のおほよそは定まりてここに満つるささめき

沿線の両側にびつしり水木咲く仄かなる黄を帯びて咲きをり

天に見せる花地に見せる花泰山木は遥かなる天の人に見せる花

高音に二羽そろひ鳴き夕暮れをゆく鴉必ずやきのふの鴉

サハラ砂漠の砂を給ひぬ颯々たる白衣の人の群れ見え来ずや

友だちとなりたる人よわれにしも思へば眩しき十代ありき

外灯の傍らに立つ若椿油に濡れてあるごとく見ゆ

をやみなくしげれるものか刻ありてみしりとのびる若木ならんか

うさぎ

わが窓をますぐに落ちてゆくやうな白き腹見ゆ今年のつばめ

池田牧場より来しとふうさぎふくふくとふくらみてわが街に売らるる

目覚めたる縞ねこはそりかへり文字の「つ」のごときのびをしてをり

身を投げて神にささげし絵の本の月のうさぎはをらずなりたり

描かれて世に残りたりひとすぢのひそひそ紅き葛の花房

男の子は詮なしかいだくこともなし母われの背丈を越えし日よりか

小さなるかまきりはまことかまきりの形にて鎌をふり上ぐるなり

びびびびともだえしのちにコンクリートのベランダの辺に死にたる蟬か

マンションの絵

夕立は忽ち晴れてビルのあはひに小さく短き虹を架けたり

小さき虹を端居して見つ地に葬りし父母がゐるやうに思ひて

盗みなきひと生といふやひとたびは人の心を盗りしことある

盗みあらぬひと生といふや盗むなりかの人の心を少しく盗む

あかつきのカーテンを開く様々な高さに人は眠りてあらん

十三階にみどり児は眠るその祖母は七階低きところに目覚む

エレベーターにはこばれ来たる草々はいづれ三十階のベランダに死す

五十メートルその下空がマンションの絵となりて今日売られゐるなり

夏来るとまつよひは線路に添ふ丘にふつくりと蕾をたくはへはじむ

刈られざるからす麦うれてこぼれたりここゆく人はみな踏みてゆく

去年のつばめ

静かなる厩舎この馬の安楽死は今日夕映えの頃になすとぞ

先頭をゆく蟻につらなりて行く列は夕暮れなれば忙しくゆく

この人に幾たび名をば呼ばれしかとりとめのなきことを思へり

無防備の首のあたりをいかにして眠るきりんを思ひてゐたり

馬となりやがて二匹の犬となりぬ夕ぐれの空をゆく白き雲

今しも白きしづくとなりてしたたらん四照花《やまぼふし》の下に来て人を待つ

去年の燕飛びゐしあたりびつしりと硝子が空をさへぎりてをり

高層を今年のつばめ越えゆかずつばめがへしに引き返しをり

忽ちに昼ふけ驟雨稲妻は今しも裂かれし天の傷

泰山木の葩をたたみて女児のポケットに入れしかばはねてよろこぶ

立　夏

行き届かぬ掃除を終へて泰山木見ゆる窓辺の空を見てをり

窓硝子を拭かず磨かず窓の辺に『風の良寛』を読みてゐたりき

ドレッサーの抽出の奥に孜々として時を刻める小さき時計
大阪の夫の家に横浜より行きて葛原妙子を書きぬ
装飾灯八個を昼も灯さねばゐられぬまなこを病みたる者は
雨ならで寒き曇天何ゆゑかかる日をよろこぶ六月生まれ
立夏といふ駅に明日つくさみどりのサマーセーターを取り出してをり
夏生まれのたまものとして思ふなり夏至といふ日をわれは愛す
この町のメガネドラッグのフレームはいつせいに遠き雲をうつせり
傷つきてならぬ傷つけてならぬとぞ何十年を過ぎたり夫よ
丹沢山系雨の彼方にけぶりをり非在といふはかのあたりより

あとがき

『宴』は私の十一番目の歌集です。総合誌、新聞、雑誌、結社誌などに発表した作品、そしていつとなく心のままに歌った作品を加えてまとめました。ここ暫く作歌する心の時間に恵まれて幸せな年月だった気がいたします。

昭和三十八年に第一歌集『ガラスの檻』を出版してから今日まで変わることなく短歌を愛し続けて参りました。これからもいろんなテーマを歌っていきたいと思っています。

思いが言葉を得、形を得て消えがたいものとして私の手許に残るというよろこびには何物にも代えがたいものがあります。短歌が私の人生を励ましてくれたという気もいたします。これからは歳月に鞣されていつとはなしに生まれ出る味わいのようなものをみつけて行きたいと思っています。

幼かったある日、母が「子供はその日の客」と誰かに話しているのを聞きました。この言葉は私の胸底に落ちてゆきました。今も忘れません。「宴」は「客」から生まれ出たイメージですが、私には母が客をもてなす心の距離を意識して育ててくれたという感慨があります。

「宴」はいつか一度つけたい題として持っていた言葉です。

いつも変わらず私を励ましてくださる春日井建さん、歌壇の先輩の方方、歌友の皆さまに御礼を申し上げます。

出版をお引き受けくださった田村雅之さんに御礼を申し上げます。

平成十四年八月

稲葉京子

椿《つばき》の館《やかた》

椿の館

平成十七年九月二十五日発行　短歌研究社刊
中部短歌叢書第二一六篇
A５判上製・カバー装　二四八頁
二首一行組　四〇七首　巻末に「後書き」
装幀　猪瀬悦見
定価三一五〇円（本体三〇〇〇円）

曇天

曇天やもつれて遠く港湾を出でゆく鳥はみな黒き鳥

この街がわれにくだせし罰今日も旅人の心を解かれざるなり

「冬の日の幻想」を弾く乙女らの弦の角度のかすかに違ふ

みひらきて明日は見がたく来し方は遠《をち》の雲間に架かれる絵画

夏来れば七十となる君とわれ気が狂ふなり春は十方

いつせいに季《とき》を迎へし花なれや夕ぐれの駅に開かるる傘

用ありて来し雨の街逝きてなほわれを哀しむ母を伴ふ

小さき傘くるくる回り描かれし花もとどまりがたく回りつ

朗読者

黒侘助の色の口紅を買ひしこと誕生月がゆき過ぎしこと

わが街の花の地図頭の中にありこぼれ白梅ここにしかずも

ゆつくりと水掻きを開き次々に着水をなす白鳥の群

静かなる夜とし思ふ目の弱きわが為に読まるる『風の良寛』

朗読者きみがある夜読み聞かす『朗読者』の内容はナチに関はる

君との距離近づきてまた遠のきて声は今しも歴史のなかに

許されてこの世にあれば夜の九時に寝るきみ午前二時に寝るきみ

今宵はも目の弱きわれに朗読者きみは池宮の『平家』を聞かす

十冊を二十冊を君らが読み遂ぐるころとろとろとまだ一冊を

回遊魚のやうな文庫のコーナーをかかはりもなく行き過ぐるなり

ローマングラス

ローマングラスのペンダントを子にやりしかば南の海に落とし来たりぬ
千年の眠りに再び入りゆきしローマングラスを見る人ありや
長崎にて生まれたる児が納豆を黙々として食べ終りたり
ジャカルタに住みてゐし児は納豆をキャビアのごとくたふとびてをり
アフガンハウンド空を見てをり遥かなり遥かなり汝が原産の地は
みどり児の形の雲が一棟を越えゆく早さ時がゆく早さ

大島ざくら

雪が降る速さと桜が散る速さ同じとぞ気象情報が告ぐ

花の雪、雪の花とふうつくしき言葉はここから来しかともいふ

満開の桜の傘の下に入り車座なすは親族ならむ

従きて来し犬は日本の犬なればひそと車座の傍らに座す

犬は花を見ずとも花を見し人の心の機微を味はひてゐむ

傍らを過ぎむとしふと目があへば桜人なり会釈を交はす

ましろなる桜に逢ひぬ人は言ふ大島桜「白雪」の名を

命なき雪の白をば超えてあり咲き盛る「白雪」命ある白

わたしはねさくらのはながすきなのと四歳の子がわれにささやく

一度見し桜は決して忘れねばこののちのわが日月に入る

春の闇紫紺もて地を覆ふなり夜目に花降る中の走者よ

卒園の記念に子供が貰ひたる桜は長岡京に咲きてゐむ
今風は天へ吹きをり葩はこぞりて天へ散りて消えたり
沼の辺に花の筏を描く人よ老いたる妻はいづこに待つや
一会とは言はねど心たかぶりぬわれに盛んなる花の雨ふる
いづくより来し葩か耳目溶けうらうらいます六地蔵まで
今日ひと日桜散り交ふ部屋と定めノブをカチリと鳴らして閉める

青　墨

寄り行きて幾たび人は仰ぎしか紅梅のその濃きこころざし
咲きそめの枝の白梅人を恋ふまなざしをもて花を見上げつ
昼ふけの昏き空より来し雪は紅梅に降り白梅に消ゆ

夢のわれはうつつのわれより孤独にて青墨滲むごとき境《かひ》ゆく

ほほゑみて死者も佇ちゐる宴をば夢と知りゐる時の間あはれ

年月はむごき手をもてわれの子を四十となせり粉雪降る日に

おのれならぬ命を妊りゐたる日の身の重さ記憶は風の彼方に

とろとろと眠りて覚めて風の夜半《よは》思ひ出づる人連灯のごと

ゆくりなく近づきし人わが生に小さき灯びを点じゆきたり

コンクリートの屋根のへつりに来並びて夕ぐれ雀寒しと鳴けり

吾《あ》が深く礼《ゐや》すれば幼かる者も深く礼して帰りゆくなり

茫々とわれを降りこめをりながら連れて舞ふ雪別れゆく雪

白鳥の首

ここはさねさし相模の空の冬の碧《あを》帰る燕を待ちゐるところ

夢指して伸びやまざりし白鳥の首かと言ひてわれは哀しむ

入水者《じゆすい》のありとぞ雪の湖に白鳥の常ならぬ諸声《もろごゑ》

老い人の短き髪を梳く手見ゆあはれ子ならむやさしさをもて

中空を雪のはだれの雲動き枝垂《しだ》れの梅は乳をこぼせり

幾たびか死への助走に立ちあひぬ地上をしばし奔る花骸

花の雨ありにしところ拓かれて鉄骨が空間を締めてゐるなり

寒月光

寒月光ますぐに届き沈黙の石蕗の花緊まりゆくなり

永遠の記憶として天に撒かれたる星座を仰ぐ時のあはひに

傷む目が思ひ出でゆく星座群記憶はうつつを越えてうつくし

時雨してくまなく濡れてゆく木草もとよりわれも木草の連衆《れんじゅ》

暁の青信号の中の人許す許すと言ひゐるものを

薄白む夜明けの闇を切りわかち一騎五、六騎オートバイゆく

煉瓦坂に小さく躓き月光とネオンと闇を攪拌したり

街灯の光の領に生き急ぐ群衆のごとき雨見えてをり

百　年

春の雨ほたほたほたと降りてをり今し憎しみを解《と》かれゐる人

いづこにか春の最後に散ることを引き受けし桜の葩やある

母の樹の根方に落ちて芽吹くべき団栗容赦なく踏まれをり

全身にすかすかと鬆《す》が入るやうにさびしくてならぬ時あるものを

百年ほどすれ違ひたるいのちとぞ嘆きて歴史の人を恋ひをり

ハナムグリみしみし花に分け入れり誰かわたくしを見てゐるならむ

忙しく遊べる人を見つつゐてげになぐさまぬよはひと思ふ

咲き満てる金雀枝の黄の魂が車窓のかなたを流れ去りたり

びつしりと行手を塞ぐ薄白の水木の花に心を乱す

心の丈

飲みこみし哀しみは首の中ほどに消えてゆくべし遠《をち》の白鳥

何故に発たざりしかと問ふなかれ疎水に遊ぶひとつ白鳥

かの胸を叩きて問はむ永遠の問ひはかしこの草生に捨てむ
クリスタルの鷲の影さす紙に夜々書く歌消せばゆくへなき歌
点々と病巣はベッドの上にあり白き病院の階層にして
樹々は芽を光にほどく信じ易く疑ひやすく歩むまなかひ
心の丈は揃はざるべしいね際に麦の背丈を思ひ出でをり
点々と路面を濡らす雨の色を黒と思ふよ夏のはじめに

モジリアニの妻

ゆくりなくモジリアニの妻に似てわが部屋に開く白アマリリス
ブラウスといへど路上に繰り返し轢かれてをれば苦しきものを
逃げやうもなく生きつぎて今日となりまう間に合はぬ黒髪の死も

皓々と紺の幕布《ばくふ》に架かりゐる四日月取り返しつかざる太さ

竹煮草の白緑風に泡立てり半眼に笑ふ葛原妙子

声あらぬ秩序に従《つ》きて七月の風は七月の花をゆするも

繁華街それたるところ月光を確めんとしてもろ手に掬ふ

夏至

葉の翳を歩む水無月生まれ月思へばひととせはひと日のごとき

甘藍の畑に生《あ》れたる初蝶か逢はむ逢はむと発ちてゆくらむ

十重二十重白を重ねしくちなしは夏至の気温を低くしてをり

洗はれし仔豚うす紅芍薬の蕾のやうにふくれて並ぶ

保育園のプールに張られし朝の水園児の膝のあたりの深さ

暗黒の風が運びてゐるならむはたはたと壁をうつ雨の粒

栗の花天つ光に放埒に花序開かれて風に揺れつつ

父となりやさしくなりし子のことをふとしも路上に思ひ出でをり

夏の雲われが行きたることあらぬところを歩む子らの長脛《ながすね》

しばしばもわが傍らに来るをみな児の睫毛はけぶるやはらかく濃く

忽ちに恋に曇れる一人《いちにん》の思ひのごとく霧湧きてをり

かの椅子にありしぬくみも消えゆきぬこの世の人をひとり失ふ

鳴き交はし西に帰りてゆく鴉今日の記憶は声にしたたる

初　蟬

初蟬の声のさびしさいづこにも応ふる声のあらぬさびしさ

ビル群の涯底《そこひ》に仰ぐ紺青の切り絵のごとき夏の夜の空
行けと言ひ急ぐなといふ声聞こゆ蟬のしぐれのあはひのしじま
迎へ火を焚くところなきマンションの盆に思へば見ゆる死者たち
いつせいにいのちさびしと鳴きつのる蟬のしぐれを浴びつつ歩む
拡大鏡で見ればおそろしきことならむ蟻をつぶしてゐる昼さがり
この夏の最後に死にてゆく蟬の声と知らねば聞きて忘れむ

べしみ

旅寝なる信州の闇深くして銀河を見たるのちに眠らん
旅宿なるあかりの下に身を低くして書きてゐる歌の虜囚よ
山深き宿の奥処に森閑と眼球のなき癋見《べしみ》は見をり

去年《こぞ》のわれと今年のわれは違ふらむさきはひも苦も心の痣《あざ》ぞ

たわわなるリンゴの枝を牽きてゐる引力を恋の力と思ふ

命の限り同じ言葉をいふ者かこの町にいのちをつなぎゐる蟬

いにしへのいつの頃より鳴きゐしか蟬しぐれ土牢の上の木立に

時に従きて流るるやうな時のかなたをはるかにわたるやうな蟬の声

鎖

音信はしばしばにしてきみもきみもひと生歌とふ鎖を曳くも

白き蝶ひつたりと翅を合はせたりかくて定まる定型の律

マンションは音を拒むといふならず夜更け天より来る風聞こゆ

思ひたち夜更けの厨に飲みくだす眠剤半錠甘き蜜なり

雪中の蕪村の鴉二羽のコピー如月の部屋に静寂《しじま》を醸す

夕つ方青の雪降りはじめたり傘さして人は雪に従ふ

傘忘れ来しかば小さき約束も身も沫雪に濡れてゆくなり

歩まざる菊いづこより花舗に来てこの夕暮れをわが部屋に咲く

窓外も夜深くして車ゆきびしびしと氷雪《ひせつ》を撥ぬる音せり

相逢はず歩まぬ欅冬の芽をほどかんとして時を同じうす

忘れゐし夢のごとしも混合林は冬の芽立ちの賑はしき時

遥かなる西空赫しかしこより見ればわれらも炎えてあるべし

やはらかき光の中にやはらかきわが影動く春近からん

ビルの間《あひ》濃く翳りたる夕ぐれの川面を鴨はうつむきてゆく

ヒマラヤシーダーの彼方の病院死を拒む人死に従かむ人満ちてをり

生き方がわからねばまして死に方がわからぬわれを疾風《はやち》は揺する

君の生わが生つくづくいとしけれちりちり尽きてゆく手花火よ

平家の人

忽然と郵便局建ちこの街のあまたの言葉羽搏きて発つ

心処に届く木枯らしの言葉あり語りより欷泣《ききふ》にいつか移りつ

琵琶の音に従きて時間をくだり来る平家の人の皆哀しけれ

物語幾つの中に音楽となりて漂ふ平家の人よ

われを知らずわれを隈なく照らすなり春紺青の空の夕月

胸底まで差し入る光　如月の光は触るるわれの来し方

如月の光に緊まる真椿の一つくれなゐ千のくれなゐ

旧街道に日暮れ坂とぞ名の残りひやひや暗き風動きをり

昔ここをおそろしと思ひ旅せしと私の中の誰かささやく

隅田の花火

鎌倉小町夕べの雨に賑はひて携へし傘開きあへずも

鎌倉の女人の死者や連れだちて奥のあぢさゐとなりて見てをり

丈低く高くあまたなる花鞠がさびさびと揺れやまぬ空間

水無月の地を占めてあるあぢさゐの花よりも葉に雨音高し

見てあればどの花もやがて耳目を得口唇を得ておもかげとなる

夢ながらあぢさゐが多《さは》に咲くといふ君のすまひを探しあてたり

来よと言ひ行くといふなりあぢさゐの花どき過ぎていまだ逢はずも
消ゆるなと言ひしはわれにはあらねどもあぢさゐの名は隅田の花火

無言館　——戦没画学生の館——

白樫の大樹の梢にさんさんと雨降る様を高処《ど》より見つ
陸橋の昼の静けさ枯るることかなはぬ鉄の百合が咲きをり
排気ガスあやかしのごとけむりをりかなたにジーンズを干す人が見ゆ
若稲のみどりそよげり私の中の誰かが記憶してゐき
ハイウエイに見つつゆくなり粛然たる昼の月色のむくげの花を
さわさわと揺れ定まらぬ合歓の葉も花もある日のもの思ひなれ
風が力を落とすあたりに整列ししづかに花をほどくもろこし

都忘れの色のやうなる夕ぐれの空を映せる疏水ありけり
橋をゆく時千曲川藍深くふたわかれせし水流が見ゆ
盆地に届きし夏の光は行き処《ど》なく油のごとく溜まりゐるなり
戦ひに死にし若者が描きたる絵は万緑の底に沈める
無言館の入り口にそよぐねむの花無言の花火ま昼の花火
思ひ出づる傷あるものを落葉松のかなたに三たび雷鳴を聞く
あらくさを踏みて訪ひたる無言館今日見たる絵をわれは忘れず
面影はとはに老いずも描《か》きて征きし自画像もその妻のおもわも
寒くつめたく昏き空間に浮き出でて絵は言ふ―もつとものを言ひたい―
若き妻の裸像を描きて征きし兵士のこころさわぐことありしやありし

絵の筆を置きて発つなり佳きひとは無言館にて永遠に待つ
引き金に手触れんとして思ひしは未完のままのかの絵ならずや
鳥揚羽ふとし湧き出で悠揚としじの槐の中に入りゆく
駅頭に若妻を置き発ち征きしわかき叔父ありまだ帰り来ず
末の子なる叔父の公報を聞きしより祖母は再び歩み得ざりき
丈高き枯れあらくさに火を放つ農衣の人を見て過ぐるなり
よはひなど問ふものもなし風に鳴るみづからの音を樹々は聞くらむ
ねむの樹をこぼれし種子は年月をかけねむの木となりて世を見む
みづからの風姿を知らぬ落葉松や人は幾たびも見返るものを
夕ぐれの野を低くゆく車輛見ゆ光と時を運びゆく箱

耳目なき樹々も眠りに入りたらむ風の哀訴もいつかやみたり

櫟

小林の櫟《くぬぎ》の肌へみな黒くつくづくと冬を思はしむなり

朝夕にルートⅠへの指示標を窓より見つついづこに行かむ

静脈に針刺すナース今日白衣を脱ぎてかぼそき少女となれり

橋の名を思ひ出でをり戻り橋をやさしき名として思ひ出でをり

溶接の滴飛びたり芦刈りといふなりはひを思ひゐし時

もろこしの葉を吹き鳴らす北の風雑踏をゆく身に記憶する

ビル建築着工の時に掘られたる土は忽ち閉ざされゆけり

山茶花の葩地《つち》に散り敷きて身の置き処われは見失ふ

敢へて踏む白き山茶花散り敷きてなほ傷あらぬ葩を踏む

石蕗は冬の花なり声あらで請ふなき生を思ふならずや

幾たびも人を運びて疲れたる車体を潰し運びゐるなり

かりがね

いつよりか渡りをやめしかりがねと帰雁が遊ぶ池と聞きをり

地に撥ぬる雨音傘を叩く音去年《こぞ》の雨音も曳きつれてをり

来し方の遥けくなりぬまう言ひても許されるかも知れぬ恋かと

樫の実のこぼれてをりぬわれは人実生のいのちを孤独とおもふ

水の辺に咲く紅椿選ばれて水鏡なす下枝《しづえ》の椿

めぐり逢ひし知己と思ふよ池の辺の根方に積もる椿の紅を

この紅は樹に湧ききたる情念を風と光がはぐくみしもの

爆走音枕の下をゆくと思ふかかる夜さびし高層住まひ

爆走音しじまを貫《ぬ》けり聞ける者行くものともに眠らざる者

海が荒れる日は街深く入り来たり騒ぐかもめと擦れ違ふなり

見馴れたる海の碧のほどけゆく今日のうねりを春潮と呼ぶ

風の傷時間の傷のあらはなれ咲きただれゐる白木蓮の花

流離なき里曲《さとわ》の人ら菜の花のそこひに夜毎溶けて眠れり

どのあたりまで

隣棟の鴉しづけし濡るるともあらず時雨の中にとどまる

賢しと言はるる鴉きのふの夢をととひの夢のどのあたりまで

誰が手もて束ねし越前水仙か背丈風姿をわれにゆだねよ

みつしりと牽かるるやうな重さもて売られてゐたるかりがね十羽

つらなりて後尾を守るごとくゆく分別を知りそめたる鳩か

いづこにて金のシールを貼られしか等級を持つ玉子となりぬ

故里は佐渡とて頒つ螢いかのまなこつぶつぶビーズのまなこ

人通り賑々しかる夕昏れや誰とてもみな明日を所有す

はらからを持たざる子にて緋目高語鮒語といふをわれに囁く

枯草を焼く人にしてうつむけば遠き回想を焼くごとく見ゆ

年月の橋を渡れば人に寄り苦しと言はずなりたるわれは

軽羅

天平仏の眉根記憶にけぶれるをゆくりなくものを炊きつつ思ふ

遥かなる歳月のかなた今日のごとき初夏の光の奈良に居りにき

あふるるかこぼるるかそのさみどりの南京櫨の下を歩みつ

血縁の少女来て立つまぎれなしこの子は天平仏阿修羅の裔ぞ

ふと越えし境とおもふ今日よりは軽羅一重のきぬをまとふも

川の辺にいち早く咲きし昼顔は夕べの驟雨に破れゆくらむ

ただならぬ乱視のわれやペチュニアの紅ふるふると風にふるへつ

駅三つばかりを過ぎてゆくところ傘と小さき櫛を携ふ

駅の夕焼

いつまでも雨の野をゆく紋白の翅は次第に重くあるべし

夢のごとく過ぎしひと日の後《うしろ》でをカーテンをもてかき消さんとす

ひつたりと背に貼りつきて私を歩ます刑吏のごとき歳月

記憶より遠き光やパピルスはこぶしを握るやうに枯れをり

人は花を見花は花を見るくちなしはおのれの白をひと日見てをり

音もなく幹をくだれる蟻の列夕焼の大きてのひらのなか

次々に子を発たせたるがらんどうの母のやうなる駅の夕焼

病多きわれが力を振りしぼり君の病をなぐさめたりき

新緑がみしみしふくれその影もふくれやまざるところを過《よぎ》る

はたはたと苑生を発ちてゆく鳩ら一羽の意思に従《つ》きて翔ちゆく

見しことは知恵として残る去年《こぞ》の葉を根方に敷ける櫟の林

ゆきずりの旅宿の宴に僧形の人の静かな恋を見てゐつ

昼顔がそこかしこに開きゐる草丘過ぎて面影は顕つ

奈良生まれ東京生まれ名古屋生まれ一つ家に住みてさしつかへなし

戦中戦後子供であつた私は兎を飼へといはれて飼ひぬ

後々に聞けばうさぎは食卓を賑はす策でありしとぞいふ

遅し遅し

見返り阿弥陀のごとくにわれを見給へり遅し遅しと思ひ給はむ

決してわれが近づくならず晩年がずしりずしりと近づきて来る

傷痛きところに触るる「時」といふいやしの舌を実感しをり

沫雪の夕ぐれわれの部屋に来てかそけく花をほどく白菊

病む人と病をいやす人が乗る白船のごとき病院に来つ

生涯のやまひを寂寥と君がいふ言葉となさぬわれもうべなふ

——入院中、相部屋の女性、心筋梗塞となる——

「人生の大事」をあなたは偶然に見てしまつたと言ひ給ふ医師

われにすがり焼火箸が胸に刺さるよと言ひたるのちに気を失ひぬ

深く眠る

内湾のかなたの空に月立てり共に見て長く忘れざるべし

海に向き問ひし応へはひとつづつ歳月を経て帰り来るなり

午前四時うからこぞりて昼の衣を着装しをりみどり児を待ち

花々が千切られてとぶあかつきの嵐の刻に生まれたりしか

窓外を和紙のやうなる月わたりこの世の時を深く眠る児

いとけなきてのひらを開き運命線生命線などと騒ぎてゐたり

蕾のままえごが散りしく風の道踏むな踏むなとたれかいふかも

花の体温

あのやうな人になりたかつた私を人間になりたかつた犬が見てをり

今しばし咲くべかりしを八重椿叩き落とせる狼藉の風

葛の野でありしは夢か看護師の学院の建つところを過ぐる

藤の房腕にあまりてひやひやと花もおのれの体温を持つ

六万三千羽の雁のシベリアに発ちしところ底なしの青つつぬけの空

思ひがけぬ高き空間にひつそりとむらさきを桐はひろげをりたり

一つ咲けば一つ閉ぢゆくまつよひやベランダに湧く黄のささめき

鳥ならぬ蝶ならぬわれは花柄の傘をさしゆく道ゆく時に

雀には雀の領分があるらしも回転ドアを離れて遊ぶ

雲映ゆる暗緑の水に開きたる睡蓮を天の花と呼ぶとぞ

今し方咲きし睡蓮風と光のシャワーを浴びてかがよひてをり

どのあたりに座るわたしか片側のみ陽のさんさんとさしてゆくバス

常夜灯の下《もと》に育ちし山茶花は眠らねばいち早く咲くらむ

鉛色の曇天となる午後三時夕顔は花をほどきはじめつ

忽ちに居らずなりたり球場の少年選手に触れしあきつも

雨の界

鋭かる直線をひきて雨とするこの頃見ざるヒロ・ヤマガタの絵

二百七十万羽の折り鶴花となりひらひらと地上の宴に降れり

ベランダに来る雀子に名をつけてやらむと思ひいまだつけずも

蒔絵箱の中を濡れゆく五、六人永遠に雨の界を出でがたく

雪ばかり記憶してをりきテレビは今雨の札幌のマラソンレース

ただひと度見しスコールが忽然と身の内側に降り始めたり

ひつそりと鯖雲が天を渡りゆく惜別の思ひはかしこより来る

葛一枝手《た》折らんとして思はざる力に拒まれ花芽をしごく

来年の花丈すでに定められ植栽の鋏つつじを刈れり

しかるべき風景のため切り責めの刑にあひたりつつじの垣は
　なすな恋

わが知れる源氏はスーツ姿にて舗石道を歩みたまへり

従者《ずさ》二、三幻ならず白昼夢見えかくれつつ君に従ふ

夕ぐれの雲の羊を見てあればはかなきかもよ恋のうたかた

よみがへりまたよみがへりめぐり逢ふ千万年の恋といへかし

すれ違ひ生まれし悔いを何とせう母とは呼ぶな姉とはいふな

ひたに待つ恋はくるしゑ追はるるより追ふ恋を君よわれは選ばむ

なすな恋恋ふるこころの深ければ人よりふかく苦しむものを

歌の恋しばし思へど夕ぐれは汗をぬぐへる生活者われ
文芸の妖しき力を思ひしは思ひ知りしは十代ならむ

春来る

寒緋桜のかすかなる声これ以上紅く咲くことを赦して欲しい
余りにも紅濃きことを恥ぢるとぞ寒緋桜はうつむきて咲く
この園の寒緋桜の咲き様は今し涙のこぼるるごとし
寒緋桜の下のベンチに憩ひゐし老いは静かに煙草をしまふ
つくづくと花のすくなき季節とぞ冬の東名高速をゆく
風といふ一字を車体に描きたるトラックがわれらを追ひ越してゆく
刈りたるはいかなる人か花のなき椿の風姿品位を備ふ

街を飾れ街を覆ひてならぬとぞ剪りつめられし異形のいちやう

屋上園昼ふけの光《かげ》濃くなりて椿は花芽を少しくほどく

散りてより路上を動く山茶花の花のむくろを風はいたぶる

裸木の根方を覆ふすでにして撓みそめたる馬酔木の花芽

春来るを心待ちする頃となりあせびはあぐる千万の鈴

秋篠を御存知ですか紅あせび白あせび咲く君の故里

仮説の人

ばつさりと活ける越前水仙のあはひあはひの母の面影

もちひのやうな果実のやうなみどり児をその子の母に今返すべし

春来ればあの児に着せむ泰山木の花のかげりのいろのブラウス

凛々《りり》として一人づつ立ち直りゆくドラマの中の仮説の人は

万華鏡がかすかに動くたび変はる模様に似ずやわれらの生は

そこここに遊ぶ翼の小さけれ雀は舞ふと言はれざる鳥

底深き地中より請はれゐるごとしきぶしはただに地を指して咲く

目つむればガラスの部屋は沼となり鷺舞の曲流れゐるなり

野の鳥は三年ほどにて死ぬといふ人の歌集を読みゐて知りぬ

関西にミモザの多き街ありて幾年かその季に住みにき

フランスまでミモザの種子を買ひにゆくエッセイをミモザ咲く街に読む

イメージの扉

中天に一声鳴きて帰る鳥苦しめど泣かぬ人が聞きをり

いたく静かに羽を収めて天を見るは雉鳩ならむ逆光の黒

春昼の光静かなり由もなくうづらの卵を買ひて帰りぬ

老姉妹なるべし眉目いたく似て杖曳く人が姉にかあらん

はらからは兄一人姉一人にてばらばらの人生観をかたみに許す

病まぬ姉死病を超えし兄をりふしに病むわれ遠く住みて逢はずも

イメージの扉と思ふここにありて開かんとして開かぬ扉

花火音身を貫くごとく鳴りてをり明日決断をすべきことある

幾とせをそこにとどまり咲き散りてあれと言はれし山茶花われも

風たちて

風たちて冬の駅路のたんぽぽの全円ふとも欠け始めたり

花闌けし古木の梅のうす白をわたりて目白蜜を吸ひをり

いざなはれ来たる港の春近き光かもめの翼に降れり

「やまがらが来ます」とふ札が立ちてゐしかのティールームにめぐりあはずも

いざなはれ伴はれゐる心地する誰も居らねば春といふべく

かがまりて拾ふ椿にかすかなる重さのありててのひらを押す

夕映えの坂を降り来る人々は自らの影を追ふごとく見ゆ

夕映えの坂を上らむ私は思はずも長き長き影曳く

花のころ

ホームレスの人らが鍋を洗ひをり狭き街川の傍《かた》に集ひて

花のころ一泊千円の旗が立ち並木の下は賑はひてをり

必ずや逢ふべかりしをあはざりし人と雑踏にすれ違ふらむ

ひとひらの金箔となりこぼれ来るばかりに薄くこの月は見ゆ

大阪の夫の十年離れ住みしわれの十年ゆくへのあらず

わが髪にたばこの煙を吹き込みて遊びし若き父がふと見ゆ

父の胡坐にゐしわれいつか子を生みつその子の胡坐に抱かれゐる子よ

マンションの狭き空間に夫と住む今一人誰か居る気配する

螢の樹

パプアニューギニアにある螢の樹点滅の放映を見しかと言ひよこす人よ

大木に千万の螢が集まりて点滅の刻を揃ふるといふ

灯火管制が要るよと祖父がよろこびき大川をわたりし二群のほたる

源氏ぼたる平家ぼたるの大群が合戦をなすと地の人はいふ

婚姻のフライトといふ人も居き闇を流るる光の大群団

わが秘むる感覚ひとつ足下《あうら》より次第に樹になる遂に樹になる

紙よりも薄きあやふさ昼顔のはなびらを打つ雷雨となれり

をりをりに子らと行きしよ待つ人も発つ人もなき大空の駅

大空の駅への夢の階段をわれより先に子が忘れゐき

やはらかきうなじのあたりに光さし少女は一羽の鶴を折りゐる

骨董バザール

骨董バザールの小さき店より買はれゆく竹を刻みし油蟬かも

欲しきものはとどめがたなく欲しきもの行きつ戻りつつひに購《か》ふ人

竹の蟬にめぐりあひたる喜びをくり返し何時《いつ》家に帰るや

いかならむえにしに蟬に魅入られし蟬ある鉢を買ひてゐるなり

蔵はるる鉢の肌への紺の蟬ふとも短く鳴くにあらずや

紫紺なる傘さす人が鉢の底へ鉢の底へと降りゆくものを

昏々と眠りゐし碗がバザールに来て人の手に触るるいきさつ

楽しくて描きたるならんさす手引く手邪心なき人鉢に踊れり

この鉢と思へば人にゆづられぬ骨董市の恋のかけひき

うなづきて

風落ちぬ欅大樹に近づけば無数の小さき風生まれをり

どの病ひで死なせますかと訊ねゐる使ひの者が必ずをらん

うなづきて踵を返すすこやかなる人に病を配らんとして

時のリズムに従ひてゐる夕顔は今し真白《ましろ》のこぶしをひらく

若竹を板木で締めてま四角の竹を育ててゐるところあり

針金のハンガーもて巣を作りたり七つの子らはこぼれざりしか

母は今何をしてゐむ私の中では糸を編みゐるものを

盲目の細き根をもてひしひしと領域を拡げゆくらむ樹々は

遠くゆく渡りを思へばうらがなしわれも今しも渡りの途上

ひとつ鴉屋上に居て来し方を見返るごとく見ることのあり

約束の人

新しき街に花木を植ゑてのちいづくにか去るなりはひやさし

この駅に辛夷を植ゑし若者は十年歳を取りてあるべし
来年の花を約すとふかぶかと土に降ろさるる乙女椿は
ほろほろと黄のイタドリのこぼれをりをりしも風立つ駅舎の柵に
まひまひのやうな私をあはれみてゐる間に忽ち歳月すぎぬ
厨辺に馬鈴薯の皮をむきてゐる夕ぐれの人を蔑するなかれ
知らず思はず過《よぎ》りたるべし幾たびか運命の岐路と呼ばるるところ
隣の部屋のまなかを時雨が過ぎてゆくやうな気配にふたたび目覚む
きさらぎの寒き寒き日に生まれたるあの子に似合ふ白きセーター
みづからのために夜半に湯をそそぐ湯をそそぐ音いたくしづけし
風の背にたちて言ふなり幾たびも罪と罰とは均等ならず

傷などといふな胸処に手を置きて痛しといへば癒えゆくものを
玄関にひと株稲を植ゑし家水耕の裔をほこるごとしも

順　列

図書室の本のページに触れたらん幾百千の手の指のあと
この一冊同じあたりで閉ぢられし本なることを人にはいふな
平安の源平の夢一冊の本となりやがて枕となりき
永遠の闇なりしかど灯びの順列清きトンネルとなる
訪問入浴車を運ぶ車がすいすいとわれを追ひ越し見えなくなりぬ
ピーターラビットのシュガーポットとなりにけり車もて運びし古本の山
層なして動ける雪はゆつくりとうらがへりゆく翼のごとし

手をのべて雨と知りたり灯びの犇く道に下り来し時に

笑ふらむ

暗黒の中を暗黒がうねる音おのれの道を風も探すか

夕ぐれの駅の柱に集ひ来てひとしきりもの言ふ燕の群れよ

愛するといへば笑ふか笑ふらむ何十年のすでに過ぎつつ

きさらぎの雪の翼の彼方より来しみどり児ぞこの青年は

前世われは獣なりしかリハビリ室に首を牽引されつつおもふ

思ふこと多ければ今日にはか雪くぐりしやうな白を置く髪

もの思ひしきりなるあたりとぞ思ひ一本の帯を身に捲きてをり

身を包みてありし着物は畳まれてただに平たき布となりたり

縛されてならぬ心をつつむなり幾重の絹と幾すぢの紐

てのひらは思ひをいやす人はみな胸にてのひらをまづは置くなり

身の上話

歩くとも歩かずともわれを牽きてゆく年月といふ力を知るも

中州にて今宵眠るときめたらん夕鳥百羽の影くだりゆく

橋脚を洗へる水の紺碧の濃くなりてをり満ち潮ならん

ゆきどまりあらざる闇を一人また一人に賜びしゆゑの嘆きぞ

血縁か否かは知らず一群の鳩の趾みな濃ゆきくれなゐ

テレビにてぽろぽろと死につき当たる一日生きた話百年生きた話

銀漢の彼方けぶりて死者をゆるす生者生者を許さざる死者

生《あ》れしより一歩とて歩むことなしと隣りし樹木の身の上話

後書き

『椿の館』は、私の十二番目の歌集です。

この歌集に収めたのは、総合誌、結社誌などに発表した作品、また心のおもむくままに書きとめておいた、ここ数年の作品から採ったものです。そしてこの間、私は周りの自然や、全てのものや人を、今までよりも一層愛しく思うようになってまいりました。

私は、長い年月短歌を愛し続けて来ました。思いが言葉を得るときのときめき、言葉が次第に律として整い、立ち上がるときの喜びは、たとえようもありません。これからもまた、私はあくことなく歌を続けてまいります。


道を歩いていると、時々川や坂、橋などで思いを深くする名に出会い、名をつけた人の心に出逢ったような気のすることがあります。私もひそかに自分だけの地図に私だけの名前をつけています。「木蓮街」「時雨坂」「蒿雀坂」「緑雨館」等々。

私は、椿の花の絵をかけた部屋でよく歌をつくります。そしてこの小さな家をひそかに「椿の館」とよんでいます。これが、この歌集名の謂れです。

この歌集を出すにあたって、出版を快くお引き受け頂いた短歌研究社・押田晶子様にお礼を申しあげます。歌壇の先輩、歌友の皆様にお礼を申しあげます。

平成十七年七月

稲葉京子

花《はな》あるやうに

花あるやうに
平成十八年八月三十日発行　角川書店刊
角川短歌叢書
四六判上製・カバー装　二二四頁
二首一行組　三六六首　巻末に「あとがき」
装幀　伊藤鑛治
定価　本体二五七一円（税別）

わが街

いつせいに夕陽を返す硝子街日が入りてのちもしばし耀ふ
マンション街長く影曳くところより地にいち早く黄昏が来る
大き艦母港に帰ると告げゐしがやさしき言葉のやうに聞こゆる
さんらんと光を返す海を見つ暫く生きてゆける気がする
恋の歌をあげよとぞふりかへる時恋の歌すくなきわれと知りたり
君子蘭わが一株は春にさめず晩夏光来てわつと目覚めつ
ま昼間に眠りに入りては困るべしこのねむの木に手触れず行かん

十方

十方に紅《くれなゐ》を撒く様あはれ秋のあはれやまんじゆしやげ咲く

枯れ枯れて遠くゆく萩自らの根方に腐し散りしける萩

歌の荷をしばしおろさむと幾たびも思ひしに何故《なにゆゑ》か置処なし

風になびくと思ひゐし樹は自らの力もて大きく動くことあり

ダンボールをたたみて道の端にをりしホームレスの人はどこに行きしか

二年ほどガレージなどに居し人は自転車を得てゐなくなりたり

日経新聞をベンチで読みてをりし人浮浪と思ふ衣服をまとふ

生白き首の辺りを夥しき小菊の花をもて覆ひたり　菊人形

『現代の短歌』の目次繰らんとしはや世にあらぬ永井陽子は

救急音二つ聞こゆる同じ方に行くらし一つはややに遅れて

カノン

街灯の下降る時にきらめきて雨は遥けき群衆のごと
樹の感受ひとしからずも銀杏並木の一木一木は色をたがへつ
風落ちて万象静かなる今しいちやう幾ひらは光がこぼす
同じ日にかへりしものを一つ二つ緋目高大きく育ちたるなり
大きものがリーダーといふにもあらで従へる魚従ふる魚
この黄をとはに継ぐとぞ寡黙なる石蕗のそのこころざし見ゆ
高速道路を走れる時にいぶすきの大トラックにめぐりあひたり
街のここかしこにカノン湧き上がり落ち葉は落ち葉を掃く人に降る
一夜こめ降りつみし落ち葉を請け負ひて軍手の人ら甲斐々々しけれ

一夜こめ遠く来し葉もあるならむ袋に入りてこの街を去る
翔びたてる一羽につきて中空に大旋回をなす鳩の群れ

くぬぎ林

ひとすぢの風の声すも中天をゆく時いつかすすり泣くなり
陶椅子とベンチを置ける公園の柵はま白き茶の花の柵
この町の駅のベンチにかけ給ふ小柴博士にいたく似る人
頭の奥にはるけく海のあるごとし記憶の波は渚をはしる
普賢菩薩祈りていますと合掌の中に小さき闇のありぬべし
くぬぎ林を抜けてゆく時ブラックの一枚の絵を必ず思ふ
信仰心篤かりし父がとなへゐし経文きれぎれにわがうちをとぶ

抉るがに撫づるがに身にまつはれる歳月の掌を見しにあらねど

茜雲

保育園のバスが来て一人また一人呑み込むやうに拉致するやうに

樹にわれに来し如月光ぴしぴしと晶を結べり問はず虔しむ

わが子梅と桃の違ひをえ言はでさしつかへなし妻子もありて

この街は坂多き街茜雲の中へ粛然とのまれゆく人ら

背後より爪研ぎて従き来る気配老いかと問へば沈黙をなす

言葉もてうつつより美《は》しき虹を架けやがてひつそり死に給ひたり

点々と真闇に浮かぶ灯を見をり歌にかかはる人を思へり

わらべ唄

ほほゑめばその親たちはなほさらにほほゑめとその頰をつつきをり
わらべ唄はじめの一歩《いっぽ》にいざなはれこのをさな明日あたり歩まむ
歩かんとする子を人はほめそやす歩かばひと生歩かんものを
さくさくと冬の野菜を切りてをり灯の下に立ち出でしわれ
紅梅と白梅散れり白梅は紅梅よりもいたく汚れて
沈丁花溶雪のいろに咲きそめて鉄骨をくぐる春一番
かまくらの小町のあたりに落とし来し人がたまひし絹のスカーフ
ひなの日に合はせて咲かす蕾をば温室の奥に束ね置くとぞ
シベリアへ白鳥が発つといふニュース夕餉の鳥を焼きゐし時に

農婦

菜の花に心やはらぐ昔々農婦であつたかもしれぬわれ
夢でありしことほろほろとこぼれたりいたく疲れてありし夕べに
諍ひに似て諍ひにあらざるは工事の若き人々の声
ベランダに入り来てタイルを斫《はつ》る声まだ少年の声を思はす
三十五の子あることを思ふべし散りかひてゐる桜の下に
咲き急がん今年の桜と聞くときにさわ立ちて来るわれの心は
われは絵のまなこを見をり絵のまなこは描きたる人の思ひを見をり

生まるる知恵

花の芽をうながす風は一夜二夜思へば幾夜枝をゆすれり

新生児微笑を見たり呼びかくる時に生まるる知恵と聞くなり
癒えざるは信仰心のうすきゆゑと言はれてゐたり詮方もなし
春といへど明るからずも曇天はうすずみにけむる影を置くなり
野水仙ひとむらを見て風の中歩きても歩きても春の中
四十を超えし頃よりか年ごとに桜の花に執着しをり
見てさくら見ずしてさくら花の頃過ぎねばわれは落ち着きがたし
いざなへる声ありぬべしましろなる花もて応ふ辛夷は天に
ぴつしりと光の板に閉ざされし吾と思ふよ硝子の部屋に
これよりは悪くするなと言はれゐつ梨畑見ゆる医院の窓べ

歩くべし

よりゆけばもう私を歌ふなとやぶの椿にたしなめられぬ

歌はねばさびし歌へばなほさびしとらはれ人のやうなりわれは

あの児は一歳《ひとつ》歩かばひと生歩くべし歩かんとして急ぐことなかれ

花は言葉言葉は花と思はずや一樹こぞりてこぶし咲き出づ

誰に言ふことにもあらず触れられてならぬ心の擦過傷なれ

紋白が野面を越えてゆきたりと読み上げらるる春の手紙は

すんすんといちはつの葉ののびてをり春よりも夏を呼ぶこころざし

わが髪ををりをり刈りし青年はオートバイにて転勤しゆく

千夜

何もかも忘れてしまひ昼ふけの菜の花畑に眠る猫をり

春が来し信号のやうに記憶するおたまじやくしをいつよりか見ず

捉へねば消えゆく言葉今入れし紅茶の捲き葉ほどけゆく間に

呼ぶものぞ来るものぞわきいづるものぞとさまざまにいふ歌のことばを

しきりに呼ばるるやうに思ひて来しものをまことはわれが呼びゐると知る

昔住みし市ケ谷に来つ風曳きて見知らぬ人が行き交ひてをり

昔住みし家の門辺に近づけばたぞとどがむる声の聞こゆる

合羽坂念仏坂をもとほれど汝は誰ぞといふ声もなし

処刑場へ念仏坂を越えゆきし罪人は見えねど風は記憶す

人ならば肩のあたりがざつくりと深傷《ふかで》を負ひて立てるけやき木
防衛庁に陸続と入りゆく人ら遠目にも皆男性らしも
この街にかつて千夜をいねしかど瞠れどもみはれどもあとかたもなし

風落ちぬ

この街を発たざりしわれは帰り来て衣服を翼のやうにたためり
運命を占ふ人がコーナーにこくりこくりと居眠りてをり
ゆくりなく花の雨ふる祝祭感身のうち深きところより湧く
風落ちぬ花の重さを怺へゐし枝いつせいにさやぎはじめつ
今の今とび散る命思はせて画面をはしる爆発のさま
子の家の門にかかれる表札をふり仰ぐ時涙ぐましも

あられなき姿となりてしこを踏む幼な児や相撲番組のとき

テレビにてスピンを見てゐし幼な児は立ちてくるくるまはり始めつ

くるくるとまはりゐし子は銀盤にあらぬ畳にどうと倒れつ

よみがへる記憶片々モスリンの膝のあたりの白菊模様

髪にふれ背中にふれて私をいつくしむごとく過ぎる時あり

うつくしき形象と思ふいつも思ふたとへば貝母一輪の花

ほとほとと拙く歩む鳩がゐて飛び立つ時に助走をなさず

ヒチコックが指さすところ大鴉群れて不穏の気をはらみをり

光こぼるる

牡丹桜の並木の下ゆくブラウスにまつはりやまぬ小さき蜂は

春は人の心をなめすかのこともかのことも皆許してしまふ
いつせいに芽吹きし欅風が来て光れる度にみどりをこぼす
骨量の乏しきことを罪のごとくに指摘するなり整形外科医
虚弱児でありし私が年とりて骨量多きことあらざらん
きぶしの房時のあはひに散りこぼれ芥となりしところを過ぎつ
若草に光こぼるる午後となり主人《あるじ》を曳きてゆく犬に逢ふ
こぞりさく梢の花と寄りゆけば今日生まれたる若芽なりにき

水木の傘

豊かなる花の傘葉の傘をもて森を覆へる水木でありぬ
ゆわゆわと水木はたわむここ過ぐる風の力に従ひながら

駅前の広場の露店に寄りゆきてキウイを十こばかり買ひたり

四照花の白したたれる傘の下露店のあるじは巻舌にして

父母と界を隔てし頃よりか物象なべて翳ふかまりぬ

運命が先に来てたたらをふむやうなすぎこしなりき思ひ返せば

辞令をうけ四日後任地のその家につきしよ若きわれの細うで

妊れる人はやさしくてのひらを腹部に置けり木下の椅子に

いかならむ経緯ありて出逢ひしか手をつなぎゆく若き人たち

ずうつと遠き日のことなれど私もあなたのやうな少女であつた

鶴

アラジンの呪文言はねどするすると開くドアにいざなはれゆく

主《あるじ》待つ犬の葡萄目遥かなる夕雲なども映りてあらん
ショベルカーに摑み出されし土塊は百年後の空に触れたり
鶴は羽を抜きて織りしよ人は心をむしりて歌をつくるならずや
永遠の記憶を得るといふことなり歌の一首を書きしるすこと
日に幾度厨に塩を振りながらいまだ清まりがたきわれかも
通ひ馴れし道をば今日は急ぎをり歌の芽ばえをふつふつつぶし
たんぽぽの絮毛着地しくるくると舗道を渡るわれらにならひ
配られしチラシは必ず受け取つてあげるわといふわたくしの友
パラソルの季節となりぬ誰もだれも花一輪をかかぐるやうに

花あるやうに

道づれをいかに見わけて相寄れる鴉塒に帰りゆくなり

歩をかへすと言ひつつふとも気づきをり失せし時間を忘れし言葉

路上をゆく日傘の影はたましひをつつむ一輪の花のごとしも

人は心に花あるやうにをちこちに彩ある傘をかかげゆくなり

雨の日もかそけき影はありぬべしわが傘の影踏みて歩むも

鞠

森深く交代で抱卵をなすといふ野の鳥と聞けばいとしきものを

高らかに清らかに鳴き登りゆくかの声は若きひばりなるべし

つゆ晴れて光さし入る葉がくれにざくろの花のふふと笑ふも

誰に聞くざくろの花をむしりつつこの病ひいつ治るのですか

デージーをむしりてをればこの病ひ治る治らぬ治らぬ治る

もういいよと言へば病ひは笑ふらむ勝ちたる者として笑ふらむ

兄が母を風呂に入れしを思ふたびはからずもわが涙こぼるる

同年の二人額寄せ語りをり骨に押さるる神経のこと

母に似てその父に似て姉に似てこの児をあまたの面影よぎる

全身をひと生支へむ小さなるあうら並べてうたた寝をせり

歳月をぐらぬものはいふべくもなく柔らかきこのあなうらも

小さなる鞠もてあそぶ当歳児人間はひと生鞠と遊ぶも

祈りかも日本の人は鶴を折る老いも若きも幼き子らも

音楽は何をか洗ふ水のごとしこの曲はしきりに過去をば洗ふ

鷺

屋上園の芝生に三羽の鷺立てり鷺は鷺なる品位をそなふ

鷺は鷺の作法に従きて発ちゆけり目的を持つものうつくしき

白昼夢ならず一匹の蜻蛉《しほから》がガラスの外を掠めて行けり

連れだちてゐしことあらずこの街の隻脚の鳩ぽつねんとして

年月をかけたるならむ言ひがたきバランスを得し隻脚の鳩

このビルの裏に尾羽根をうち叩き鶺鴒がとぶせせらぎありき

つつつつと路上を走るせきれいの折れんばかりの脚をかなしむ

おとがひ

彼方なる街衢に働きゐるならんおとがひの形いたく似る子ら
冠灯式粛然と進み並びゐる乙女子はいよよ清まらんとす
ひざまづく形に添へる光あり神知らぬわれも近づきてゆく
別れはいつも夏だつたやうに忘れ草点々と土手にくれなゐを置く
いづこにか花火あがれり見えでよし華麗なる記憶の花火を持つよ
ある夜ふとカルテは目ざめここは違ふここは違ふと怒るならずや
死者達はものを言はずも生前に聞きたる声をわれは知るのみ

旅人の木

わが街の小さきデパートに植ゑられし旅人の木を幾たびか見つ

旅人が倚りてうるほふことあらず建物の中に植ゑられしかば

はるばるとかち渉り来し者のごと旅人の木に癒されてをり

いかならむいはれありしか頭なき石の仏の並びています

ガムをそなへゆきし者あり雨降れば雨にぬれます野の仏たち

玄関を掃き清め花垣に水をやる隣りの棟の若き歯科医は

わが家族友の一族は橋を越えここに来て皆歯を治すなり

大夕焼神を知らざるてのひらが相寄りてゆき合掌をなす

筆洗ひのバケツの水をこぼしたるごとし日没ののちの夕雲

異をとなへ去りゆくものの心見ゆちぎれて遠くゆくひとつ雲

昔の家

子供の頃住みたる家を思ひ出づるまづ一本の底紅むくげ
あの木々はいかがなりしか歩まねば戦火に立ちしままに焼かれしか
立ちしまま火焙りの刑に逢ひたらむ足持たぬ者声あらぬ樹々
救心とかきし薬が大切に金庫の中にしまはれてゐき
苦しき心を救ふ薬が世にあると深く信じて疑はざりき
きうりゆうと呼ぶ小さき虫を日に三匹飲みしがあれは何の薬ぞ
一ミリばかりの黒き虫にて乾きたる棗の実もてやしなひてゐき
うづらの卵は木綿針もて穴をあけ吸ひあげるべしと教へられゐき
漢方かさにあらぬ店か覚えねどこの虫を売る店のありにき

わが家に泊まりし血縁の人々はいつしかこの世に居らずなりたり
書かねども記憶は長く失せゆかず身にいかやうに畳まれをらむ
あれはいづこの国のなまりか「言つてみさんしよ」時々祖母が言ひゐし言葉
言ひよどむわれにやさしく祖母がいふ呪文のやうな「言つてみさんしよ」

とりかぶと

歌一首立ち上がり来るエネルギーひまはり一輪今し咲くべく
今日の予定をふと問はれたり郵便局までと答へてわりなきものを
何の暗示か知らねど黒き空間をもんどりうつて落ちてゆく夢
榛名湖のレストランにて出逢ひたり暗紫ただならぬトリカブトの花
ひだ深きとりかぶと色のドレスをばまとひし人と逢ひしことある

大甕は路上にはみ出し百本のトリカブト風の街に売らるる
神は死をくまなく配り致死量の毒のありかはかくしたまひき
夏ごとに球児いよいよ若く見ゆわが年とりし証しとはいへど

鉛筆を削る日

いづこよりか草刈り人が現はれてこの街のつる草を皆はがしたり
月光にひつそりと山茶花立ちてをり明日咲かす花も選びたるべし
ひと日咲きひと夜根方に眠りたる花のむくろは今掃かれをり
テレビにて長寿の人を紹介す大方は農に関はれる人
ゆゑよしはまなこ弱きゆゑのみならずわれは幾たびも道に迷へり
物語の王宮にたどりつく思ひ会合の光さんさんと見ゆ

鉛筆を削る日といふ日があつて丈揃はざる5Bが並ぶ

越前の岬を発ちて今宵はもこの部屋に咲き揃ふ水仙

銀のブレスレット

かなたなる竿灯は昔見たるもの忽ち消えて闇を濃くしぬ

一病二病三病などと数へ上げ病気を笑ふつき合ひ上手

幼かるわれの面輪に似るといふ児がまつはれりわれの子供に

ゆくりなし九月六日の南西の空をば赤き月渡りをり

唐突に蹴落とされたる悲哀もて病みくぐりたるところへもどる

こぶしもて机を叩く口惜しさに治りし筈のいたみをこらふ

ディスプレーは是非栗のいが二つ三つと思ひつきたり夜のしじまに

わが髪を刈る青年のブレスレットシルバーの頭蓋骨打ち合ひて鳴る

見馴るるといふは怪しき感覚ぞいつ金髪となりしか知らず

わが子より若き青年にファッションの感想をしも求められをり

真珠ひと粒

分量は真珠ひと粒ほど塗れとふ言葉にひかれ買ひしクリーム

ふさはしき色かいなかは知らねども口紅は紫木蓮の色を一本

いたどりの若芽のやうなくれなゐの口紅をこの次は見つけむ

みだしなみに手を抜かざりし祖母頓着のまるでなかりし母いかにせむ

面影を思ひ出づる頃必ずや電話が届くかかるえにしや

なかなかに会へぬ友をば数へをりまた数へをり寂しき時に

秋に生まれ秋に死にたる母を呼び白萩叢のかたへに立たす

思ひゐることなどもふと言ひあてて二人ずまひは静けきものを

省略は静寂を呼びいつよりか言葉すくなき二人となれり

空の色雲の色森の色の端にゆつたり夏は熟れてゐるなり

街をゆく頭《づ》の高さにて果てしなく広がりてゆく内湾の水

化粧品研究所にて生まれたるかつて世にあらぬ口紅のいろ

カンナの葉夕焼ける時のくれなゐがたとふればこの口紅のいろ

未完の本

「気」をわかつといふ人と合はすてのひらに癒しの電流のやうなもの来る

心おきなく幾たびも老いのこと死のことを話す姉なればなり

命ありて必ず会はむと言ひしこと今になりてもまだ会はぬ人

心あるごとく進みてくる靴を見てあれば耳目もふいに見えたり

柔らかく軽き帽子はビル風に盗られてかしこを今飛びてゆく

私といふ物語を今もなほ読みゐる人を夫と呼びをり

今にして知ることのなほある夫を未完の本に見立てて読むも

そば店にひつそりと椀を取り換ふる隣席の人ら夫妻なるべし

ここからは決して立ち入らぬと思ひしがいつしかとあやしくなりてゆくらし

パプリカ

泣きて癒ゆることにあらねば苦しめるおのれをしばしみつめてあらん

焼きたてのパンをあなたにといふ思ひ実現ならぬまま終るらし

原稿用紙一枚にて足るうち深き思ひを短歌に託さんときに

目閉づれば網ふりかざしいつしんに言葉を捉へゐる者が見ゆ

この色のハイヒールを履きし若き日を思ひつつ買ふ紅きパプリカ

梨色のフォーマルウエアのスカートの襞はよろこびの記憶をたたむ

眼科医の検眼レンズの彼方から静かに降りて来る秋の青

玉葱を刻みつついふひとりごと「お前はいつも私を泣かす」

必ずや農耕の民の裔ならん鉢に土をば盛りつつ楽し

見えねども

見えねども量り得る愛今日は透く秋風をもて稀釈されをり

売買のかなはぬ愛はひつそりと胸の奥処に貯へ置かん

訪問者君は知らずも後背のあたりにまつはるわたくしの愛

何色と問はれて困るあけびの実ほのかに耳目あるごとく笑む

絵となりし山のぶだうの一房は君の窓辺に秋をもたらす

舌平目に粉振りをればいつしかと傾きてをり今日といふ日も

ドライフラワーの大束となり長野より今日この家に着きしほほづき

幾たびかほほづきのそのくれなゐを指して花かと問ひてゐる児よ

ほほづきの形あやしも今は昔ひとだまといふ炎がありき

くれなゐの闇のやうなるところにてほほづきは夕日のやうに熟れたり

ビーズの指輪

たかがビーズされどビーズと書き添へてアメジスト色の指輪が届く

ときめきて思ふことありいつの日か子の妻たちに頒かたむ指輪

若かりし母の根がけの一粒のひすいがわれの指輪となりぬ

足らざれば涙の量を補へと処方されたる目薬ならぶ

それは違ふと心の中でいふばかり君を説得出来しことなし

モンゴルのエーデルワイスの押し花が仄かにかをりつつ届きたり

子の妻と巡り逢ひしは偶然か母よと呼べばわれはこたふる

病といふ陥穽幾つわが為に掘られありしを思ひみざりし

煉瓦坂今日は時雨の坂となり約束の人今昇り来る

大切なものと思ひし宝石のたぐひも病めば要らぬものなり

イパネマの娘

ぐつすりと巨人が眠りゐるやうな遠山なみを見てすぐるなり

フロントグラスに降りはじめたる雨の彩ガラスの粉を撒くごとく見ゆ

化粧せよリフォームをせよ墓苑をば買へよとしばしば電話かかりく

証券も宗教も金《きん》もみなわれに関はりあらぬ電話かかり来

人恋しき性知るごとし竹林は風来るたびにわれを招きつ

はらからより濃き情をもて人を思ふこのえにし天が賜びし褒賞

銀鼠の凪なる海が見えし時曲は「イパネマの娘」となりぬ

コスモス

高層に住めば鴉の声近く喜怒哀楽を聞きわけてをり

救急音今宵忽然と鳴り出でてこの棟の誰かをらずなりたり
コスモスの枝たをたをと寄りゆけば大き男の背丈を越えつ
鶺鴒は直線が好き瀬の石に跳び尾羽根もて叩ける時も
夢の中にわれは幾たび盲ひ人手もて真闇をかきわけてをり
静かなる池ぞと問へば光則寺の鴨は鴉がみな食べしとぞ

主　塔

形象に深く魅かるることありてかつて住みたる町の木の橋
斜張橋ベイブリッジの秀《ほ》のあたりに行きて逢はむと約しゐる夢
力であり美でありかなひし夢である主塔はプラチナ色に光りつ
漢字パズルになかなか飽かぬ人が居り隣りてうたにあきしわがをり

母に貰ひしつげの小櫛は四十年過ぎたる今もわが髪を梳く

ゆくりなしわれの小櫛となるために切り倒されしつげならなくに

ぴつたりと土にはりつき咲きてゐる雅印のやうな冬のたんぽぽ

換金所

ＩＱの高きを言ひて何とする子守りのすきな老い人である

街裏の換金所といふ小さき窓てのひらが見え忽ち見えず

老人と言はれしことをいとひゐるその心こそ差別なるべし

ひと度は食べよと友がいふものを見て過ぐるなり棚のドリアン

すすき野でありしところにドリアンもキウイもスターフルーツも並ぶ

コンソメスープをひと匙掬ひ明日からを晩秋と呼ぶことに決めたり

人生の味はひ深くなりてゆく時と思ふに病気になりぬ

昔学校に通ひたる子は眼科歯科内科外科にもせはしく通ふ

親ならむよはひかと思ひ給ふらむ若き医師皆いたくやさしき

頭の他みな弱しとぞ乗せられてゐること思ひ知りて笑ふも

言葉の畑

かつてここに駅ありしとぞ帰る人発つ人訪ふ人集ひたるべし

陸続として歩きゆく群れの中ある日紛れてわたくしもゐき

あの白き四十階の塔の群れ遺跡と呼ぶ日がやがて来るべし

廃墟にも蜃気楼にもあらざればどの窓も洌き灯をあぐ

収穫の時すれ違ふ私とあなたの言葉の畑といはむ

言葉の畑と呼べるところが身のうちにあると思へば楽しからずや

運命の手に分けられし森の樹は眠り町の樹は眠りなやめり

つくづくとネオンに飽きし樹々並ぶ陽がさして今よき昼寝どき

心臓のあたりに心はあるらしも思ひ苦しき時に痛めり

まかせよと言ひ給へども身の痛み心の痛みは托しがたしも

本当に効くのかと言はれたる日より出番の失せしアロエの鉢か

私も咲くよとごとくアロエの花ひらきたりそのくれなゐやさし

振り向きて思へばいづこにか活路生まれて今日を生きてあるなり

びつしりとモネの睡蓮が描かれし水色の傘のうしろを歩む

春よりも秋はいささか饒舌といはずや風に鳴れる欅よ

みやしろの背なる空地に宝暦の小さき墓を積みてあるなり
皆小さき墓を選びし宝暦の人の心を苔が覆へり
木と藁で成りたる家は失せ果てて百千枚の夕映えガラス
記憶は絵幼きわれはうすべにの棗の実に降る雨を見てゐき
生まれて初めて傘をさしたる日の雨の色をば今に覚えゐるなり
年毎に我儘になりてゆくわれを叱る人なきさびしさにゐつ

どの雨を

髪を洗ひつつ思ひ見る明日といふ一空間はただにましろし
逆髪の脳裡に明日は見えがたしすぎこしばかりがけざやかに見ゆ
ふと雨となりてしまひぬ今更に走る人なき路上をわれも

どの雨をわれは思ふか足並の揃へる学徒出陣の雨
どの雨をわれは思ふか一つ傘に音して降りし若き日の雨
いよいよに紅深き一樹もて老いの艶をば思へとごとく
ホチキスを生まれて初めて使ひたる日の感動を今に忘れず

象の仔

若かりし日に国立の赤松の林の裏背に人を訪ねき
こののちのいつよりか死の日まで共に歩むと誓ふ為に訪ねき
歳月は疾《と》し聞かねども許すより許さるること多かりしならむ
縫ひものを掃除料理をせずわれはひそひそと心を文字に代へをり
愛恋とも執着とも関心とも違ふ思慕といふ語が一番似合ふ

あまたなる形象を思ふなかんづく砂漠を静かに歩む象の仔

手足なく声なき蛇のかなしさを蛇は思はず私が思ふ

鳴かぬゆゑ人気ありとぞほこほこと並びて売られゐる兎の子

いくばくか屈折なしてお互ひの心に届く言葉と思ふ

のみどのあたり

まつすぐに伝へむ心少しづつ心とずれてゆく気配する

病ありて出来しいとまはいたし方なきさびしさとなりて身に沁む

演奏を讃ふる拍手鳴り止まず家居のわれも加はるものを

いづこより来し祝福かびはの花天の光をとどめゐるなり

顔の皺かくしおほせぬわれは身の皺を幾重の衣《きぬ》もてかくす

何ゆゑかほとりと母が落涙をせしことを十七回忌に思ふ
うつくしく熟れざる言葉ごろごろと異物のごとしのみどのあたり
一年余病みてをりしをしほとしてわれの乳房は失せてしまへり
痩せしかば二、三枚セーターを失ひし気持となりて冬に入るなり
かつて軍手と呼ばれてをりし手袋が荒物店に山なしてをり
農園に工場に家々に軍手はもよき働きをなしてあるべし

木々は静けし

すつぱりと胴をきられてもう死にし花々が宴の席を飾れり
母方の祖母のきせるを記憶するきざみをつめし細き手先を
専売になる前に煙草を扱へる店の娘でありしと聞きぬ

嫁してなほへビースモーカーにてありし祖母をりをりにわれを楽しますなり

歩きても歩きても家に帰り得ぬ同じ夢をば幾たびか見つ

同じ日の死をば願ふと言ひしかば聞きつつ人は笑ひとばせり

ともに死ねといへばあつけらかんといふ八十五までは生きてみせると

私が私を鎖す鍵もある掌中にぬくもりてゐる鍵の束

送られて来し蓮根と里芋の箱に溜まれる冬の月光

もの言はぬ木々は静けし人ならば身の上話尽きざるものを

領分

ことし咲くべかりし花を思ひつつほろほろほろと百合根をほどく

肉などを刻みゐし手も洗はれてふと合掌をなすときのあり

亡くなりし人の領分を埋めるべくかなたの家に赤子生まれる

まかげして君は世界を　目を閉ぢてわれは詩華を思ひゐるなり

形象は数限りなくかけがへなく例へばたなごころの上の鶏卵

生活の数限りなき音のなか玉子をこぼつかそけき音も

ひげ男この子の深きやさしさを妻のあの子も知りてゐるらし

父たちの仕事の現場を見学する集団となりて山に来し子ら

誰が父か架線工事を見上げたる少年に感嘆の声湧きやまず

いたいついたいつと稚けなき子が言ひてをりひよどりがりんごに嘴を刺すたび

財なさず豪胆ならず病弱なる風月のわが父を蔑すな

いかならむ母と思ふや子らは皆友人のごとくわれにものいふ

歌作るわれと歌など作らねどさしつかへなき人と住みゐる

昨日よりわれは老いしかと問ひしかど森閑とものを言はぬ鏡よ

あとがき

『花あるやうに』は私の第十二番目の歌集です。ここ三〜四年の作品を収めました。作品の殆どは、折に触れて心に感じたことを短歌に置き換え、ノートに記しておいたものです。これらの短歌は私にとっては大切な心の歴史であり、うったえであり、問いでもあります。

家に居ることが多い私の心は、かえってより遠いところへ拡がろうとし、逢いたい人々への懐かしさ、親しさにうるおっていくような気がいたします。

言い換えれば、歌集は読んでくださる方への手紙といってもいいかも知れません。どこかから、何らかの形で応えが返るとき、ことのほか私はうれしいのです。

題名は集中の「人は心に花あるやうにをちこちに彩ある傘をかかげゆくなり」から取りました。

私は短歌という形式を深く愛してきました。これからも命ある限り歌を作り続けようと思っております。

この本の出版にあたってお世話いただいた角川学芸出版の皆様に心より御礼を申し上げます。

平成十八年五月三十一日

稲葉京子

忘《わす》れずあらむ

忘れずあらむ

平成二十三年七月三十日発行　不識書院刊

中部短歌叢書第二六六篇

四六判上製・カバー装　二七四頁

二首二行組　四七八首　巻末に「あとがき」

定価　本体三〇〇〇円＋税

七十の恋

はるばると渉り来たりし歳月を一夜の夢のごとくに思ふ
七十には七十の恋があるべしと　思ふ心にほのぼのとゐる
七十となりたる日よりいくばくか口紅を濃くひくべくなりぬ
死が近く見ゆる日遠く見ゆる日のこもごもに来るよはひとなりぬ
中学生でありにし頃に歌ひたるオールドブラックジョーを今日うたふなり
ずうつと昔のことながら私もあなたのやうに髪の光れる少女であつた

じやんけん

粉雪《こなゆき》が積もりしやうな柊の花の垣根を見て過ぐるなり
南天を千両かと問ふ人と居る冬の光のこぼるる庭に

どちらが先に死ぬのでせうか　じゃんけんをする夫《つま》と私《わたくし》

夏のころ小さき癌をとりしかば秋冬こめてしんしん寒し

歳月はゆく方知れず不惑近き男子《をのこご》二人働きてをり

幾つかと問へば応ふる何といふうつくしい数五歳といふは

咲きさかる白山茶花の一本を母の背丈として記憶する

ゆくりなし今年の冬のくれなゐは山茶花垣に今かこぼるる

ふふふ

茜空に幾たびか十字を切りながら塒に帰りゆく鴉たち

夕暮れしかばカーテンを引かんとす今日の残りをとどむる思ひ

いかならむ順列ありてわれよりも若き一人を神は連れ去る

「たましひてなあに」と小さき子に問はれ不意に静かになりたる夕餉

秋風は影をもたねど苑生なるすすきの淡《あは》き影を揺すれり

こぼれたる萩にかあらむ寄りゆきて真鯉が今し呑み込みたるは

ほろほろと金木犀は掌にこぼれ花の体温といふを思はす

木犀の体温に思ひ出づるなり死にたる母の額の冷たさ

ガレージの傍へに咲ける酔芙蓉ふふふと低く笑ひしよ今

一瞬の怖れと言へどてのひらも手紙も吸はるる夕ぐれポスト

天秤に乗りゐるわれは微妙なる平衡を得て生かされてをり

百千の実をあげながらまなこなきむらさきしきぶ秋のあはれや

ハンメルンの笛

グリーンシャワー浴び来しわれは両の掌よりこぼるるばかりの樫の実を得つ

おぼろなる祖母のおもかげほろほろとこぼれ咲きなる茶の花の白

幾たびか小さき命を運びたらんベビーカー廃品置き場にかしぐ

子らは皆娶りてあれば夜々を夫と二人のこめを研ぐなり

さきはひとさびしさは折ふし重なると誰にか言はんおのれに言はむ

をりふしに子らはいとけなき者を連れ来たりて父と呼ばれゐるなり

樫の木に手触れてゐたり木の命より人間の命ぬくとし

薬を飲む水を頼めば仄かなるぬくみを保つ水を呉れにき

ドレッサーのあたりに拾ふしらかみは誰のものかと問はずともよし

静かなるこの夕べ鳴り出でよかしハンメルンの笛にわれは従《つ》きゆく

くれなゐの蛇

並木坂を降り来る時背後より短日なりと言ふ声のする

裏町の小さき花舗の店頭に売られてありし口紅水仙

アカシアの蜜色の光《かげ》分け歩む二月は知己の恋しき季節

マチュピチュを見に行きし子は忙しく会社に働く人となりたり

ここよりは俠へがたしといふ時も泣かずなりたるよはひかわれは

園児らの障害物競走を見つつゐてかかる時涙とどまりあへず

かんばせを天衣を髪を今日いとまありて見てゐる額《がく》の技芸天

技芸天の人差し指がさしたまふはるか下界に悩めるわれら

いづかたに歩みとどむる春日井さん天にも椿は咲いてゐますか
咲いた咲いた咲いたといふは人ならず梅をゆすりて風が言ひゐる
ふはふはと散歩せしのちこの街の奥のケアハウスに帰り給ふよ
良き妻にあらざるわれはさびしくて花ある傘を深くさすなり
この街の駅のベンチに掛けたまふ小柴博士にいたく似る人
別るる時ひと度はふり返れよと思ひて人を送りゆくなり
マーケットの外であるじを待ちてゐる犬にも及びゐる夕つ光《かげ》
西空は夕映えの時くれなゐの雲の蛇二匹消え初《そ》めながら
柚子の木に柚子みのりをりかぐはしき果汁を包み撓みてあるも
テレビしばしば長寿の人を紹介す大方は農にかかはれる人

転園転校など手続きに走りしよ今われにかけがへのなき若き日々

はるかなる日に結婚を誓ひしか身の辺に三人《みたり》のをみな児あそぶ

人恋しく小綬鶏が呼びやまざりし小さき森は駐車場となりたり

街上の一軀々々にくだり来て乱反射なす如月光よ

ふと羽を休めて再び発ちてゆく鳥のこころもて住みゐるものを

風落ちし昨夜《きぞ》にこぼれし雪なれば枯芝の上《へ》に白栲《しろたへ》を敷く

うすねずの綿を千切りてとめどなくこぼすと見えて中天の雪

かすかなる音さへあらでゆく時を足踏みならしわれは惜しむも

春の人

ゆくりなく降り来しものをいとけなき児にか、ざ、は、なと教へゐるなり

刑罰のごとき剪定を受けてをり立春過ぎし並木の公孫樹

剪定に働く人らの中にして梯子の上段にゐるは乙女子

春待たず咲く花として記憶する風にたちまち傷めるこぶし

この靴は信州上田にわれと行きし記憶を踵のあたりに畳む

信州に行きたる靴は鎌倉の寺にこぼれし白梅を踏む

水子地蔵に長く合掌する背見ゆ若き背切なき仔細あるべし

祈りても清まらぬわれは夕映を浴び教会の傍へを歩む

呼ばれしにあらず振り向く植込みの沈丁花まだ蕾小さし

私より歳月を削りゆくものは子の歳月も削りゐるべし

灰色の壺中にひと日居りしよと思ふまで降るひねもすの雨

花の色のスカーフ巻きて陸橋に擦れちがふ人みな春の人

短き旅

短かる旅のはじめの車窓よりくれなゐ濃ゆき鶏頭を見つ

下空に浮きとどまれるあきあかね遠き記憶の帰れるごとし

ゆく川の流れは秋の天空をプラチナ色に彩りてをり

短き旅はわれのわりなき日常をまたなきものと思はせんとす

父母が家居に若きわれを待つ旅がありにき遥かなる日に

だれが待つ家にあらねど二つ三つ小さきみやげを求めてゐたり

植物園しろがね葦の一株があめつちの秋をわれに告げをり

旅人の木の大木がありぬ旅人として寄りゆきて汗ぬぐはむ

旅人の木の葉にやどりし水といふいくたびかいのちをうるほしたらん
汝が見しものは少なしと言ふならんこの街にメタセコイヤの樹あり
さはさはとけやきを風はゆすりをりいつ散りますか明日散りますか
帰り来てただ今をいへば誰もをらぬ部屋が動悸をうちはじめたり

冬の人

おのれより濃き夕映を浴びしかばこの山もみぢ明日は散るべし
落葉降るわれにしき降る通ひ路やもう迷ひてはならぬとごとく
冬紅葉《もみぢ》をくぐり来たりし夕光《ゆふかげ》はわれに仄かな紅をこぼすも
野の鳥に残されし柿枝々にいよいよ濃ゆき朱を溜めてをり
背後よりひたひたと従《つ》き来る気配老いかと問へどこたへはあらず

なにがしか冬の気配に出逢ひては一人づつ冬の人となりゆく
欅並木で落葉の雨に逢ひしゆゑ今日よりわれも冬の人なり

燦々と

丘のなだりの照葉樹林けむるがに仄紫の冬芽をかかぐ
いつせいに辛夷《こぶし》の花芽天を指す鶸《ひは》も花芽となりて混じれり
笑ひ声はじけ飛びをり湘南医療福祉専門学校の庭
楽しかる会話なるべし踊り場に若き人らのたむろしてをり
寡黙なるヒヤシンス花を捲きあげぬわれにも及ぶ春の祝祭
風花や日本語つたなき乙女より焼きたる栗を買ひて帰るも
風花を掌に受けてをり今しばしわれはこの世に生きてあるべし

かなたより誰か呼びたりまかげしてふたたびみたびわれは振り向く

去年《こぞ》はまだ若かりしかな黒髪をもて白髪をかくさんとせし

来よと言ひ行くといふこの約束は果たさぬための約束らしも

手芸店花屋のあはひにひつそりと扉《と》を閉《さ》してゐるメンタルクリニック

夕光は窓のガラスを通り抜け方丈の間を金色となす

この街の裏背の川を時かけて少女の右の靴流れをり

黄鶺鴒一羽なれどもこの川の瀬に遊びゐることを嘉《よみ》さむ

鶺鴒に従《つ》きて下れどこの町を流るる川の名前を知らず

街出でて高岡に来れば枇杷の花かくれるやうに咲きてをりたり

大欅の切り株に寄りて思ひをり十年といふ時の短さ

大欅の切り株に陽が当たりをり神がやすらふ椅子のごとしも

燦々と陽がこぼれをり思ひ出づる若きある日の私の上

このちに

陸橋を降らむとしてしろがねの針に逢ふなり如月の雨

如月の雨と思ふよ靴濡れて街のかしこの診療所まで

いつしらに子にいたはられゐる心切なきものをやましきものを

薄氷《うすごほり》割るるならずや引き上げし趾を鳥らはおづおづ降ろす

白樫の影に入りたる山茶花のほろほろ散れる斑濃《むらご》くれなゐ

港湾の水を見てゐるわれはまた生きんためまた歌はむために

このちに課せられてある大き使命この世を出でてゆくといふこと

忽ちに消えゆきし虹携へて来し歳月はゆく方知らず

すぎゆきは束の間の夢共に居てなほ存在を問ひやまずけり

旧街道東海道の名残りとて小さき標《しるべ》あり品濃坂下

この街の百二十段のきざはしを登りては休み休みては登る

呪術師

下空に浮き漂へるくれなゐを花水木と知るまでの時の間《ま》

ぬぐへどもこの世の他《ほか》は見えがたし花水木浮く辻を曲がりぬ

六月に生まれしわれはうまごやしのしとねに覚むる夢を見るなり

疲労感はげしき日にゐて思ふなり金属が疲労するとふ言葉

サフランの蕊を覗かんとしてわれは低く小さくかがむも

呪術師にあらざるわれは口中に一首の歌を置きて歩める

花店に金持の木が売られをりふすふすふすと葉が笑ひをり

足もとに気をつけて帰れと年若き医師に言はれぬわれはさびしゑ

思ひしやこの年となりて9と2を足す計算を児に試さるる

かすかなる礼節ありてこの人と四十年を越えて暮らすも

あかときに目覚めし人は隣りゐる老女の貌を見るにあらずや

ベランダの鉢に芽ばえしあらくさは水を与へて養ひてをり

ベランダのあら草を食べる雀子よ私がサラダを食べるやうに

ひしひしと青信号を往き還る曇天なれば影なき人ら

夕暮れはわりなきものを声もなくテレビに人が刺されゐるなり

十薬

一輪のどくだみの開花をうながすは風と光と雨とわたくし

水無月の寒きある日に一輪のたんぽぽは全き球となりたり

気がつけばはや夕映えか問ひかへす友のめぐりも夕映えといふ

なりはひは限りもあらず蜜蜂の働きにより生きてゆく人

スプーン一杯に満たざる蜜を集めたる四十日ののちに死ぬとぞ

蜜蜂の四十日と人の生の八十年はつりあひてゐむ

巣落ち子の雀の横を通り過ぐかの日神が私になさりしやうに

葦群に夕べ帰りて眠るとぞ街の燕の百羽二百羽

散骨が海底高く積もりても延々と人の死は続くべし

千年は忽ち過ぎて百年も恐ろしく早く過ぎてゆくらし

さびしとは自《し》がうからには言ひがたしかなたを夏の落葉奔れり

ハンガーにかけたるままのブラウスは昨夜《きぞ》わが魂をつつみたるもの

室蘭で紋白を観測せしといひ束の間にすぎる気象情報

あす北京は時々雨とぞ誰も居らぬ部屋のテレビは声を流せり

うつくしと言へばいよいよ臈たけて黒こんろんが鉢に三輪

子供らに唄ひてやりし子守唄何のはづみにかわがくちずさむ

短かる旅よりかへりわが街の黄昏の中に混じらひにけり

この街に生まれし昼顔朝咲きて昼さきて夜も咲きをり

苦しきと胸かきむしるヒヨドリの声聞きとめてわれは歩むか

われは今夢を見てゐると思ひつつ見てゐる夢のかたへに佇てり

夕ぐれはひたひたとつき来るもののありかつて育てし子にはあらずも

夜に入りてまだ眠れざるひるがほの花ある垣を見て過ぐるなり

まこと辛きことある時に今もなほ母よと呪文のやうに言ひをり

かなはざる恋のゆくへはひとすぢの白雲となり天に架かれり

ヒヨドリがせせりてをりし枇杷の実の地にこぼれてくたしゆくなり

鈴懸の並木は夏至の昼ふけの仄けき翳を曳きて静けし

遠い日に

幼かりし者いつしか考へ深き大人となりてわれをさとすも

生みしことなきをみな児がまつはれば常よりやさしわれの心は

遠い日に少女でありし私は「八双の構へ」といふ語を知れる
「ふりかぶつて面」はひつたりと律調が言葉を得たる一瞬をいふ
水道管の劣化といふ語をおそろしき言葉と思ひ聞きてゐるなり
草茫々《ばうばう》風さゐさゐの原野をば残し給ひし手を思ひをり
帰る家子らに今一つあることのさびしさなれや花いちもんめ
声ならぬ声に唄ひてゆく唄は勝つてうれしい花いちもんめ
今日といふ日のうしろ背は少しづつ濃くなりてゆくぶ厚き闇や
逆光に入りゆく鳥はみな清く黒く十字を切りてゆくなり
目の弱きわれはをりをりに夢に知る黒き部厚き全盲の闇
この国をうれしきところと思ひをり指折りて句を作るはらから

燕はも青千丈の空を切り南の国へわたりゆくなり

忘れずあらむ

えごの花こぼれやまずも私のいのちあなたのいのちの上に

針桐の林さわ立ちほろほろとはだれの光あそびゐるなり

葱の畑葱の坊主はつんつんとおのが丈もて天に触れゐる

億万の偶然必然に導かれ今われは北上青柳町の辻に立ちをり

杉山の杉の緑はたつぷりと墨を含みて佇ちゐるものを

道の辺の大蕗の葉に雨こぼれ手折らばわれの傘となるべし

都忘れ五、六本ほど咲かしめてしづけきかもよみちのくの家

都忘れ

一本の若木に向きて問ひてをりこのやうな母でよかつたらうか

今ひとたび幼な子となり帰り来よ老いてもろ手のあそべるものを

立ちのぼるコーヒーの湯気のかなたなる七十の父まだ生きて見ゆ

隣りよりわが家に来し一本のササユリがおびる仄くれなゐや

いづこより帰れる春か昨日より今日やはらかき天のくれなゐ

おはさねばわれらは困ると迫れども君は屈託なき喫煙者

はなびらがほかりとふくれ来しやうな湯呑みの中のお茶をいただく

病む人は転移の位置をつげ給ふやはらかになりし双手をのべて

人を恋ふ力今しばしわれにあれ夕映えて雲ひとつ渡れり

よみがへる若き日の春二つ三つ切なき記憶が帰り来るなり

大方はさびしき夢のうすやみにはたはたと発ちてゆく鶴の影

わが夫に小さき子らが作りたる形怪しきチョコレートクッキー

いくばくかはなやかになりしわれといへ春ののみどをくだりゆく水

起き出でて一人ひそかにのみてゐる深夜の水はわれをやしなふ

針一本糸少々をくださいと目のわるきわれはささやきてをり

れんげうのますみの黄や四弁花はややにさびしく垣根を埋めぬ

今日行きてあそぶべかりしを足弱はここにとどまり夕空を見る

こぼれ咲くソメイヨシノの一本に自《し》が旧姓を名づけおくなり

お前は蛇にと定められたるさびしさや草生にするりとかくれゆきたり

涙散るよはひにあらず膝つきてこぼれ椿をかき寄せてをり

曜日など危ふくなりていきゆかむ二人ずまひもさびしきものを

短冊にまづ何を書く幾年を経て君の名をまづは書くべし

まぼろしとは決していふなかなたなる窓より翔ちてゆくあをき鳩

やがてして忘れるといふ罰は来む今はしづかなるあめつちの中

八重桜の若木ゆれをりわれの背にふれて苦しき傷をいたぶる

造幣局の桜を見たる日のことをこの子はもはや忘れてゐたり

びつしりとミモザが咲きし公園はパリにはあらず大阪にあり

をちこちに宿をかりたり大阪へ帰るといふ人ゆくといふ人

私の故郷は名古屋悪口を身にしみがたくききてゐるなり

たへがたき寂をはらへと父母がわれに置きてゆきしはらからならむ

微々として水漬き初めぬ夜の更けに水底の魚のやうにねむらん

やはらかきポニーテールの二人子をひきつれてゆくあれはわれの子

四、五本の都忘れを見しゆゑかしづかに髪をしきて眠らん

青　鳩

薄墨の雲にあらずもちりそめの花にふくれし一樹のさくら

夕ざくら今いつせいにあふれ出で煉瓦坂をばくだりゆくなり

かがまりて砂をこぼせり先の世の母の骨などまじりをらずや

かなしみて囚はれ人が引きしかと撓むフェンスをみつめてゐたり

県の鳥はましろのかもめ夢の窓はたはたゆくもかもめなるべし

夜の更けの一人居のわれは何をなす幾たびも幾たびもあやとりをなす

幼な児が落としてゆきしあやとりの輪の大きさはほどよきものを

思ひ出でやがて忘るるわたくしの病名は黄斑上膜といふ

十階のティールームあたりに幾たびも吹きこみて来る落葉の渦は

入院の手続きをせんと幾たびか石蕗しげる角を曲がりぬ

〈さりつくし〉〈さりつくし〉とぞ意味あらぬ視力表こそわりなきものを

看護師と医師と患者とストレッチャー乗り合はせたりエレベーターに

ひたひたと規則正しくゆく者は深夜巡回の乙女なるべし

昨夜あなたはしくしく泣いてゐたのよと隣るベッドの人が声かく

言葉は心の罠にあらずやここにして言ひつくし得ぬ言葉あり

ふり向きて別れを言はむ夕空はしたたるばかりのくれなゐとなりぬ

この一夜またなき一夜何気なき一夜を心の奥に刻めり

私に来し黄昏をたれか知る幾ばくか足早になりたるやうな

そののちの十年を別れて住めなどと神の心をわが知らざりし

身を折りてわれは泣くなりばうばうとまなこけぶれるところに立ちて

呼びとめてすすめる人あり三つ四つ病ひの治るにんにく錠を

昨日来し二羽にかあらむつれだちて青鳩となり帰りゆくなり

病む人に送られて立つ順天堂医院のあたり今し夕映え

ゆふぐれはいくばく寒き春なれば水仙の丈をひくく活けゐる

掌よりこぼるる砂はかけがへのなき私の時とつりあふ

膝かかへ今年の春をかなしめり去年もをとしも少女の頃も

生きる

歌ひとつ書きたる後に野に出でむひるがほの花ひらく頃なり

ほのかなる紅をおびたり埋立地の角目角目のひめじをんの花

話さねばさびし話せばなほさびし腫瘍が首に育ちゐしとぞ

腫瘍といふものを身にもち疲れたり土深く沈むやうに疲れぬ

粛然と医師言ひたまふこの喉のしこりは取らねばならないだらう

汝が首のあたりに腫瘍二つありと静かなる声は左より来る

ネックレスを掛けしあたりか思はざる腫瘍が生まれをりし経緯

石灰化してありしと聞けりわが癌は襟重ねても隠しあへずも

軍列に入りしと思ふ諄々と切開の地図を医師が書く時

われの汗をば拭ひてゐたりうら若き母がベッドにくだり来て

手術の日いまだ定まらず見舞ひ客のやうにぶらぶら廊下を歩く

今宵君もこのパーティーに来てほほゑめり見えしと思ふ時に消えたり

髪しきて寝《いね》んとするも病院の枕はややに固き気がする

私のやまひを泣かず　夜のふけに声を上げずに君は泣くらん

至近弾が落ちしやうなるここちして指摘されたる癌をうべなふ

イナバウアー

ふはふはと風になびきてこの草はいたどりといふ名を得たりけり

誰かこの原をよぎりて行きたらしたんぽぽは少し乳をこぼせり

いくばくの風をさそひて発ちたらし種子は今しろがねのたんぽぽの絮

いつしかと居らずなりたる流鳥と気がつく時のさびしさを言へ

イナバウアーと言ひて畳にころびをり稲葉の姓にえにしある子ら

問はれたる住所を言ふと　私のうちは十三階と答へゐる子よ

つり合へる時間となりぬ父母がくれし時間で渡りゆく橋

来よといふ父母の声今しばし乙女さびるを見てのちに行かむ

月の色に熟れてたわめり小さなる傷ある枇杷も傷なき枇杷も

はなむけ

夏椿咲くころお前は生まれたと幾たび聞きし母の子守唄

歌のこと思ひてをればふたところ続きて大き花火あがれる

病院の角の花店開かれてみなごろしの花これより売らるる
をみな子は千代紙を買ふ六十を七十を過ぎても千代紙を買ふ
あびせたふしといふ言葉あり今の今癌と知りたる私がゐる
癌を病む子を持つ兄と癌を切るわれの思ひは忽ち通ふ
海近き病院の庭しろしろと狂ひ咲くなりはまゆふの花
ここよりは降りてならぬといふごとくフェンスは高く高く張られて
病院の廊下を夜更け歩みゐつ夫《つま》にも父母にも子らにも逢はず
病名を問へばゆつくり応へ給ふ甲状腺癌切らねばならぬ
やや悪いものですからすぐ切りますと医師は淡々と告知したまふ
哀しみはかかるかたちに来るものか聞けば静けし告知といふも

掌を胸に置けば心はさわだちて手術はいよいよ二日後となる

わがのどに怪しき腫瘍ありしとぞ慌しく切る手筈ととのふ

手術室にありて思へば羞《やさ》しからず一糸まとはぬといふ言葉また

自《し》がのどの出血を見ざりしわれは一人海に入りゆく日輪を見む

これよりはゆつくり生きて天寿をば全うせよと言ひ給ふ医師

午前四時ごろに咲くべくととのふる朝顔と聞くおろそかならず

まだ生きたかつたのでせうつくづくと身をのべて十指をのべて思へば

デイルーム賑々しけれ看護師の手より夫の手に返さるるわれ

うはごとを言ひ続けしと聞かされぬ言ひてはならぬことも言ひしか

夜ごと来て術後のわれを看し母は昨夜《きぞ》よりどこにもをらずなりたり

烏賊墨色のスカーフを幾重にも纏《ま》くは術後の傷をかくさんがため

十階のティールームには午後四時に来たりて歌を思ふ人われ

病む人ののみどをやさしくくだりしと聞く故里はいちじくの里

退院の荷を置かんとし見上げたるこの向日葵ははなむけならん

綾取り

花店を過ぎむとしたり水仙を見るわたくしを水仙が見つ

いくばくと知らねどもまだわれにしも無傷の歳月があるここちする

遥かなる国より帰り来しごとく夕ぐれ麻酔より目覚めたり

われは今病二つを負荷として冬の紅葉を踏みしだきをり

すなどりの網に攫はれゆくやうな思ひに歩む夕映えの坂

唄ひつつゆく子いとしもポニーテールのあの子誰の子わが子の子

年月が忘れ果てたる綾取りの順序を指が記憶してゐき

　今しばし

歌ひとつ身にあるわれのかしこにてこぶしはほどく千のてのひら

いねぎはに思ふこぶしの花の芽は春のコートと同じ樺色

約束を果たせしやうに近づきて花盗人は蠟梅を折る

窓際に飾りてありし蠟梅も深更の闇に眠りてあらん

ふるふると感受ただならぬ一輪のグロリオーサ・リリーを卓上に置く

検診を受けに来たりぬわくら葉と落葉は違ふことを思ひて

ストレッチャーとすれ違ひたり蠟をもて作りしやうなあな裏が見ゆ

左手を右手がやさしく撫でてをり若き頃にはなかりし癖か

男の子を二人育てしゆゑならむ少年とわれの言葉はづむも

幼な児のてのひらに乗りほどのよき蜜柑の季をわれはよろこぶ

立ち直る力が全身に満ちるまで今しばし時をわれに給はれ

読めなくても書けますといふ寂聴の強き言葉を胸に抱くも

他人の病は蜜の味かと鈴懸の梢の鴉が問ひてゐるなり

病人はふとし思ふもかなたなる他人の病は蜜にあらずや

いな違ふ同じ病と知る時に忘れがたなき友のごとしも

ためらはず膝つきて客の髪を切りこの街に働く乙女を知るよ

鰯雲ひしひしと天に集ひ寄り言ひがたし鴇色と灰色の境《かひ》

スノーポール清き面輪となりながらカーテンを鎖《さ》すわれを見てをり
陸続と黒衣の人らつどひゆくこの街を発つ人あるらしも
一握の菜の花の蕾をもつわれは忽ちに喪の列に遅れる

緑の椅子

ひと日雨われは画面の樹に遊ぶアゼルバイジャンの雀を見たり
ベランダよりわれを見てゐる真椿の触れてくれなゐ触れでくれなゐ
みどり児は歳月を食らひ丈高き男となりてわれを庇ふも
生き急ぐわれにあらねど手術あとに手触れたるのちしづこころなし
死者達がよみがへる椅子と名づけたる緑の椅子ありわれの傍へに
あまたたびこの椅子に座して思ふなりいよよ増えゆくえにしの死者を

樹の心天に従ふ折々に真直ぐに落ちる花びらのあり

クローバー

百千の蝶の乱舞と思ふまで咲き盛りゐる花水木あり

初蝶といふ言葉ありこの街の初蝶をわれは見届けたり

木を五つ書きて森とぞ読みてゐる幼子が今日わが家に来つ

草冠《くさかんむり》に幸と書きクローバーと読む幼子よわれの傍へに

かがまりて蟻の子を見る小さき子よわれの心のシャッターチャンス

オペ受けし義姉とわれとの息揃ひ春の寒さ怺へがたしとなげく

たんぽぽの絮毛に寄りて吹く癖は幼かりし日も老いづきし今も

ゆきずりの旅宿のやうに住まひしがふと墓処《ど》まで購ひてしまひぬ

浮寝の旅のやうな気がするひと株の馬酔木がありし大阪の家

かぎりなく歌を書きたき時過ぎて椀のたぐひを洗ひてゐるも

体操をせよと幾たび言はれしか体操をするは何かはづかし

ほとけのざの名を夫に教へゐるわれは母のやうなりかなた夕映え

人と逢ふ暁の夢に降りゐるは去年の今年のはなびらの雨

散り際の桜を早く見にゆけとほとほととわが窓を打つ雨

かかはりのなかりし筈のわが歌を二、三首夫が誦んじてゐき

限りなく責めを負ひゐる政治家の片頰をつと走れる涙

がらんとさびしき処と思ふ　ドラマにて映し出されし東京拘置所

今日はよき声ぞと姉に褒められぬ去年の初夏のみどを切りぬ

エーゲ海のほとりの市街イズミルに嫁ぎゆきたり姪の一人は

いまもなほ深き恩愛を思ふなりわれに師ありき大野誠夫

雀子のむくろを見しかと問ひしかど見しことなしと誰もが答ふ

道の辺に誰が植ゑしかたわわなるリラの花房光に遊ぶ

一瞬に魚を漁りし翡翠《かはせみ》のすごきまなこを貰ひにゆかん

赤き靴しきりにワルツを叩きをり眼科待合室の片隅にして

父母に呼ばれはらから恋人に呼ばれゐし頃のわれを思ふよ

出逢ひしは杳き日ながら高鳴れる鼓動のごとき花火音聞く

雨の頃

生まれしは雨の頃とぞ思ほえば神は様々の傘を給ひき

生まれて初めて傘をさしし日　あの家の外にも雨が降りてをりしよ

来るならば雨の日に来よ稚けなき時より雨はさびしかりしよ

くれなゐの上にくれなゐの雨降れるかへでの鉢をわれは育む

ふと肩に手を置きしのち去りゆける　あれは気まぐれな神の手ならん

風力発電機深く思ふことあるごとし　しばし回らずなりてしまへり

丹沢の空のあなたに小さなる一尾の金魚のやうな雲ゆく

幾たびも唄ひてあやし育てしが老いづきしわれは唄はずなりぬ

身に錘を吊るすがごとく思ひあたる　集ひてさびし一人居さびし

十薬がま白になる日を待ちてをり庭のあるじは抜かざりしかな

どくだみが十字を切れる処すぎまだ静まらぬわれとし思ふ

ことりと死ぬにはまだなまぐさきわれならずや　せんなきことを思ひつつゐる

白蠟を捻りしやうなくちなしの花叢すぎてスーパーへゆく

はめごろしの窓に一日ふりしきる水無月色の雨を見てゐる

中原街道の街路樹が槐でありしこと思ひ出づれば見え来るばかり

乳母車押すわれ若くほろほろとゑんじゆの花の風にまぎるる

松坂屋がなくなるといふ伊勢佐木町大き槐が一本ありし

衣《きぬ》ならばもすそのあたりにぽろぽろとこぼれし花を風がゆするも

これもまたよきかな紅屋おしろい屋のあるじ八十歳の厚化粧

あなた一度私の処に来たでせう　首細かりし永井陽子さん

山上よりなだれのごとく咲きくだる水木ほのけき黄のかなしさ

片藍橋

黄のしづくこぼれてあれば君は問ふ蠟梅の花とわれは答ふる

冬の木はなべて鋭き剣となり茜の空を刺し貫《ぬ》きてをり

片藍とはいかなるところ片藍橋をくぐりてとむらひの席へいそぐなり

夕べには白骨となる経文をくちずさむ胸おだやかならず

紅顔を舐《ねぶ》りつくせし者のゐて次なる死者の背にかくれたり

智恵遅れ来たるあはれひと生にて四十一歳甥は死にたり

自閉症の生涯にかかりしストレスがこの子の癌になりしとぞ聞く

鳥が樹に帰りし頃かいちにんの死につどひ来し人も去りゆく

雲ひとつくれなゐに燃ゆカーテンをうしろでにしめ今日と別れむ

駆けて来る小さき者を抱きとむる広さがわれの胸にまだある

チロリアンハット

粛然と十字を切れる連翹の花枝を活けて春を待つなり

びつしりと花をこぼせし山椿旧東海道の道のべに老ゆ

藪椿咲きこぼれゐる庭先に立往生のわたくしの影

ごく初期と声音しづかに言ひ給ふわれもひつそりうなづきてをり

てのひらを裏返しては見てをりぬ手術が定まりし日の夕つ方

アンバーのネックレスせむ手術せし傷の残りし首のあたりに

青の空からんと晴れて逆縁はわれにも至る兄の子死ねり

人にやや智恵遅れつつ生まれ来て四十歳の生を閉ぢたり

神は遂にこの世の言葉をたまはざりしこの子自閉症児のめぐし子

糊空木《のりうつぎ》さへがらがらと風に問ふひとことも雑言を言はで死にし子

方言の飛び交ふところをかきわけて甥の柩に近づきてゆく

春日井さん君の亡骸を見てしより今日兄の子のなきがらを見る

一酔の夢を頒かたれ地の上を束の間漂ふわれらと思ふ

涙三斗身を縒りて兄は逆縁をなげけどもかすかに笑ひゐる柩の子

チロリアンハットを柩の上に置き鉄の扉の中に入りゆく

そらんじていつしらに経を和してゐる田園の人をわれは尊ぶ

この齢となりて仏縁うすき吾を亡き父母は哀しみてゐむ

水鳥が高くゆく空いづこにかわれが出でゆくドアのあるべし

目つむればうつつのわれよりやや若くやや華やげるわれにあらずや

葩《はなびら》の雨

日本で今日咲きそめの桜とぞテレビを覆ふ一輪の白

樹の下に小さき椅子を一つ置くひと生かけ花を見るための椅子

西の国に住みしことあり　しきりなりし清水坂の葩の雨

造幣局の桜を見しよ夕ぐれの月のやうなる黄のかたまり

道の上歳月の上を渡りゐるわれに触れふとそれてゆく花

首に手術の傷あるわれはこの冬の寒さを怺へ桜に逢ひぬ

桜林を歩みてをればこの寒さまさしく花の体温ならむ

花は花の上に幾重の影を置く仄けき青の彩を生みたり

遠き日

何の花と問はずともよし茶の花のまろき小さき祖母のおもかげ

濃く昏く煙草の匂ひがしみてゐる漆黒の父のインバネス

末子のわれにひと度母が言ひし言葉―おくれて咲くはなほあはれなり―

天井を一時間ほど眺めゐて弥勒の顔を探しあてたり

眠れざる鳩はいづこに　私は長き歳月を巻きて眠らむ

手にふるき筆もちてなほ歌ふなりうもれ火の昔の恋のあとさき

よしあしは他人《ひと》が決めるべしわが歌の尽きざることをわれに嘉する

銀の杖

生きることはよきことならむ歩めざる媼うらうら眉引き給ふ

今私は転んでゐると思ひつつころびてやがて打撲音聞く

様々に身が倒れたる音の中骨折の音も混じりゐるべし

大腿骨を折りたるわれは昼の夢の中なる君とワルツを踊る

字が書けることをよろこべと自らを叱りてゐたり歩めぬわれは

レントゲン技師いたくやさしもこの人の母君のよはひの頃かもしれぬ

壁に貼りつき横這ひてゆくリハビリのわが姿長く忘れざるべし

「往きは良いよい帰りは恐い」リハビリの階段をゆく時の唄

長き髪手草に巻きて覚めをれば暁の月ややに動くか

銀色の杖つきてわれは立ち上がる再び地上を君とゆくべく

生きて別るる

忘るるといふ病の国に発たんとする義姉とわれらと生きて別るる

遠く旅立つ人のごとくに頰笑みぬ発病前の義姉のおもかげ

いささかは容貌に自信ありし義姉もの言はぬ人形となりてしまひぬ

認知症になりたる義姉は朝ごとにデイケアのバスで家を出でゆく

こんなことあつてはならぬと三つ下の妹が呆けし姉をいたみぬ

音もなく山茶花一輪をこぼちたる冬の光の力を思へ

つどひつつ力を得たる光あり椿一輪をうち落としたり

去年われにわざはひありしよ葉牡丹の売らるる町を杖つきて過ぐ

手術せし次の日に夫が求め来し花の絵のある一本の杖

幾たびも十指をたたむかの人にもかの人にもやさしくありたきわれは
侘助の二つ咲きゐる鉢に会ふスーパーマーケットのエレベーターで
帰らなと思ふわが家へ庭先に十花ばかりの侘助が待つ
空青し山が笑へば小さなるみかんがころげ落ち初めたり
われに呪ふ人のあらねどふつふつとつまやうじみかんにつき刺してをり
呪はねど憎まねど言ひたきことのあるみかんに楊枝を刺して思へば
一本の糸にて編まれしマフラーは人をあやむる力をもつも
さくら草を二鉢買ひぬ明日あたりわが庭隅は宴なるべし
手繰りたる糸にはあらぬ歳月の量をある時思へば哀し
高丘に草そよぎをり全身もておのれを証すいのちを証す

はらから

花闌けて紫木蓮風に叩かれぬ春のあはれをここに尽くせり
取りこぼせししあはせ一つ見えそむる落ちし椿を踏みたる時し
また逢はむといふはやさしもまた逢はむと言ひて風ある辻に別るる
今ひとたび逢はむと約し果たさざる面影十指を越えて耀ふ
木はものを言はねど多分樹木医は低き声もて問うてあるべし
樹々もまた樹木医の声を聞きわけて全身をもて応ふるならむ
八十を越えたる姉に叱られぬはらからといふえにしよきかな
掌《て》を叩き姉は褒むるも虚弱児でありし私が生きゐることを
あと幾たび私のための夕餉《ゆふがれひ》仕度されむかおろそかならず

早死は嫌長生きもいやと思ひつつすでにたつぷりと年をとりたり

驟雨

一つ傘に驟雨をさけぬいつしらに老いそめてさびしききみと私

のちの世にまた逢はむとはつれづれなるある日ある時の合言葉にて

争はず共に生きしよこれもややさびしき一つとして記憶せむ

老いてつく杖にはあらず手術後のケアのためと言ひゐるわたし

パラソルとステッキを使ふのは危険なりと医師にいましめられ帰り来ぬ

つば広く深く翳さす黒帽子時置かずしてわれに届くも

黒揚羽が髪にとまれる気配ある帽子を私は今日からかぶる

旅をせぬわれは或る夜の夢に居てハンカチの木で汗をぬぐふよ

この街の広場に旅人の木があればわれは折々手触れて過ぐる
来年もまた巻くべしと疑はず冬のマフラーをたたみゐるなり
ファスナーのやうなる手術の跡指さして姉はわれを哀しむ
首に巻けば傷はいよいよ目立つべしドレッサーに眠るネックレスたち
小さなる癌を取りしにざつくりと首を巡りてある傷のあと
仕合せなる癌といふものもありぬべし小さく転移あらずと言へり
年月の手をば思ふよ首の傷いつしかうすれ来つつあるなり
誰よりも母に似る姉夢に来て病の後のわれをなぐさむ
越えがたき母のやさしさを言ふ時に姉とわれとの息揃ふなり
紫陽花の鉢をかかへて帰る時薄鼠色の驟雨にあひぬ

夕ぐれのベランダに置きし紫陽花は螢の色にともりそめつつ

ベランダよりわれの立居をのぞきゐる花は面影母の面影

手に触るる花の体温はかつて触れし母のなきがらの冷たさに似る

あとがき

『忘れずあらむ』は私の十四冊目の歌集です。

平成十七年から二十二年までの、短歌総合誌等に発表したもの四百七十八首を、ほぼ年代順に掲出いたしました。

この五、六年、体が弱っていくのが身に沁みて感じられる年月でした。自分だけではなく、まわりの縁者達の多くがそれぞれの坂道を下って行くような気がします。

このような年月ではありましたが、歌に依り、歌を愛し、歌を道連れにした日常には変わりはなかったような気がします。

私は、三十年以上前に発刊の第二歌集『柊の門』のあとがきに、次のように記していました。

「おりふし私は、まぎれなく終末に向かって走り続けている、生命を持つものの共同の宿命のようなものに思いいたって、胸を衝かれることがあります。すると、今生きていることが、限りなくあでやかな別離の宴であるように思われ、そうしたおもいのなかで滾りはじめる切ない情熱が、私を歌うことに寄らせたという気がいたします。」

この思いは今になってもほとんど変わることがないような気がします。別離が少しずつ現実のものとなったりしますが、運命に従順に、今ある生を真正面から受け止めていかなくてはと心に定めております。

『忘れずあらむ』の題名は本書の一節にありますが、本意はこの宴で出逢った人、出逢った生命あるすべてのものをしっかりと胸にとどめておかなくては、との思いでつけたものです。

歌への情熱は今も変わりは無いつもりですが、どちらかと言えば、むしろ歌に救われているような気がいたします。これからも生ある限り歌に関わり、歌を道連れとして生涯を歩きたいと思っております。

最後に、この本の出版のお世話になった中静勇様に厚く御礼をもうしあげます。

平成二十三年七月

稲葉京子

稲葉京子年譜

昭和八年（一九三三）　**〇歳**

六月一日、愛知県江南市上奈良に生まれる。父稲葉新一、母稲葉みさを、五歳年長の兄、四歳年長の姉の五人家族。家は名古屋であったが、父の療養もあり、帰郷していた父の郷里で生まれた。間もなく、名古屋市西区葦原町に住む。幼時の記憶はこの町から始まっている。

昭和十二年（一九三七）　**四歳**

名古屋市西区押切町に越す。幼稚園への入園を何度か周囲から勧められたが、一人遊びが好きで、ついに行かなかった。

昭和十四年（一九三九）　**六歳**

四月、名古屋市立榎小学校に入学した。よく太って元気な小学生であった。

昭和十五年（一九四〇）　**七歳**

夏、リウマチ熱に罹り、心臓を悪くする。七か月の長期欠席ののちも欠席が多く、きちんとした学校生活を送れないままであった。自宅で本を読んで過ごすことが多く、新美南吉はじめ多くの童話に心を奪われた。

昭和十六年（一九四一）　**八歳**

小学校三年に復学後、間もなく腎炎にて長期欠席、その後も定期的に通学することができなかった。

昭和十七年（一九四二）　**九歳**

この年、急性腎炎で二か月休学。

昭和十八年（一九四三）　**一〇歳**

当時中学生であった兄だけを残し、愛知県一宮市千秋町（当時の千秋村）の叔父の家に疎開、村立千秋小学校に転入。次第に名古屋の空襲も激しくなった頃、兄もこの家に疎開してきた。叔父は若い頃、詩などを書いていたので蔵書に恵まれ、乱読を重ねた。この頃から少女小説のようなものを書き始める。

昭和二十年（一九四五）　**一二歳**

六月、急性腎炎にて一か月休学。同年十一月、愛知県江南市古知野に転居。同時に古知野町立西小学校へ転入学。

昭和二十一年（一九四六）　**一三歳**

四月、愛知県立丹羽高等女学校に入学。同年六月、気管支炎のため一か月休学。

昭和二十二年（一九四七）　**一四歳**

この年も気管支炎等の病気で、しばしば欠席を繰り返す。新学制の施行に伴い、県立尾北高等学校の併設中学三年として編入される。男女共学となる。

昭和二十三年（一九四八）**年**　**一五歳**

同中学を卒業し、そのまま尾北高等学校に進学。美術部、文芸部等に加わり、しきりに児童小説や詩を書く。

昭和二十七年（一九五二）**年**　**一九歳**

高校卒業、愛知県古知野町立南小学校に教職を得、四年生を受け持つ。心臓疾患にて一か月休職。翌年体力に自信なく依願退職。この頃より専ら童話を書き続ける。与田凖一氏に知遇を得、同人誌「童話」に入会、同人の岩崎京子、生源寺美子氏等を知る。

昭和三十二年（一九五七）**年**　**二四歳**

ふとしたきっかけで短歌を作り「婦人朝日」に投稿、入選。選者であった大野誠夫氏に勧められ「砂廊」（後に「作風」と改題）に入会、同時期、春日井瀇氏主幹の中部短歌会に入会。本部歌会にて春日井建氏を知る。

昭和三十三年（一九五八）　**二五歳**

中学、高校の同窓である大竹隆茂と結婚。大阪市南区に居を置く。翌年吹田市に転居。以後、銀行員の夫の転勤に伴い、転居を重ねることになる。

昭和三十五年（一九六〇）　**二七歳**

長男出生。五月、「小さき宴」五十首で第六回角川短歌賞受賞。産後の体調すぐれず、授賞式を欠席、多くの人に迷惑をかける。同年秋、大阪の丸水楼にて、塚本邦雄、山中智恵子、冨士田元彦、吉田弥寿夫氏等に面識を得、大きな刺激を受ける。これを機会に関西青年歌人会「黒の会」に入会する。

昭和三十七年（一九六二）　**二九歳**

布施市（現在の東大阪市）に転居。同年秋、夫の転勤に伴い東京新宿区に転居。

昭和三十八年（一九六三）　**三〇歳**

第一歌集『ガラスの檻』を出版。粗末な造本であったが、寺山修司氏の推挙により、現代歌人協会賞候補となる。

昭和三十九年（一九六四）　**三一歳**
東京大田区に転居。

昭和四十年（一九六五）　**三二歳**
武蔵野美術大学の通信教育講座、西洋美術史、社会学を受講。

昭和四十二年（一九六七）　**三四歳**
二男出生。

昭和四十四年（一九六九）　**三六歳**
夫の転勤に伴い尼崎市に転居。

昭和四十六年（一九七一）　**三八歳**
京都長岡京市に転居。たまたま大阪を訪れた前田透氏の紹介により、関西中堅女流の会「あしかび」（犬飼志げ乃、中野照子、岸田典子、米田律子氏等在籍）に昭和五十九年まで参加。

昭和四十七年（一九七二）　**三九歳**
夫の転勤に伴い東京杉並区に転居。

昭和五十年（一九七五）　**四二歳**
第二歌集『柊の門』を桜桃書林より出版。有斐閣選書『短歌のすすめ』に「模倣と独創」「連作」について書く。

昭和五十四年（一九七九）　**四六歳**
「作風」（「砂廊」改め）退会。「中部短歌」（新主幹春日井建氏）に専従。

昭和五十五年（一九八〇）　**四七歳**
中部短歌会選者となる。

昭和五十六年（一九八一）　**四八歳**
第三歌集『槐の傘』を短歌新聞社より出版、これにより文化出版局第六回現代短歌女流賞を受賞。角川書店発行「俳句」に細見綾子論「天衣青なり」を発表。

昭和五十七年（一九八二）　**四九歳**
父稲葉新一死去。

昭和五十八年（一九八三）　**五〇歳**
横浜市戸塚区に移転。

昭和五十九年（一九八四）　**五一歳**
短歌新聞社、昭和歌人集成シリーズに参加、第四歌集『桜花の領』出版、解説を松永伍一氏に依頼。藤井常世、青井史両氏と岩田正氏を囲む研究会を持ち、『現代短歌の十二人』を雁書館より出版（齋藤史、前登志夫、山中智恵子、春日井建論を担当）。大野誠夫氏死去。

昭和六十一年（一九八六）　**五三歳**

『自解100歌選I・稲葉京子集』を牧羊社より出版。

昭和六十二年（一九八七）　**五四歳**

宮崎日日新聞にエッセー連載。夫、大阪に単身赴任。この頃体調思わしくなく三度にわたり入院を繰り返す。朝日新聞〈今様歌合せ〉競詠に「ねむり」出詠。母稲葉みさを死去。

平成元年（一九八九）　**五六歳**

第五歌集『しろがねの笙』を雁書館より出版。体調悪く、病院にて校正。ミューズ女流文学賞受賞。

平成二年（一九九〇）　**五七歳**

「短歌研究」の前年七月号に発表の「白螢」により第二十六回短歌研究賞を受賞。

平成四年（一九九二）　**五九歳**

本阿弥書店より十二人の歌人を対象とした、『鑑賞・現代短歌二　葛原妙子』を刊行。第六歌集『沙羅の宿から』を雁書館より出版。

平成五年（一九九三）　**六〇歳**

現代短歌文庫『稲葉京子歌集』を砂子屋書房から出版。

平成八年（一九九六）　**六三歳**

第七歌集『紅梅坂』を砂子屋書房から出版。

平成九年（一九九七）　**六四歳**

第八歌集『秋の琴』を短歌研究社より出版。この頃五年ほど、NHK文化センターの横浜教室で月二回の講座を受け持つ。

平成十一年（一九九九）　**六六歳**

第九歌集『紅を汲む』を短歌新聞社、現代女流短歌全集の一冊として出版。

平成十二年（二〇〇〇）　**六七歳**

第十歌集『天の椿』を雁書館より出版。

平成十三年（二〇〇一）　**六八歳**

春日井建氏の推薦で、中日新聞歌壇欄を齋藤史氏の後を継ぎ毎週担当。平成二十二年四月まで足かけ十年間担当したことになる。

平成十四年（二〇〇二）　**六九歳**
第十一歌集『宴』を砂子屋書房より出版。
平成十六年（二〇〇四）　**七一歳**
春日井建氏死去により中部短歌会（新代表大塚寅彦氏）の顧問となる。
平成十七年（二〇〇五）　**七二歳**
第十二歌集『椿の館』を短歌研究社より出版。この歌集により、翌年第二十一回詩歌文学館賞、第四回前川佐美雄賞を受賞。稲葉京子自選集『風よりも』を短歌新聞社から出版。
平成十八年（二〇〇六）　**七三歳**
第十三歌集『花あるやうに』を角川短歌叢書として角川書店より出版。
平成十九年（二〇〇七）　**七四歳**
甲状腺癌の手術を受ける。この後二〜三年の間に黄斑上膜の手術、大腿骨骨折による手術等が重なり体調すぐれず。
平成二十三年（二〇一一）　**七八歳**
第十四歌集『忘れずあらむ』を不識書院より出版。
平成二十五年（二〇一三）　**八〇歳**
現代短歌社の第1歌集文庫の一冊として処女歌集『ガラスの檻』を出版。
平成二十八年（二〇一六）　**八三歳**
七月、パーキンソン病等様々な病状により、入院。最終的に転院先の新戸塚病院にて老衰により十一月十九日死去。十一月二十五日、告別式。戒名「慈空歌心京徳大姉」。

古谷智子著『渾身の花』（砂子屋書房・一九九三・四）の年譜、現代短歌社第一歌集文庫『ガラスの檻』（二〇一三・九）の年譜を基に大沢優子が加筆した。

解題

『ガラスの檻』

第一歌集『ガラスの檻』は、昭和三十二年から同三十七年の三百二十首が収録されている。縦は十八センチ、横は十三センチに満たないB６判変型の実に慎ましい本である。後記の日付は昭和三十八年五月とあるが、正確な目次と奥付がない。著者によると、上梓は同年八月とのことであった。

稲葉は、昭和三十五年、二十七歳で第六回角川短歌賞を受賞した。受賞作「小さき宴」五十首は、結婚、出産を背景に揺れ動く心身を繊細に詠い止めて高い評価を得た。かねてから童話を創作していた経緯があり、物語性と巧みな修辞、柔らかな抒情が広く認知され、恵まれた才質の花を見事に咲かせたのだ。その実績の上に立った第一歌集の上梓である。

上梓について「印刷を引き受けてくれたのは縁故の、吉祥寺の小さな印刷やさんで、ドラムを叩く合間に少し印刷をするといったおじさんだった。…略…本当に質素な、そして誤字と誤植だらけのその歌集が、幸いにも暖かい支持を得て、少しばかり黒字になった」（「短歌現代」昭和六十年七月〈戦後の処女歌集〉）と回顧されている。序で大野誠夫は、一見煌めく才質だが「心は傷だらけで、それこそ血が滴っているようだ」と書いた。それは次の様な作品に鮮明だ。

まことうすきをりふしを織りふり返るわが歳月はうつくしからず

君のみに似る子を生まむ見知らざる人あふれ住む町の片隅

いとしめば人形作りが魂を入れざりし春のひなを買ひ来ぬ

どのやうに誇られしとも破りたるゆゑ美しき約束なりし

われを包むガラスの如き隔絶よこのさびしさに衰へゆかむ

三首目は、魂を入れると必ずや自分の運命に苦しむだろうという作者の繊細な思いが反映されている。この歌について吉川宏志は、「人形を愛しているからこそ、魂を入れなかったのだと作者は言う。もし魂を入れてしまったら、人に売ることもできなくなるから。わかる歌だ。だが、かなり危ういバランスで成り立っている歌だとも思う。稲葉京子の歌は一見優美で、たおやかに見えるけれども、じつはぎりぎりの瀬戸際で立っているときがある。それが歌のはりつめた印象につながっている」(「中部短歌」二〇〇六年六月号)とした。現実の厳しさ、生きる辛さを正しく認識する鋭敏な感受によって、美しくも確かに刻まれた心の真実だ。「小さき宴」を含む第一歌集は、寺山修司の推薦を得て現代歌人協会賞候補になったが惜しくも受賞を逃した。

(古谷智子)

『柊の門』

第二歌集『柊の門』は、昭和五十年八月二十日に上梓された。第一歌集から実に十二年後の上梓である。この間に四回の転居が続き、「いつも、少し慌しく少しさびしい旅人の心」で年月を送ったと後記にある。清新な第一歌集『ガラスの檻』と、詩的充実を遂げた第三歌集『槐の傘』に挟まれた本歌集は、いくらか影が薄く感じられることがあるが、長い年月をかけて歌い継がれたテーマは深く重く、稲葉独自の作歌理念を確立した歌集ともいえる。

いとけなきいとしき者をまじへつつ生きてゆくなり人もけものも
生き急ぎ一目散にかけてゆくわがまぼろしや落花のかなた
風よりも静かに過ぎてゆくものを指さすやうに歳月といふ

前歌集からの小さな者への哀惜の情を引き継ぎつ

つ、歳月の手の酷薄さの認識をさらに深めた。転居による環境の変化や、健康上の問題、人心の移りやすさなど、身に降りかかる難題を克服してゆく長い葛藤の過程で、歳月の無常を主たる歌のテーマとした佳品が多く生まれた。

　薄墨のひひなの眉に息づきのやうな愁ひと春と漂ふ

　夏草は繁りやまずも膝つけばかくれ死にたるけもののこころ

　頬に指手触るるまへの弥勒像おもへば仄かにみだれ給へり

　ゆふぐれの水の面に揺れさやぐ身の量翳を炎《ひ》とおもはずや

　四首目、水面に揺れる影を炎に譬える。強い情の燃焼だ。言葉を制御し、凝縮した分、湛えられた情はさらに濃密となる。柊の葉が、年月とともに棘を落として丸くなる様を、まぎれない歳月の刻印として心にとどめた稲葉は、歌集題を『柊の門』と定めた。作歌理念としては、「今生きていることが、限りなくあでやかな別離の宴であるように思われ、そうしたおもいのなかで滾りはじめる切ない情熱が、私を歌うことに寄らせたという気がいたします」とやわらかく述懐している。現実の凝視と存在の孤愁を深めつつも、他者に深い信頼をおき、別離の宴としての生を愛おしむ方向へと心を立て直す。

　雪降れり繰りひろげゐる愛怨も身の高さにてほろびゆくべし

　かたはらに眠る人あり年かけてこの存在を問ひ来しとおもふ

日常の一場面から詠いだされ、詠うことによって浄化され、深められてゆく稲葉の詩の世界が慎ましくも丁寧に刻み込まれた歌集である。

（古谷智子）

『槐の傘』

第三歌集『槐の傘』は、昭和五十六年八月三十一日に上梓された。稲葉四十八歳の歌集である。本集は、様々な意味で稲葉にとって記念碑的な歌集となった。対外的には、文化出版局の第六回現代短歌女流賞を受賞し、個人的にはそれまで所属していた「作風」を退会し、中部短歌会の「短歌」専属となってから初の歌集上梓であった。また、第二歌集『杉の門』で得た歌のテーマをさらに突き詰め、磨き上げ、詩の純粋空間を獲得したという意味で、全歌集中でも屹立した一冊となった。

後記には、「槐の傘は、空にかかげやまぬ私の詩歌の傘であり、また、私を覆うたび忽ちに詩の純粋空間を獲得出来る、夢の傘でもあります」と記した。

人である樹であることの偶然の空間に降る葩の雨

水桶にすべり落ちたる寒の烏賊いのちなきものはただに下降す

玉虫の羽をもて厨子を貼りし者の不穏のこころひと日見えゐつ

一首目、桜を詠んで、かく理知的でかつ華麗な歌はない。一語たりとも動かし難い結構と共に、比類のない優しさと強靭な客観的視点が印象的だ。安易に抒情に溺れず、生と死を直視し静謐に詠いとめて得も言われぬ華やぎを感じさせる。張りつめた韻律ながら、そこにやわらかで豊穣な美的空間を創造している。跋において春日井建は、「歌に向かう姿勢に、これまでにない醒めた徹底したものが見られる」と記した。

また家族の歌も豊かな成熟を見せている。

くらがりへ仔を咬《くは》へゆくけだものを見しより心乱れはじめぬ

長身をわれにかがめて言ふ癖の夫に似ながら夫にあらずも

うら若き悲哀ふとしも立ち上がり車を駆りて出でゆかむとす

わが青年よ若かりし日のわれもまた天道を焦

げ落ちたる雲雀
生きかはり生きかはりても科ありや永遠《とは》に雉
鳩の声にて鳴けり

こうした歌について岡井隆は、「今度の歌集は、三冊目にしてはじめて、おどろくべき変化をとげている」「こういう豊かさを与えたのはなんだろう。ごく常識的にいえば、歳月ということであり、また、家族ということだろう」（読売新聞・昭和五十六年九月二十八日）と述べた。馬場あき子は、帯に「詩歌の空間に、思索が加わり、人生が加わって、そのことばは、一段と深まり、盛りの命の花々が咲き揃っている」と称賛した。その充実した歌空間が、歌壇の大きな信頼と愛惜を勝ち取った歌集と言えるだろう。

（古谷智子）

『桜花の領』

第四歌集として昭和五十九年七月一日に上梓された。その前年横浜市に自宅を構え、転居の多い暮らしに終止符を打った。落ち着いた創作環境を得たと思われる。

冒頭に置かれたのは「白雁わたる」の一連。

さびしさのみなもとなども問はずして目つむれば今年の白雁わたる

当時すでに白雁が渡来することは稀であったが、目つむれば視える、幻影のような白き雁が択び詠われている。定住の地にあっても、漂泊者としての思いは、終生稲葉から消えることはなかった。

この時期、父の突然の死と友人の死等多くの別離を重ね、哀傷歌が集の中心となっている。父への挽歌は、幼年の日の想い出からその死後にも甦る、深い追慕の情に彩られている。

幼き日の名をもてわれを呼ぶ者はこの地の上

にほろびやまずも
父の胡座の中に入りたる幼年の身の量なりし
こともわりなし
また、心身の衰えの見える母への思いを姥捨の物語に仮託して、「月も老いたり」に綴ったと述べている。昭和五十八年、今村昌平監督の映画「楢山節考」がカンヌ国際映画祭でパルムドールを受賞し、話題になった頃であった。
貧によりて死すにあらざらん野に低き老いに
銀箭のごとき自負あり
敷き延べし終《つひ》の莚はにひむしろ一輪の椿の紅
を置くべし
社会との関りも、稲葉流の美意識を通して詠われたといえよう。絵画を学んだこともあり、鋭い色彩感覚に貫かれている。
同時に音に対する鋭敏さは、独自のオノマトペの歌に生きている。
ほろびを思ふ者ならなくに寂寥の雉鳩の声ほ
うほうほえすてでい
巻末に、詩人であり、子守歌の研究者でもあった松永伍一の六頁に及ぶ情熱に満ちた解説を収める。
さびしからぬと思ふや桜花の領に入りひとり
春たつ祝祭をなす
幾そたびふり仰ぎしかひとひらが散りそめて
よりわれの桜ぞ
松永は、この二首を代表歌として挙げ「稲葉さんは生者の担う耽美の極みを死者への哀悼の重みと同質化することに成功したのだ。」と評した。
一方で、五十代に差しかかった稲葉の、巣立ちゆく子等に寄せる歌は、瑞々しい抒情性に富んでいる。
家を出づる子よ問はずして天涯にそよぐ若木
のやうに思はむ
かつてその熱を計りし母の手は若き憂愁をは
かることなし
掉尾に置かれた一首、
目瞑ればありありとして表現者とふ鬼もさび
しく辛くゆくなり
表現者として立つ厳しい覚悟が胸を打つ。
（大沢優子）

『しろがねの笙』

平成元年に刊行された第五歌集である。

本歌集について、稲葉自身「短歌という形式を信じ、表現の深みに至ろうとする願いは、前歌集の時と同じですが、幾らか自由な、解き放たれた情感を加えたいという気持も持っております」と、後記に記している。前歌集『桜花の領』の哀傷歌の切迫した調べは抑制され、本来の美しい韻律と抒情性の高い歌に立ち戻っているといえよう。

いづくよりしろがねの笙の音《ね》流れ来る思ひに
従《つ》きてうたを作りき

歌集のタイトルの基になった歌が、韻律への強い志向を象徴している。

この集には多くの草花、草木の名が詠みこまれている。山茶花、螢袋、クリビア、アマリリス、忘れ草、待宵草等、遠くへ出かけることの少ない稲葉にとって、身近な花々は自らの存在を問うよすがであり、また杳かな時間への回路でもあった。

百年の椿となりぬ植ゑし者このくれなゐに逢
はで過ぎにき

山茶花は散り溜まりをり絵を踏みし絵を踏ま
ざりしいづれの裔ぞ

稲葉は歌を通して、常に生の意味を自らに問い続ける姿勢があった。周辺に亡くなる人も多く、年代的にも孤独感を深めていた時期であった。

薄氷《うすらひ》の月たちてをり倖せを問ふにはあらぬ
魂を問ふ

問ふなかれ愛恋はかく濃ゆくして身のうち深
く淵なすものを

昭和五十八年に転居した横浜の自宅は、高層マンションの七階であり、ここから眺める街の風景は「ガラス街」という新たな歌のテーマに繋がった。

空に浮く蜂の巣のごとき硝子街どの窓も今夕
焼けてをり

高窓に見つつしあればをりをりに雪は地《つち》より
天へ降るなり

水原紫苑は、「現代短歌雁・19　人形の歴史―稲

葉京子論」に次のような歌を取り上げながら、

たゆたへる思ひのなかに別れゆく夢の雨にも
傘をさすなり
人を恋ふ心なかりせば須佐之男は流るる箸を
見ざりしならむ

「エロティックな感覚をすべて洗い流して、存在と存在とが出会い、別れる『恋』そのものの不思議を、この世の絆を半ば解かれて稲葉京子は少女のように見つめ直している。」と評している。

装幀の小紋潤とは昭和五十年頃、大野誠夫の結社「作風」の東京支部会にて知り合ったという。カバーには青地を基調とした中に昼顔の花が描かれた速水御舟の「白日夢」が使われている。

思ひ出で思ひ出でゆく楽曲の忘れ音《ね》のごとき
ひるがほの花

の歌のイメージが立ち添う。

歌集をまとめる頃より体調を崩し、校正も病院のベッドの上でなされたという。

本歌集によりミューズ女流文学賞を受賞した。

(大沢優子)

『沙羅の宿から』

平成四年に上梓された第六歌集。巻末に、平成二年、第二十六回短歌研究賞を受賞した「白螢」を収める。

本歌集刊行と同年に本阿弥書店より『鑑賞・現代短歌二　葛原妙子』を刊行。五十代を締めくくる充実した作歌活動の時期であったが、体調は思わしくなく、入退院を繰り返していた。前年には、左眼黄斑部出血による入院もしていて、この眼疾は執筆活動の妨げとなり、生涯稲葉を苦しめた。

本歌集は、母への挽歌、および家族それぞれが離れ住むようになって、改めてその絆への問いかけ、慕わしさがテーマの多くを占めている。

身にしみて思ふひとつか去年《こぞ》の今日われは母
ある者にてありし
目つむれば遠き灯《ともしび》のもとにあるわが血の
絆・心の絆

ちりぢりに住める家族や面影をおもひつなげば星座のごとし

またこの頃、大阪に単身赴任していた夫との、たまさかの会いを初々しい相聞歌に詠んでいる。

紺青の天にけぶれる銀河見ゆ夫と逢ふ日を約してゐたり

短かかる旅にしあればためらはず真黒き広き傘に入りゆく

成長した息子は伴侶を得て親となってゆく。若木のような青年が、自らの家庭を築いていき、球根が分球してゆくような不思議に心動くのであった。

血族は分蘖《ぶんけつ》をなせり訪うて来しこの乙女嗣治の肌への乙女

ふかぶかと胎児は眠りかの桜の葩もまだ畳まれてあらん

短歌研究賞受賞の「白螢」の一連は、稲葉の一貫したテーマである桜への愛が凝集した作品である。幼時より馴染の深い平曲の哀調、死者生者の魂の触れ合うような幻想的な桜、二十二首は気韻の漲る連作となっている。

怺へがたし信じがたしとながらへて人は今年の花を浴びをり

薄闇に数限りなき白螢ながるるやうな花の散り様

五十代後半は稲葉にとって、病みがちの不如意な日々ではあったが、対句、比喩、言葉の繰り返し等、その作歌技法は完成期を迎えていた。

死のことも夜の休息も柔らかきやさしき音に「ねむる」と言へり

忘れよと言ひ忘るなと言ひさしていづかたの母われを見てゐる

うす青の手袋ひとつ路上にて幾たびも幾たびも轢かれゐるなり

装幀は小紋潤。奄美の自然を描き、孤独のうちに亡くなった田中一村の「白い花」をカバーとしている。マンションの前に植えられていた姫沙羅に因み、稲葉は自宅を「沙羅の宿」と称した。のちにここは「椿の館」とも呼ばれることになる。

（大沢優子）

『紅梅坂』

第七歌集。御茶ノ水にあるニコライ堂への紅梅坂を歌集名とする。鏤められた佳品の数々が境涯詠へと至純の高まりを見せる。柘榴、姫女苑、芍薬、紅梅白梅、水仙、ピラカンサ、侘助、沈丁花などの花々は、時に柔和に、時に凄艶に詠われる。そこに自身の入院、北海道への旅、故郷を離れ工事現場に働く人の素描、眼の病、父母の面影、子の海外滞在、かつての思い人の現在などが輻輳し、自在なタッチで綴られる。

　人生の変節を温雅な詠みぶりで展葉しつつ、心裡の陰翳の濃さをも結実させた点が重要だ。盟友春日井建同様、古典的な様式美を志向しながら、その内容は、初期作品以上に孤絶と寂寞に覆われ、空虚感・喪失感が次第に密度を増していく。

　柔和なものには、「芍薬の花芽はつかにほどきゆく天つ光をわれも浴びゐる」「高層の窓に見る雨柔らかに天の投網《とあみ》のやうに降りゐる」があり、殊に光の捉え方が巧みである。逆に凄艶とも思える「夕暮れの空に遊べる鳩の群れ黒き花散るごとく降りゆく」は、灰色の鳩が群れで降りてくる様を黒い花が散ると形容、底冷えのする美を開陳する。「いかならむ由来に西の国にして百舌鳥夕雲町といふ地名あり」は、大阪府堺市堺区を読み込む歌枕であるが、それを置いた一首の響きの纏綿とした情趣は比類がない。「地に低く並びて病める人々を嘉《よみ》すといへり遠《をち》の金星」はi音の連続が齎す声調の麗姿の内に、地に並ぶ病者と治癒の恵沢を与える金星という天地のスケールの大きさが特徴で、神話的風韻を宿す。「シューベルトを聞きをりだれとてもだれとても未完のままに死にてゆくならむ」は、同作曲家の「交響曲8番《未完成》」に拠る。仄暗い浪漫性、時に暗鬱とさえ思えるシューベルトの交響曲に歌人はリフレインで応え、思いを共にし、常に完璧で完成されたものを願う人間の逃れ難き業を示唆する。「枇杷は人の病呻吟《びやうしんぎん》に育つとふおそろしき説なしとせなくに」（『鷹の井戸』）という葛原妙子の影響が揺曳する「ほたほたと真椿の花こぼれけり人なるわれは呻きて死ぬか」では、『鑑賞・現代短歌二　葛原妙子』（本阿弥書店）に注力した稲葉ならではの換骨奪胎も今後評価されるべきである。

（鷺沢朱理）

『秋の琴』

表紙の装画に用いられた古代ギリシャの女性像の横顔が印象的な歌集である。華やかな装訂ではないが、落ち着いた雰囲気が歌集の内容を暗示している。

歌数については、「短歌研究」より依頼された一回、三十首連載の八回分二百四十首と、同時期に作られた新作百十六首を加えた合計の三百五十六首が纏められており、一冊の分量としては程良い数と言えよう。

創造意欲は旺盛ながら、徐々に進む視力の衰えを自覚しながらの生活が垣間見られる。

やうやくに隻眼に慣れぬ身を振り世に遅れゆく思ひに馴れぬ　目を病む　〈切なき辻〉

異なれるかたちにかいつの日にかまた立ち直るかと思ひて病みき　〈同〉

身の老いは十年早く心の老いは十年遅くわれ

　を司《つかさど》る　〈雪を記憶す〉

病を自覚しつつも、そこにおぼれまいとする静かながら強い意志を感じさせる。病によって精神は落ち込むことなく創造の糧となって立ち上がる。

　うたに思ひを尽くす一軀やまた一軀あるは仄
　かな発光をなす　〈紺の雨〉

短歌に対する熱意が極点となって現れた作品と言えようか。軀全体から発せられたエネルギーを感じさせる一首である。

　家族や身近な植物などを題材とした女性らしい繊細な歌も多く見られるが、次の特徴ある作品も捨てがたい。

　笛吹きが行き鼠が奔りゆきしのちスイミング
　スクールのバスが行くなり　〈秋の琴〉

童話作家を目指した作者ならではの一首と言えよう。恐らく全歌集中にこの様な視線で書かれた作品を少なからず拾うことができるだろう。稲葉短歌の一つの見所と言ってよいと思われる。

　幾たびか暗天を裂く稲妻や見てならぬ神の血
　脈を見つ　〈朝霧の底〉

　誰も死ぬ皆死ぬなりと君はいふ　さりながら
　死に遅れてはならぬ　〈品濃坂下〉

我が身を通して生の存在を見詰める厳しい視線を提示し、この歌集全体を引き締めているかのようだ。

（川田　茂）

『紅を汲む』

短歌新聞社の企画による「現代女流短歌全集」のひとつとして刊行された第九歌集である。当時、画家であり舞台装置家としても活躍していた朝倉摂の華やかな装画、装訂の一冊と言えよう。

あとがきに、「目を傷めて入院していた時、活字を殆ど読むことが出来なかったそのつれづれに手帳にメモをした何首かも加えました。辛かった日を忘れぬ為にではなく、忘れる為にあえて加えました」とあるように、病と日々本格的に戦わなければならなくなった状況が解る。しかし、ノートに記した歌が「三百首に達した時のよろこびもわすれがたい」と上梓に至るまでの心情を明るく述べている。歌数は少なめながら、作歌姿勢に衰えは微塵も感じさせない。

大いなる椿の一樹野に老いて身の紅《くれなゐ》を汲み
あかぬかも　〈冬の人〉

歌集の締め括りとなる一首から表題が取られ、また作者の短歌に対する立ち位置が明確に表明されている。

ここでも、作者の最も好む桜への思いを見逃すことは出来ない。

満開の桜の若木ずたずたに窓のシャッターに
切られつつ立つ　〈花の宴〉

楽章の極まりてやむ時は今この咲き満てる桜
なるべし　〈同〉

現代風景を交えた桜の光景と満開の桜を讃えた歌の対照が際立つ。同じモチーフながら、一様にならない視線が歌の幅を拡げている。

晩夏光を均等に溜めをりながら深閑たり赤き
非常階段　〈真珠橋〉

ふり仰ぐ両のまなこやはらかに星の青める
春の夜の空　〈問ひつつあらむ〉

明日死ねともし言はれなば韻律の渦の真中に
消えんと言はん　〈紅したたれり〉

一首目、夏の終わりの陽光が照らす非常階段の映像が鮮明である。反対に二首目は柔らかな春の空のイメージが立ち上がる。光を描写するそれぞれの感触の違いに驚く。三首目、身を賭して創作に打ち込まんとする作者の姿が思い浮かぼう。あらためて対象を的確に捉えようとする作者の、様々な視点を検証すべきと思われる。

（川田　茂）

『天の椿』

第十歌集。タイトルは「ふり仰ぐ額《ぬか》に折しも椿降る天に椿の樹のありぬべし」に依る。分け入った山中で何気なく顔をあげたところ、一輪の山椿が作者の額に触れた。その時、生まれては滅びゆく命について、長い物語を一瞬に縮めた啓示が閃いたという（「あとがき」）。

当該歌は、額に触れた椿の花から連想が膨らみ、天にその樹があるのだろうと想起する。『万葉集』巻十一・十二の相聞の分類「寄物陳思（景物によって心が喚起し、振幅すること）」の正嫡たる伝統美を現代に復権したかのごとき格調高い作だ。相聞歌ではないが、その優艶かつ典麗な雰囲気の醸成は、まさに椿の生命感の滴りへの恋と言い換えてもよい。

天に樹木の存在を感受する歌の系統は古く、『古今集』の壬生忠岑「久方の月の桂も秋はなほ紅葉すれば照り勝るらむ」、『後撰集』の紀貫之「春霞たなびきにけり久方の月の桂も花やさくらむ」あたりで力強く枝を伸ばし、稲葉の内にも隔世の種子を蒔いたと言える。

先程、いのちへの相聞ということを述べたが、同時に集全体に漂う挽歌への沈潜も指摘したい。エロスとタナトスとは使い古された言葉だが、殊に稲葉の手にかかると憧憬以上に苦痛を伴う現れ方をする。「高枝を払へる人よ空に鋏をさし入れてわが死者を切りたり」は臓器の裏側が冷え極まる凄まじさがある。

「桜乞食《さくらこつじき》」における桜詠の群作は集中の鍾美《しょうび》で、岡本かの子『浴身』の「桜」にも遜色ない。「時の間の雨あがりたる夕つ方連珠のごとき桜の花芽」「忽ちに歴史にほろぶ城のごとし夜目にましろき一《ひと》木《き》の桜」。桜の花芽を連珠宝飾の煌めきに、もっと凄いのは、桜の白さを歴史に滅んだ城に喩える着想力だ。「今日かくて明日また花を見むわれを指さして言ふや桜乞食《こつじき》」「傷めたる目をもて見るかと問ふなかれ心眼こめて桜は清し」「千万の 葩《はなびら》 流れ人は花に逢ふなりまして人に逢ふなり」は、桜乞食とか心眼といった語彙のエネルギーもさることながら、やはり桜を追った西行の姿を思わずにいられない。「のちの世の者に見せむと植ゑたらむ影も来て佇つ桜ふぶきや」などは、後鳥羽院「昔たれ荒れなむ後のかたみとて志賀の都に花を植ゑけむ」(『続拾遺集』)と同種の発想をしている所、極めて重要である。

文語定型の語法・韻律も、作者の修練の積み重ねを感じさせ、イマジネーションを一首に収斂し、読者に具現化せしめる力に於いて、後期歌集を鮮明に印象付ける一冊となっている。

(鷺沢朱理)

『宴』

平成十四年に刊行された第十一歌集である。歌集名はあとがきに書かれた、幼時に母が話した「子供はその日の客」という「胸底に落ちた言葉」の「客」から「宴」のイメージが生まれ出たとする。歌集中に「宴」という題の連作はない。

集ひ寄りかたみにゐまふ宴なれこののちのこと誰も知らなく

わが恋ふは生者幾たり死者三人《みたり》夢の月華の下びの宴に

宴果て帰らんとする髪に背に色なき時雨降りはじめたり

「宴」という語のある歌はこのようなものがある。宴の華やかさが描かれてはいてもそれはすぐに過ぎ去ってしまう時の儚さの象徴であったり、夢の中で死者たちと束の間出会うものであったりする。人生の中の結節点としての宴、それが意識された歌集名だろうか。

小高賢は「短歌往来」平成十五年四月号の書評で、

やわらかな情感による人生を見つめる視線。とりわけ「死」のとらえ方にきびしい眼差しを感じた。ながらく病と格闘している作者でなければ得られない認識である。

と書き、「死」という言葉が頻出する本集に見える稲葉短歌のこの時期を深く捉えている。この評言に続き、

私自身もある年齢になってしまった。するとむかしには考えられなかった感慨を得ることも少なくない。多くの死を見送る。そして今すぐ自分に来てしまっても不思議でないことを実感する。

と書いているのを見ると、この書評から十一年後に七十歳を前にして小高が急逝していることを思い、ある種の予感めいたものを思ってしまう。「それゆえに五首目のような作品に惹かれてしまう」として挙げた歌は、筆者も同年五月号の「短歌」（中部短歌会）の書評「永遠の側から」で挙げた一首で

ある。

永遠といふところより時々をこの世に出でて
　鳴きしきる蟬

生まれ来て死ぬほかない存在を問うということは、一方で永遠なるものを想定しているということである。かつて「小鳥よりちひさき靴を磨きゐて神しらぬわがいのりはあつし」（『ガラスの檻』）とも歌った作者だが、作者なりの「神」ともいうべき「永遠なるもの」への思いが様々な歌から読み取れる集であり、そこにはやはり七十歳を前にした稲葉京子の円熟した人生観も見えよう。

（大塚寅彦）

『椿の館』

第十二歌集として平成十七年に刊行された。歌集名の由来はあとがきに次のような次第がある。

私は、椿の花の絵をかけた部屋でよく歌をつくります。そしてこの小さな家をひそかに「椿の館」とよんでいます。これが、この歌集名の謂れです。

この絵についての歌は集中にはないが、椿の詠は次のようなものがある。

めぐり逢ひし知己と思ふよ池の辺の根方に積もる椿の紅を

刈りたるはいかなる人か花のなき椿の風姿品位を備ふ

かがまりて拾ふ椿にかすかなる重さのありててのひらを押す

また、絵画に関わる歌もいくつかあり、中核の連作「無言館」は稲葉には珍しく機会詩的に連作が展開している。
歌についての歌というのも集中に散見される。

　白き蝶ひつたりと翅を合はせたりかくて定まる定型の律

この一首についてはこの歌集の書評特集号（中部短歌会「短歌」平成十八年四月号）で菊池裕が「択び抜かれた定型律の視覚概念と微細な身体感覚が見事に調和してまこと美しい。また事象から想念へ、想念から事象へと無理なく転位する稲葉作品の特徴をも感応でき、作者の短歌観と美意識が窺い知れる一首である」とする。

　クリスタルの鷺の影さす紙に夜々書く歌消せばゆくへなき歌

ここにも具体的なクリスタルの像と歌への思念の調和が見てとられ、その末期まで歌を手元に書き残していた稲葉の、「うたびと」としての生の完遂の意志が偲ばれる。視覚の衰えから来る生の細りをもまだ跳ね除けようとする意識があった。「椿の館」とはつまり「歌の館」であった。
　この歌集により第二十一回詩歌文学館賞と第四回前川佐美雄賞を受賞している。

（大塚寅彦）

『花あるやうに』

第十三歌集。滅多に外出しない稲葉だが平成十八年は、前年に上梓した『椿の館』で受賞した詩歌文学賞の授賞式を兼ねて、五月に夫と陸奥の旅行を愉しみ、七月には前川佐美雄賞の授賞式で元気な姿をみせた。共に結社を牽引してきた盟友春日井建が亡くなって以来、寂寥感に苛まれていた稲葉にとって久しぶりに華やいだ一年だったに違いない。二年続けての歌集上梓は稀なことだが、ダブル受賞に気負うことなく自然体をつらぬき独自の抒情空間をこまやかに紡いでいる。題名は集中の「人は心に花あるやうにをちこちに彩ある傘をかかげゆくなり」から取った。利休の警句を想起させるこのタイトルは、野に咲く花の美しさと自然から与えられた命の尊さを心に秘め、円熟した歌境を極めたと云ってよい。

風になびくと思ひゐし樹は自らの力もて大きく動くことあり

街灯の下降る時にきらめきて雨は遥けき群衆のごと

街のここかしこにカノン湧き上がり落ち葉は落ち葉を掃く人に降る

ショベルカーに摑み出されし土塊は百年後の空に触れたり

この頃、すでに眼を患っていた稲葉だがマンションの七階から俯瞰する街並や季節のうつろいを克明に描写し、さらに目には見えない心裡のたゆたいまでをも表出させている。

「気」をわかつといふ人と合はすてのひらに癒しの電流のやうなもの来る

何色と問はれて困るあけびの実ほのかに耳目あるごとく笑む

大切なものと思ひし宝石のたぐひも病めば要らぬものなり

柔和な調べのなかに仄かな情動が見え隠れする。かつて私は入院中の稲葉に自ら擦り合わす掌から沸く烟のような波動を見せたことがある。あまり治癒に役立ったとは思えないが以来、私に会うたびに力強く私の手を握りしめた。一首目の歌はその事と因縁めく。可視と不可視のはざまにこそ真意があると信じていたのかもしれない。また本書には短歌そのものに言及した歌も随所に散見出来る。

歌の荷をしばしおろさむと幾たびも思ひしに何故《なにゆゑ》か置処なし

歌はねばさびし歌へばなほさびしとらはれ人のやうなりわれは

呼ぶものぞ来るものぞわきいづるものぞとさまざまにいふ歌のことばを

自らの存在を問い続けながら、歌に生き、歌によって生かされてきた証左であろう。自然や人を慈しみ「命ある限り歌を作り続けていく」という覚悟が漲っている。

（菊池　裕）

『忘れずあらむ』

第十四歌集。七十二歳から七十七歳まで短歌総合誌等に発表したものを年代順に纏めた。この時期の稲葉は、甲状腺癌の手術や黄斑上膜の手術など入退院を繰り返し病魔と闘っていた。それでも歌を作り続けられたのにはわけがある。結社誌を欠詠しなかったのは前主幹春日井建との盟約だったのだが、そもそも五句三十一音の音数律が全身に沁み徹っていたからであろう。「常に律が身体を刻んでいるように感じられる」という天性の賜物であり、つまりは巫女体質なのだ。視力が不自由になった晩年は、夫の助けを借り、口述筆記で詠い続けた。すなわち本書の表題「忘れずあらむ」は極めて示唆的である。稲葉は、ふと口をついて溢れ出た歌を忘れないように努め、さらには今まで出会った人、出会った生命をすべて脳裡にとどめようと、必死に詠み込んだのである。

呪術師にあらざるわれは口中に一首の歌を置きて歩める

さきはひとさびしさは折ふし重なると誰にか言はんおのれに言はむ

やがてして忘れるといふ罰は来む今はしづかなるあめつちの中

〈さりつくし〉〈さりつくし〉とぞ意味あらぬ視力表こそわりなきものを

一首目「呪術師にあらざるわれ」は、自我を超えた言葉への哀願であり、二首目「おのれに言はむ」は、去り行くものたちへの問いかけをさらに自問した。「忘れるといふ罰」という畏怖、「あめつちの中」の死者への呼びかけ、「さりつくし」のアナグラムは意味を逸脱した呪文である。かように稲葉にとって短歌はあくまで律であり、刻むリズムの憧憬が昂揚感を導き、哀しみを昇華させる呪器だったに違いない。

はるばると渉り来たりし歳月を一夜の夢のごとくに思ふ

私より歳月を削りゆくものは子の歳月も削りゐるべし

手繰りたる糸にはあらぬ歳月の量をある時思へば哀し

稲葉は「歳月」を詠む歌人としてつとに知られているが本書の「歳月」はかつてのものとは位相が違う。いわゆる生活実感の伴う時間軸から乖離して、切羽詰まった因果の時空をさ迷う心的な現象なのである。

かすかなる音さへあらでゆく時を足踏みならしわれは惜しむも

帰り来てただ今をいへば誰もをらぬ部屋が動悸をうちはじめたり

手に触るる花の体温はかつて触れし母のなきがらの冷たさに似る

本書は稲葉が亡くなる五年前に纏めたものだがこうして読み返すと何やら辞世めく。もともと鎮魂の歌人なのだがその寂寥の果てには美しい調べだけがいつまでも鳴り響く。

（菊池　裕）

目次細目

ガラスの檻

序　大野誠夫　9
薔薇の家　12
棗の花　12
雪の降る原　13
熱帯魚　13
水色の鳥　14
馭者のない馬車　14
夜の駅　15
メルヘンの森　16
春のひな　16
蝙蝠群　17
葡萄色の雲　19
海　礫　19
鳩　20
春　嵐　21
六甲山　22
硝子花器　23
昏れゆく園　24
をさなき冬　25
小さき宴　26
鎖曳く獣　27
未完の劇　28
古　都　29
ぴつこの鶏　30
乳の香　30
花の枝　31
うすゆき鳩　32
濁り川　33
とねりこの花　34
葬　列　34
落　花　35
古い一枚の絵　36
人　形　37
ガラスの檻　38
湖の霧　39
堅き嘴　40
風の背後　41
さやうなら大阪　42
木馬の胴　43
秋篠寺　44
風見鶏　44
月の暈　45
港　46
冬の宿　47
春の雪　48
母　48
後　記　50

柊の門

せつなき鬼 55
定離の声 56
雪の章 57
掬 58
葩を貼りし 59
熱帯植物園 59
幻の館 60
涙のやうに 61
野に還る声 61
音なき過去 62
旅愁をたたむ 63
マヌカンの頬 64
春の泥 65
半　眼 65
薄墨桜 66
愛は呪縛 67
花の冠 68
洗はれし眼球 69
盲目の野 70
螢 70
隈なき白 71
狭き門 73
旅　人 74
化　野 75
有　情 75
半弧やさしき 76
いとけなき貌 77
仄かにわらふ 78
遠街の灯 78
たましひの綾 79
やさしき手紙 80
白きかるかや 82
くれなゐの骨 82
京の西山 83
君は風かも 84
覚えゐし歌 85
湖上の虹 86
暗黒天 87
流　離 88
美しき語尾 89
小さき魚 91
いのちもつ白 92
ガラスの馬 92
掌上のゆめ 93
落花のかなた 94
約　束 95
春の沫雪 96
天に近く 97
春たてり 98
いづこへ 99
水のかなた 100
指さすやうに 101
後　記 102

槐の傘

桜　人　107
野　火　108
玉虫厨子　109
白　首　110
北　丘　111
蘆　刈　112
壺　中　113
挽　歌　114
飛燕の翳　116
見知らざる日のごとく　118
目覚めたる嬰児のやうに　119
産み忘れたる　120
良寛の眸　121
寒の烏賊　122
木の花の雨　123
緑の傘　125
ミッシェル・フォロンの絵　125
均　衡　127
澄み透る飢餓　127
碧　湖　129
子盗ろ子とろ　130
椿の葉笛　131
「母」を括る　132
骨の雪　133
蘆笛《ろてき》抄　135
生きて別るる　136
雁《かりがね》の列　137
溶鉱のごとく　138
蝶の森　138
無垢なる老い　139
静けき王者　141
罪科ありや　142
傘を忘れぬ　143
水中花　144
秋と呼ばなむ　145
跋　春日井建　147
後　記　155

桜花の領

白雁わたる　159
黒き涙　160
灯の河　161
桜花の領　163
はつかにいたし　164
梅花一枝　166
隠れ里　167
月も老いたり　169
過　雨　172
春の鐘　174
雪の宴　177
若木のやうに　178

夕ぐれの朱 181
昼の花火 182
北の旅 184
緑　壺 187
昼は深しも 188
蘆の笛 189
解　説　松永伍一 192
後　記 199

しろがねの笙

賑はしき冬 203
切子硝子 204
夢の傘 206
一月の鳥 207
白　梅 209
春の夜の灯 210
訝しきことにあらぬか 211
愛　憐 212
金雀枝忌 214
天球の裏 215
群　鳥 216
白雲の旗 218
魔女ならなくに 220
杳き麹唄 222
サフラン飯 223
水仙・雪 224
流るる箸 225
アンダルシア 226
水木はけぶる 227
発　光 229
寂寥を病む 230
夢の底まで 231
時雨坂 232
春のいかづち 233
花野を踏めり 234
村雨橋 235
歌ならずや 236
後　記 238

沙羅の宿から

銀河に近く 243
歌の門 244
ねむる 245
薄墨の羽 246
風の筋あり 248
約　束 249
山鳥橋 250
花の記憶 251
硝子庵 252
こがらし 254
ゆくりなく 255

昼顔の襞 259
凌霄花 260
ゆゑよしいかに 261
ほととぎす 263
光の中に 264
歳月 264
花だいこん 265
春の鬼 266
渦の若葉 269
葉桜の傘 269
黄なるスカーフ 271
私のための音楽 272
春から秋へ 273
白螢 276

後記 279

紅梅坂

花柘榴 283
つうのごとく 284
仄かに笑ふ 285
夢の辻 286
西の国 288
恃みてあらん 289
エリーゼのために 290
母となるらむ 291
鳥の陣 292
晶 294
青虹 295
短き旅——山の宿 296
短き旅——北の岬 297
水仙 299
長き手紙 300
母にならひき 302

無縫なれ 303
天使領 304
燦燃ゆる 305
雪の牡丹 306
黒佗助 307
うづの若葉 308
欅の坂 309
花盗人 310
母となるらむ 311
初めの言葉 312
思ひ人 313

秋の琴

秋の琴 321
切なき辻 322
雪を記憶す 323
沈黙の白 324
昼　顔 325
グロキシニア 327
紺の雨 329
サザンクロス
——今しばし—— 330
——プルメリア—— 332
銀　箔 333
消しがたく 335
朝霧の底 337
忘れじの紅《こう》 338
われは乞はずも 340
われを嘉《よみ》す 342
うたかた 343
水の管 345
祝　祭 347
鴫の脚 349
草の骨 350
品濃坂下《しなのざか》 352
サーカス団 354
うらしま 354
夢 356
熱き傷 356
プルッシャンブルー 358

後書き 360

紅を汲む

くれなゐの章 365
真珠橋 366
問ひつつあらむ 368
そろの木坂 370
手　菱 371
露のまつ虫 372
彼方なる傘 373
夕映カンナ 375
乳をあたふる 376
春の樹 377
花の宴 378
忘れよ 379
晩夏光 380
光の中 381
玉すだれ 382
月　光 383
ホームレス 384
白痛々し 385
時のはざまに 385
パッションフルーツ 386
木　橋 388

春かも知れぬ 389
春咲く萩 390
冬の落葉 391
日本のさくら 392
椿の市 393
紅したたれり 394
アカシアの蜜 395
樹 396
花 397
冬の人 397
あとがき 399

天の椿

永遠の風景 403
千の夕暮 404
セレベス 406
桜乞食《さくらこつじき》 408
鶺鴒の脚 409
天の椿 411
若き人 413
悔なかるべし 415
昼の螢 417
蟬時雨 419
港湾晩夏 420
初冠雪 421
雪の樹 422
寅吉の子 424
ますぐに闌けて 425
夢の花かも 427
燕となりぬ 428
夢より帰る 430
カザフスタン 431
ジャカルタの子 432
繫留の綱 433
細草の上 435
さびしき人 437
あとがき 439

宴

ペルーの曲 443
かりがね 445
雨ならで 447
花いちもんめ 448
花の瀑布 450
流　木 451
深萩橋 453
うち重なりて 455
乳房のごとし 456
誰に告げむか 457
光《くわう》　庭《てい》 458
流れ螢 460

響橋（ひびきばし） 464
春の夜の櫛 465
知ること多し 466
銀河 467
あけびの口 468
色なき時雨 469
杏仁 471
薄羽かげろふ 472
真白（ましろ） 473
如月の鳥 475
白栲（しろたへ） 475
黄昏の人 476
真白（ましろ） 475
如月の鳥 477
光の雨 479
樹の耳 481
油に濡れて 482
うさぎ 483
マンションの絵 483

去年のつばめ 484
立夏 485

あとがき 487

椿の館

曇天 491
朗読者 492
ローマングラス 493
大島ざくら 493
青墨 495
白鳥の首 497
寒月光 497
百年 498
心の丈 499
モジリアニの妻 500
夏至 501

初蝉 502
べしみ 503
鎖 504
平家の人 506
隅田の花火 507
無言館 508
櫟 511
かりがね 512
どのあたりまで 513
軽羅 515
駅の夕焼 516
遅し遅し 517
深く眠る 518
花の体温 519
雨の界 521
なすな恋 522
春来る 523

風たちて　526
花のころ　527
螢の樹　528
骨董バザール　529
うなづきて　530
約束の人　531
順　列　533
笑ふらむ　534
身の上話　535
後書き　537

花あるやうに

わが街　541
十　方　541
カノン　543
くぬぎ林　544
茜　雲　545
わらべ唄　546
農　婦　547
生まるる知恵　547
歩くべし　549
千　夜　550
風落ちぬ　551
光こぼるる　552
水木の傘　553
鶴　554
花あるやうに　556
鞠　556
鷺　558
おとがひ　559
旅人の木　559
昔の家　561
とりかぶと　562
鉛筆を削る日　563
銀のブレスレット　564
真珠ひと粒　565
未完の本　566
パプリカ　567
見えねども　568
ビーズの指輪　569
イパネマの娘　571
コスモス　571
主　塔　572
換金所　573
言葉の畑　574
どの雨を　576
象の仔　577
のみどのあたり　578
木々は静けし　579
領　分　580
あとがき　583

忘れずあらむ

七十の恋　587
じゃんけん　587
ふふふ　588
ハンメルンの笛　590
くれなゐの蛇　591
春の人　593
短き旅　595
冬の人　596
燦々と　597
こののちに　599
呪術師　600
十　薬　602
遠い日に　604
忘れずあらむ　606
都忘れ　607
青　鳩　610
生きる　613
イナバウアー　614
はなむけ　615
綾取り　618
今しばし　619
緑の椅子　621
クローバー　622
雨の頃　624
片藍橋　627
チロリアンハット　628
葩《はなびら》の雨　630
遠き日　631
銀の杖　631
生きて別るる　633
はらから　635
驟　雨　636

あとがき　639

初句索引

凡例

一、所収全作品の初句を表音式五十音順に配列し、その所収歌集名の略称（冒頭の一字とした。但し「紅」は『紅梅坂』、「く」は『紅を汲む』）と掲載頁数を示した。

一、初句が同じものは第二句まで、第二句が同じものは第三句まで記した。

あ

アーク燈の　天　四三
相逢はず　椿　五〇五
相逢はぬ　く　三九三
逢ひがたき　槐　一五二
ＩＱの　花　五七三
哀傷も　柊　八三
愛執に　槐　一五一
愛執　秋　三六
愛憎も　槐　一二三
愛するものは　椿　五四
愛すると　椿　五三
愛とおもひ　柊　八〇
逢ひていかに　宴　四一
言葉も風が　ガ　四七
かりそめならぬ　ガ　四一
相共に　槐　一二
負ひたる傷も　紅　二六
老いて似つつも　宴　四八
愛ひとつ　ガ　一四
相寄りて　ガ　一四
紅梅坂を　紅　三六
時をわたるや　桜　一八二

愛恋と　天　五〇三
愛恋とも　花　五七
愛憐の　し　三三
愛恋は　宴　四三二
愛恋の　宴　四三二
哀憐の　柊　八一
蹠より　秋　八二
暁の　柊　九七
青信号の　椿　四九八
月翳を恋ひ　ガ　三
ところはさびし　柊　九三

青の空　忘　六二八
青葱を　沙　二五〇
青乳色の　槐　二九
青梧桐の　天　四三六
青き淵　桜　一八〇
青き空の　紅　三一〇
青硝子の　桜　一七三
青麦の　桜　一六〇
青めきし　ガ　一三
青闇を　槐　一四二
青天鵞絨を　宴　一六六
暁に　天　五〇三
あかつきの　花　五七
赤き靴　忘　六二四
赤児など　桜　一六六
赤のまんまの　し　一三六
吾が深く　秋　三二五
あかときに　桜　一六五
あかるみの　忘　六〇一
茜さす　忘　六〇一
茜より　ガ　三二
茜なす　ガ　三二
茜空に　ガ　三一
茜など　宴　四六二
影をもたねど　忘　五六九
窓に来たりて　宴　四六四
あし痛き　天　四一〇
あぢさゐの　宴　四六四

秋に生まれ　花　五六六
秋の枝の　桜　一六八
秋の母　天　四三〇
秋の水と　沙　二八〇
あきは今日　柊　八二
秋薔薇の　ガ　二四
秋深く　桜　一九五
秋篠を　し　三三三
秋草と　宴　四四三
秋月光　ガ　四七
秋となる　天　四一〇
秋風は　秋　四九六
悪業の　沙　二五二
揚雲雀　ガ　三二
あこがれの　柊　九二
吾子ふたり　柊　六九
朝顔は　紅　三一一
朝霧の　宴　四六二
朝毎に　ガ　三二
出でゆく肩を　秋　三二五
丹沢山系　秋　三二五
朝夕に　椿　五二一
朝に　椿　五九二
朝の　柊　六九
あし痛き　天　四一〇
あぢさゐの　宴　四六二
窓に来たりて　宴　四六四
花の形も　ガ　四七
花叢をくぐり　忘　六二七
紫陽花の　く　六三七
紫陽花も　槐　一一四

あしたには　桜 一七一
あした夕べを　桜 一七一
あしたより　く 三五二
葦群に　忘 六〇二
足もとに　忘 六〇一
明日死ねと　く 三五四
明日退院と　紅 二九一
明日発たむ　槐 九一
アステカ趾を　く 三五五
明日のごとく　柊 六〇四
明日の為　柊 六〇五
あす北京は　忘 六〇三
あすわれに　柊 五六
汗あえて　天 四三
働きてゐむ　天 三五三
夢よりうつつに　秋 三五六
あたかも口を　紅 三二一
あだし野を　柊 七五
暖かき　槐 三〇
血が昇り得る　槐 三〇
血は身のうちを　柊 六二
あたたかく　柊 六六
花の他　花 五四
頭の他　花 五四
あたらしき死者は　秋 三三九

新しき　し 二八
街衢も一本の　椿 五三二
街に花木を　天 二〇一
鮮しき　柊 六五一
新しく　く 三五四
熱き血を　槐 一四一
聚まれば　槐 一四〇
あでやかに　柊 六四
あと幾たび　忘 六三五
あなた一度　花 六二六
兄が母を　花 五六一
あの木々は　花 五六一
あの声は　秋 三三六
あの児は一歳（ひとつ）　花 五四九
あの白き　花 五七九
あのやうな　椿 五一九
アパートの　天 四二一
網走の　紅 二九一
あびせたふしと　忘 六一六
アフガンハウンド　槐 一三三
項（うなだ）れゆけり　槐 四九三
空を見てをり　椿 四九三
あめつちを　椿 四九三
あふるるか

あふれ湧き　ガ 三五
雨音が　宴 四六一
雨音の　天 四一七
あまき誤算と　ガ 二五
アマゾンの　花 五九
あまたたび　宴 四六一
現れかつは　秋 三三九
この椅子に座して　忘 六一三
あまたなる　天 四〇九
形象を思ふ　槐 二一〇
鳩遊びゐて　花 五六七
雨粒を　宴 四六一
雨夜なれば　宴 四四〇
雨夜の窓　し 三三二
余りにも　し 二八
アマリリスの　椿 五三二
花茎のびて　し 二八
花芽を叩き　沙 二九六
網の戸に　秋 三三六
雨が舞ふと　天 四三二
雨に舞ふと　紅 二五九
あめつちは　天 四一三
あめつちを　天 四一三
雨とともに　柊 八七

雨ながら　沙 二六八
雨ならで　宴 四六六
雨に濡るる　天 四一七
雨に濡れ　宴 四六一
雨の日も　花 五六五
雨は傘の　宴 四六一
雨やみし　宴 四六一
雨やみて　く 四六一
紫紺溜まれる　天 四〇九
千切るるやうに　槐 二一〇
雨よりも　槐 二一〇
雨を見むと　く 三六七
あやかしの　く 三六七
あやうごとき　宴 四六一
夕暮れどきの　宴 四六七
あやかしを　く 九一
あやすごとき　柊 九一
あやまたず　桜 一六三
桜に敗るると　桜 一六三
歩まざる　桜 一六三
樹々のひそけさ　天 四三五
菊いづこより　椿 五〇五
歩みいづる　桜 一六六
あめつちを　桜 一七四
歩み過ぐる　桜 一七四
荒荒（あらあら）と　宴 四五二

荒々と　紅　三〇五
洗ひゆく　ガ　三六
あら草の　槐　一三
雑草《あらくさ》の　槐　一一六
あらくさを　椿　五〇九
あらざるも　桜　一七〇
アラジンの　花　五五四
争はず　忘　六三六
あらぬ方　槐　一二五
あらぬ方に　槐　一四六
あられなき　花　五五二
顕はるる　桜　一八〇
洗はれし
　眼球に似たる　柊　六九
　仔豚うす紅　椿　五〇一
顕れて
　ここを歩めよ　柊　一〇一
　目鼻匂へよ　槐　一三四
ありし日の　宴　四四八
ありし夢に　槐　一三九
ありとしも　柊　六八
ありふれし　柊　六七
歩かんと　花　五四六
歩きても　花　五八〇
歩くとも　椿　五三五
主《あるじ》待つ　花　五五五
あるとしも　柊　九二
あるとなき　天　四三三
ある日わが　し　二一七
或る宵の　天　四一六
ある夜ふと
　カルテは目ざめ　花　五五九
　扉の外に　柊　九五
生《あ》れしより　椿　五三六
あれちのぎく　天　四一六
あれはいづこの
　国のなまりか　花　五六二
　夢かも窓辺に　く　三九六
あれは夢か　く　三六七
逢はざりし　宴　四四七
慌しき　槐　一一六
逢はなむと　し　二三三
逢はぬままに　紅　二八六
沫雪の　椿　五一八
暗空を　し　二三四
暗黒の
　風が運びて　椿　五〇二
　中を暗黒が　椿　五三四
安静を　ガ　二八
　心かかりて　く　三七三
暗天や　秋　三三六
　順列ありて　忘　五八八
アンバーの　忘　六〇八
　ところを歩み　沙　二五九
暗緑の　沙　二五七
　母と思ふや　花　五八一
　ゆかりに佇つや　沙　二七五
　由来に西の　紅　二八八

い

言ひ得たる　天　四一二
言ひたきこと　し　二三三
易々《いい》として　槐　一三九
言ひよどむ　花　五六二
医院なる　宴　四四四
言ふよりも
　書きて昂ぶる　沙　二四六
　書くこと親し　宴　四七〇
家居なす　宴　四六六
癒えざるは　花　五四八
家を出づる　桜　一七九
生かされて　く　三六五
烏賊墨色の　忘　六一八
いかならむ
　経緯ありて　花　五五四
　いはれありしか　花　五六〇
　えにしに蝉に　椿　五三〇
　声ある方か　桜　一八八
いかならん
　えにしに親と　秋　三三九
　団欒を得しや　し　二一九
　血を享けにしか　秋　三五七
いかなれば　紅　三一一
いかに吹きし　し　二三四
いかばやと　紅　二八五
いかやうな　沙　二五九
怒りに死なず　秋　三五一
怒るより　く　三八三
生き急ぎ　柊　九五
生き急ぐ
　われにあらねど　忘　六三二
　われにたびたる　沙　二四四
生きゐても　柊　八六
生きゐるは　柊　九六
生き方が
　あれば死に方が　紅　三一三

わからねばまして　椿　五〇六
生き方の　天　四一〇
生きかはり　槐　一四二
息ぐもり　ガ　二九
息絶えし　柊　六八
息絶ゆる　柊　七六
生きてある
　限り灰かな　柊　八三
　こと選ばれて　秋　三五四
生きて佇ち　桜　一六七
生きて見る　桜　一八九
生きてめぐり　宴　四四五
生き直す　天　四二五
生きながら　槐　一一
「往きは良いよい　忘　六三三
息深く　天　四〇五
生きることとは　忘　六三一
生きるとは　天　四三三
幾重なす
　青葉をもるる　桜　一八三
　竹林のかた　柊　八四
幾重《いくへ》にも
　かそけき檻に　沙　二六二
　けぶる来し方　槐　一一九
　葩がせばめ　柊　五九
　フレームが並ぶ　く　三六七
幾十年　宴　四五九
幾千の　柊　七五
幾そたび
　空に蒔きかつ　槐　一三一
　ふり仰ぎしか　桜　一六三
幾たびか
　アンデスの風の　槐　一三五
　暗天を裂く　秋　三三七
　いづこより来て　紅　二八八
　今生の別れを　紅　二八七
　死への助走に　椿　四九七
　死を見しよはひ　桜　一八六
　小さき命を　忘　五九〇
　ほほづきのその　花　五六九
　見ては忘るる　宴　四四五
幾たびと　紅　三一三
幾たびも
　唄ひてあやし　忘　六二五
　思ひてゐるも　紅　二八六
　凩に撓みて　天　四二三
　十指をたたむ　忘　六三四
　人を運びて　椿　五一二
　わが窓に来て　沙　二四八
幾つかと　忘　五八八
幾とせを　椿　五二六
幾年を　沙　二六五
いくばくか
　生きてめぐれる　柊　八五
　銀河に近く　沙　二四四
　屈折なして　花　五七八
　はなやかになりし　忘　六〇八
　われに暖かき　ガ　四七
いくばくと　忘　六一八
いくばくの
　風をさそひて　忘　六一五
　歳月失せて　柊　七八
　遅速に死なむ　桜　一七〇
幾百年を　く　三九七
幾百の　桜　一七七
幾ひらか　宴　四七六
幾片《いくひら》か　天　四二三
幾冬の　ガ　四八
池田牧場より　宴　四八二
諍ひに　花　五四七
いささかは　忘　六三三
いざなへる　花　五四八
いざなはれ
　来たりし家の　沙　二六〇
　来たる港の　椿　五二七
　来てなほ寒き　秋　三三三
　伴はれゐる　椿　五二七
石畳　く　三九二
石畳に　宴　四五〇
石畳の　く　三八四
石の館に　槐　一一八
石の館《やかた》を　し　二〇七
石をもて　桜　一七九
いづかたに
　歩みどどむる　忘　五九二
　狙ひ撃ちたる　宴　四五九
　われは帰らん　柊　六三
いづくにか　柊　八九
いづくにぞ　し　一八七
いづくにて　柊　八九
いづくまで　し　三一一
いづくより
　来しとも知らぬ　紅　二九四
　来し葩か　椿　四九五

静けき鐘の／しろがねの笙の音ね　沙 二七三
いづこにか／いづこよりか　し 三三〇
在る昼の星／男らきたり　ガ 四四
今駈け抜けむ／記憶こもごも　槐 三一
川流れゐて／踊をかへし　柊 六七
花匂ひゐて／草刈り人が　柊 一〇二
花火あがれり／媚びてならぬと　花 五九
春の最後に／いづこをか　椿 四九八
ゆく君の背を／病む少年が　柊 六七
われは行きたし／ゆく水の音　秋 三二八
いづこにて／いづれの日にか　椿 五二四
金のシールを／忙しく　く 三八二
降り敷きたらむ／痛々しき　椿 二二
いづこにも／いたいついたいつと　槐 二五
在らざる人を／抱かれし　槐 二二
見えざる父が／抱かれて　桜 一二七
行かざるわれは／この世の初めに　天 四〇五
いづこへと／この街の花舗に　紅 二五三
いづこへ行くと／いたく静かに　紅 三〇〇
いづこより／いたく平たく　紅 五五五
帰れる春か／いたく世に　忘 六〇六
来し祝福か／イタドリの　花 五六八

自動車道に／奔り来たりし　秋 三五一
白き花野や／乳色さはの　宴 四六八
野に見返れば／いたどりの　桜 一五八
若芽のやうな／いたぶれる　花 五五五
傷む目が／傷めたる　椿 四九六
いたはられ／いたはれば　ガ 三一五
われは夕べの／昏るる木立は　槐 一二五
いち早く／一年余　花 五七九
深き疲れを／終はりしことを　宴 四七五
一日の／一病二病　紅 二九七
一望の／一枚の　紅 二三二
一握の／画布となりたる　柊 六九
紙のごとくに／一会とは　沙 二九八
一会かと／一会といひ　槐 一四〇
菜の花の蕾を／雛あられのせむ　ガ 一四
一枚の／一望の　紅 二五九
一月の／一樹一樹の　秋 三二〇
一条の／一陣風　柊 七三
一陣の／一輪の　槐 一三六
硝子のかなた／硝子をもちて　し 三三五
こめてこぼれし／一夜二夜　宴 二五四
一ミリばかりの／一夏傾く　花 一八一
銀杏並木を／誰か来たりて　天 四〇六
一存在／一度見し　忘 六〇二
「一、二、三、」　秋 三三七

初句索引

【一段目】

いつか逢はむ　　　　　　　紅 二六八
一塊の／肉なるわれは／パン生地のごとくに　　紅 二五二
冬野つめたき　　　　　　　秋 三四二
一花また　　　　　　　　　柊 六八
いつかやさしく　　　　　　柊 六八
一管の　　　　　　　　　　ガ 一六
いつ越えし　　　　　　　　槐 二三五
一冊の　　　　　　　　　　く 三六八
いつしかと　　　　　　　　天 四六
居らずなりたる　　　　　　忘 六五
心の迷路　　　　　　　　　天 四〇七
歳月われに　　　　　　　　く 三六一
雛の眉老い／よはひ重ねて　　沙 三四〇
一瞬に　　　　　　　　　　忘 六六
一瞬の／怖れと言へど　　　柊 六二
花火明かりに／われの神かも　天 四一〇
いつしらに／子にいたはられ　忘 五六九

【二段目】

泣きやみし子と　　　　　　柊 六八
無碍の野栗鼠の　　　　　　沙 二五一
めざめて聞くは／やさしきことを　柊 六八
一酔の　　　　　　　　　　桜 一六〇
いつせいに　　　　　　　　忘 六二九
いつ知りし　　　　　　　　桜 一六〇
一酔の　　　　　　　　　　椿 五〇三
いのちさびしと　　　　　　忘 六二〇
木々芽吹きそむ／辛夷の花芽　し 二三二
季を迎へし　　　　　　　　し 二〇六
芽吹きし欅　　　　　　　　桜 一六五
夕陽を返す　　　　　　　　槐 一三二
一閃の　　　　　　　　　　秋 三一三
一扇一扇に　　　　　　　　天 四二〇
稲妻はしり　　　　　　　　花 五五一
黒き刃振りや　　　　　　　花 五五二
いつ何に　　　　　　　　　椿 五九一
いつならむ　　　　　　　　し 二〇六
いつの日か　　　　　　　　ガ 一五
倖せを山と／手をとりて湖底に／螢を見ざる　柊 八〇
いつの日も

【三段目】

落ちるほかなき　　　　　　ガ 二八
汝を愛すと　　　　　　　　ガ 三三
ひつたりと背に　　　　　　柊 九五
ふかき心を　　　　　　　　柊 二七
いつの世の　　　　　　　　忘 七一
一匹の　　　　　　　　　　ガ 四一
一本の　　　　　　　　　　椿 一八
糸にて編まれし　　　　　　忘 六二三
黒白の帯　　　　　　　　　槐 二一七
欅の若木　　　　　　　　　し 二三
裸樹鎮まれり　　　　　　　槐 一二七
若木に向きて　　　　　　　忘 六〇七
子の肩を圧し　　　　　　　槐 二三三
実葵さやさや　　　　　　　し 二三
稚けなく　　　　　　　　　槐 一二四
稚し　　　　　　　　　　　柊 六八
覚えてあらん　　　　　　　秋 三三
いつまでも手を　　　　　　ガ 四一
雨の野をゆく　　　　　　　椿 五一六
いつまでも　　　　　　　　忘 六〇七

【四段目】

出でて来し　　　　　　　　し 二三五
凍夜子と　　　　　　　　　柊 七〇
いとけなき　　　　　　　　柊 六六
いとけなき者を　　　　　　宴 四六六
をみな児走り　　　　　　　ガ 三七
子にその父が　　　　　　　紅 三三三
罪人のごとし　　　　　　　沙 二五一
てのひらを開き　　　　　　椿 五一九
冬の手とおもふよ　　　　　椿 五一九
者よりて来る　　　　　　　柊 九五
稚けなき　　　　　　　　　柊 九五
子の肩を圧し　　　　　　　ガ 二六
稚けなく　　　　　　　　　槐 一二四
稚し　　　　　　　　　　　槐 一二四
いとしさは　　　　　　　　沙 二七一
いとしめば　　　　　　　　ガ 一七
いな違ふ　　　　　　　　　忘 六二〇
イナバウアーと　　　　　　忘 六五四
意ならず　　　　　　　　　沙 三六四
出で来たる　　　　　　　　宴 四七
いにしへに　　　　　　　　沙 二七四
いにしへの　　　　　　　　槐 一四一

いつの頃より　椿 五〇四
責具に似たり　く 五三〇
水駅あとの　槐 三一
犬の背を　天 四三一
犬の目の　槐 三一六
犬は花を　椿 三三
いねぎはに　槐 四九四
いねぎはに　忘 六二六
いね際に　椿 一二〇
いね際の　宴 四二〇
命ありて　花 五六三
いのちある　柊 六五七
命ある　柊 六〇七
命なき　柊 五九四
いのちなれ　宴 四九七
命の限り　椿 五〇四
折りかも　花 五八七
折りても　忘 五九四
祈る者は　天 四三六
訝しき　し 三二二
いぶかしむ　秋 三三二
訝しむ　沙 三五三
今いかに　桜 一八四
今いくばくの　秋 三三七
今おもひ　ガ 四六

今風は　椿 四九五
今し方　椿 五二〇
今しばし　椿 五二〇
秋でありたき　沙 二九
咲くべかりしを　椿 二九九
花とはなるな　桜 一六七
瞳らきて見む　椿 一六八
今暫く　し 一二八
今しも白き　し 一三六
今しわが　宴 四八五
今少し　槐 一四五
美しき花に　沙 二六四
やさしく手厚く　槐 二一〇
今たしか　ガ 一八
今にして　花 五六七
知る生きの緒に　花 五六七
知ることのなほ　し 二一一
今の今　花 五六六
とび散る命　花 五五一
敗運と知り　柊 六六
今はいづこにも　槐 二九
今は亡き　宴 四七三
虫は思はむ　沙 三七三
入りゆけば　沙 三二七
今ひとたび　宴 四九八

あの夕暮れの　宴 四九二
逢はむと約し　忘 六二五
幼な子となり　忘 六〇二
言はざりし　槐 二四
胸より胸へ　槐 二二
甦りなば　桜 一六七
いまもなほ　忘 六二四
今私は　桜 一六七
今際越え　忘 六二三
鰯雲　ガ 二七
いはれなき　し 二二四
異をとなへ　花 五六〇
意味知らぬ　宴 四二四
イメージの　椿 五六六
癒ゆるといふ　く 三三七
いよいよに　花 五七七
紅深き　花 五七二
茂らんとして　沙 二六九
生への執の　桜 一六九
浮寝の旅の　忘 六二二
受け入れて　宴 四八六
動かざる　く 三三六
苟立ちて　沙 三五四
入りて来し　し 三三七
入りゆきし　秋 三二八

彩変へて　柊 六〇二
色の渦　柊 六〇
言はざりし　忘 六〇七
言葉は言ひし　秋 三〇六
ことわれにあり　天 四三〇
飲食の　沙 二九八
異をとなへ　花 五六〇
意味知らぬ　宴 四二四

う
鬱金桜　く 三三六
茴香の　天 四三六
ウインドに　柊 六五
植ゑしのち　く 三六
浮寝の旅の　忘 六二二
生への執の　桜 一六九
茂らんとして　沙 二六九
紅深き　花 五七二
十重に二十重に　秋 三二八
ぽたりぽたりと　宴 四六八
後背に　ガ 四八
虫は思はむ　沙 四七四
うしろでを　柊 六二
後ろより　宴 四四八

689　初句索引

うす青の ～ **薄氷の（うすらひの）**

うす青の　手袋ひとつ　沙　三六七
うす青の　夢の涯底の　天　四三五
うす青む　ガ　一八
薄衣の（うすごろも）　うすけぶる　紅　三三三
薄氷（うすごほり）　忘　三三
薄白む　椿　五九八
薄墨の　雲にあらずも　忘　六一〇
ひひなの眉に　柊　五五
うすねずの　忘　五五三
薄羽を　槐　一四一
うす紅の　白のくれなゐの　柊　五五
ちひさき耳も　ガ　三一
薄闇に　歌作る　花　五六二
数限りなき　うたに思ひを　秋　三二〇
鎌倉を置きて　歌のこと　椿　五三
プルメリアの花　歌の恋　槐　五三
薄闇の　おもひてありしも　宴　四六三
土牢に聞きし　思ひてをれば　忘　六二五
なかぴしぴしと　うち寄する　宴　五二一
薄氷が　歌の荷を　花　五三一

歌は心を　天　四三五
うづらの卵は　花　五六一
嘘よりも　ガ　二七
唄ひ声　ガ　二〇
歌一首　撃たれたる
くちびるにのぼり　く
立ち上がり来る　花　五六二
唄ひつつ　忘　六一九
歌ふほか　槐　一一〇
歌作る　花　五六二
そびらのあたり　紅　二九〇
帰らんとする　宴　四六九
宴果て　桜　一七五
宴の為に　桜　一七五
疑はず　槐　一一四
歌ならずや　し　一三七

歌は心を　形象と思ふ　花　五二二
歌ひとつ　知恵ならねども　ガ　一八
書きたる後に　幻となり　ガ　一三
身にあるわれの　美しき
撃たれたる　乙女が機を　紅　三三七
歌はねば　音楽を幾つ　秋　三三九
歌を思ふ　語尾のやうなる　槐　九〇
歌を書き　駿馬なりしが　柊　三七六
うちつけて　力と思ひ　く　二九一
炎を抱き　花と言はねど　秋　三二四
洞あり洞に　母なるわれは　柊　七七
無数の花を　眼交に降り　柊　五七
揺らげるものを　現身の　柊　九五
裡深く　うつしみは　紅　三三三
流れ入りたる　うつすりと　天　四三一
眠らす者の　うつつなく　ガ　二六
うち伏して　うつつより　槐　一〇五
うち寄する　俯して　槐　一〇五
うつくしき　うつむきて　秋　三三一

句	出典	頁
愛の言葉を	ガ	三
嘆くにあらぬ	紅	二五〇
移り来て いくばくもなき	し	二二二
植ゑし花木の	柊	八二
思ひかへせば	ガ	四三
うなづきて	椿	五三一
乳母車	忘	六二一
うべなひて	沙	二五六
うまごやしの	し	二二四
菖蒲の	宴	四五二
馬となり	宴	四五八
生まれしは	忘	六二四
生まれ月	く	二五八
生まれて初めて 傘をさしし日	忘	六二五
傘をさしたる	花	五六六
蝉を見し日の	く	二六六
海が荒れる	椿	五二
海越えて	海	三五
海みしこと	忘	六〇四
生みしこと	槐	六三五
生みし日の	く	
海近き	忘	六二六
海遠く	梢	

句	出典	頁
湖に入り	ガ	三九
海に沿ふ	天	四二四
海に向き	椿	五一八
湖に向く	く	二九四
梅を見たし	し	二二三
羽毛も鱗も	天	四二四
烏夜となりぬ	沙	二五五
うらうらに	桜	一七二
ウラギン蜆蝶を	紅	二六六
うらさわぐ	紅	二三一
浦島は	紅	二三一
占ふは	秋	六六
裏町は	ガ	三六
裏町の	忘	六二一
裏紅の	紅	三三二
裏若き	ガ	三六

句	出典	頁
梢を覆ふ	槐	一一六
うはごとを	忘	六一七
運河べりの	天	四二四
雲水の	秋	三一三
運転手	秋	三一三
運命が	花	五五四
運命の	花	五七五
運命を	花	五五一
占ふ人が	花	五五一
選ばんとせし	し	二二五

え

句	出典	頁
エアポートに	秋	三一〇
永遠に	宴	四七六
永遠と	花	五五五
永遠なる	槐	一二二
永遠の	く	二九一
悲哀ふともしも	槐	一三一
額に照る汗	沙	二四七
記憶として天に	椿	四九八
記憶を得ると	花	五五五
形象を守り	く	二三七
闇なりしかど	ガ	一九
エーゲ海の	椿	五三三
描かれて	忘	六二四
駅頭に	宴	四八二

句	出典	頁
開かるる傘	紅	二九五
若妻を置き	椿	五二〇
駅前の	花	五一〇
駅三つ	椿	五一五
抉るがに	花	五五四
剥るがに	花	五五五
えごの花	沙	二四九
枝ことごとく	忘	六〇六
枝撓む	槐	一三五
萩のくれなゐ	桜	一六〇
ほどのレモンの	柊	六〇
までに群れ来も	桜	一六〇
枝をゆすりて	紅	二六四
枝分かるる	槐	一三〇
えにしにある	沙	二六二
えにし濃き	宴	四九八
金雀枝の	宴	四九四
形象を守り	く	二三七
数限りなき	し	二一四
花やはらかく	秋	三九八
ゑのころ草	し	二〇四
ゑのころの	天	四〇五

初句索引

お

絵の筆を　椿 五一〇
選ばれて　宴 四六六
選びたる　宴 四六七
エレベーターに　宴 四六四
エレベーターの　沙 三六二
餌を欲りて　紅 二五五
円熟を　宴 五五二
円柱に　花 五六八
沿線の　宴 四八一
園児らの　忘 五二四
槐（えんじゅ）の花に　槐 一四五
槐の花　桜 一六三
槐（えんじゅ）の梢に　槐 一三五
鉛筆を　花 五五四
燕麦の　槐 一三一
宴果てぬ　く 三七一
老い老いて　天 四二六
老い極まりて　槐 一一〇
老い極まれる　桜 一六九

追ひ越して　く 三五五
老いし木に　桜 一六五
老いし人　く 三五七
老いし人の　く 三七九
老いし人を　桜 三五九
老いし病み人　く 三七九
老い父は　秋 三五九
老いて死ぬか　秋 三五九
老いてつく　忘 六三六
老いの繰り言　桜 一六六
老い人の　柊 一七一
老いまさる　椿 一〇〇
老いも幼なも　忘 四九七
王様クレヨンの　宴 四六七
桜林を　忘 六三〇
大いなる　桜 六三〇
欅一本　し 三三二
自然のうねりの　秋 三四〇
椿の一樹　く 三五八
掌のごとき　紅 二五四
大祖は　天 四三二
大方は　忘 六〇六
大方は　忘 六〇八
大甕は　花 五六三
置きて来し　ガ 二一〇
おぎろなき

大き字が　沙 二五八
大きものが　花 五三二
大欅　宴 四五九
切り株に陽が　忘 五五九
屋上に　宴 四五九
奥津城に　忘 五五八
億年の　天 四二六
億万の　宴 四六六
送られて　花 五六一
夫の十年　秋 三五九
夫の家に　椿 五六一
大阪の　槐 一一四
大夕焼　し 二六
大向日葵　秋 三二四
大楡　桜 一六一
大夏柑　椿 一六二
オートバイ　天 四一〇
大空の　天 四一〇
かの面ざしや　柊 一七九
日も今日も散る　秋 三五七
者いつしか　忘 六〇二
幼かりし　柊 一七九
遅れたる　柊 一七一
幼き日の　桜 一二四
幼き日に　く 三五三
幼かる　花 五六四
幼かる　忘 四九三
幼くて　沙 二六一
幼な児が　桜 一六六
雨のまひるに　紅 二六一
落としてゆきし　紅 二六一
丘のべに　忘 六〇八
丘のなだりの　く 三五八
丘の辺に　秋 三二一
丘の樹に　桜 三四〇
大淀を　沙 三五二
大淀の　沙 三五二
大淀の　沙 三五二

屋上園　椿 五一四
屋上園に　し 二〇四
屋上園の　花 五五八
屋上に　宴 四五九
屋上に　花 五五八
奥津城に　忘 五七六
億年の　天 四二六
億万の　花 五六〇
送られて　花 五八〇
夫の家に　椿 五六一
夫の十年　秋 三五九
大阪の　忘 五五九
幼かりし　柊 七九
かの面ざしや　天 四一〇
日も今日も散る　秋 三五七
者いつしか　忘 六〇二
幼かる　花 五六四
幼き日に　く 三七三
幼き日の　桜 一二四
幼くて　沙 二六六
幼な児が　桜 一六六
雨のまひるに　紅 二六一
落としてゆきし　ガ 二六一
丘のべに　忘 六〇八
丘のなだりの　く 三五八
丘の辺に　秋 三二一
丘の樹に　桜 三四〇
大淀を　沙 三五二
大淀の　沙 三五二
大淀の　沙 三五二
幼子の　天 四三三
幼な児の　忘 六二〇
をさな児よ　槐 一三一

教へるも　ガ　一五
懼るるは　桜　一六九
小田原の　宴　四九
をちこちに　忘　六〇九
落ちてならぬ　天　四〇七
落葉雨　秋　三三四
落葉降る　忘　五六六
御茶ノ水の　く　三三六
音あらぬ
楽ひねもすを　沙　二三三
花火しきりに　桜　一七三
男の子は　宴　四五三
男の子を　忘　六三〇
音絶えて
音ならぬ　ガ　三
音となる　ガ　六六
をとめにて　く　三六八
音もなく
山茶花一輪を　忘　六三三
幹をくだれる　椿　五六
衰ふる　槐　三九
衰へし

父母ある闇に　桜　一六四
われとおもふや　沙　二四七
同じ形　宴　四五五
同じ丈に　く　三七四
同じ日に　花　五二二
同じ日の　花　五〇
をのこ児の　秋　三三三
小野原の
ひまはり畑　沙　二三五
向日葵畑　し　二二六
おのれならぬ　椿　四六
おのれより　忘　五六六
オパールの　紅　二六九
尾羽ひらく　椿　一八九
小林の　椿　五二一
夥しき　ガ　四
苦しみの声　ガ　四一
蝶こぼれぬる　紅　二三二
白髪の群　柊　七〇
人出で入れる　く　三七八
本の中より　紅　二九
紋白飛べり　紅　二八七
オペ受けし　忘　六三三
おぼつかなき　ガ　三三

溺れ易き　ガ　一八
おぼろなる　忘　五六六
お前は蛇にと　忘　六〇八
をみな子は　忘　六〇六
をみな児を　椿　五二〇
おもひくつ　柊　九二
思ひ出づる　秋　三三三
アルカイックスマイル
かの表情は　椿　五〇九
傷あるものを　紅　三〇六
ことあらばいたどりの　秋　三四九
ことのひとつや　紅　三三五
遥かなる日に　紅　二三二
ひとつ記憶は　く　三八一
人との距離の　宴　四六七
思ひ出で　沙　二三七
思ひ出でては　し　二三〇
思ひ出でゆく　忘　六二〇
やがて忘るる　忘　六二一
わりなきひとつ　忘　二八八
思ひ出でし　く　三八八
思ひ出でて　ガ　三三

思ひ出でよ　秋　三五七
思ひぬる　花　五六六
思ひ描く　紅　二三二
思ひ及びて　秋　三三九
思ひがけぬ　椿　五二〇
思ひきり　し　二二二
思ひ濃き　秋　三三一
思ひしや　忘　六〇一
思ひ知りて　槐　一〇八
思ひたち　宴　四四一
小さき墓処を　椿　五二一
夜更けの厨に　ガ　三六
思ひつめ　く　三七六
思ひ出に　桜　一六二
思ひにて　し　二三四
思ひ見がたき　紅　二六三
思ひより　ガ　二六
おもひみて　し　二三五
思ふこと　椿　五三四
多ければ今日　し　二三二
まことに多き　槐　一三二
思ふゆゑ　天　四〇六
おもかげの　天　四二五
面影の

か

面影は　椿 五九
面影を　花 五五
重き実を　柊 六〇
重く昏く　桜 一六二
おもざしも　柊 六二
重し重しと　天 五四
おもへば　紅 三〇九
おもはざる　ガ 三
祖たちは　秋 三六
親ならむ　花 五四
親は死に　し 三三
をやみなく　宴 四三
をりをりに　宴 五九
光りて降れる　椿 四六二
子らと行きしよ　宴 四五六
降り口を　宴 四五一
折り挿せば　柊 三七一
檻なして　柊 七七
をりふしに　忘 五五〇
をりふしの　忘 九七
をりふしを　柊 八一
熱出でて過ぎし　槐 二一〇
眼先不意に
折れざりしかば　天 四二五

おはさねば　忘 六〇七
音楽は　秋 三一
抽象ならず　忘 六一一
何をか洗ふ　花 四六六
音信の　宴 四〇
音信は　椿 五〇四
恩寵は　椿 五〇四
静かなるかな　し 三三七
仄かなる赤　秋 三三五
下降る時に　花 五三二
ひかりにしばし　柊 六九
光の領に　椿 四九八
街燈の　桜 一六四
街道を　宴 七七

開発を　花 五六七
まぬがれし古き　く 三九六
まぬがれて咲く
花いばら　宴 四六四
かがまりて
山桜　秋 三二七
崖壁に　宴 四六六
回遊魚の　椿 四九三
回廊を　宴 四七二
街路樹の　し 三二九
街灯の　宴 四二
外灯の　宴 四五二
海底の　宴 四五三
回診の　天 四一〇
街上の　忘 五五三
階上の　く 三八四
帰り来し　宴 四二
帰り得る　柊 五五
帰らむとなど　忘 六二四
屈まれる　桜 一六二
鏡の前に　く 三四九
かかる危ふき　槐 一三七
かかる時　ガ 四六
かかる冬の　し 一〇五
かかる生を　秋 三二二
書かれざる　沙 三五三
かかはりの　忘 六三一
かかはりも　柊 六六
老女は土に　忘 六二九
拾ふ椿に　宴 四五七
花苗を選び　椿 五二七
砂をこぼせり　宴 四七七
蟻の子を見る　忘 六一〇
顔を見知る　忘 六二三
かがなべて　花 五六七
書かねども　柊 六二
顔の皺　天 三二六
貝煮れば　ガ 二五
限りなく　忘 六二三

楽鐘に　ガ　四三
楽章の　く　三七九
楽章は　槐　一一八
拡大鏡で　椿　五〇三
かくてわれに　し　三二八
学問を　く　三六五
かくれんぼ　柊　五五
かくれんぼの　柊　八五
かけがへの　宴　四七七
かけくだり　秋　三三五
駈けて来る　天　四二九
駆けて来る　忘　六二八
崖を打つ　柊　七二
風車　宴　四五〇
かざし来し　桜　一六三
風中の　し　二一九
重なりて　く　三八二
傘に降る　天　四三三
傘の弧の　柊　九八
傘のしづく　く　三七一
風花の
　流らふるなり　桜　一七七
　舞ひ散るなかに　柊　六五
風花や　忘　五九七
風花を　忘　五九七
風見鶏　ガ　四五
傘忘れ　椿　五〇五
かしこ死と　桜　一六九
賢しと　椿　五一三
かしこにて
　一生《ひとよ》を遂ぐる　秋　三五七
　ゆゑよし知らず　沙　二六七
嫁してなほ　花　五八〇
樫の木に　忘　五九〇
樫の木の　沙　二四八
樫の実の　椿　五一三
過剰なる　天　四三八
画匠の目を　宴　四六四
春日井さん　忘　六二九
数限り
　なき灯の下に　宴　四四八
　なく許されて　天　四一三
かすかなる
　愁ひ漂ふ　天　四三三
　音さへあらで　忘　五九三
　礼節ありて　忘　六〇一
潜《かづ》く鳥　柊　九三
数知れぬ　沙　二五八
葛《かづら》原　槐　一一三
風あらぬ　宴　四六二
風あると　秋　三三五
風いでて　柊　六六
風出でて　槐　一一四
風落ちし　忘　五九三
風落ちて
　とどまる春の　桜　一六六
　万象静か　花　五四三
　夕べとなりぬ　し　二〇四
風落ちぬ
　きぶしの長き　く　三七二
　欅大樹に　椿　五三〇
　花の重さを　花　五五一
風が力を　椿　五〇八
風絶えし　秋　三四三
風たちて　槐　一一七
風立ちて
　しばしびらびら　宴　四四五
　冬の駅路の　椿　五二六
　若き葉の裏　く　三九〇
風たちぬ　桜　一七二
風立てば　秋　三五五
風といふ　椿　五二三
枷と呼ぶ　槐　一〇九
風に応へ　ガ　四五
風に撓む　し　二一〇
風に従《つ》きて　紅　二九二
風になびくと　花　五四二
風に向かひ
　幾たびか鎌　し　二三三
　鳴き交はしつつ　天　四三四
風の渦　く　三九四
風の音を　し　二三三
風の傷　椿　五一三
風の背に　椿　五三三
風のなき　沙　二七五
風の日の　紅　三〇八
風の道
　かしこなるべし　く　三八九
　それしところに　く　三六八
風の道を　し　二一五
風のゆくへに　沙　二五三
風のやうに　ガ　四三
風は今　宴　四七六
風ばかり　ガ　四〇
風は木を　紅　三一四
風邪引きやすき　桜　一七八

風よりも　柊　一〇一
家族が皆　秋　二三八
片藍とは　忘　六七
片丘に　し　三三
片側の　紅　三三
堅き嘴　ガ　四一
堅く苦しく　く　三六
かたつむり　く　三六
かたつむりの　紅　二六
かたときも　秋　三三
片頬に　柊　五五
触れてゆく風　秋　三四
満ち易き血の　ガ　一六
互みの声　し　三五
傾きて　柊　一七
肩寄せて　柊　九八
語らざる　宴　四六八
語りあふ　宴　四六八
かたはらに　柊　六七
遊べる犬も　桜　一九〇
傍らに　柊　三七
竜胆の紺　し　三七
傍らを　椿　四九四

合掌し　天　四〇四
かつて一羽の　し　二七
かつて軍手と　花　五六九
かつてここに　花　五六九
駅ありしとぞ　花　五六四
桑を摘みたる　く　五三三
かつてその　く　一七九
かつて野に　柊　六〇
かつて見し　天　四五六
かつてみどり児で　紅　三〇二
かつてわが　く　三六九
かつてわれに　紅　三一四
合羽坂　花　五五〇
闊葉樹　紅　三〇四
拐かす　槐　一三〇
哀しとぞ　し　三二四
哀しとは　し　一二四
かなしみて　し　一二四
覚めぬる闇を　槐　一三七
囚はれ人が　忘　六一〇
わが内部より　ガ　一六
かなしみなどに　沙　二四三
かなしみに　し　三二八
かなしみは　し　二〇五

哀しみは　忘　六六
哀しみ深き　し　二三
かなしみを　秋　三四
かなたなる　し　二三七
竿灯は昔　花　五六四
欅の梢　く　三五〇
フェンスのもとに　く　三六八
かなたより　忘　三三九
彼方より　く　三三九
かならずや　く　三三七
必ずや　紅　三三五
かなたにて　秋　三三五
生を遂げたしと　紅　二五六
昼顔は花を　秋　三三五
彼方なる　天　四九二
輪をこぼれ出で　槐　一二五
街衢に働き　花　五五九
彼方なる　花　五三五
逢ふべかりしを　椿　五三六
農耕の民の　花　五六八
かなはざる　忘　六一〇
鉦叩　天　四〇三
かの家の　紅　三一三
かの椅子に　椿　五〇二

かの命　宴　四六〇
かの心に　ガ　四七
かの心を　槐　一六
かの柵の　し　二三七
かの桜を　宴　四四
かの死者か　宴　四七二
かの生の　宴　二六八
かの苑の　く　三六八
かの小さき　沙　二七〇
かの辻は　天　四一六
かの時に　宴　四五一
かの羽の　秋　三三八
かの日かの時　し　三三六
かの人も　秋　三三七
かの日われらに　沙　二四九
かの町に　く　二六八
かの胸を　椿　五〇〇
かの山の　椿　五〇〇
壁に貼りつき　柊　六六
蟷螂と　秋　三三五
鎌倉宮に　紅　三〇七
鎌倉小町　椿　五〇七
鎌倉に　紅　三〇〇
かまくらの　花　五六六

鎌倉の

女人の死者や　椿　五〇七
昼ふけに来て　宴　四八〇
かまつかの　宴　四六一
雁来紅の　秋　五五五
髪あらふ　柊　五六
神在らずと　ガ　一四
髪しきて　ガ　六四
髪滴　鳥　一九
神知らぬ　秋　三〇
心ひそけく　ガ　三
若きわれらの　天　四七
紙灯籠を　ガ　四六
神ならぬ　ガ　四六
髪に背に　花　五五二
髪にふれ　忘　六二
神は死を　燕　六〇
神は遂に　忘　五三二
髪みだれ　花　五八〇
紙よりも　秋　五三二
髪を洗ひ　花　五八六
髪を洗ふと　秋　五三二
ガムをそなへ　花　五八〇
寡黙なる　忘　五六七

寡黙なるは　桜　一七
通ひ馴れし　花　五五六
鳥揚羽　椿　五一〇
枯野の風の　沙　二五〇
朱を点じをり　く　二五〇
烏瓜の　宴　二六九
烏瓜の　く　二七二
烏鯉の　天　四一六
鳥瓜　く　二七三
硝子光　し　二〇八
硝子戸の　柊　六四
硝子粉を　柊　五九
硝子粉の　沙　一六五
硝子嵌め　沙　二五四
硝子窓に　柊　一七
燕麦　花　一七
刈られざる　沙　二五
刈られゆく　沙　二六〇
刈られゆく　宴　四八四
がらんとさびしき　柊　六二
かりそめの　忘　六三三
病にこやる　く　五九七
病ひの間にも　桜　一六四

刈りたるは　椿　五三
仮の世の　柊　六八
雁群れて　柊　六二
槭櫨一顆　し　二〇
関西に　椿　五三五
軽鴨の　秋　三六
かるかやを　柊　八〇
かるがると　紅　三〇三
華麗なる　ガ　一三
ガレージの　忘　五五九
枯草を　椿　五二四
枯れ蔦の　秋　三五九
枯れてなほ　槐　一四
枯れながら　秋　三九
枯野にて　ガ　三五
枯れ原に　し　三三三
枯原を　柊　七七
枯山の　沙　三三五
川底の　宴　四六一
川底に　宴　四八四
川の辺に　椿　五一五
川面まで　桜　一八七
眼科医の　花　五六八
柑橘の　椿　五〇一
寒月光　忘　六六

鋭かれども　桜　一六〇
ますぐに届き　椿　四九七
看護師と　忘　六二一
関西に　椿　五三五
漢字パズルに　花　五七二
感受とは　秋　三三六
簡浄は　紅　三〇三
かるがると　沙　三二四
環状路　槐　一三三
鑑真和上の　忘　四七六
眼底出血　紅　五二四
冠灯式　柊　三五
カンナの葉　秋　三三一
かんばせは　花　五六六
かんばせを　柊　三五
寒緋桜の　花　五九一
かすかなる声　忘　三五
下のベンチに　柊　七七
漢方か　椿　五三二
灌木の　桜　一六五
観覧車　花　五六一
甘藍の　天　四二〇
癌を病む　椿　五〇一

き

消えゆかむ　し 二〇六
記憶の庭に　桜 一八八
記憶は絵　花 五七六
記憶より　椿 五一六
聞かざれば　し 二〇四
気がつけば　忘 六〇二
黄樺色の　槐 一三九
気管支に　槐 一二九
聞き知りし　沙 二五八
樹々の根に　く 三七〇
木々の芽の　天 四一四
樹々は芽を　椿 五〇〇
樹々もまた　忘 六三五
桔梗色の　沙 二四七
奇遇など　柊 六五
木草が水を　天 四三八
菊の首　ガ 四三
菊の屋に　沙 二四四
菊籬　宴 四七一
技芸天の　忘 五九一
きざはしの　柊 九七
如月尽
　曇天は灰色　紅 三〇〇
　未明の紺に　し 二〇九
きさらぎの
　虚空にこぼるる　桜 一七七
　寒き寒き日に　椿 五三二
　寂光満つる　槐 一二六
　ひと日の雨は　紅 三〇〇
　雪の翼の　椿 五三四
如月《きさらぎ》の
　雨と思ふよ　忘 五九九
　林遠くし　秋 三四三
　光に緊まる　椿 五〇七
　光　光は　宴 四七六
傷あらぬ　ガ 二四
傷痛き　椿 五一八
傷負ひて　沙 二七三
傷多き　ガ 三六
きすげ・くわんざう　沙 二四七
傷つきて　宴 四八六
傷などと　椿 五三三
傷をもて　槐 一四〇
黄鶺鴒　忘 五九八
昨夜あなたは　忘 六一一
昨夜《きぞ》に見て　天 四〇四
昨夜《きぞ》の雨に　く 三七九
昨夜《きぞ》の死者　し 二一〇
昨夜《きぞ》は宴　沙 二六七
昨夜《きぞ》は情　宴 四四七
昨夜《きぞ》読みし　槐 一三五
北国の　秋 三四六
北の陽に　紅 二九七
北の碧湖に　槐 一二九
北を指す　し 二一七
桔梗《きちかう》の　し 二二一
ぎつしりと　天 四二六
吃水線　天 四二〇
汽笛鋭く　ガ 二一
来てしまひし　紅 二九五
木と藁で　花 五七六
木ならば　紅 二八四
樹に土に　し 二二二
樹に鳥に　沙 二五四
樹にわれに
　来し如月光　花 五四五
　地《つち》に差しくる　天 四三一
衣《きぬ》ならば　忘 六二六
昨日一分　沙 二六八
昨日来し　忘 六一二
きのふけふ　く 三九四
昨日今日
　かなたより呼ぶ　秋 三四七
　救急車ゆく　紅 二九二
　給水塔の　紅 三〇三
昨日の雪が　桜 一七五
きのふ葬りの　し 二二六
昨日まだ　紅 三〇〇
きのふ見し　沙 二七二
昨日より
　雨降りてをり　く 三七二
　われは老いしかと　花 五八二
昨日わが　天 四一九
木の鴉　し 二二三
樹の感受　花 五四三
樹の心　忘 六二三
黄のしづく　忘 六二七
樹の下に　忘 六三〇
樹の肌へ　沙 二七七
木の花は　桜 一八三
樹の骨の　宴 四五二
黄のりんご　ガ 一七

独り居れば　　　沙 三九六

ホームレスにならんと

木は枝を　　桜 二六六
木は鋏を　　柊 三三
木はものを　　忘 六二五
きぶしの房　　花 五五三
君があやぶむ　　ガ 三
君が居む　　ガ 二七
君が宿痾に　　槐 二二
君かとも　　ガ 三七
君がふと　　ガ 二五
君との距離　　槐 四二
きみに告げむ　　椿 四二
君の心を　　槐 二二
君の死に　　槐 二六
君の生　　ガ 二二
君のまなこに　　桜 二八二
君のみに　　ガ 二六
君の胸うち　　槐 二二五
きみの目の　　ガ 二五
君は今　　柊 六七
いかなる夕餉　　沙 三九三
柑橘の皮　　ガ 三四
何をしてゐむ　　く 三八〇
働きてゐむ　　槐 二八

【次列】

独り居れば　　沙 三九六
君はきみ　　桜 一六三
君はひと生を　　秋 三三七
きみは逝き　　桜 一九一
君も深夜を　　ガ 二三二
君も過ぎ　　ガ 二七
君もまた　　し 二八
君も吾も　　ガ 四〇
きみよいづくまで　　ガ 九
君よしらずや　　桜 一八二
きみを汚す　　宴 四九八
きみをふかく　　ガ 二九
入りゆく鳥は　　忘 六〇五
見返らむとす　　槐 二八
旧街道　　忘 六〇〇
旧街道に　　椿 五〇七
救急音　　椿 四九五
今宵忽然と　　花 五七二
二つ聞こゆる　　柊 六二
救急車・　　花 五三二
救急車に　　柊 六三
救急車の　　く 三六六
球根を　　槐 二一八

【次列】

休日の　　ガ 一九
救心と　　花 五六一
きりりうと呼ぶ　　花 五六一
消ゆるなと　　椿 五〇五
清らかな　　沙 二四五
きよらなる　　ガ 一三
きらきらと　　ガ 一八
真昼の日照雨へ　　天 四〇
眩しき如月の　　ガ 三六
綺羅なすは　　椿 五三五
きらめきて　　ガ 三六
切り刻む　　柊 八八
切子硝子の　　柊 八六
「キリストを　　ガ 三二
霧の来る　　し 三〇六
霧の層　　柊 六九
霧の匂ひ　　ガ 四六
霧ふかき　　柊 六〇
きらめきて　　柊 六〇
霧深き　　天 四三三
霧降りて　　柊 六〇
霧湧きて　　宴 四六二
きれ深き　　柊 六〇
切れ深き　　紅 二五四
岐路迷路　　槐 一〇七

ホームレスにならんと　　く 三八四
魚貝など　　紅 三〇六
虚弱児で　　花 五五三
清らかな　　沙 二四五
きよらなる　　ガ 一三
きらきらと　　沙 二四五
真昼の日照雨へ　　ガ 一三
眩しき如月の　　秋
綺羅なすは　　沙 三九四
きらめきて　　紅 二六五
切り刻む　　ガ 一三
切子硝子の　　柊 六〇
「キリストを　　ガ 三二
霧の来る　　沙 二五四
霧の層　　柊 六九
霧の匂ひ　　ガ 四六
霧ふかき　　柊 六〇
霧深き　　柊 六〇
霧降りて　　天 四三二
霧湧きて　　宴 四六二
きれ深き　　柊 六〇
切れ深き　　紅 二五四
岐路迷路　　槐 一〇七
秋ぞとおもふ　　紅 三〇五

木を五つ　忘　六三二
「気」をわかつと　花　五六六
金色の　天　四〇五
銀色の　忘　六三二
銀河近く　秋　三五四
銀漢の　椿　五三五
銀鼠の　花　五七一
金の純度を　沙　二五八
銀箔を　秋　三三三
銀やんま　沙　二六一

く

悔多き　柊　六二
空中の　沙　二六四
釘の頭《づ》を　桜　一七四
くくくくと　天　四〇四
草生ひて
　坂なすところ　秋　三三八
　水の乏しき　天　四三四
草冠《くさかんむり》に　忘　六二三
くさぐさの　紅　二八九
草の翳　し　二〇七
草の露　し　二二一
草の穂に　秋　三三七
草の穂を　柊　七
草萩は　紅　二九一
草茫々《ぼうぼう》　忘　六〇五
櫛を持たむ　秋　三五八
葛すすき　し　二三四
葛の野で　椿　五一九
葛一枝　椿　五三一
薬を得むと　く　三八一
薬を飲む　忘　五九〇
具足・首　柊　五六
砕かれて
　白こなごなの　桜　一七九
　なほ土ならぬ　槐　一一六
降《くだ》り来し
　一羽の鴉　紅　三〇二
　山峡樹々の　ガ　二三
くだり来て
　歩める鳩の　紅　二九五
　地《つち》を歩める　天　四二七
くだりては　桜　一八九
口遊み　沙　二七二
くちなしの
　白盛りあがり　秋　三三六
　花のかたまり　秋　三四三
　花夜々に　く　三七四
唇《くち》に油脂　槐　一三三
口紅を　宴　四六三
ぐつすりと　花　五七一
くぬぎ林を　花　五四四
配られし　花　五五五
首に手術の　忘　六三〇
首に巻けば　忘　六三七
雲の脚　天　四二五
蜘蛛の巣に　宴　四六五
雲の層　桜　一六五
雲の端《は》の　秋　三三九
雲映ゆる　椿　五二〇
雲ひとつ
　くれなゐに燃ゆ　忘　六二七
　見ゆる草生に　柊　九〇
曇り日の　沙　二六三
悔しむは　ガ　一六
くらがりへ　槐　一二八
昏き驟雨に　桜　一六八
昏々と　槐　一四〇
グラビアに　天　四〇五
暗闇に　紅　三〇〇
グリーンシャワー　忘　五九〇
くりかへし　柊　六三
繰りかへし　柊　九二
繰り返し　柊　七三
クリスタルの　椿　五〇〇
栗の花　椿　五〇二
厨辺に
　砂糖を計る　桜　一六四
　さびしみてゐき　ガ　三三
　巷の唄を　ガ　三七
　馬鈴薯の皮を　椿　五三二
厨辺の　紅　二八九
厨辺は　紅　二八五
狂ひたる　秋　三一八
くるくると
　子の爪くだる　柊　六四
　反りて切崖《きりぎし》に　天　四二九
　まはりゐし子は　花　五五二
苦しき心を　花　五六一
苦しきと　忘　六〇三
くるしみて　柊　七〇
苦しみて　紅　二九三
くるしめる　秋　三五三
来る年の　槐　一〇七
来るならば　忘　六二五

踝に（くるぶし）

狂はねば　暮れなづむ　秋 三九三
クレーンもて　昏れなやむ　槐 二一
昏れそめて　昏れ残る　天 四二六
くれなゐに　障子明かりの　柊 九四
くれなゐの
　染まりし雲が　雪柳の白　天 四二五
　熟れし夕つ日　クレバスの　天 四二五
　昏れ果てて　芥子の花　紅 三〇一
　黒揚羽が　化粧せよ　忘 六〇六
　上にくれなゐの　クローバー　宴 四八一
　濃すぎることも　クロール泳　天 四二四
　山茶花こぼれ　黒き枝　柊 七三
　月昇り来ぬ　黒き実の　天 四二九
　涙をこらへ　黒く小さき　天 四二二
　ひと刷けが白き　黒野とは　柊 三〇〇
　ほのかことなる　黒檜　沙 四三四
　闇のやうなる　黒侘助の　花 五六九
くれなゐは
　木末に燃えて　群衆は　柊 七六
　濃ゆきひと色　君子蘭　紅 二五六
くれなゐを
　思へば母が　軍列に　柊 八二
　とどむる野より　ガ 四三一
くれながら　ガ 三二
昏れなづむ　ガ 三二五

け

刑罰の　忘 五九四
係累は　天 四二六
今朝散りし　柊 六一
夏至祭の　槐 一四五
決してわれが　椿 五一七
芥子の花　秋 三三六
化粧せよ　花 五六一
化粧品　花 五六六
血圧の　ガ 二六
血縁か　天 五二三
血縁の　椿 五五五
血縁は　紅 二五〇
血縁を
　失ひしわが　ガ 二六
　持たぬちひさき　ガ 五七
結界を　椿 一〇七
月下なる　槐 一三六
月下美人　天 三一九
月光に　宴 四七二
月光の
　花房揺るると　紅 三〇九
　ひつそりと山茶花　花 五六三
　玄関を　椿 五三三
　戸外に今し　宴 四六八
　踏み出でんとする　宴 五六〇
螢光灯に　柊 六一
形象に　花 五七一
形象は　花 五六一

中なる木丘　沙 二六一
月光は
　地にくまもなし　し 三二二
　ベランダに来て　く 三五四
　身に差し入りぬ　槐 一二七
　裸枝静かなる　秋 三四七
月光を
　あしたとおもひ　柊 九一
　げにあつき　桜 一六〇
　げに人は　浴びつつ思ふ　天 四二三
血族は　血族は　紅 二五五
決断は　紅 二五五
けものの屍　柊 六〇
欅大樹　桜 一八九
欅並木で　天 四一九
欅並木　忘 五九七
欅の雨　宴 四七〇
玄関の　宴 五九八
玄関を　椿 五三三
眩暈の　宴 五二八
玄関に　椿 五三二

こ

（初句索引）

第一段（右）

- 請ふことの　秋 三三
- 広辞苑を　花 五六八
- 工事場に　椿 五二九
- 工事帽を　忘 六一九
- 航跡の　天 四三一
- 高層に　宴 四六七
- 住むことさびし　忘 六二〇
- 絢爛と　ガ 二五

第二段

- 紅梅の　紅 二五四
- 幸不幸　沙 二三二
- 光芒の　柊 八〇
- ごとき家居を　柊 八〇
- なかよぎり降る　宴 八五
- 興亡は　宴 一六八
- 黄葉を　宴 一六八
- 高層の　宴 四六七
- 県の鳥は　ガ 二五

第三段

- 林檎の皮を　紅 二五三
- 呼応する　ガ 三三二
- 恋ほしきこころに　し 二〇六
- 凍りたる　柊 六三
- 炎のごとき　柊 六三
- 水動きそめ　槐 三一
- 水辺に帰る　沙 三二
- 子が唱ひぬし　天 四七六
- 子が呉れし　し 二〇七
- 木がくれの　し 二〇三
- 木隠れの　し 二二八
- 木陰なす　天 四二八
- 子が住める　槐 四二
- 子が発ちゆき　沙 二六二
- 子が住める　沙 二六二
- 黄金虫　ガ 三〇
- 子が弾けば　秋 三三四
- 木枯らしと　桜 一六六
- 木枯らしに　桜 一六六
- あふられて飛ぶ　沙 二六七
- 揺れ戦ぎぬる　沙 二五四
- 凪に　沙 二五三
- 髪吹かれ来て　槐 三六
- 吹き残されぬ　紅 二五九
- 木枯らしの　天 四三五

第四段（左）

- 原稿用紙　沙 三五四
- 源氏ぼたる　秋 三二九
- 「現代の　椿 五〇一
- 鮫梯に　忘 三六七
- 剣道の　ガ 三三
- 鯉の屍を　宴 四八二
- 恋ひとつ　紅 三一二
- ありし記憶の　秋 三三四
- 始まりて終る　槐 三七
- 高音に　花 五五
- 硬貨など　忘 六二一
- 紅顔を　天 四三一
- 皎々たる　宴 四六七
- 皓々と　椿 五二九
- がうがうと　秋 三二九
- 広告紙　花 五六六

濃き茜を　紅 二八七
濃き薄き　桜 一六八
濃き闇の　秋 三三一
呼吸困難と　宴 四四九
濃く昏く
　煙草の匂ひが　忘 六二一
　落日光を　槐 一三二
刻刻に　宴 四六八
刻々に
　秋づくや人の　槐 一三六
　過ぎゆく時を　く 三六五
　地上の草に　宴 四五三
　闇を増し来る　宴 四七四
ごく初期と　忘 六二八
黒鳥と　し 二三六
酷薄なる　ガ 一三
告白を
　なさざるわれは　紅 三一〇
　なしとげしごとき　秋 三四五
ここからは　花 五六七
午後三時　槐 一一四
ここ過ぎて　し 二三五
ここ過ぐる　桜 一八三
ここに逢ひ　槐 一四五
ここに在る　柊 七六
ここに咲く　し 二〇三
ここにしも　槐 一四三
ここに佇ち　し 二三〇
ここにちひさき　槐 一一二
ここに満つる　ガ 一五
午後の風　し 二二五
ここは家郷に　槐 一二四
ここはさねさし　椿 四九七
ここは西の　く 三六七
ここよりとはに　し 二一九
ここよりは
　降りてならぬと　忘 六一六
　怺へがたしと　忘 五九一
　一人でゆくと　沙 二七三
ここよりやがて　く 三八六
凝りたる　桜 一八一
心ある
　ごとく進みて　花 五六七
　ごとく岬に　宴 四五一
心うるみて　桜 一六二
心おきなく　花 五六六
心きよく　ガ 一七
志　し 二三四
志《こころざし》と　天 四二八
こころ静かに　ガ 四八
心切なく　槐 一三五
こころ狭く　ガ 三四
心虔しく　桜 一八六
心とほき　ガ 一三
心処に
　しげく雨降る　宴 四六一
　届く木枯らしの　椿 五〇六
心なにに　く 三七五
心の奥　秋 三三八
心の丈は　椿 五〇〇
心ふと　桜 一九〇
こころ乱れ　槐 一一九
心乱れ　し 二二五
心より　し 二一四
心よわき　ガ 四一
心弱き　天 四〇三
心弱りて　く 三七二
心をば　桜 一六〇
ここを帰れと　し 二三〇
ここを発ち　し 二二八
ここを行け　沙 二五三
来し方の
　遠さはるけさ　宴 四五七
　遥けくなりぬ　椿 五一二
来し方は　天 四二七
木下《こした》より　し 二一六
腰低く　ガ 一五
来し人は　し 二三三
五十メートル　宴 四八四
小綬鶏が　沙 二五七
湖上より　ガ 三九
梢より　ガ 四四
コスモスの　花 五七二
午前四時
　うからこぞりて　椿 五一九
　ごろに咲くべく　忘 六一七
護送車の　天 四二九
去年《こぞ》瑞泉寺に　紅 三〇七
去年《こぞ》の今日を　紅 二八三
去年の椿　秋 三四六
去年《こぞ》の燕
　今年の燕　し 二一七
　飛びゐしあたり　宴 四八五
去年《こぞ》のわれと　椿 五〇四
去年《こぞ》はまだ　忘 五九八

初句索引

〔一〕

- 去年芽吹き 天 四一
- 去年（こぞ）よりも 紅 三〇八
- こぞりさく 花 五五三
- 去年（こぞ）われに 忘 六三三
- 去年（こぞ）われは く 三六六
- 忽然と／花野あらはれ 天 三六六
- 郵便局建ち 椿 五〇六
- 湧き出したる 宴 四五二
- 骨董バザールの 椿 五五九
- 骨量の／子でありし 天 四〇四
- 今年子雀（ことしこすずめ） く 三六六
- 湖底に沈み 花 五五二
- ことし咲く 花 五八〇
- 今年の花の 槐 一〇七
- 今年の花の く 三六九
- 今年また／このえごの木に 沙 二〇三
- 穂草の原と 宴 四七一
- 異なれる 秋 三三二
- 古都は今 ガ 三九
- 言葉とは／ひとり湧きくる 沙 二七一

〔二〕

- 見つくしたりし 紅 二六五
- 言葉とも く 三九〇
- 言葉なく 秋 三五〇
- 言葉にも ガ 三六
- 言葉の畑と 花 五六五
- 言葉は心の 忘 六一一
- 言葉ひとつ 紅 三〇七
- 言葉は樋の 椿 五六六
- 言葉もて／うつつより美しき（は） 花 五五五
- こころもて 花 五五〇
- 刺す他なからん 沙 二五七
- こともなげに 柊 九〇
- 子供の頃 花 五六一
- 子供らに 忘 六〇二
- 小鳥・魚 柊 八四
- ことりと死ぬには 忘 六〇六
- 小鳥より ガ 四一
- こなごなに 秋 三五四
- 粉雪（こなゆき）が 忘 五五七
- 子に執着 く 三七九
- 子に倣ひ し 二一一

〔三〕

- こぼたば帰る ガ 三〇
- 誰に伝へむ 宴 四四六
- この秋の 槐 一三
- この秋を く 三八〇
- この朱を ガ 三六
- この雨は 秋 三五五
- この家の 紅 三〇七
- 子の家の 沙 二六七
- この一樹 沙 二六一
- この一冊 椿 五五二
- この色の 花 五五〇
- この海を 宴 四五一
- この駅に／昨夜陸続と 秋 三三一
- この辻の 宴 四六〇
- この辻を 宴 四三〇
- この妻と 花 五二五
- この園の 花 五七〇
- この黄の 秋 三四一
- この齢と 宴 四六六
- この時計は 忘 六四六
- この夏の 椿 五〇三
- この医師 紅 三〇六
- こののちに 忘 五九九
- この国は 紅 二六六
- この後の 秋 三三七
- この鉢と 椿 五三〇

〔四〕

- 子のごとく 宴 四六六
- この紺青に 沙 二九五
- この山茶花は 紅 二九二
- 子の手術 く 三九二
- この頭上を 秋 三三六
- この生の 天 四二三
- 中ほど過ぎて 天 四一三
- この園の し 三二三
- ひと日を閉ぢん 沙 二九四
- この寒緋桜の 椿 五五三
- 紅葉に射す 桜 一六〇
- この空を 宴 四六四
- この谷に 桜 一六五
- この血すぢに 秋 三三三
- この辻の 宴 四六〇
- この辻を 椿 五七六
- 子の妻と 花 五二五
- この辻を し 二二二
- この齢と 宴 四七六
- この夏の 椿 五〇三
- この医師 紅 三〇六
- こののちに 忘 五九九
- この国は 紅 二六六
- この後の 秋 三三七
- この鉢と 椿 五三〇

句	分類	頁	句	分類	頁	句	分類	頁	句	分類	頁
この花が	秋	三九	この街の	忘	五九八	萩の白花を	槐	一二	行くといふなり	椿	五〇八
この春の	紅	三〇八	裏背の川を	忘	五三二	この夕焼	秋	三三四	来よといふ	忘	六一五
この春も	天	四三五	駅のベンチに	忘	五三二	このやうに	ガ	一八	来よとあまた	槐	二二
この人と	く	三九一	この世にて	紅	三九二	子らあまた	槐	二二	子らあまた	槐	二二
この人に	宴	四八四	くまぐまに入りて			この世に一人	沙	二六〇	怜ふるは	秋	三三五
この人に	紅	三九一	この街は	紅	二九二	この齡と	天	四〇四	怜へぬし	秋	三四八
この病院の	花	五五八	秋の涯底に	紅	二九二	怜へがたし	秋	三四八	怜へぬし	秋	三四八
このビルの	桜	一七九	硝子とタイルの	く	二九五	子らが居らず	桜	一七五	子らが居らず	桜	一七五
この風景の	椿	五二三	坂多き街	花	五五五	この世を出づる	桜	一七五	子ら去りし	天	四〇七
この紅は	柊	六一一	眠らざる街	花	五五五	小走りに	沙	二七六	子ら去りし	沙	二七六
子の頰に	く	三五四	冬あたたかき	紅	三〇七	こは水晶の	宴	四六〇	子ら育ち	沙	二七六
このホームレスの	椿	四九一	この街を	花	五五一	子ら育ち	沙	二七六	子らは皆	槐	一三〇
この街が	沙	三二〇	この町を	花	五五一	子らは皆	槐	一三〇	これよりは	忘	六〇六
この街に	天	四二一	この窓に	秋	三三三	こはまさしく	秋	三三九	子らは皆	秋	三三九
この町に	天	六〇三	この窓の	天	四二四	拒みゐし	ガ	三〇	発ちてゆきたり	天	四二〇
この街に	忘	六〇三	この窓の	天	一〇〇	こぶしもて	花	五六四	娶りてあれば	忘	五九〇
生まれし昼顔	花	五五一	拱きて	天	四二四	こぼたるる	し	二〇九	子等は皆	沙	二七三
をりをりに立つ	花	五三四	こまごまと	槐	一四五	これしきの	し	二〇九	これしきの	宴	四九九
かつて千夜を	秋	三三四	こぼれ萩	槐	一三一	これといふ	沙	二七二	これといふ	紅	二六七
この町の	宴	四六六	こぼれつぐ	槐	一三六	これもまた	天	三二三	これもまた	忘	六〇六
駅のベンチに	忘	五九八	こぼれたる	槐	一三一	これよりは	忘	六〇六	これよりは	忘	六〇六
鴉の翼も	秋	三三〇	こぼれたる	槐	一三六	在るをあたはず	槐	一二七	在るをあたはず	槐	一二七
雀は遊ぶ	秋	三九六	今宵はも	椿	四九二	散るほかもなし	桜	一七五	散るほかもなし	秋	三四三
人は門辺に	秋	三三四	ゆく手だてなき	天	四一九	匂はざれよと	秋	三四三	匂はざれよと	秋	三四三
メガネドラッグの	宴	四六六	来よと言ひ	忘	六一七	深きくれなゐ	秋	三三二	深きくれなゐ	秋	三三二
			抱へ帰るは	槐	二九	ゆく手だてなき	忘	六一七	ゆく手だてなき	天	四一九
			西光あふれ	沙	三五一	来よと言ひ	忘	六一七	来よと言ひ	忘	六一七
						行くといふこの	忘	五九八	行くといふこの	忘	五九八
									悪くするなと	花	五四八

五、六歳

子別れの　　　　天 四七
請はねども　　　宴 四八
声音なき　　　　宴 四六五
恩寵ならむ　　　桜 一六八
この白梅の　　　沙 二六六
子を得たる　　　ガ 三二
子を叱る　　　　槐 二五
子を抱きし　　　宴 四四七
子をはぐくみて　紅 二五〇
婚姻の　　　　　椿 五五九
コンクリートの　天 四三〇
上にこぼれし　　椿 四六九
屋根のへつりに　宴 四六二
混合林の　　　　椿 五三〇
昏々と　　　　　槐 一二〇
咲き繁れるは　　桜 一七九
眠りぬし碗が　　椿 五三〇
今生の　　　　　桜 一七九
紺青の　　　　　椿 四六五
空の奥処を　　　沙 二三五
天にけぶれる　　沙 二四七
コンソメスープを　花 五七三
こんなこと　　　忘 六三三
コンパクト　　　沙 二六五

さ

サーカスが　　　秋 三五四

離り住み　　　　し 一三五
坂を登り　　　　く 一五四
咲きあふれ　　　桜 一六〇
咲き溢れ　　　　宴 一一三
咲き急がん　　　桜 一六〇
咲き返る　　　　く 三五三
さきがけて　　　花 一三四
咲きさかる　　　忘 五八八
咲きそめの　　　椿 四六五
むごき力を　　　紅 二五六
咲き闌けて　　　桜 一六五
前の世の　　　　秋 三一一
前の世を　　　　秋 三五〇
鷲は鷺の　　　　秋 三五〇
咲いた咲いた　　花 五五七
咲き満てど　　　沙 二六四
咲き満てる　　　槐 一四〇
金雀枝の黄の　　椿 四九九
豪胆ならず　　　花 五六一
山茶花の梢を　　沙 二九八
遮らむ　　　　　桜 一八六
寒河江と呼ぶ　　桜 三三八
逆髪の　　　　　花 五六六
探すべき　　　　く 三五四

咲くよりも　　　沙 三六一
坂を登り　　　　く 三五四
咲きあふれ　　　桜 一六〇
咲き溢れ　　　　忘 一三四
咲き急がん　　　天 三〇九
咲き返る　　　　く 三五二
さきがけて　　　花 一三四
咲きさかる　　　忘 五八八
咲きそめの　　　桜 一六五
咲き闌けて　　　椿 四六五
前の世の　　　　秋 三五〇
前の世を　　　　秋 三五〇
鷺は鷺の　　　　秋 三三一
こぼるる庭や　　花 五五五
薗地に　　　　　椿 五二一
山茶花は　　　　槐 一〇〇
さしかはし　　　山 一四〇
傘となりたる　　秋 三三五
白くれなゐの　　宴 四七一
山茶花の　　　　沙 二九八
さしぐみて　　　桜 一八六
さすらひ人の　　忘 五五〇
さきはひの　　　花 五七六
さきはひと　　　く 三九四
さきはひ濃く　　槐 一四六
柵条に　　　　　槐 一五四

咲くよりも　　　沙 三六一
桜色は　　　　　宴 二六六
桜狂ひ　　　　　し 二二一
さくら草を　　　忘 六三四
桜散る　　　　　天 三〇九
桜の下で　　　　く 三五二
桜二本　　　　　紅 三〇一
桜もみぢを　　　桜 二七〇
炸裂音　　　　　宴 四四三
酒に酔ふ　　　　槐 一一九
山茶花の　　　　宴 四四三
こぼるる庭や　　く 三八三
菌地に　　　　　椿 五二一
山茶花は　　　　し 二〇三
さしかはし　　　秋 三三五
傘となりたる　　秋 三三五
白くれなゐの　　宴 四七一
山茶花の　　　　ガ 四二
さしぐみて　　　天 四三二
さすらひ人の　　天 四三二
さばかるる　　　天 四〇五
サハラ砂漠の　　宴 四二一
さびさびと　　　宴 四二一
うつぎ・野のばら・　花 五六六

相模野の　　　　沙 二四九
天にけぶれる　　沙 二四七
光の塊を　　　　宴 四六六
冬の野菜を　　　花 五六六
酒盛りと　　　　く 三七九
離りきて　　　　柊 七二

刈り払はれし　沙 二六五
暮れたる空の　天 二五五
せる曇天の　天 二四三
さびしからぬと　桜 一六二
さびしからむ　ガ 二六
さびしかりし　ガ 二六
さびしがりて　し 二〇八
さびしきと　し 二〇八
さびしき人と　天 二四七
さびしくて　槐 一〇九
さびしさと　宴 二四〇
さびしさの　天 二四六
かぎりを知るや　し 二二〇
みなもとなども　桜 一二九
さびしさは　柊 一二九
静けさと似つ　紅 二六五
疾風が吹き　槐 一三二
さびしとは　紅 二六五
自がうからには　天 二二九
まう言ふまじき　忘 六〇三
サフランの　忘 六〇〇
サフランの　忘 六〇〇
サフランは　宴 二四九
様々なる　紅 二九一

様々に　秋 五二一
うからの影の　秋 六二二
身が倒れたる　忘 六〇三
さまざまの　天 二四七
寒くつめたく　椿 五〇九
覚めざれば　天 二四七
覚めて聞く　槐 一二四
覚め易く　し 二二九
さやさやと　秋 五二二
沙羅の花　し 二二六
去りくれば　柊 一〇〇
〈さりつくし〉　忘 六一一
去りてゆく　槐 一三三
去りゆくは　柊 五六
騒がしき　沙 二五四
さはさはと　沙 五九六
さわさわと　忘 五七六
揺れ定まらぬ　柊 五〇
燕麦鳴る　ガ 一七
三月の　天 二四一
散形花序　宴 二四三
珊瑚礁　忘 六〇二
潮だまりの　忘 六三〇
さんざめき　ガ 二六

燦々たる　秋 三六
燦々と　忘 五九九
三時間の　紅 二五二
死が近く　花 五五七
自がのどの　椿 五六六
しかるべき　忘 六二七
敷石の　槐 一二二
鳴の脚　槐 一一四
敷き延べし　柊 一六〇
しきりに呼ばるる　天 四一九
しきりにわれを　宴 四六四
至近弾が　紅 三〇一
至近弾の　宴 四六〇
時雨して　天 四〇三
思ひ出づること　天 四五七
くまなく濡れて　花 五五一
時雨すぎ　忘 六〇七
仕事の辛さを　ガ 二四
指呼の間に　し 二三〇
四、五本の　忘 七一
死後もなほ　紅 三三
紫紺なる　柊 七三
潮匂ふ　忘 六〇二
萎れつつ　ガ 二六

し

字が書ける　忘 六三三
しかすがに　桜 六二一
死が近く　紅 二五七
自がのどの　忘 六三二
しかるべき　椿 五六六
敷石の　紅 二六三
鳴の脚　秋 三五〇
敷き延べし　秋 三五〇
しきりに呼ばるる　槐 一一四
しきりにわれを　沙 六二四
至近弾を　花 五八〇
至近弾の　宴 四六〇
時雨して　宴 四六〇
思ひ出づること　宴 四六九
くまなく濡れて　花 五五一
時雨すぎ　柊 七六
仕事の辛さを　桜 一八四
支笏湖に　桜 一八四
時雨過ぎ　し 二三六
指呼の間に　桜 七一
四、五本の　忘 六一〇
死後もなほ　柊 九五
紫紺なる　柊 三二〇
時差表を　槐 一三六

初句索引

初句	分類	頁
ししうどは	紅	三六八
駿足をもて	紅	三九一
死なしめて品濃塚（しなのづか）	椿	五三〇
蔵はるる	椿	五三〇
ししがしら	柊	七七
象の行進	宴	四七七
死に際に	秋	三四九
しみじみと	ガ	三一
四肢しびれ	柊	七三
日常の或る	秋	三四九
死に給ひし	椿	四九二
沁みわたる	秋	三四〇
死者彼を	し	三四
物体となり	宴	四八
死にたれば	紅	三九六
耳目なき	椿	五一一
死者達が	忘	六二
者としいふも	忘	二六三
死にてなほ	紅	三九六
樹々も眠りに	沙	二七〇
死者達は	花	五九
夜とし思ふ	花	三三
死にてななとせ	秋	三四一
欅立ちをり	沙	二七〇
死者父の	花	五九
青年は	く	三七二
死にましきと	秋	三四一
紫木蓮	椿	五一一
頬冷たけれ	桜	一六
目の弱き	椿	四九二
死ねよとぞ	桜	一八四
紫木蓮	天	四三三
頬に触れぬる	桜	一六
われの厨に	紅	三九六
死のことも	沙	二六五
風に撓めり	天	四三三
死者の貌	し	三二
滴する	ガ	三五
自爆せし	宴	四七四
梢に腐し	し	三二三
死者の辺に	紅	三〇二
鎮まりて	桜	一八一
死にし父	し	三二六
鎮まりがたき	宴	四五五
死者の耳	槐	一二五
下空に	忘	二八一
しばしばも	椿	五〇二
ひとつ梢に	桜	二一九
四照花の	花	五九
浮き漂へる	忘	六〇〇
わが傍らに来る	秋	三六八
紫木蓮	天	四三五
四照花の	花	五五
浮きとどまれる	く	三七二
思ひ出でゆく	し	三三五
霜月の	く	三九三
静かなりし	宴	四七
触れつつ今し	忘	五九五
暫くは	沙	二六九
ジャカルタに	椿	四九三
閑かなる	く	三二
自爆せし	花	五九九
しばらくを	ガ	三一
ジャカルタの	椿	四九三
一本の樫	宴	四七
舌平目に	し	三七三
自閉症の	忘	六二七
雀が痩せて	天	四三三
静かなる	し	三三
失意など	ガ	二四
釈明を	紅	二六六
八月煮やせ	天	四三三
秋のひかりや	槐	二六
日月を	し	三三五
芍薬の	紅	二六六
ジャカルタより	天	四三三
家居をなすと	花	五七
実験用	ガ	一七
しばらくを	ガ	三一
釈明を	紅	二六六
池ぞと問へば	花	五七
漆黒の	宴	四三
自閉症の	忘	六二七
芍薬の	紅	二六六
飲食をなす	沙	二五三
十方に	花	五四一
シベリアへ	柊	九一
見つつ過ぎたる	ガ	四二
厩舎この馬の	宴	四八四
しとどなる	秋	三三九
しぼられて	柊	九一
見つつゆく時	天	四三五
この夕べ鳴り	忘	五二一
死と呼ばれ	忘	五二一
搾りたる	ガ	三〇
紫けぶる	桜	一六五

車窓をば　　　　　　　天 四二八　　祝祭は　　　　　　槐 一四三　　十冊を　　　　　　椿 四九二　　省略は　　　　　　花 五六六
車窓を光が　　　　　　く 三六八　　過ぎたるものを　　く 三六七　　樹木医と　　　　　天 四〇四　　晶を結ぶ　　　　　秋 三五九
斜張橋　　　　　　　　花 五七二　　常に遠くし　　　　秋 三三二　　腫瘍といふ　　　　忘 六一三　　植物園　　　　　　忘 五九五
赤光に　　　　　　　　槐 一四二　　粛々と　　　　　　槐 一三一　　棕櫚の葉に　　　　く 三九三　　処刑場へ　　　　　花 五八〇
寂光は　　　　　　　　槐 一三二　　鉄柵を巻き　　　　槐 一三一　　受話器より　　　　秋 三三一　　暑熱ありしは　　　秋 三三一
視野ひろく　　　　　　ガ 二三一　　路上をあゆむ　　　秋 三三一　　春昼の　　　　　　柊 九四　　暑なりながら　　　宴 四六一
驟雨来て　　　　　　　秋 三三〇　　粛然と　　　　　　宴 四四〇　　光静かなり　　　　椿 五三六　　ショベルカーに　　花 五五五
驟雨添ひて　　　　　　桜 一六八　　医師言ひたまふ　　忘 六二六　　ふぶきはいよよ　　く 三六八　　紫雷光　　　　　　宴 四五二
驟雨より　　　　　　　ガ 一六　　十字を切れる　　　忘 六〇二　　春雷が　　　　　　く 三九七　　白梅の　枝はろばろし　椿 五一八
収穫の　　　　　　　　花 五七三　　祝福に　　　　　　宴 四五〇　　生涯の　　　　　　椿 五一八　　その柔らかき　　　く 三〇九
十月の　　　　　　　　宴 四五〇　　宿命に　　　　　　紅 二三一　　小学校の　　　　　天 四一四　　花ある枝に　　　　し 二〇九
十三階に　　　　　　　宴 四四二　　手芸店　　　　　　忘 五九九　　情感も　　　　　　宴 四三四　　白梅は　　　　　　し 二〇九
十三夜の　　　　　　　天 四三二　　手術室に　　　　　忘 六一七　　証券も　　　　　　花 五七一　　白梅より　　　　　く 三九七
啾々と　　　　　　　　桜 一七〇　　呪術師に　　　　　忘 六〇一　　昇降機に　　　　　し 二三〇　　白樫の　影に入りたる　椿 五一八
舟上に　　　　　　　　桜 一六五　　手術せし　　　　　忘 六二二　　掌上の　　　　　　槐 一三三　　大樹の梢に　　　　椿 五〇八
執着と　　　　　　　　宴 四三九　　手術の日　　　　　忘 六一四　　掌中に　　　　　　柊 七一　　しらかみの　　　　し 三五七
秋天や　　　　　　　　秋 三五七　　種子を掌に　　　　ガ 二二四　　衝動に　　　　　　し 二三一　　しらしらと　　　　沙 二九六
十二階より　　　　　　紅 二六三　　入水者の　　　　　椿 四九七　　情熱と　　　　　　宴 四七二　　知らずして　　　　椿 五三三
獣肉の　　　　　　　　槐 二三六　　入水者を　　　　　天 四三〇　　情念は　　　　　　し 二三一　　知らず思はず　　　沙 二九六
シューベルトを　　　　紅 二五二　　十階の　　　　　　天 四二〇　　少年の　　　　　　く 三九二　　しらしらと　　　　宴 四五〇
十薬が　　　　　　　　忘 六二三　　ティールームあたりに　忘 六二一　　情念は　　　　　　し 二三一　　しらかみの　　　　宴 四五〇
樹海の奥の　　　　　　秋 三六九　　静脈に　　　　　　忘 六一一　　しらしらと　　　　沙 二九六　　白萩の　知りがたき　柊 五六七
樹海深く　　　　　　　く 二九四　　城門を　　　　　　忘 六一一　　しらかみの　　　　し 二三二　　白梅を　知りがたき　椿 五一二
祝祭の　　　　　　　　し 二三六　　常夜灯の　　　　　忘 六一八　　ティールームには　　忘 六一八　　ぢりぢりと　　　　椿 五二〇

視力弱き　天 四二一
辞令をうけ　花 五五四
知床の　紅 二九八
しろがねの　紅 三〇三
白銀《しろがね》を　宴 四六四
白き雲
　耀ひて身の　槐 一三一
　空を行きけり　沙 二四四
白き蝶
　ひつたりと翅を　椿 五〇四
　ひとつ草生に　く 三九〇
白き月　桜 一八七
白き塔　柊 七〇
白き萩　槐 一三三
白き花は　天 四二七
白きビル　沙 二四九
白ければか　く 三七〇
しろじろと　ガ 三八
白白と　し 二三〇
白々と　柊 九九
しろつめ草
　編みつつあれば　沙 二五七
　咲き敷く野あり　沙 二五六
白に入り　桜 一九〇
城は今　柊 五七
深閑と
　緑湛ふる　桜 一八五
　黙して並ぶ　天 四二一
神経の　宴 四七三
新月の　柊 八六
信仰心　花 五四四
深更の　く 三八〇
人工の
　池のおもてを　く 三九七
　園さびしけれ　桜 一八九
信号を　秋 三三一
信じねば　ガ 三七
信州に　忘 五九四
真珠ひと粒　し 二二二
寝食の　槐 一一七
しんしんと　し 二二二
新生児　花 五四八
人生の
　味はひ深く　花 五七四
　ことややに見え　紅 二八七
「人生の　椿 五一八
「心臓が　く 三九一
心臓の　花 五七五
沈丁花
　雪柳の芽の　秋 三四二
　溶雪のいろに　花 五四六
沈丁花の　秋 三四一
深夜の湯　柊 七五
新緑が　椿 五一六
新緑は　紅 三〇九

す

水位より　ガ 四六
水上に　宴 四七三
水仙の
　花茎すんと　く 三九三
　原を過ぎつつ　天 四二八
　昼の音楽　宴 四四三
　岬ゆつくり　沙 二七四
水槽の　柊 八八
スイッチを　沙 二六三
水道管の　忘 六〇五
水流の　宴 四六九
スーツケースを　紅 二九〇
ずうつと遠き　花 五五四
ずうつと昔の　忘 五八七
末に生まれし　天 四一三
末の子なる
　叔父の公報を　椿 五一〇
　汝がなせとぞ　沙 二七五
巣落ち子の　忘 六〇二
すがり倚る　ガ 一七
すぎこしの　秋 三五〇
すぎこしも　柊 一〇一
過ぎてのち　く 三九六
杉菜のみどり　沙 二五六
過ぎぬれば　く 三七一
杉山の　忘 六〇六
過ぎゆきに　く 三七三
すぎゆきの
　事象の襞に　柊 七九
　なかなりしゆゑ　柊 七一
すぎゆきは
　束の間の夢　忘 六〇〇
　匂ひをもてり　柊 七八
掬ひ来し　天 四一九
すこやかなりし　紅 二九八
すこやかなる　秋 三三三
すこやかに　槐 一二六
従者《ずさ》二、三　椿 五三三
すさまじき

孤独にめざめ　ガ　三二五
わが愛執を　ガ　三二三
逗子の町　沙　三三四
錫色に　ガ　三二三
鈴懸の　忘　六〇二
鈴懸は　桜　一六〇
すすき野で　花　五七三
すすき野も　沙　三三三
薄野も　柊　九〇
薄野を　沙　三三五
雀子の　忘　六二四
雀には　椿　五一〇
すずめのてつぱう　天　四二一
すつぱりと　花　五六九
ストレッチャーと　忘　六二六
ストレッチャーは　く　三三六
すなどりの　忘　六六八
網に攫はれ　柊　六六
網目に似たる　槐　五四
頭の奥に　花　六四
スノーポール　柊　六三
スプーン一杯に　忘　六〇二
住み憂きと　槐　一三三
墨染の　宴　四六六

住み侘びて　槐　一三
鋭かる　椿　五三一
すれ違ひ　椿　五三三
頭を打ちて　柊　九一
すんすんと　花　五七九
いちはつの葉の　花　五七九
背丈伸びぬる　秋　三三三

せ

姓あらで　秋　三三三
生活の　花　五五一
青山の　桜　一八四
椿の　宴　四六四
生者死者　天　四二一
斉唱の　天　四二一
生前に　秋　三三四
青年の　紅　二九
青年よ　桜　一七〇
生は身を　槐　一二六
青夜虚空に　槐　二六
セーターの　紅　二九
堰きあへぬ　秋　三三五
隻眼もて　秋　三五三
積雪は　紅　二九七
赤道の　紅　三三五

席につきて　宴　四六五
寂寥は　桜　一六一
繊々たる　忘　五五八
戦争は　宴　四六四
選択は　宴　四六六
戦中戦後　椿　五一七
剪定に　忘　五九四
先頭をゆく　宴　四八四
千年の　天　五〇八
桜と聞けば　天　五〇八
眠りに再び　椿　四九一
千年は　忘　六〇三
千年前　天　四一三
専売に　花　五六九
千本の　秋　三四八
線香花火の　花　五六九
蒴《はなびら》流れ　沙　三六一
旋回を　沙　三六五
全山の　槐　一二八
繊弱にて　秋　三三三
全身に　槐　二六
鮮人の　秋　三三五
全身を　花　五六七
まなこの前に　秋　三三七
全力を　秋　三三九

樹にてこの樹を　天　四一九
獣なりしか　椿　五三四
繊々たる　槐　一三三
戦中戦後　椿　五一七
選択は　宴　四六六
戦争は　宴　四六四
石を渡りて　椿　五一七
直線が好き　花　五七三
石灰化して　忘　六二三
千年の　宴　四八四
切歯して　槐　一二五
切々と　紅　三〇四
雪中の　椿　五〇五
狭められ　沙　二七一
千年は　天　四一九
千年前　天　四一三

そ

窓外を　椿　五一九
窓外は　桜　一六四
窓外も　椿　五〇五
窓外を　宴　四五七
前世われは　紅　三三五

雑木々の　宴 四七一
喪失の　ガ 四一
装飾灯　宴 四八六
総身に　沙 二四八
層なして　椿 五三三
象などに　宴 四七七
壮年の　く 三六八
造幣局の
　桜を見しよ　忘 六三〇
　桜を見たる　忘 六〇九
草木《さうもく》に　天 四二一
葬列に　天 四二三
そこひなき　し 二三五
そこかしこ　宴 四七九
そこここに　椿 五二五
そこに苦しく　槐 一二四
底深き　椿 五二五
そしてまた　沙 二七四
素心臘梅　宴 四六三
そそのかす　秋 三四〇
卒園の　椿 四九五
その彩の　し 二二三
その黄に　柊 七九
そのせめも　ガ 三一
その鳴き声　槐 一四二
その情　槐 一一一
そののちの　忘 六一二
その深き　し 二三九
その胸の　柊 七四
そば店に　花 五六七
祖母の訛り　沙 二五八
染まらんと　沙 二五五
背かれし　ガ 三七
そむき来し　ガ 二六
叛きたる　ガ 一四
染井吉野が　天 四一七
空青し　忘 六三四
空曇り
　春を失ふ　ガ 三
　水濁りをり　く 三八八
空に浮く　し 二三〇
空の色　花 五六六
空の奥に
　風泣きて人は　く 三七七
　鳴る風ほどの　柊 七三
空をゆく　宴 四五三
そらんじて　忘 六二九
それは違ふと　花 五七〇
揃ひ立つ　宴 四四九
存在と　宴 四五〇

た

退院の　忘 六一八
体温を　く 三八九
対岸は　く 三八九
大根の　沙 二五六
泰山木の
　葩をたたみて　宴 四八五
　幹に手触れて　宴 四七七
体臭の　ガ 二八
第十八　宴 四六四
大切な　花 五七〇
体操を　忘 六三三
大腿骨を　忘 六三三
胎内に　柊 六一
胎壁を　ガ 二九
大木に　椿 五二八
たへがたき　忘 六一〇
耐へかねて　秋 三三一
たをたをと　沙 二五九
手折り来し　桜 一八九
誰《た》が家と　秋 三五二
高枝を　天 四二四
高岡に　し 二〇四
高丘に　忘 六三四
たかがビーズ　花 五六九
高空に　宴 四八〇
誰《た》が父か
　架線工事を　花 五八一
　丈高かりし　沙 二七六
誰が手もて　椿 五一四
高窓に
　見つつしあれば　し 二三五
　倚りつつをれば　天 四〇五
高窓を　し 二三三
篁の　槐 一一三
高らかに　花 五五六
托鉢僧　宴 四四六
手繰りたる　忘 六三四
丈揃ひ　桜 一六五
丈高き
　枯れあらくさに　椿 五一〇
　裸樹しづまれり　桜 一七七
竹煮草の　椿 五〇一
竹の蟬に　椿 五三〇
丈低く　椿 五〇七

確かなる　ガ　二〇
たづさへて　ガ　三五
黄昏を　槐　一三七
戦ひと　宴　四六八
戦ひに
　死にし若者が　椿　五〇九
　死にたる人を　天　四一六
たたさまに　秋　三五七
発たしめて　槐　一三〇
ただならぬ
　愁ひにありて　ガ　三三
　乱視のわれや　椿　五一五
只ならぬ　秋　三三八
ただに明るく　槐　一一三
ただにただ
　人を恋ひたる　秋　三四二
眩しき冬の　槐　一三八
ただひと度
　末の子がわが　宴　四七五
　祖父と螢を　秋　三三八
　熱帯の国　秋　三三五
　見しスコールが　椿　五三一
ただひとつ　紅　二九二
ただ一人の　紅　二九六
ただ一人を　宴　四七五
漂ひて　し　二三八
断たれたる　桜　一八〇
立葵
　天に近くと　桜　一七三
　昼に夕べに　桜　一七三
　われの背丈を　宴　四八一
立ち上がり　宴　四六七
発ち遅れし　柊　七六
たちかはり　天　四二一
立ちしまま　花　五六一
立ちてまた　く　三八〇
発ちても発ちても　秋　三四〇
発ちてより　柊　一〇〇
立ち直る　忘　六二〇
立ち直れ　宴　四四九
立ちのぼる　忘　六〇七
たちまちに
　ほろびゆきたり　柊　七四
　吾を攫ひて　ガ　二六
忽ちに
　居らずなりたり　椿　五三一
　かの心根の　桜　一六六
　かの死甦りて　紅　二八五
消えし夕べの　ガ　二五
消えゆきし虹　忘　六〇〇
恋に曇れる　椿　五〇二
清浄の春　柊　九九
嘆きあふるる　ガ　四二
昼ふけ驟雨　宴　四八五
歴史にほろぶ　天　四〇八
発ちゆきし　し　二三八
脱出の　秋　三三五
脱出は　ガ　四八
発つと思ひ　宴　四四五
立つところ　桜　一七三
鬣《たてがみ》を　紅　二九七
縦に降り　天　四三三
七夕の　秋　三四三
他人の病は　忘　六二〇
楽しかる　忘　五九七
楽しくて　椿　五三〇
恃みゐる　柊　九四
束ねたる　ガ　四五
束ねゆく　柊　九四
賜びし壺の　槐　一三七
旅にあれば　紅　二九八
旅に発つ　ガ　四七
旅に見る　槐　一三三
旅寝なる
　心の闇に　桜　一八七
　信州の闇　椿　五〇三
旅人が
　旅人と逢ひて　し　二三三
　倚りてうるほふ　花　五六〇
旅人の　忘　五九六
旅人の木の　忘　五九五
旅人を　柊　七四
旅をせぬ　忘　六三六
手触るるなかれ　槐　一三七
多摩川の　秋　三三六
魂の　ガ　一三
「たましひて　忘　五八九
玉すだれの　沙　二六〇
魂《たま》なれば　槐　一一七
玉葱を　花　五六八
玉虫の　槐　一〇九
たまゆらを　柊　九四
球をうち　沙　二五九
ためらはず
　膝つきて客の　忘　六二〇
　陽に灼けて肉　宴　四五三

たれよりか　紅　三〇五
倚りゐる人の　柊　九二

た

たゆたへる　し　二〇七
足らざれば　し　二〇七
たれか今　花　五〇
絆を解けり　し　二〇七
遠く銅鑼を　沙　二六七
たれか効き　柊　五七
たれかくびれし　紅　三〇三
誰かこの　忘　六一四
誰か止めねば　桜　一六三
たれか野に　柊　六二
丹沢山系に　し　三一四
たれかふと　忘　五五五
だれが待つ　柊　八七
誰からも　秋　三五〇
誰にいふ　柊　五五
誰に言ふ　花　五五九
誰に聞く　花　五五〇
誰に捉はるる　花　五五五
誰に残さむ　秋　三五九
誰も居らねば　紅　三〇六
誰も帰り　沙　二六八
だれもかも　ガ　一七
誰も死ぬ　秋　三五二
誰も待たぬ　紅　二六四

誰よりも　し　二〇六
いち早く風に　天　四一〇
季節を敏く　柊　六五
母に似る姉　忘　六三七
誰をかも　沙　二五三
戯れに　柊　七〇
たわわなる　椿　五〇四
短冊に　忘　六三七
丹沢山系　柊　六三
丹沢山系に　秋　三四六
丹念に　宴　四八六
丹念に　忘　六三五
担送車に　槐　一三二
丹沢の　忘　六三五
ダンボールを　天　四九五
たんぽぽの　花　五二一
絮毛発ちゆき　宴　四六〇
絮毛着地し　花　五五五
絮毛に寄りて　忘　六三三
団欒を　槐　一三一

ち

小さき古き　く　三六八
ちひさなる　柊　六九
小さなる　天　四一二
秋かたつむり　桜　一六九
かまきりはまこと　宴　四八三
癌を取りしに　花　五五七
花としいへど　忘　六三七
鞠もてあそぶ　し　二〇九
父となりし　椿　五〇二
父ならぬ　忘　六三七
父に似る　天　五一〇
父の胡坐の　椿　五三一
父の忌日　紅　三〇六
父の死にも　桜　一六七
父の肉　沙　二六三
父であり　桜　一六二
力を　花　五一二
地下道を　槐　一三一
近づきて　桜　一六一
近づかば　天　四二二
チェンソーに　し　三二六
知恵ふかき　沙　二五四
智恵遅れ　忘　六二四
知己の生者　宴　四四〇
地球儀は　秋　三三五
ちぎれ雲　秋　三五一
つけたるならん　天　四三一
父と　花　五二四
父母に　忘　六二四
父母の　花　五五四
相継ぎて越え　天　四二〇
さだめに従きて　紅　三一四

致死量の　槐　一三六
知信ながく　桜　一六七
稚拙なる　槐　一三五
父在りし　桜　一八一
チチカカ湖畔に　槐　一三五
父さへも　椿　五八一
父たちの　花　五九五
父となり　桜　一八一
家居に若き　紅　二六三
音なく動き　天　四三一
うすくれなゐに　ガ　四三一
築城に　天　四一一
蠡々と　桜　一六一

小さき傘　椿　四九一
小さき虹を　宴　四八三

ち

初句	略号	頁
父母は（ちちはは）	紅	三一〇
父よりも	ガ	三七
地底より	柊	一七
血とともに	槐	二六
地にありて	し	二二
地に生くる	沙	二五〇
地に近く	く	二九
地に撥ぬる	く	二七九
地に低く	椿	五三
せはしく遊ぶ	し	三六
並びて病める	紅	二九一
人に執して	し	三三七
地に開く	槐	二一
地の傷に	槐	二九
地の窪に	し	三三七
地の乳房の	し	三二二
チベットの	天	四一四
着床を	く	三六八
茶の花忌に	宴	四五四
中学生で	く	三六七
中国語	忘	五五四
駐車場に	く	三八六
中天に	紅	三〇九
凪ひとつ見ゆ	し	三〇三

初句	略号	頁
一声鳴きて	椿	五二五
鳥獣園の	桜	一五九
長身を	槐	二二五
蝶のごとき	柊	二九
蝶ふたつ	ガ	二六
散り入りし	し	二二二
散りがたく	く	二七一
散り際の	桜	一六二
散り敷きて	忘	六三三
散りそめの	桜	一九五
ちりちりと	天	五〇九
ちりぢりに	天	五二四
よろこび深く	沙	二九四
低く愛しく（かな）	沙	二六六

つ

初句	略号	頁
つひに子を	ガ	三一五
杖ひきて	秋	三二一
束の間の	柊	六二
つつ抜けの	槐	九
つつましき	秋	三二二
虔しき	沙	二九五
つつましく	槐	二一四
つづまりは	沙	二〇六
慎しく	秋	三三二
つきつめて	椿	五一六
次々に	椿	五一六
つぎつぎに	槐	二一四
疲れつつ	秋	三二三
疲れたる	柊	九
つくづくと	沙	二四九
月の出と	天	五二四
月の色に	忘	五二二
月のある	沙	二六一
つくづくと	沙	二四二
つどひつつ	忘	六三二
笑ひゐるまた	し	三三二
灯にほのぼのと	沙	二六二
机の上と	天	五二四
つくづくと	沙	二四二
月の色に	沙	二六一
月のある	ガ	四六
従きて来し	秋	三三二
つきつめて	椿	五一六
次々に	椿	五一六
つぎつぎに	槐	二一四
疲れつつ	沙	二九五
疲れたる	柊	九
つつ抜けの	槐	一三四
つつましき	沙	二九五
虔しみて	槐	一一二
束の間の	柊	六二
杖ひきて	秋	三二一
地深く	宴	二六七

初句	略号	頁
ネオンに飽きし	花	五五五
花のすくなき	椿	五三二
つくづくに	桜	一七二
作られし	紅	二九六
作りし人も	紅	二九六
常ならぬ	紅	二九六
つど寄る	桜	二三二
常にその	宴	四四
常に旅の	桜	一九一
つばくらめ	ガ	四
翼なき	紅	二五〇
翼を開く	槐	一三三

初句	略号	頁
つくづくと	沙	二三七
集ひつつ	ガ	二六
集ひつつ	忘	六三二
集ひ寄り	天	四二六
つどひ寄る	宴	四四
つどひ寄り	天	四二六
集ひ寄り	桜	一九一
告げられし	宴	四四〇
告ぐべき	し	二〇八
告げなむと	常	二一四
告げねども	つ	三六八
土に触れて	土	三〇四
土の人よ	翼	三二七

つば広く　忘 六三六
燕返しと　く 三七〇
燕はも　忘 六〇六
つばらかに　柊 八四
蕾のまま　椿 五一九
つまづきし　沙 二五六
妻ならざりし　槐 一二九
積み上げげし　沙 二四八、紅 三〇二
罪科《つみとが》の
　意識いくばく　柊 七六
　ほのかにけぶり　く 三七五
罪により　紅 三一五
爪を剪り　ガ 一五
つゆ晴れて　花 五五六
つらなりて　椿 五一四
つり合へる　忘 六一五
蔓草を　沙 二六三
鶴は羽を　花 五五五
連れだちて
　ゐしことあらず　花 五五八
　発ちゆきし子らは
　し 二一七
石蕗の　宴 四五七
石蕗《つはぶき》は
　花よりも葉が　宴 四四七
　冬の花なり　椿 五一二

て

出逢ひしは　忘 六二四
手足なき
　キャベツは地に　宴 四四七
　ものはつくづく　く 三八五
手足なく
　声なき蛇の　花 五七八
　声なく腐《くた》し　柊 八七
抵抗を　天 四二五
デイゴの花の　秋 三三〇
ディスプレーは　花 五六四
デイルーム　忘 六一七
デージーを　花 五五七
鉄骨が　秋 三五五
鉄骨の
　間《あひ》に働く　紅 三〇三
　かたを過ぎゆく　し 二三六
鉄骨を
　組みて緊《し》まれる　紅 三〇二
　わたれる人よ　し 二三五
　渡りて働く　秋 三二七
鉄柵の　槐 一一八
テトラポッド　宴 四五三
手にふるき　忘 六三一
手に触るる　忘 六三八
てのひらに
　消えゆける雪　柊 七七
　落花を掬ふ　沙 二七八
てのひらは　椿 五三五
掌より　忘 六一二
てのひらを　忘 六二八
照り翳り　ガ 二一
テレビしばしば　忘 五九二
テレビにて
　スピンを見てゐし　花 五五二
　長寿の人を　花 五六三
　ぽろぽろと死に　椿 五三五
テレビに見る　宴 四六六
掌《て》を叩き　忘 六二五
手をのべて　椿 五二四
掌を胸に　忘 六一七
転園転校　忘 五九三
天涯に　柊 七〇
天蓋に　柊 九六
天牛とふ　紅 三六七
天球は　沙 二五〇
電照菊、　宴 四五五
天上より
　いたれる蔓とは　柊 五九
　くだれる雨に　宴 四六二
天井を　忘 六三一
電飾に　宴 四六四
天使領の　紅 三〇四
天心へ　天 四一五
電柱の　く 三九七
点点と
　駅路に燃ゆる　し 二一七
　樹に咲く白や　し 二〇九
点々と
　浅瀬をくだる　秋 三四七
　片空を帰る　秋 三三三
　川面《かはも》をくだる　秋 三一六
　病巣はベッドの　椿 五〇〇
　真闇に浮かぶ　花 五四五
　路面を濡らす　椿 五〇〇
天と水の　沙 二七一
天に消ゆる　秋 三三八
天に昇りし　宴 四五七

天にのみどを　秋　三四
天に降る　桜　一七八
天に見せる花　宴　四八二
天のいづこ　柊　八〇
天の深処は　し　二三四
天の冬　槐　一一七
天は限り　紅　二九七
天平仏の　椿　五一五
天秤に　忘　五八九
天深く　宴　四四三
展望階　宴　四七三

と

ドアをもて　天　四三〇
都井岬　宴　四五五
陶椅子と　花　五四四
灯火管制が　椿　五二八
東京の　秋　三三三
陶工の　柊　五八
満天星　宴　四七〇
冬天の　秋　三二八
唐突なる　ガ　一五
唐突に　花　五六四
問ふなかれ　し　二〇六
同年の　花　五五七
透明と　天　四二〇
透明な　天　四三一
透明なる　天　四三八
十重二十重
　縛られて立つ　柊　八四
　白を重ねし　椿　五〇一
遠い日に　忘　六〇五
遠からず　宴　四五六
遠き国に　天　四二五
杳き心の　し　二三一
遠き里の　く　三九六
遠き日に
　うかうか母と　天　四〇四
　思ひ切なく　沙　二四八
遠きビルに　ガ　四五
遠き闇に　く　三七七
遠く住み　天　四二九
遠く旅立つ　忘　六三三
遠く遠く　秋　三五五
遠く見て　天　四一三
遠く見ゆる　く　三七七
遠くゆく
　鳥も必ず　紅　三一〇
　渡りを思へば　椿　五三一
遠ざからんと　天　四一二
「遠ざかる　槐　一三一
遠ざかる
　記憶の界に　秋　三五〇
　生とおもふに　桜　一八〇
遠空に　し　二〇三
通り雨　紅　二九六
時あらず　柊　六六
時いたり　沙　二四三
時置きて　槐　一一九
時かけて
　満ち来し闇は　桜　一八〇
　燃えてをりしが　秋　三五一
　やはらかき黄を　く　三八五
時ながく　沙　二四四
時に従きて　椿　五〇四
時の奥より　槐　一二六
時の坂を　秋　三五二
時のまなかに　し　二三四
時の間の　天　四〇八
時のリズムに　椿　五三一
時は今　槐　一〇八
季は今　桜　一七四
ときめきて　花　五七〇
時を浪費　紅　二九八
時をわかち　桜　一六一
疾《と》く大きく　天　四一六
どくだみが　忘　六二五
どくだみの　し　三一九
遂げがたき　く　三九七
とこしへに　ガ　二四
とことはの　槐　一二九
年嵩と　紅　三〇五
年毎に
　見て来しものを　沙　二七七
　我儘になりて　花　五七六
年ふりし　柊　九八
年古りし　秋　三五三
年経ても　天　四二七
図書室の　椿　五三三
どちらが先に　忘　五八八
外つ国に　秋　三三五
外つ国より　柊　九六
届けられし　槐　一一九
とどまらず　秋　三四八
とどまらぬ
　季節の間《あひ》に　天　四〇三

【第一段（右→左）】

自由を得たる　槐　二五
とどまりて　柊　三九
ありし汀の　槐　二七
人は見返る　柊　二七
とどまれと　宴　四五三
いふ声あらず　柊　九
とどめぬし　柊　六三
とどめ得ぬ　ガ　四〇
とどめ難く　ガ　四〇
隣棟の　柊　五三
隣のベッドに　く　三六
隣の部屋の　柊　五三
隣りより　く　三七一
どのあたり　く　三五五
どのあたりに　桜　一六
どの雨を　柊　五七
われは思ふか　花　五六
足並の　花　五七
一つ傘に　花　五六
どの枝も　天　四二四

【第二段（右→左）】

どの夏の　く　三二六
どの夏も　秋　三九
どの病ひで　椿　五三二
どのやうに　ガ　三一二
翔びたてる　椿　五三二
秋の茜に　ガ　三一
しじまに佇てば　紅　三〇七
止まり木の　ガ　四〇
とむらひの　柊　六六
弔ひの　柊　六六
とめどなき　桜　一六
とめどなく　ガ　三三六
思ひ昏める　柊　九二
樹花白くして　ガ　三三六
広き幻の　ガ　四五
ふる里を恋ふ　ガ　四一
灯の　沙　三一
灯しびの　天　四一〇
かなたの闇に　桜　一六三
輪を絶え間なく　槐　一六二
下に集ひて　く　三六七
真下なるかな　秋　三四〇

【第三段（右→左）】

もるる部屋あり　く　三二二
灯しびは　桜　一六一
灯は　宴　四七二
ともしびより　柊　六四
灯しびを　ガ　四〇
浴びし小鳥と　ガ　四〇
鳥の陣　天　四一二
鳥の道　し　二二五
持たざりし日も　槐　一五一
灯びを　く　三七一
友だちと　宴　四四二
伴ひて　宴　四四二
来し子等よりも　柊　六六
死にたるのちの　柊　八七
なほさびしかる　し　二二一
ともに死ねと　花　五五〇
灯りそめ　槐　一五一
ドライフラワーの　花　五五九
捉へがたなき　し　二二二
捉へねば　花　五五〇
捕はれしは　柊　六五
とらはれの　柊　六五
鳥が樹に　忘　六〇七

【第四段（右→左）】

とりかぶと　紅　三一
取りこぼせし　忘　六三五
鳥となり　柊　六六
鳥ならぬ　椿　五二〇
鳥の陣　天　四一七
鳥の道　天　四五〇
鳥も樹も　し　二二五
ドレッサーの　く　三七一
あたりに拾ふ　忘　六二五
抽出の奥に　宴　四六六
トロイメライ　宴　四六六
泥河の　秋　三四二
とろとろと　秋　三四二
飴のやうなる　秋　三四二
眠りて覚めて　椿　四九六
まどろみてゐる　紅　三二七
問はれたる　し　二二二
曇天に　沙　三六〇
曇天は　忘　六一五
幾重にも冬の　桜　一九〇
限りもあらず　桜　一九〇
かの果てに　紅　三〇六
空に架かる　槐　一〇九
地に迫り来と　天　四三一

曇天や 椿 四九一
貪欲と く 三六五

な

内湾の 椿 五一八
なほさらに 桜 一六八
なほさはに 桜 一〇三
汝が家は 天 四一八
長き髪 忘 六〇三
長き長き 紅 三〇一
汝が首の 忘 六一三
長崎にて 椿 四九三
中州にて 椿 五三五
中空《なかぞら》に 天 四〇三
なかぞらの 柊 五七
なか空を 槐 一四三
中空を 椿 四九七
汝が父は 桜 一七六
なかなかに
　会へぬ友をば 花 五六五
　郵便局が 紅 二八七
鳴かぬゆゑ 花 五七八
中原街道の 忘 六二六
流らふる 槐 一四四
ながれ入る ガ 三
流れくる し 三一一
亡骸の 柊 七九
亡骸を 柊 七九
鳴き交はし 椿 五〇二
鳴きつのる 沙 二五一
泣きて癒ゆる 花 五六七
なきて花弁を ガ 一四
亡き母の 沙 二七五
亡き人と し 三一一
亡き人に 天 四二一
亡き人よ し 三三〇
泣き虫と 槐 一二八
亡くなりし 花 五八一
嘆きつつ 桜 一七九
情後《なさけおく》るる 桜 一七四
梨・杏・ く 三七四
梨色の 花 五六八
なすな恋 椿 五三三
なぜ象は 秋 三五四
なだれ咲く し 二三六
夏生まれの 宴 四八六
懐しき し 二一〇
夏草は 柊 六三
夏来ると 宴 四八四
夏来れば 椿 四九一
名づけしは く 三六七
夏ごとに 花 五六三
夏去りぬ 沙 二六一
夏空の 紅 三一五
夏椿 忘 六一五
夏ならし く 三七〇
夏の国に 秋 三四七
夏の雲 椿 五〇二
夏のころ 忘 五八八
夏もなほ ガ 三
夏森に 秋 三一四
七階まで 沙 二四八
七十と 忘 五八七
七十には 忘 五八七
何あらむ し 二一四
何色と 花 五六九
何が一番 天 四〇七
なにか可笑しき 天 四一四
なにがしか 忘 五九七
なにか小さき 桜 一八〇
何気なき し 二一〇
何気なく 柊 九三
何ごとか
　起らむとして し 二〇六
　思ひ出ては し 三三五
　想ひ出ては し 三三〇
何ごとも 柊 七一
何事も 紅 三〇一
なにならむ 柊 一〇一
何ならむ 桜 一八二
何に急《せ》かされ 秋 三三三
何によりてか し 二〇六
何もかも
　うち捨ててゆく 沙 二六二
　忘れてしまひ 花 五五〇
何者をか 桜 一七五
何ゆゑか 花 五七九
何故に 椿 四九九
難波浦
　あとなる枯れ田 槐 一一一
　水のまぼろし 槐 一一三
何を言ひても 紅 三〇一
何をかふかく 紅 三〇三
菜の畑に 天 四〇四
菜の花に 花 五四七
菜の花の

黄うねりをり　沙 二五四
黄が占むるは　沙 二七一
菜畑の　宴 二七六
生臭き　ガ 二一
生白き　宴 二一
鉛色の　椿 五二一
波音は　宴 四五一
並木坂を　忘 五二一
蔑しがたき　宴 二六八
涙あると　沙 二六七
涙三斗　沙 六六七
涙散る　忘 六〇九
波の背に　宴 四六〇
悩みある　紅 二五四
奈良生まれ　宴 五一一
並びゐる　椿 五一七
並び立ち　沙 二六五
楢山の　桜 一六九
成田エキスプレス　天 四一六
鳴り止まぬ　紅 二六九
なりはひは　ガ 二六
限りもあらず　忘 六〇二
数限りなし　宴 五三一
様々にして　沙 二六一

汝が見し　忘 五六六
なれどもやがて　桜 一七一
汝なくて　ガ 二一四
縄とびの　宴 四六六
縄目をば　宴 四四九
名をつける　天 四二四
何十分の　く 二六六
南天を　忘 五六五
何の暗示か　花 五六七
何の怒り　槐 二一一
何の覚悟も　秋 三二一
何の壺中ぞ　く 二二
何の境を　忘 二一三
何の手力(たぢから)　槐 二二七
何の贅　沙 二六四
何のはづみにか　忘 二二七
何の花と　忘 六二一

に

匂ひとも　し 二二二
匂ひなき　ガ 二六
はざまに見えて　し 二二二
日常の　秋 三二一
似たる背の　宴 四六九
二十代に　紅 二六八
西の国の　忘 六二〇
西の国に　く 二六五
西に来し　沙 二六五
西に向く　し 二二
西といふは　槐 二二二
虹顕つと　ガ 二二一
西空は　忘 五二一
西消えし　紅 二五二
西風は　天 四二四
濁り川に　ガ 二一七
濁り川　ガ 二一七
逃げやうも　花 五〇〇
憎みあふ　ガ 二一九
肉のいたみ　く 二七五
肉などを　花 五八〇

日本で　忘 六三〇
日本の　天 四一四
湖に帰りし　く 二五二
さくらを三歳の
西の国に　紅 二五二
二十代に　宴 二六八
認知症に　忘 六三三
人形町に　宴 四六八
行潦(にはたづみ)　槐 二一〇
ににはか雪　天 四二二
庭の　宴 四四八
庭垣の　天 四二二
楡若葉　桜 一八七
入院の　忘 六二一
二百ヘクタール　秋 三二一
二百七十　椿 五二一
二年ほど　花 五〇一
日経新聞を　花 五三一
日照時間　宴 五四二
日日　宴 五四三
日常を　ガ 二六

ぬ

縫ひものを　花 五六七
額に届く　槐 二一五
額のあたりに　し 二一一
ぬぐへども　忘 六〇〇
ぬすびとはぎ　宴 五四七
盗みあらぬ　宴 五四二
盗みなき　宴 五四三
沼の辺に　椿 四九五

ね

年月の　手をば思ふよ　忘 六三七
葱の畑　忘 六〇六
葱坊主　沙 三三三
熱出でて　桜 一五四
常より低く　柊 八一
仕事をなさぬ　忘 六二六
ネックレスを　天 四三六
熱帯雨林を　柊 七六
熱帯樹　秋 三二二
熱帯の　槐 三六
熱高き　槐 五一〇
ねむの樹を　椿 五一〇
合歓の花　秋 三二二
合歓の花を　秋 三三二
合歓は過ぎ　桜 一二三
眠らむと　槐 二一九
眠りゐる　ガ 四八
眠りつつ　ガ 三五
眠りに入る　秋 三二六
眠りより　秋 三二六
眠れざる　忘 六三一
眠れぬと　宴 四四六
年月が　忘 六二九

の

年々の　沙 二七四
年々に　天 四〇三
年月を　花 五六八
むごき手をもて　椿 四九六
わが唇に　し 二三二
野の傍に　槐 二一二
野の鳥に　槐 二一八
野の鳥は　椿 五二五
野の猫も　し 三二九
野の鳩は　秋 三三七
野の花を　花 五六八
野の森は　柊 六六四
野ぼたんの　し 三二五
野ぼたんや　秋 三二〇
葉がくれに　秋 三三二
葉がくれの　桜 一八七
登りつめ　柊 八四
飲みこみし　紅 三〇二
凌霄花　沙 二六〇、紅 三〇二
糊空木　
農園に　花 五七九
脳葉の　柊 八七
のがれ得ず　柊 五九
のがれやうなき　柊 五九
残り野に　秋 三三五
野水仙　花 五九八
後々に　椿 五一七
のちの世に　忘 六三六
のちの世の　天 四〇九
野づかさに　沙 二五八
咽喉笛を　秋 三五六
梅花一枝　

は

灰かぶりの　桜 一二〇
排気ガス　椿 五〇八
廃墟にも　花 五六四
背後より　し 三二六
爪研ぎて従き　花 五四五
ひたひたと従き　忘 五九六
背信は　椿 五二五
廃船は　秋 三三七
配達車の　紅 三〇二
売買の　花 五六八
蠅の群れ　秋 三三二
葉がくれに　桜 一八〇
葉がくれの　桜 一八七
はからひも　紅 三〇二
萩の枝を　し 二〇三
萩一枝　
花満ち満ちて　沙 二三二
ふとも撓めり　槐 二一六
萩叢を　沙 二九五
白衣の人　椿 五〇四
白暁を　天 四三九
はぐくまれし　紅 三二〇
縛されて　椿 五五五
敗運に　紅 三五五
白日に　槐 一四三

初句索引

初句	標	頁
爆走音	宴	四六八
あれ ばうるさし	椿	五二三
しじまを貫けり	椿	五二三
枕の下を	椿	五二三
白昼夢	椿	五六八
白鳥が	天	四五四
白丁花の	花	四二
白鳥は	紅	三〇九
白鳥を	秋	三五九
白髪の	柊	六一
白梅に	沙	二六八
白梅の	沙	二六八
白髪を	柊	七一
白蠟を	忘	七一
葉ごと枝ごと	し	二六
葉ざくらが	秋	三五五
橋上に	ガ	二一
弾けては	宴	四五
橋の名を	椿	五二一
ばしばしと	ガ	二一
初めより	槐	二三一
走り出で	紅	三三六
嘴を埋め	柊	九四
橋をゆく	椿	五〇八

（第二列）

初句	標	頁
はづかしめ	ガ	三七
裸木の	椿	五二四
裸木は	天	五〇七
はたはたと	天	四三二
この世の鬱を	天	四三〇
時雨過ぎをり	秋	三五七
苑生を発ちて	椿	五一七
はだれ雪の	天	四三二
八十を	忘	六二五
箔のごとき	紅	三〇六
はつかなる	天	四三二
初冠雪と	天	四三二
ばつさりと	椿	五二四
初蟬の	椿	五〇二
初蝶の	忘	六二三
初蝶と	忘	六二三
果てがたき	柊	九八
花あぐる	紅	三一三
花枝より	桜	一六三
花霞	柊	九九
花骸を	槐	一〇八
話さねば	し	六二三
花白く	く	三六六
花闌けし	椿	五三七
花闌けて	忘	六三五
花蓼の	し	三二九

（第三列）

初句	標	頁
花束を	紅	二九二
放ちたる	柊	七一
花店に	天	五〇七
金持の木が	忘	六〇一
踏み入らんとし	天	四三六
花店を	忘	六二八
葉など要らぬ	宴	四六二
花とならむ	槐	一〇七
花ならぬ	花	五〇
樹ならぬわれは	秋	三三
若からぬわれ	花	五一九
花なりや	忘	六九
花の雨	椿	五〇二
ありにしところ	椿	四九七
亡き人々の	宴	四五五
はなびらが	忘	六〇七
花の雨	柊	六二
花の色の	し	五九五
花の香も	柊	六四
花の雲に	沙	二六九
花のごと	柊	六九
花のころ	椿	五三七
花の白	椿	五三七
けぶらひやまず	柊	九九
満つる庭ゆゑ	ガ	一四

（第四列）

初句	標	頁
花の底に	紅	二九九
花の丈	沙	二六〇
花の穂の	紅	三一六
花の芽を	花	五六七
うながす風は	宴	四七八
潰して食べし	花	五二〇
ほどかんとして	椿	五
花の雪、	椿	四九四
花のやうなる	紅	二九七
花は言葉	花	五五九
花々が	椿	五一九
花は花の	忘	六二〇
花火音	椿	五二六
花火消え	椿	五二
はなびらが	忘	六〇七
蘂を	ガ	一三
花水木	し	一三
ハナムグリ	椿	四九九
はなやぎは	沙	二六三
はなよりも	宴	四五五
花よりも	沙	二六九
はなれ住む	宴	四五五
離れては	く	三六九
花をうつ	く	三七九
花を置く	秋	三三二

花を惜しむ　桜　一七六
花を人を　し　三五
花をもて　紅　二〇六
羽搏ちて　桜　一六六
葉の翳を　椿　五〇一
母あらぬ　沙　二六六
母が与へし　宴　四九七
母が来て　紅　三四
母方の　花　五六九
母が病む　ガ　三一
母死にし　沙　二四五
母その母　ガ　四八
母燕　天　四一九
母と子の　天　四一九
母に常に　槐　一〇九
母に似て　沙　二五四
母に貰ひし　花　五五七
母の面輪を　花　五五三
母の死を　天　四二四
母の声　椿　四四九
母の樹の　秋　三三五
母の背を　紅　三〇八
母の墓の　く　二五三
母は今　椿　五九二

母は子に　桜　一七六
母を置き　し　三五
君にはしりし　ガ　三一
故里を出で　ガ　一九
パプアニューギニアに　わがマンションに　紅　三〇二
はまなすの　相寄り箸を　椿　五九六
花の彼方の　紅　二九七
緋のつぶら実に　桜　一六六
浜木綿が　天　四一六
はめごろしの　大窓硝子に　宴　四六二
窓に一日　忘　六二六
葉洩れつつ　槐　一四〇
早死は嫌　忘　六三六
はや耳目　桜　一七二
はやちして　宴　四六五
はやばやと　死にたるあはれ　槐　二一四
はらからを夫を　沙　二六〇
葉より夢より　秋　三三九
薔薇垣の　椿　五三九
限りなき白　ガ　一六
針の痛さや　沙　二二四
ばら開き散り　ガ　三一

はらからが　描きし椿は　桜　一七四
はらからの　さだめを分かち　紅　三〇二
はらからは　はらからより　桜　一六
はらからより　　椿　五六一
はらからを　　椿　五一四
はらからと　夕暮れに散る　宴　四五六
ぱらぱらと　時雨走りぬ　忘　六三六
パラソルと　　花　五五五
パラソルの　　忘　六三二
国のグラウンドを　　花　五五五
空間を陽は　　忘　六三六
家郷あるべし　　槐　一三二
いづかたにかわが家の
遥かなる　　忘　五三二
はるかなる　　忘　五三二

兄一人姉　椿　五九三
はらからは　桜　一六
はらからより　椿　五六一
はらからを　忘　六二二
針一本　忘　六〇八
針うちて　柊　八七
天より来たり　沙　二六六
群燈を恋ふ　桜　一六八
国より帰り　宴　四五六
時雨走りぬ　忘　六三六
ぱらぱらと　宴　四五六
パラソルと　槐　一三二
国のグラウンドを

磔けられたる　槐　二一〇
春雨浅く　く　三七二
春嵐　つのればさびし　ガ　三二
萬朶の花を　宴　四五四
春が来し　し　五五〇
はるかなる　忘　五三二
つのればさびし　ガ　三二
梢々を　紅　三三五
歳月のかなた　椿　五二五
天より来たり　沙　二六六
ところのごとく　紅　三一〇
ところより胸の　宴　四五九
西空赫し　椿　五〇五
日に子を抱きし　紅　三〇一
富士を見てゆき　く　三九一

針金の　沙　二六〇
針桐の　椿　五三一
林さわ立ち　忘　六〇六
西空赫し　椿　五〇五
日に子を抱きし　紅　三〇一
富士を見てゆき　く　三九一
払はれし　柊　七三
バリ・ダンス　秋　三三三

は（春）

春来るを　柊 五四
春来れば　椿 五四
春来よと　柊 五六
春さびし　椿 一一〇
春闌けて　天 四七
春たてり　柊 四一
春近き　柊 九九
春といへど　槐 一二
榛名湖の　花 五六二
春曇天　宴 五六
春の樹花　花 五六二
春なれば　沙 二三
春の雨　椿 四九
春の雁　ガ 三三
春の日の　柊 九九
春の闇　天 四一
いよいよ深く　桜 一六〇
凝れるところ　秋 三三
紫紺もて地を　椿 四三
春の雪　〈 三八七
どか雪の山の　ガ 三九
舞ひくだりをり　槐 二二
春の夜の　柊 一〇〇

春は人の　花 五三
春は滅びぬ　槐 一〇八
春はまだ　秋 三四一
はるばると　秋 三一
歩み来りぬ　桜 一七一
かち渉り来し　花 五六〇
ゆきし桜の　沙 二三六
来しものはわが　秋 三三
渉り来たりし　ガ 三三
春ひそか　忘 五五七
花深き　天 四二
春深き　〈 三五〇
秋篠に来つ　沙 二三一
日の昼ふけや　〈 三五〇
春深く　天 四二七
なりぬいつより　紅 一二〇
けぶれる雨の　天 四二七
春深し　槐 一二〇
咲く花として　宴 五五四
たれか揚げたる　槐 一三六
春待ちて　柊 一一七
春よりも　花 五七五
春をいとひ　〈 三九一
春を汚す　宴 四七六

葉を捨てし　秋 三五一
パワーショベルに　椿 五三二
ポプラの梢　柊 八九
裸木に凍る　柊 六九
葉を払ひし　槐 一四二
ハンガーに　忘 六〇一
繁華街　椿 五〇一
晩夏光　槐 一三三
飴色にさす　紅 三〇五
鋭く射せば　〈 三八一
溜まれるところ　紅 三〇五
地表に凝る　槐 一三三
晩夏光を　〈 三八八
晩夏光　柊 六三
晩鐘の　柊 六三
哀韻の尾を　〈 三八八
余韻に従きゆく　秋 三五一
搬入さるる　宴 四五九
晩年と　柊 四四〇
晩年の　宴 四四〇
晩年は　沙 二五一
万目の　沙 二五一
万緑の　秋 三四三

ひ

悲哀濃く　柊 一六

柊の
花こぼれをり　椿 五三二

若木に若き　〈 三五〇
ひえびえと　槐 一三七
光り濃き　秋 三三二
光濃き　秋 三三二
光こぼれて　沙 二六五
光差す　し 三二二
光りつつ　ガ 四一
光りといふ　桜 一六一
光り乏しき　桜 一六二
光にか　桜 一七六
光には　宴 四六〇
光の雨　し 三二六
光の中に　沙 二六一
光の襞　沙 二六一
光の繭の　秋 三三九
鸞かれたる　ガ 三一四
引き金に　椿 五一〇

低き雲　　　　秋 三四　　　聖橋を　　　　宴 四七二　　　ひつたりと　　椹 五一六　　　一つづつ　　　秋 三三七
日癖の雨　　　天 四三　　　ひそひそと　　宴 四七四　　　ぴつたりと　　花 五七三　　　ひとつ空を　　桜 一九二
ひぐらしの　　沙 三六〇　　額髪（ひたひ）天 四一七　　ぴつちりと　　槐 二一四　　　ひとつの死は　天 四二六
蜩は　　　　　宴 四七四　　ひたすらに　　く 三九七　　　人型を　　　　柊 六四　　　ひとつ灯に　　椹 六四
ひげ男　　　　花 五八一　　ひたに待つ　　椹 五三三　　　人が別れを　　椹 五三三　　ひとつまた　　紅 三〇六
微細なる　　　柊 六六　　　ひたひたと　　忘 六二一　　　ひと際に　　　宴 四六八　　一つ魂　　　　秋 三〇五
膝かかへ（ひざ）忘 六一三　ひだ深き　　　花 五六一　　　美しく鳴く　　紅 三〇六　　一つ棺の　　　桜 一六〇
跪き（ひざまづき）　　　　　日溜まりに　　忘 六二〇　　　くれなゐ濃ゆき宴 四九六　　一つ実莢を　　槐 一〇二
ひしひしと　　花 五四九　　立つ冬椿　　　秋 三六六　　　一つ棺の　　　桜 一六〇　　人である　　　槐 一〇二
ひざまづく　　宴 四六九　　くれなゐの薔薇し 二二三　　　一つ実莢を　　槐 一〇二　　人と逢ふ　　　忘 六二三
葱を揃へて　　紅 二六五　　ヒチコックが　花 五三二　　　ひととある　　柊 九　　　　人と来し　　　紅 三〇八
祈るほかなし　柊 六五　　　びつしりと　　秋 三三二　　　人通り　　　　椹 五一二　　人と見し　　　天 四〇八
日溜まりに　　忘 六一三　　高枝（たかえ）に眠る 秋 三三二　人恋しく　　花 五七一　　人ならば　　　花 五二一
　　　　　　　　　　　　　　小さき花を　　花 五二〇　　　人恋しき　　　忘 六二一　　人通り　　　　椹 五一二
　　　　　　　　　　　　　　花をこぼせし　忘 六二〇　　　風の声すも　　花 五五四　　人にやや　　　く 三六六
　　　　　　　　　　　　　　左手を　　　　忘 六二〇　　　索縄を賜へ　　槐 二八　　　人に問ふ　　　沙 二六七
　　　　　　　　　　　　　　　　　　　　　　　　　　　　一皿を　　　　し 二三六　　人に従きて　　忘 六〇三
　　人の歌　　　　桜 一六七
　　人の世の　　　沙 二六六
　　人は逢ひ　　　秋 三三六
　　人は老いて　　紅 三〇一

聖橋の　　　　く 三七六
微笑仏　　　　宴 四九六
非常口の　　　宴 四七二
わが靴が踏み　秋 三五〇
鉛筆の芯　　　天 四三七
ぴしぴしと　　沙 二七二
曳かれゆるべし柊 六六
倒れし者を　　槐 一一九
咲き垂りし藤　沙 二四七
髪のびて人は　沙 二四七
駅に集ふは　　し 三二五
青信号を　　　忘 六〇一
ひしひしと　　花 五四九

人はおのれの　紅 三四
人は心に　花 五六
人は静かな　し 三〇八
人は背に　秋 三九
人は忽ち　桜 一六八
人はまた　沙 三五一
人は淵　秋 三三七
人は花を見　椿 五一六
人は泣き　宴 四五二
一葉散り　し 三三六
人はみな　宴 四三
おのれにふさふ　宴 四三
切羽つまりし　桜 一六一
そよぎをらずや　紅 三五
ひと日雨　忘 六二二
ひと日風　桜 一八二
ひと日子と　柊 九〇
ひと日咲き　花 五三
ひと日の老いとは　沙 三六五
ひと日薄暮と　桜 一六七
ひとひらの　桜 一六
金箔となり　椿 五三六
雲流れゆく　紅 二九三
眸なほ　ガ 三一

人も歌も　し 三三〇
人も暮れ　し 三二四
ひともとの　柊 八一
人も鳥も　天 四三四
ひとよかけ　桜 一六八
ひと生かけ　天 四三四
ひと生こめ　柊 九五
一夜こめ　天 四一八
遠く来し葉も　花 五五四
退きたる波は　宴 四五二
風雨の音を　天 四〇七
降りつみし落ち葉を　天 四〇七
一夜こめ　花 五五三
一夜すぎ　天 四一七
一夜さの　沙 三五五
一夜こめて　天 四一七
一夜を　花 五三
人より人を　ガ 一七
人よりも　桜 一六
一夜をここに　桜 一七五
一人居て　ガ 三一

見むと思へる　沙 三六六
とべよ翔べよと　し 三〇八
一生かけて　秋 三三〇
一人の時　沙 三五〇
一人来て　沙 三六九
一人また　宴 四五二
一人は病に　く 三七四
一人は本を　く 三七六
ひとり来し　紅 二六八
さびしさは骨に　し 三〇八
一人居の　宴 四五二
夕ぐれの町　ガ 四一
枯野の土に　く 六
人を駅に　秋 三三九
人を恋ふ　秋 三三九
心なかりせば　し 三三六
力今しばし　忘 六二〇
人を焼く　秋 三三九
蝶の乱舞と　忘 六二三
実をあげながら　忘 五八九
雛の日の　花 五六六
日に幾度　く 四二一
日の　花 五三五
灯の河は　桜 一六一
灯のもとに　ガ 三一

さびしく二人　秋 三三
寒き心は　宴 四七〇
響くとは　宴 四六五
微々として　宴 四六五
水漬き初めぬ　忘 六一〇
われは変はらむ　桜 一六七
びびびびと　宴 四六三
ヒマラヤシーダーの　ガ 四一
ひまはりは　忘 五〇六
秘めごとの　宴 四九五
ひめじをん　紅 二六五
ひめじをんの　紅 二六五
ひめやかな　ガ 四〇
百千の　ガ 四〇
梅の固芽の　桜 一六七
硝子の窓は　し 二一一
蝉の声降る　秋 三三二
蝶の乱舞と　忘 六二三
実をあげながら　忘 五八九
雛の日の　花 五六六
日に幾度　く 四二一
百年の　し 二〇三
百年ほど　椿 四九九
日本の　百年の
病院の　紅 三〇〇

灯の下に　紅 三三三
飛髪なし　槐 一三二
響くとは　宴 四六五
微々として　宴 四六五
水漬き初めぬ　忘 六一〇
われは変はらむ　桜 一六七

角の花店 忘 六一六
光庭に咲き 宴 四五八
地下回廊に 宴 四八一
一日一日《ひとひひとひ》は く 三八〇
廊下を夜更け 忘 六一六
病室の 宴 四六七
氷上に し 二〇八
病傷を 桜 一六四
病棟を 桜 一六四
病人は 忘 六二〇
漂泊の 沙 二四四
氷片を 槐 一一六
病名は 宴 四四六
病名を 忘 六一六
病歴は 天 四一三
ヒヨドリが 忘 六〇四
ピラカンサの 秋 三四一
ピラカンサは 梅 三〇一
開きたる 沙 二四五
ひるがへり
　あきつ飛び交ふ ガ 三八
　ひるがへりては く 三八五
　ゆく鳩の群れ し 二〇八
ひるがへる 槐 一三六
ひるがへるは 槐 一二九
昼顔が 椿 五一七
昼顔に 紅 二九〇
ひるがほは く 三七四
ビル群の 椿 五〇三
ビル群は 桜 一七三
ビル建築 椿 五一一
昼ながら 秋 三四八
昼に陽を し 二一八
ビルの間《あひ》 椿 五〇五
昼の雨 桜 一八二
昼の嵐 天 四二九
昼の屋《をく》 桜 一九〇
昼の月 ガ 三八
昼の灯に 柊 五五
ビル一つ 紅 三一四
昼ひとり ガ 二三
昼ふけと 宴 四七二
昼ふけの 椿 四九五
昼も霜 槐 一三八
昼より夕べに く 三九五
疲労感 忘 六〇〇
広き胸 ガ 一三
広重の 沙 二四五
広々と 宴 四五四
琵琶の音に 椿 五〇六
枇杷の花 柊 五六
枇杷の実の ガ 三六
灯を狭め 柊 六三
火を放ち 桜 一七六
貧血を ガ 三三
貧によりて 桜 一七〇
壜のなかに 柊 六四

ふ

ファスナーの 忘 六三七
ブーゲンビリアの 秋 三四四
風丰も 柊 七三
風力発電機 忘 六二五
ふうはりと く 三七七
笛吹きが 秋 三三三
笛吹きに 柊 六一
深き知恵 沙 二七〇
腐花衰花 槐 一四〇
ふかぶかと
　茂りて傘と 秋 三三五
　胎児は眠り 沙 二七六
噴き上がる 槐 一三六
吹き揚ぐる 槐 一一〇
吹く風も 桜 一八六
復讐を く 三六八
ふくふくと 沙 二六六
ふくらかに し 二一三
普賢菩薩 花 五四四
ふさはしき 花 五六五
藤棚を 宴 四六〇
藤の花房 紅 二八九
藤の房 椿 五一九
富士見坂を く 三八一
父祖の地や 宴 四六二
父祖の屋《や》の 桜 一七三
再び絵本を 秋 三四一
ふたたびは く 三六九
再びは
　見るをあたはぬ 槐 一一四
　燃ゆることなき 柊 一〇一
ふつふつと 槐 一三七
筆洗ひの 花 五六〇
ふと雨と 花 五七六
ふと生《あ》れし 紅 三一四
ふと失せし 柊 九八
埠頭にて ガ 四六

ふと肩に　忘 六三五
ふと口を　沙 二四五
ふと越えし　椿 五一五
ふと乗りし　し 二一九
ふと羽を　忘 五九三
ふと母を　し 二〇四
ぶなの枝　く 三八七
ぶなの枝《え》が　く 三八七
船に見し　天 四二〇
舟によりて　く 三八四
父母あらで　宴 四七五
踏みしめて　紅 三一五
踏み馴れし　秋 三三八
冬木原
　影ひと方に　し 三一四
　低き木立も　し 三一四
冬木立
　影ひと方に　沙 二五四
　黒き逆光の　桜 一九一
冬桜　宴 四六三
冬ざれの　天 四二四
冬といふ　宴 四七〇
冬ながら　ガ 二九
冬の青　槐 一三七
冬のいのち　ガ 四七
冬の樹と　沙 二六九
冬の木は　忘 六二七
冬の樹は　紅 三〇四
冬のきみ　沙 二五一
冬の城　秋 三五一
冬の蝶　し 二〇五
冬の蜂　沙 二六四
冬の葉の　く 三九二
冬の光に　秋 三五一
「冬の日の　椿 四九一
冬の緑　柊 七〇
冬の夜の　宴 四六九
冬畑に　沙 二六七
冬蜂を　し 三一三
冬はまた　し 三一三
冬原の　天 四〇六
冬もなほ　柊 八四
冬もみぢ　天 四二四
冬紅葉
　風に鳴りつつ　し 三一四
　かなしき深き　し 三一一
冬紅葉《もみぢ》を　忘 五九六
冬野菜
　刻む間証し　ガ 二九
　持ちかへながら　柊 六四
ブラウスと　椿 五〇〇
フランスまで　椿 五三五
ふり仰ぎ　柊 七四
ふり仰ぐ
　茜も失せぬ　沙 二五五
　彼方を風は　し 三一七
　時多《さは》の葉に　宴 四七九
　額《ぬか》に折しも　天 四一一
　額に風あり　沙 二四六
　夕ぐれ方の　紅 三一〇
　両のまなこや　く 三七〇
振り上げし　宴 四五〇
降り出でし　宴 四四四
振りかへり　柊 九六
ふり返る
　十年の夢の　沙 二六二
　まなこに沁みて　沙 二七〇
振り返る　く 三七一
「ふりかぶつて　忘 六〇五
降り狂ひ　柊 五七
降りつのり　紅 三〇七
降りつのる　し 二一九
ふり向かば　秋 三三六
ふり向きて　忘 六二二
振り向きて　花 五七五
ふり向けば
　暮れてゆく野の　し 二三六
　誰か追ひかけ　天 四三二
振り向けば　秋 三三八
古き人　沙 二七五
故里は　椿 五一四
ふる里へ　ガ 三四
故里へ　宴 四五五
ふる里も　ガ 三八
故里も　天 四二〇
故里より　沙 二六三
ふるさとを　ガ 一九
降る光り　桜 一八九
ふるふると
　感受ただならぬ　忘 六一九
　ねずみもちの花　く 三八六
フロントグラス、　宴 四五九
フロントグラスに　花 五七一
ふはふはと
　あけびの口の　宴 四六九
　歌ばかり思ひ　宴 四五五

風になびきて 忘 六一四
散歩せしのち 忘 五九二
ブンガワンソロ 紅 三一四
文芸の 椿 五二三
分量は 花 五六五

へ

平安の 椿 五二三
ベイブリッジ く 三八九
並列の 天 四〇三
碧眼の 天 四三六
隔てむと 槐 一三六
ベッドに乗りて 天 四三二
紅なりしか 宴 四七一
蛇の殻 天 四一八
蛇の子が 秋 三二五
部屋の真中《まなか》 秋 三四五
ベランダに
淡雪仄かに 沙 二五五
入り来てタイルを 花 五四七
来る雀子に 椿 五二一
夜々を重ねし 天 四〇八
ベランダの
あら草を食べる 忘 六〇一
鉢に芽ばえし 忘 六〇一
ベランダは 天 四三五
ベランダより
われの立居を 忘 六三八
われを見てゐる 忘 六二一
ベランダを 紅 三〇九
ヘルメット 紅 三〇四

ほ

保育園の
プールに張られし 椿 五〇一
バスが来て一人 花 五四五
防衛庁に 花 五五一
望遠レンズに 紅 二九七
望郷の ガ 一九
方言の 忘 六二九
鳳仙花 秋 三四四
ほうと開く 沙 二七六
茫々と
老いたる母の 槐 一〇八
老いは眠りて 桜 一六八
われを降りこめ 椿 四九六
訪問者 花 五六九
訪問者の 宴 四四七
訪問入浴車を 椿 五三三
頬染むる 柊 八四
頬に眉に 槐 一三一
頬に指 柊 七七
朴の梢《うれ》 沙 二七五
ホームレスの 椿 五二七
北斗七星 秋 三四三
埃だち 沙 二五六
ほしいままに 柊 七三
欲しきものは 椿 五二九
欲しきものを 槐 一二一
星ならぬ 柊 九三
星は見る 天 四三八
暮色濃き 柊 六七
星よりも 柊 七八
穂すすきも し 二〇五
墓石にも 柊 六八
細枝まで 槐 一〇七
細き脚 宴 四四四
細き枝 ガ 四三
細草の 天 四三六
細々と 紅 二九三
細麦の 宴 四七一
ほたほたと
雨降りてをり 天 四三二
真椿の花 紅 三〇六
螢烏賊 宴 四四九
螢烏賊を 天 四三七
螢狩の 宴 四六〇
牡丹桜の 花 五五二
ホチキスを 花 五七七
ほつかりと 秋 三一四
ホテルレストラン 秋 三五六
ほとけのざの 忘 六三三
ほとほとと 花 五五二
骨は吸はるる 桜 一七七
ほのかなる 忘 六一三
仄かなる
えにし愛しも 桜 一八四
酔ひはここより 宴 四四七
笑ひの翳 柊 八七
仄かにも く 三九二
仄けぶり 柊 六九
ほのぼのと
あるみなもとは 沙 二五〇
高処《たかど》に水木 沙 二四三

ほ（承前）

初句	二句	分類・頁
天の光りを	やさしき面輪	桜 一〇三
夕つくれなゐ		宴 四〇九
ほほゑみて	舞ひをさめし	椿 四九六
ほほゑみの	まひまひの	天 四三三
ほほゑみは	まひまひの	し 三一〇
ほほゑみし	舞ひめぐる	花 五五六
ほほゑめば	まをとめの	花 五九六
ほほづきの	まがふなく	秋 三五九
ほほほほほ	まかげして	花 五六六
ほほほほほ	まかせよと	花 五六六
滅びざる	まかせよと	秋 三五九
ほろびなど	まろしき	柊 五六
ほろびゆく	禍々しき	し 一三一
ほろびを思ふ	凶々しき	紅 二九六
ほろほろと	凶凶と	桜 一八七
黄のイタドリの	蒔絵箱の	椿 五三二
金木犀は		秋 三一五
山茶花の花		椿 五〇九
ぽろぽろと		花 五七五
歩をかへすと		秋 三一五
本郷台を		宴 四七九
本郷台を		宴 四九九
盆地に届きし		花 五九六
本当に		花 五七五

ま

初句	二句	分類・頁
マーケットの		忘 五九一
舞ひをさめし	まことうすき	柊 七六
まひまひの	まこと死は	椿 五三一
舞ひめぐる	まこと辛き	柊 八九
まをとめの	まことに哀しき	く 三六九
まがふなく	まことは人が	花 五六一
まかげして	まこと人は	花 五七五
まかせよと	ましろなる	椿 五三一
	桜に逢ひぬ	紅 三〇三
	花を描ける	桜 一七一
蒔絵箱の	まだ若き	忘 六〇四
待合室に		槐 二四
まだ咲くな		秋 三五〇
またしても		く 三九二
まだ散らぬ		く 三九三
待たるると		椿 四九四
まだ生きたかった		宴 四七五

ま（続）

初句	二句	分類・頁
真白なる	街をゆく	天 四一五
雲ゆるやかに	待つことを	宴 四四三
繃帯を巻き	松坂屋が	柊 八九
まづしき血	末子のわれに	ガ 一二一
またあらぬ	まつすぐに	秋 三五三
また逢はむと	松平	花 五七六
まだ生きたかった	全き死を	く 三七五
まだ固き	真椿の	忘 六〇二
まだ咲くな	真椿の	柊 六一七
またしても	窓ガラス	天 四〇八
まだ散らぬ	窓硝子	槐 一三七
待たるると	窓硝子を	宴 四八五
窓際に		忘 六一九
窓に来て		紅 三〇三
窓に見る		し 二〇五
窓により		く 三九二
窓の彼方		秋 三五七
窓々の		秋 三五七
まなかひに	さきはひけぶる	柊 九一
	撒かれしやうな	く 三九二
	見えかくれつつ	柊
まなかひの		沙 二七〇
まなかひを		沙 二六七
まなこなき		桜 一七九

青虫は青に　桜 一八一
感応聡く　槐 二三
葛ひしひしと　天 四〇五
者躍如たり　し 二三四
まなこもて　紅 三一
まなこより
しきりに零れ　柊 八六
心に流れ　桜 一八六
まなこを得　柊 七二
まなじりが　ガ 一三
まなぶたを　沙 二六八
まばたきて　し 二二二
まばたきの　秋 二六
まばたけば　し 一三二
真昼野に　し 二三六
ま昼間に　花 五三〇
幻かと　し 三三〇
まぼろしとは　柊 五五
幻に　忘 六〇九
まぼろしの　ガ 二九
雁にしも（かりがね）　槐 一三七
銀の十字架を（クルス）　ガ 二六
栅塁ひとつ　槐 一二三
花枝といへど　柊 六六

光の微粒と　ガ 四〇
鞭光る風　ガ 二六
幻より　天 五六
豆を打つ　紅 二六四
守り来し　宴 四三三
繭ひとつ　柊 八五
マンション
迷ふといへば　柊 四二三
真夜さめて　天 四三二
真夜の胸　柊 四二三
満開の　椿 二九四
桜の傘の　く 三七九
桜の若木　椿 二九四
万華鏡が　く 五三五
満月は　く 三七二
曼珠沙華　椿 四二一
孤独あらはな　槐 二四一
咲ける河原に　桜 二六一
紅かかげぬつ　柊 九〇
曼珠沙華の　桜 一八九
マンション街　し 二三六
虚空の洞に　天 四二六
ただならぬ夜の　花 四八一
長く影曳く　花 四八一
マンション街衢　紅 二六四

マンションの　天 四三二
あはひの畑の　宴 四四二
壁に来て死ぬ　宴 四三三
人工の庭に　宴 四七六
狭き空間に　椿 五三六
マンションは　椿 五〇四
満身は　桜 一九〇

み

見上ぐれば　槐 一〇七
魅入られし　沙 二七六
見えがたき　桜 一九六
聖玻璃に頭を　椿 二九三
力に従つて　秋 二九四
母は食膳に　槐 一六
晩年の辻　沙 二六二
みじかき旅　桜 一六六
短き稿は　椿 五三七
見しことは　花 五六八
見えねども　く 五三〇
みしみしと　槐 一九六
見えわたる　桜 一九
見送りて　く 三三七
見おろしの　桜 一七二
見降ろしの　沙 二八七
見返り阿弥陀の　椿 五一七

見返り桜・　宴 四七七
見かへりし　柊 八二
見返れば　し 二〇七
蜜柑抱き　く 五九六
幹うちて　し 二三〇
右肩を　ガ 一三
汀より　宴 四三三
妊れる　花 四八三
花　秋 二二四
水色の　ガ 一四
湖に（みづうみ）　く 三五〇
見返り阿弥陀の　天 四二四
水桶に　槐 一三

水かへて　ガ　二
水甕に　し　二三
みづからが　ガ　三〇
自らに
　選び得るなき　沙　二五六
　立ち上がる他　く　三九八
みづからの
　重さに従《つ》きて　秋　三五六
　重みに少し　沙　二五七
　ために夜半に　椿　五三二
　強さたのみて　ガ　一三
　根方を埋めて　天　四一七
　風姿を知らぬ　椿　五一〇
　深き疲れを　沙　二七六
自らの　ガ　四五
みづからは　紅　三〇五
自らは　紅　二九九
みづからを　宴　四五六
自らを
　あやぶみ止まぬ　ガ　二八
　読む為に渉りし　宴　四八〇
水涸れし　槐　一三三
水際に　柊　七二
水黒き　秋　三三九
水子地蔵に　忘　五九四
ミス駒子　く　三八七
水掬ふ　ガ　一五
水溜まりを　く　三七〇
水鳥が　忘　六二九
水楢《みづなら》の
　落葉透き耀《て》り　桜　一六〇
　高き梢を　し　二一五
水楢《みづなら》は　天　四三六
水匂ふ　天　四二〇
水の色　天　四三七
水の上に　し　二二五
水の辺《べ》に
　足さし入れて　秋　三五九
　咲く紅椿　椿　五二二
　ただひとつ羽を　天　四〇七
水の面に　桜　一八〇
水の面も　柊　一〇〇
水は硝子の　槐　一二三
水引の　宴　四五一
水深く　ガ　一四
瑞々しき　槐　一三四
みづみづと
　ありし心に　沙　二五九
　みどり湧きをり　沙　二七一
見ずやとぞ　く　三七一
水よりも　桜　一六二
水を出でて　槐　一四四
みだしなみに　花　五六五
乱れふる　柊　五七
道うせて　柊　八七
満ちし月　ガ　三七
満ち足りし　宴　四七五
道づれを　花　五五六
満ちてくる　紅　三〇一
満ちて来る　柊　九三
道の上　忘　六三〇
道の辺《べ》に
　誰が植ゑしか　忘　六二四
　降りし鶺鴒は　沙　二四三
　木犀の花　天　四三一
道の辺の　忘　六〇六
道は意志　桜　一八五
導かれ
　をりながら光　秋　三三〇
　地に降り立し　天　四三六
　ゆく船見ゆる　宴　四五一
ミッシェル・フォロンの　槐　一二六
みつしりと
　牽かるるやうな　椿　五一四
　緑満ちをり　沙　二七〇
見つつある　天　四三三
蜜のごとき　柊　八一
蜜蜂の　忘　六〇二
見てあれば　椿　五〇七
見て思ひ　宴　四八一
見てさくら　花　五四八
緑濃き
　木山そよげり　紅　三〇二
　椿の葉笛　槐　一三一
みどり児に　く　三六九
みどり児の
　重さをかひなは　し　二一五
　形の雲が　椿　四九三
　声死者の声　柊　六九
みどり児は
　歳月を食らひ　忘　六二一
　深く眠りつ　く　三六九
みどり児を　ガ　三四
看取りつつ　桜　一六七
水底に　柊　九八

水底を　秋　三二六
皆小さき　花　五六六
水無月の　し　三三
寒きある日に　沙　六〇二
空明るくて　忘　六〇二
地を占めてある　沙　二六九
森に来たれば　宴　四一
水無月は　椿　五〇七
見馴るると　花　五五五
見馴れたる　沙　二六九
水泡なし　椿　五二三
身に浴びし　柊　七一
身に錘を　忘　六一三
身にしみて　椿　七三
身の老いは　秋　三三二
身の片側　秋　三三
見残しし　柊　九七
見残せし　天　四三
身の寒さは　し　三三四
身の一処　秋　三二五
身のめぐり　秋　三二五
昏れてたれをも　柊　三六
ふとし静けく　沙　二六七
身のやまひ　桜　一八五

稔りとは　桜　一七四
稔りの重さは　槐　一三
身は常に　し　三一二
見はるかす　桜　一七四
限り咲き敷く　紅　二九七
中空高く　ガ　四二
みひらきて　ガ　四二
明日は見がたく　椿　四九一
運航をなす　秋　三二九
みまかりし　柊　八二
身まはりの　天　四三
未明にひとり　し　三〇三
都忘れ　忘　六〇六
五、六本ほど　忘　六〇六
都を忘れて　天　四三五
都忘れの　花　五六九
みやしろの　花　五六六
見ゆるとも　宴　四六
見えぬとも言ひ　柊　八一
見えぬともなほ　紅　三〇五
見よやとふ　桜　一九〇
見よやとぞ　桜　一九〇
見る・おもふ・　沙　二八〇
見るといふ　天　四一〇

む

見るものの　柊　九二
見る者の　し　三一四
身を出づる　し　三一二
身を折りて　柊　九二
嘆きし心　柊　八五
われは泣くなり　槐　一一六
身を包みて　椿　五〇四
身を投げて　宴　四六三
身をのべて　椿　五〇九
身を巻きて　花　五六四
見むとして　天　四〇七
無心なる　秋　三四七
六つ七つ　秋　三四七
胸底に　天　四三二
胸底まで　椿　五〇六
胸底を　槐　一一〇
胸乳には　秋　三四六
胸深き　椿　五〇七
迎へ火を　椿　五〇三
昔住みし　花　五六〇
家の門辺に　花　五六〇
市ケ谷に来つ　紅　三一〇
昔のごとく　宴　四六八
昔見し　紅　三一〇
大き桜の　紅　三〇一

ものはいとしも　秋　三二九
昔々　沙　二七二
昔われに　く　二九一
向きあひて　槐　一二七
むきむきに　柊　五五
無垢なりし　ガ　二九
無言館の　椿　五〇九
武蔵の国　天　四〇五
無残なる　天　四〇五
蝕まれ　槐　一一〇
むしむしと　ガ　一二〇
無心なる　秋　三四七
六つ七つ　天　四三二
胸底に　天　四三二
胸底まで　椿　五〇六
胸底を　槐　一一〇
胸乳には　秋　三四六
胸深き　椿　五〇七
谷あひに来て　宴　四六八
ところに来たり　宴　四六八
胸深く　ガ　二五
胸を刺す　槐　二一〇
無縫なる　し　三三二
無縫なれ　紅　三〇一

め

- 無防備の　　　　宴 八五
- むらさきの　　　柊 六九
- 紫の　　　　　　ガ 一四
- 村雨橋　　　　　く 三六四
- 無量なる　　　　宴 四七一
- 群れ遊ぶ　　　　し 三三
- 室蘭で　　　　　忘 六〇三
- 迷悟のあと　　　槐 三一
- 瞑想あり　　　　宴 七七
- 眼鏡とり　　　　柊 七〇
- 目が見えず　　　秋 三六八
- めぐり逢ひし　　椿 五三一
- めざめ聞く　　　し 二〇九
- 目覚めたる　　　宴 四三一
- 目覚めては　　　天 四二六
- 盲ひたる　　　　ガ 二〇
- めつむれば　　　ガ 二〇
- 春盛粧の　　　　椿 六四
- 無辺自在の　　　柊 九〇
- 目つむれば・／うつつのわれより　忘 六二〇
- ガラスの部屋は　椿 五二五
- 遠き灯（ともしび）の　沙 二六二
- われの真中を　　沙 二六六
- 目瞑れば　　　　桜 一九一
- 目閉づれば　　　桜 一九一
- 網ふりかざし　　花 五六八
- 身のいづこすでに　天 四二三
- 目の弱き　　　　沙 二五二
- 目の悪き　　　　忘 六〇五
- 目鼻だち　　　　柊 六五
- 芽ぶきては　　　く 三六六
- 目を傷め　　　　く 三五六
- 目を重く　　　　天 四一三

も

- 盲目の　　　　　椿 五二五
- 雨盲目の　　　　槐 一四
- 細き根をもて　　椿 五三二
- まう来年は　　　天 三二八
- 燃え果てて　　　桜 一七
- もの思ひ　　　　椿 五二四
- 物語　　　　　　椿 五〇六
- 木犀の　　　　　椿 五二一
- 香りの条（すぢ）は　宴 五二一
- 体温に思ひ　　　忘 五六九
- 物語と　　　　　宴 五二一
- 物語の　　　　　忘 五六九
- ものの色　　　　沙 二五四
- 物いはね　　　　槐 一三二
- 喪の衿を　　　　桜 一七六
- 物いはね　　　　椿 五三二
- もし死なば　　　天 四一三
- 最早死にたる　　天 四一三
- もぢずりの　　　し 二一一
- 最早わが　　　　天 四一三
- 落花の筵　　　　沙 二五四
- 木蓮の　　　　　天 四一三
- 木馬の胴を　　　ガ 四一
- もはや逢ふ　　　ガ 三九
- もはや君を　　　ガ 三五
- 紅絹かざす　　　桜 一七一
- 挼摺りの　　　　く 三五六
- 文字の中より　　沙 二三二
- 盛りあげて　　　沙 二五三
- 物語の　　　　　忘 五六九
- 物語と　　　　　宴 五二一
- 喪の衿を　　　　桜 一七六
- 物いはね　　　　椿 五三二
- 物いはね　　　　槐 一三二
- 受けたり秋の　　桜 一二
- 双掌もて　　　　椿 五二一
- もろこしの　　　椿 五二二
- 交代で抱卵を　　花 五六六
- もちひのやうな　椿 五二四
- 求めつつ　　　　椿 五二
- 藻に眠る　　　　槐 一一二
- まう桜は　　　　宴 四五六
- まう立てぬと　　秋 三五四
- ものいはね　　　桜 一二
- もの言はぬ　　　槐 一三二
- 百舌鳥の贄　　　ガ 三五
- もう帰れぬ　　　宴 四七六
- もう要らぬと　　宴 四七六
- もういいよと　　花 五六七
- 裳より　　　　　柊 六五
- モスクより　　　沙 二三二
- 紅絹かざす　　　紅 三三四
- 物いはね　　　　椿 五三二
- まうここから　　紅 二八七
- 求めつつ　　　　椿 五七
- 森近き　　　　　桜 八七
- 森に今日　　　　柊 八七
- 森深く　　　　　秋 三五九
- 鵙の声　　　　　秋 三五九
- 入り来れば　　　紅 三三三
- まう立てぬと　　秋 三五四
- こぼれ燕麦を　　槐 一三二
- 受けたり秋の　　桜 一二
- 双掌もて　　　　椿 五二一
- 木々は静けし　　花 五六〇
- 樹は樹の年月を　沙 二六八

双の掌を　秋 三九七
モンゴルの　花 五七〇
紋白が　花 五九

病と眠りは　宴 四七五
病とは
　陥穽にして　秋 三五二
　どのあたりより　天 四二六
　病ひにありし　紅 二九二
　病ひとつに　秋 三五四

闇のいづく　槐 二一〇
闇の底に　柊 九一
闇の手に　天 四〇三
闇は濃く　天 四〇三
闇深き　桜 一九五
病み易く　紅 二六三
闇を拓きて　く 九二
闇を負ひて　柊 九七
病の鯉は　宴 四四〇
病む時間と　沙 二九
病む母を　沙 二九六
木草に染みて　柊 六〇
濃きくれなゐの　宴 四四〇
病む人と　椿 五一八

ゆ

光の中に　椿 五〇五
ポニーテールの　忘 六二〇
柔らかき　桜 一七〇
柔らかく　花 五六七

維摩像　天 四三〇

夕茜
　浴びしばかりに　柊 五九
　かつとさびしき　桜 九

や

八重桜の　忘 六〇九
やがて死が　槐 二三七
やがてして　忘 六〇九
やがてたれか　天 五〇六
やがて冬　花 五〇六
焼きたての　忘 六六
約束を　忘 六六
薬袋を　沙 二四七
やさしかりし　桜 一七
やさしき手　ガ 一九
やさしさは　沙 三九
やすらかに　ガ 四二
痩せしかば　花 五七
藪椿
　咲きこぼれぬる　忘 六六
　日溜りに咲き　宴 四八
病ありて　花 五七
病多き　椿 五六
病といふ　花 五七〇

病ひとつに　秋 三五四
「やまがらが　椿 五六七
山際に　宴 四六三
山桜　沙 三六七
病まずして　桜 一七
花　宴 四五二
山積みの　桜 一六三
山鳥橋・　天 四二四
病まぬ姉　椿 五六六

山のなぞへに　し 三三六
燦雨を浴びて　沙 二七六
吹雪く桜も　紅 二九六
山のなだりに　ガ 四二
山の湯を　ガ 四二
山肌に　柊 七二
山深き　椿 五〇三
山深く　槐 二三六
山吹は　天 四一五
山懐の　山 三八一
病みて強く　く 三九六

ことに清けれ　し 二八
こぼれくるなり　槐 一四
送られて立つ　し 三六
夕光は　忘 五九八
夕川を　沙 三七
夕霧の　柊 六〇
夕雲の　し 三二
夕暮れしかば　夕 五八八
夕ぐれに　く 三六六
ゆふぐれの　く 三六
青昇り来る　し 三三五
昏き梢を　柊 二〇
沼の辺双の　秋 三三

初句索引（「ゆ」の部）

【第一段】
窓にくだりし　柊　八五
水の面に　柊　八六
夕ぐれの
雨降りながら　沙　二六九
池の水泥に　し　二九
駅の桂に　椿　五五四
川の面に　し　二二
雲の羊を　椿　五三
頭痛しばしば　秋　三六
底より滾々と　天　四二
内湾を行く　宴　四五一
野を低くゆく　椿　五一〇
ベランダに置きし　忘　六二八
夕暮れの　天　四〇九
駅のベンチに　紅　三〇二
翳曳きあゆむ　沙　二五二
公園の樹々　沙　二五四
暗きくれなゐ　天　四二五
空に遊べる　紅　二八八
空を出でゆく　秋　三二

【第二段】
夕昏れの　忘　六二八
紫紺の底ひ　く　三五五
紫紺の闇は　天　四〇九
夕空に　ガ　三一七
夕立は　宴　四八三
夕つ光　槐　一四一
夕つ方
夕ざくら　忘　六一〇
夕木枯　し　二三三
夕餉の仕度　天　五〇六
夕月光　宴　四八〇
夕暮れは　柊　九四
紺の風吹き　秋　三五九
わりなきものを　忘　六〇一
夕べの硝子に　桜　六一
子等ともとほる　柊　七九
白湧きのぼる　槐　一四一
夕霞の　秋　三五八
夕焼を　柊　七二
夕闇に　槐　一四六
夕闇は　槐　一四六
夕燕　く　三五二

【第三段】
涼ある風に　秋　三五
廊にみひらく　槐　一二〇
ゆふぐれは　忘　六二二
夕映えの　天　五〇六
坂を降り来る　宴　四六八
ひたひたとつき来る　宴　四七六
夕暮れは　忘　六〇四
もとに出逢へば　柊　六三
のちのひろのに　桜　六二
刻は明るき　桜　一九一
くれなゐを浴び　秋　三五七
雪の奥処を鳥は　し　二二六
雪が降る　椿　五九三
夕べには　忘　六一〇
夕べ夕べ　ガ　三一七
子等ともとほる　柊　七九
行き届かぬ　宴　四八五
ゆきつきて　沙　二五三
旅宿のやうに　忘　六三二
幽霊ビルと　く　三五二

【第四段】
夕つ陽に　槐　一二三
夕つ陽の　槐　一二〇
夕映えに　忘　六二二
夕映えの　天　五〇六
坂を上らむ　椿　五三七
大欅の下に　椿　五三七
葱大方は　天　五三二
ゆきずりの　柊　七一
雪しまく　柊　七一
雪国を　桜　一九一
雪国の　く　三五七
雪宿のやうに　沙　二五三
旅宿の宴に　忘　六三二
雪となり　紅　三〇四
雪の空に　天　四三三
雪の疎林を　桜　一六九
雪ばかり　椿　五三一
ゆきなづみ　秋　三五七
ゆきどまり　椿　五三五
雪に窓を　天　四一〇
雪になづみ　天　四一〇
誘惑に　桜　一六二
ゆゑよしは　花　五五三
ゆゑよしは　秋　五五〇

雪は樹に　槐 三二〇
行き果てし　沙 二九七
雪霏霏たり　し 三三五
雪霏霏と　紅 三二四
雪降れり　柊 九六
雪柳
蒼々として　桜 二六一
咲き紫木蓮　天 四三三
花咲きたけて　沙 二六六
雪よりも　く 三六六
ゆく限り　桜 二六五
ゆく方に　沙 二四九
ゆく方の　槐 二三七
ゆく川の　忘 五五五
ゆく雲に　秋 三四九
ゆく季の　槐 一六六
ゆくりなく　天 四〇六
仰げば夢か　槐 一〇二
浴びし落葉雨　椿 四九六
近づきし人　花 六五一
花の雨ふる　忘 五五三
降り来しものを　柊 五九
見し伐採に　指 五八二
見て過ぐれども　槐 一〇六

身に降る槐　槐 一三四
モジリアニの　椿 五〇〇
ゆくりなし　し 三三五
九月六日の　花 五六四
今年の冬の　忘 五五八
車輪一つを　紅 二九三
椿の道に　桜 一六四
葉の陰にして　秋 三三六
われの小櫛と　椿 五〇三
行けと言ひ　椿 五〇三
柚子色の　し 三二四
柚子の木に　忘 五五二
柚子の湯の　し 三二二
譲りつつ　桜 一六六
豊かなる　花 五五三
花の傘葉の　花 五三
ユッカの白が　ガ 三六
ゆっくりと　紅 三一九
こぶし振り上げ　く 三九三
育ちたる末の　紅 二六四
地震過ぎゆけり　椿 四九二
水掻きを開き　沙 二三六
指のあひ　宴 五四三
指のなき　天 四三六

弓を担ぎ　秋 三五九
夢指して　椿 四九七
夢でありし　花 五四七
夢ながら　椿 五〇七
あぢさゐが多に　椿 五〇七
母はそびらを　紅 二九三
夢に来て　桜 二五五
夢に古き　椿 一〇八
夢のいはれ　槐 二〇五
夢のごとく　沙 二六六
夢のごとし　椿 五一六
夢の中に　秋 三三三
兄と出逢ひぬ　秋 三三三
をりをり黒く　天 四一六
われは幾たび　花 五五三
夢のやうなる　椿 三六
夢のわれは　槐 二八
許されて　秋 三三七
許さむと　秋 三三七
夢に慣れぬ　椿 二九六
隻眼に慣れぬ　槐 一三五
身を支へつつ　宴 五四五
病を越えし　忘 五九二
良き妻に　忘 五九二

奈落にくだる　槐 一三三
ゆわゆわと　沙 二三六
水木はたわむ　花 五五三
なゐ過ぎ自らに　椿 五五七

よ

用ありて　沙 二五五
溶暗の　ガ 四
溶接の　ガ 四
音はじけをり　宴 五四二
滴飛びたり　椿 五二一
溶然と　槐 一四〇
幼児園を　桜 一六七
曜日など　槐 一三五
傾く夏か　天 四三七
やうやくに　秋 三四九
よき夢の　天 四〇九
よくぞ今日まで　秋 三三七
ゆるやかに　沙 二六六
ゆるゆると　秋 三三七
夜毎銀杏　し 二〇五
夜ごと来て　忘 六六七

初句索引（よ・ら・り）

［上段・右から左へ］

- 夜毎の雨が　槐 三〇
- 汚れざる　秋 三五
- 汚れたる　ガ 三〇
- よしあしは　忘 六二
- 由もなく　秋 三二
- よそほひの　し 三六
- 淀みゐて　秋 二九
- 夜となりて　柊 六六
- 世にあらぬ　し 三六
- 世にありて　天 五〇六
- 夜に入りて／まだ眠れざる／いつまでも雨が　く 三八一
- 夜の嵐　天 四九
- 夜の池の　ガ 一五
- 夜の更けと　紅 二九
- 夜の更けの　忘 六二
- 夜の溝に　柊 六四
- 呼ばれしに　忘 六一
- 呼ばれし　ガ 四九
- 呼びかへす　ガ 三三
- 呼び声は　桜 一三
- 呼びとめて　忘 六三
- 呼ぶ声の　柊 六八

［中段・右から左へ］

- 寄り来たり　秋 三三
- 寄り合ひて　桜 一六
- 夜もすがら　柊 五九
- 読めなくても　忘 六二〇
- 若き日の春　忘 六〇八
- 記憶片々　花 五三
- よみがへる　椿 五三
- よみがへり　槐 一二
- 呼べばとて　く 三九一
- よべここに　宴 五六
- 寄りて佇つ　桜 一七五
- よりどなし　宴 五六
- 倚りゆきし　ガ 三九
- 寄りゆきて　宴 四九
- 寄り行きて　椿 九五
- よりゆけば　花 五九
- よりゆけば　宴 四七九
- 夜の車両に　沙 三七一
- 夜の書が　槐 三三
- 夜の路上に　し 二〇九
- 夜々に　宴 四六一
- くれなゐを増す／一木あり　く 三六五

［下段・右から左へ］

- 四十を　秋 三三
- 四歳の　柊 六一
- 散り敷きたらむ　桜 一九
- 海面（うなも）に振りし　し 三〇六
- 夜をこめて　紅 三〇一
- 夜半さめて　忘 六二二
- 夜半に佇ち　椿 五七六
- 来年も　忘 六三七
- 花を約すと　椿 五三一
- 花丈すでに　宴 五二
- 来年の　忘 六三一

ら

- 陸橋の　宴 四八六
- 立夏といふ　紅 三〇二
- 陸にかかりし　花 五七四
- 黒衣の人ら　忘 六二三
- 駅へ向かへる　し 三二〇
- 陸続と　く 三三六
- 利休の朝顔　天 三二九
- 理科系に　天 四一四

り

- 一木（いちぼく）の　沙 二二六

［最下段・右から左へ］

- 稜線の　し 一三三
- 療すべき　槐 一五四
- 領域を　沙 二五一
- 流離のおもひ　槐 一三三
- ごとき過ぎこし　秋 三二三
- 心をつなぎ　柊 六八
- 流木を　宴 五四三
- 流離なき　椿 五二三
- 流離なす　秋 三二三
- 来年も　忘 六三七
- 理につきて　忘 五九
- 陸につきて　し 二〇五
- 昼の静けさ　忘 五〇六
- 彼方に見ゆる　沙 二五七
- 陸橋を　椿 五〇六
- 落日は　宴 四六六
- 落魄の　ガ 三三
- 落葉樹林（らくえふじゅりん）　し 二〇五
- 裸樹のもと　槐 八〇
- 落花生の　宴 四六一

り

両の手を　あかりの下に　秋 三二三
両の眼を　窓見おろしの　天 四五
旅宿なる　椿 五三
旅宿より　桜 一六五
凜々として　桜 一九五
客舍の　椿 五五
燐燃ゆる　柊 八八
　　　　　紅 三〇六

る

瑠璃紺青　し 三八
ルーレットの　槐 二九
累々と　柊 七五
類縁の　沙 二三二

れ

レインコートの　沙 二六九
煉瓦坂　花 四七〇
煉瓦坂に　椿 四九八
れんげうの　忘 六〇八
連翹の　し 二三四
連翹は　沙 二六八
連灯は　宴 四五四

ろ

レントゲン技師　忘 六三三
蠟色の　たばこの煙を　ガ 三〇
老人と　わが髪も　椿 五六
老姉妹　降りとどまれる　花 五三二
蠟の火を　若草に　椿 四九二
朗読者　わが髪を　宴 四九六
老婦長は　刈る青年の　紅 二九一
ローマングラスの　若くして　椿 四八二
六月に　わが厨の　忘 六〇〇
六万三千羽の　若ければ　椿 五二〇
路上をゆく　わが子梅と　花 五六六
六甲の　われは寄りゆく
魯鈍なる　若かりし　ガ 三二五

わ

わが家族　若き人は　花 五六〇
わが肩に　若き人よ　ガ 二一〇
わが髪に　若き日に　天 四一四
若き日に　若き日の　し 三二七
若き日の　わが今日の　宴 六六五
降りとどまれる　わがくぐり　秋 三九六
若草に　若草の　柊 五九三
をりをり刈りし　若くして　沙 二三四
刈る青年の　若くして　花 五四九
若くして　わが厨の　桜 一六〇
わが厨の　若若し　桜 一六二
若ければ　吹きくぐり抜け　ガ 二一
わが子梅と　わが恋ふは　花 五四五
われは寄りゆく　わが恋ふは　宴 五四〇
わが恋ふは　わが心　宴 五四四
わが心　わが心　し 二二〇

若き人は　わが心の　天 四一四
若き人よ　わが心を　し 三二七
若き日に　人に寄りやまず　宴 六六五
若き日に　人にまつはる　秋 三九六
わが心を　わが心の　ガ 四二
わが子より　わが心を　花 五五三
わが子らは　わが子より　桜 一六〇
わがサフランを　わが子らは　天 四三五
わが思惟は　わがサフランを　桜 二六一
わが植ゑし　わが思惟は　柊 九七
わが脂粉　わが植ゑし　ガ 一八
わがおもひの　わが脂粉　天 四三八
　　　　　　わが生の

わが知れる　椿 五三三
わが青年よ　槐 一二五
わが丈に　柊 七三
若竹を　椿 五三一
わが丈を
　越えし梢に　桜 一八五
　遥かに越えし　紅 二八六
頽たれし　宴 四七〇
わが常に　ガ 四〇
わが夫に　忘 六〇八
わが棟と　秋 三四六
わが友の　し 二二〇
わがのどに　忘 六一七
若葉立《だ》ち　宴 四八一
若葉ゆゑ　桜 一六八
わが膝の　天 四一〇
わが秘むる　椿 五二九
わが細き　ガ 四五
わが町の　天 四三六
わが街の
　小さきデパートに　花 五五九
　花の地図頭の　椿 四九二
わが窓は　秋 三四六
わが窓を　宴 四八二
わがまなこ　槐 一四〇
わが胸の　秋 三四四
わが胸は　紅 三〇四
わがもとを　く 三八三
若者より　く 三七五
わがよはひ　く 三八三
わがよはひは　紅 三〇七
別るる時　忘 五九二
別れ来し　ガ 四一
別れ来て　ガ 一八
別れくる　柊 一〇〇
別れ住む　紅 二九九
別れはいつも　花 五五九
別れゆく　柊 八一
別れをいふ　し 二一〇
湧き流れ　柊 六〇
湧きやまぬ　桜 一八八
わけ入りし　く 三九四
忘るべき　桜 一八四
忘るると　忘 六三三
忘れゐし　椿 五〇五
忘れがたし　天 四〇七
忘れ来し　柊 七一
わすれ草
　風に漂ひ　槐 一三四
　黄に開きけり　秋 三一六
忘れ草　秋 三五四
忘れても　天 四二〇
忘れなむ・　沙 二七八
忘れよと
　雨はいつしか　沙 二四五
　言ひ忘るなと　沙 二六二
　誰かわが額《ぬか》に　く 三八〇
私が　花 五八〇
私と　花 五六七
私に　忘 六一二
私の
　故郷は名古屋　忘 六〇九
　やまひを泣かず　忘 六一四
わたくしは　く 三六五
私も　花 五七五
私を　宴 四六〇
わたしはね　椿 四九四
私より　忘 五九四
絮のやうに　宴 四六四
渡り得し　桜 一六四
わたり来し　宴 四四三
渡るこころと　し 二三五
わたるとふ　天 四一二
罠を仕掛け　槐 一二六
侘助の
　花ひとつある　く 三九三
　花ひろごりて　秋 三五六
　二つ咲きゐる　忘 六三四
詫びること　柊 六八
笑ひ声　忘 五九七
藁敷きて　桜 一七三
わらべ唄　花 五四六
藁をもて　秋 三三四
わりなかる　桜 一七二
われが率《ゐ》る　紅 二八四
われと血を　紅 三一〇
われにあらず　紅 三一四
われにあらぬ　し 二三〇
われに心の　宴 四七五
われに三歳の　紅 三一五
われにしも　天 四三七
われにすがり　椿 五一八
われに呪ふ　忘 六三四
われに母性が　ガ 一三
われにまた　紅 二九四

われに見えぬ　宴　四五六
われの汗をば　忘　六一四
われの子が　天　四三三
われの為に　ガ　一六
われの「母」なる　槐　一三五
われのみが　柊　七九
われの身に　宴　四七九
われのみの　ガ　一七
われは今
　みどり児を抱く　紅　三六九
　降りしきる雪の　ガ　四八
　病二つを　忘　六一八
　夢を見てゐると　忘　六〇四
　虜囚といはむ　桜　一七五
われは絵の　花　五四七
われは樹を　槐　一二六
われは子に　槐　一三三
われは誰に　秋　三三六
われは地上を　紅　二九三
われは遂に　く　三六六
われは水無月の　槐　一四四
われはめしひ　柊　九四
われは眼を　紅　三一五
われは悪し　秋　三四八
われはわれを　宴　四五四
われも　宴　四六九
われも傘　し　二一七
われも仄かに　紅　二八六
われもまた　天　四三三
われも又　ガ　二八
われより出でて　桜　一七〇
われら今　桜　一八一
われを生かし　ガ　四三
われを置き
　霧の湖に　宴　四六二
　すぎゆく夜の　ガ　三三
われをここに　槐　一三三
われを縛る　ガ　四〇
われを知らず　椿　五〇六
われを包む　ガ　三九
われを花に　槐　一〇七
われを母とし　宴　四四四
われを待ちて　桜　一八四
湾岸の　宴　四七六
湾内の　天　四二〇

あとがき

本集は、稲葉京子の全歌集十四冊を初版に準拠して収録し、さらに年譜を付して一冊に編んだものである。巻頭には、ポートレートと色紙を収めた。また各歌集ごとに表紙を添え、初版当時の面影を伝えると共に、歌集のかもしだす雰囲気を大切にした。さらに、各歌集の解題を付し、巻末には全作品の初句索引を収録した。

稲葉京子は、昭和八年に愛知県江南市に生れ、はじめは与田準一の知遇を得て同人誌「童話」に拠ったが、後、短歌を投稿した「婦人朝日」の選者である大野誠夫主宰の「砂廊」(現在の「作風」)に入会して歌人としての第一歩を踏み出した。同時に郷里の結社である中部短歌会(春日井瀇主幹当時)にも入会して、若き日の春日井建と親交を結び、ともに研鑽を積んだ。その後、昭和五十四年に、春日井建の主幹就任と同時に「短歌」専従となり、新しい歌の創造に一途に取り組みその生涯を捧げた。

昭和三十五年に「小さき宴」によって第六回角川短歌賞を受賞して以来、昭和五十年に『槐の傘』によって第六回現代短歌女流賞、平成二年に第二十六回短歌研究賞、平成十七年に『椿の館』によって第二十一回詩歌文学館賞、第四回前川佐美雄賞を受賞するなど、輝かしい受賞を重ねた。

歌集十四冊の他に、評論集『現代短歌の十二人』（雁書館）、『鑑賞・現代短歌二　葛原妙子』（本阿弥書店）、『自解100歌選Ⅰ・稲葉京子集』（牧羊社）等があり、歌と共に評論、随筆の繊細でシャープな魅力も特筆される。

一例として『自解100歌選』の巻頭歌とその自解の抄出を挙げたい。

羽毛も鱗ももたざるゆゑに春の夜の宴に絹を纏きて群れゆく

たとえば兎には誰よりも早く聞くことの出来る耳を、たとえば羚羊には、宙を飛ぶように駈けることの出来る足をと、神は、それぞれの生き物に対して様々な工夫をほどこされたという。人間がもらったのは知恵であったというが、知恵も無力な時がある。…中略…華やかな宴が開かれている燦々たる春の夜の灯しびの下、ふと思えば、人は皆絹をまいて無防備な肉のみか、その心を隠して群れている。私には、むしろ美しく装うというよりも、肉や心を守るために人は衣服をまとっているように思われる。そして色とりどりの絹の下にさまざまないたみが匂いだっているように感じられることがある。

生の華やぎと、哀感が綯い合わされた一首と、その華麗な風景を深く繊細にとらえて静かに語りかけるような自解の文章が身に染みる。

今後、こうした評論、エッセー集の上梓も望まれるところだが、まずは歌の全貌を一冊にまとめて多くの方に読んでいただき、その透徹した詩の世界を味わっていただきたいと願い、今回の上梓に至った。

稲葉京子については、三省堂の現代短歌大事典に「幼少時から病弱であった境涯のかなしみを源として、繊細で女性らしい感覚的抒情世界を展《ひら》く。柔軟な表現力をもちつつ、しかし歌壇的な流行からはつねに距離をおいた独自の作風を保持する歌人の一人である」(小島ゆかり)と紹介されている。

その他、「現代短歌　雁」19号（一九九一年七月）に「特集　稲葉京子」があり、単行本としては『渾身の花』（一九九三年四月、古谷智子著、砂子屋書房刊）があるが、十四歌集を総観しての仔細な論評はまだない。その独自の作歌理念やスタイルの充分な解析は、今後の研究に俟つ他はない。

平成二十八年十一月十九日に八十三歳で亡くなった後、各短歌総合誌上で追悼特集が組まれた。また中部短歌機関誌「短歌」（二〇一七年四月号）においても独自の追悼特集を組んだ。繊細で高潔な抒情が多くの人々によって認められ惜しまれたが、時代の推移に合わせた、さらなる多面的な読解が強く望まれている。

各歌集の解題と作品校正は、中部短歌会代表の大塚寅彦と有志を中心とした同人、大沢優子、川田茂、菊池裕、鷺沢朱理、古谷智子が担当した。いずれの作品も、歌集初版本を参照し、何よりもその雰囲気を損なうことなく伝えることを尊重した。
上梓にあたって、大竹隆茂氏の惜しみない資料提供に、心より感謝いたします。また、國兼秀二編集長はじめ短歌研究社の皆様に大変お世話になりました。記して御礼申し上げます。

平成二十九年十月十日

古谷智子

本集は稲葉京子の既刊歌集十四冊を一冊にまとめたものです。

本作品中には不適切な表現が見られます。しかし作者が故人であること、芸術的表現であること、作品の時代背景に鑑み、原作のままとしました。

検印
省略

中部短歌叢書第二九三篇

平成三十年十一月十九日　印刷発行

稲《いな》葉《ば》京《きょう》子《こ》全《ぜん》歌《か》集《しゅう》

定価　本体一〇〇〇〇円
（税別）

著者　稲《いな》葉《ば》京《きょう》子《こ》

発行者　國兼秀二

発行所　短歌研究社

郵便番号一一二―〇〇一三
東京都文京区音羽一―一七―一四　音羽YKビル
電話〇三（三九四四）四八二二・四八三三
振替〇〇一九〇―九―二四三七五番

印刷者　豊国印刷
製本者　牧製本

落丁本・乱丁本はお取替えいたします。本書のコピー、スキャン、デジタル化等の無断複製は著作権法上での例外を除き禁じられています。本書を代行業者等の第三者に依頼してスキャンやデジタル化することはたとえ個人や家庭内の利用でも著作権法違反です。

ISBN 978-4-86272-548-6　C0092　¥10000E

© Takashige Otake 2018, Printed in Japan